BASTEI
LÜBBE

JASON DARKS SONDERAUSGABEN IM TASCHENBUCH-PROGRAMM:

Paperback
73500 Hexenküsse

Jumbo-Bände
73 952 Die Hölle auf Erden
73 953 Grüße aus dem Fegefeuer
73 955 Jenseits der Angst
73 956 Wenn aus Freunden Monster werden
73 957 Hexen – Geister – Teufelsdiener
73 958 Wenn die Hölle dich verschlingt
73 959 Rückkehr aus dem Reich der Toten
73 960 Baphomet II
73 961 Das Schicksal des Templers
73 962 Im Namen des schwarzen Tods
73 963 Hexenfluch
73 964 Der dunkle Gral
73 965 Morganas wilde Meute

Kultausgaben
73 966 Wie alles begann
73 967 Die Conollys
73 968 Suko und Shao
73 969 Jane Collins – Privatdetektivin
73 970 Die Hexe Jane Collins
73 971 Glenda Perkins
73 972 Kommissar Will Mallmann
73 973 Mallmann und der schwarze Tod
73 974 Mallmanns letzte Fälle
73 975 Myxin, der Magier

JASON DARK

Die Welt des

JOHN SINCLAIR

DIE SCHÖNE AUS DEM TOTENREICH

DREI SPANNENDE KULTGESCHICHTEN

BASTEI
LÜBBE

BASTEI LÜBBE TASCHENBUCH
Band 73 976

1. Auflage: Januar 2009

Vollständige Taschenbuchausgabe

Bastei Lübbe Taschenbücher
in der
Verlagsgruppe Lübbe

Lektorat: Rainer Delfs
Titelbild: Kamil Vojnar / getty-images
Umschlaggestaltung: Tanja Østlyngen
Satz: Wildpanner, München
Druck und Verarbeitung:
Norhaven A/S
Printed in Denmark
ISBN 978-3-404-73976-9

Sie finden uns im Internet unter
www.luebbe.de
oder
www.bastei.de

Der Preis dieses Bandes versteht sich einschließlich
der gesetzlichen Mehrwertsteuer.

Inhalt

ALBTRAUM IN ATLANTIS

Er flog über das Land, dessen Weite in das All hineinzustoßen schien und irgendwo mit dem seidig schimmernden Himmel zu einer Einheit verschmolz.

Er liebte dieses Land mit all seinen Ebenen, Städten, Tempeln, Palästen und Menschen.

Er war hier entstanden, kannte die Magie, wusste von Gut und Böse, von Freude und Leid, von Weisen und Propheten, von Dämonen und bösen Geistern.

Und doch umwehte Trauer sein Herz, denn das Land war dem Tod geweiht. Er als Hüter wusste es. Denn ihm war der Blick in die Zukunft gestattet worden. In eine düstere, grauenvolle Zukunft, in der die Menschen nicht bereit gewesen waren, sich dem Guten zuzuwenden, denn sie lachten über die Weissagungen der Propheten und der Alten. Sie gaben sich stattdessen dem Laster hin, beteten Götzen an, führten finstere Beschwörungen durch und spielten mit dem Grauen.

Sie würden dafür büßen.

Auf eine schlimme Art und Weise, denn die Heiligen Kräfte ließen sich nicht verspotten.

Schon jetzt rumorte es in den Vulkanen, eine schreckliche Flut, die alles verschlingen würde, war angesagt worden. Das stolze Atlantis, das Atlan, dem Sohn des Zeus, geweiht war, würde untergehen.

Noch einmal flog er seine Runde, schaute nieder auf die weiten, fruchtbaren Täler und sah die Kegel der gefährlichen Vulkane, die bald Tod und Verderben ausspeien würden.

Dann gab es keine Rettung mehr, die Hölle würde lachen, und tausend Dämonen rieben sich die Hände. Sie hatten den gewaltigen Kampf gewonnen, weil die Menschen zu arrogant gewesen waren.

Vielleicht konnten sich einige von ihnen retten. Vielleicht auch nicht. Sie würden sich mit anderen Völkern vermischen und irgendwann in Tausenden von Jahren die Erinnerung an das einst so stolze Reich wiederfinden.

Er flog weiter, und auf seinem tönern schimmernden Gesicht breitete sich der Schmerz aus. Vielleicht war es das letzte Mal, dass er so fliegen konnte, dass er seine Freunde traf, die alles versucht hatten, den Untergang aufzuhalten, aber zu spät gekommen waren.

Der laue Abendwind erfasste ihn und trug ihn höher, wo die Luft kälter war und der Blick noch weiter schweifen konnte. Bis hin zum Meer, das vor dem Kontinent so harmlos gegen den weißen Strand spülte und doch zu einem gefährlichen Raubtier werden konnte, wenn der Wind die Wellen zu gläsernen Bergen auftürmte und mit ungeheurer Wucht gegen den Strand warf.

Tränen flossen aus seinen Augen, wenn er an Atlantis dachte. Denn dann war auch seine Zeit vorbei. Er würde zwar überleben, aber eingehen in ein Zwischenreich, wo er selbst keine Aufgabe mehr besaß und anderen Gesetzen unterliegen würde.

Atlantis …

Du Land im Meer, das Erbe des großen Zeus, Atlan geweiht, dem Sterben nah, den Tod vor Augen …

Er flog weiter und sah tief unter sich die ersten Ausläufer des Hohen Gebirges. Es trennte dieses gewaltige Reich, war die Grenze zwischen Gut und Böse.

Jenseits der Hohen Berge hauste das Böse. Dort brodelte die Hölle, da lauerten die Feinde, die es immer überfallartig schafften, in den anderen Teil des Reiches einzudringen und ihn zu unterwandern. Überall hatten sie schon ihre Stützpunkte und bereiteten systematisch den Niedergang dieses stolzen Reiches vor.

Nachts, wenn blauschwarz die Dunkelheit über dem Kontinent lag, waren sie unterwegs. Dann schickten sie ihre Spione und Diener aus, ihre Monster und Dämonen, um die Gerechten, die Guten, die weißen Magier zu töten oder umzudrehen.

Nur wenige blieben standhaft. Viele starben auf grauenvolle Art und Weise, und wenn am Morgen die Sonne die Nacht vertrieb, dann leuchtete manchmal sein Konterfei an den Wänden der Häuser und Tempel.

Ein gefährliches Bild. Eine Malerei des Schreckens, denn er war derjenige, der über das Dämonenreich in diesem Land herrschte. Sein schwarzer Totenschädel glänzte, als wäre er mit Tierfett eingerieben worden. Nur seine Augen waren hell. Und die versprachen allen, die in sie schauten, die Schrecken der Hölle.

Noch nie war ihm ein Gerechter entkommen. Denn er war in seiner Grausamkeit einmalig. Mit teuflischer Raffinesse lenkte er die Geschicke des dämonischen Reiches. Und seine Anhänger, die gewaltige Diener- und Dämonenschar, gehorchten ihm blind.

Er war ihr Meister – er war der Schwarze Tod!

Er flog weiter. Nicht einen Blick warf er in die Täler, die hier schon düster und drohend aussahen. In manchen glühte ein rotes Licht, das die schmalen Pfade und Wege, die die Täler durchzogen, wie mit Blut ausfüllte.

Er wusste, dass seine Mission gefährlich war, aber er wusste auch, dass er nicht anders konnte. Es würde ihm nicht mehr gelingen, den Untergang zu verhindern, aber vielleicht konnte er als Bittsteller auftreten und versuchen, eine der Parteien zur Mäßigung zu zwingen.

Denn auch die Dämonen waren sich nicht einig. Sie hatten sich in zwei Parteien gespalten.

Die eine, die dem Schwarzen Tod gehorchte, wollte die totale Vernichtung. Die andere jedoch, angeführt von Myxin, dem Magier, wollte nur die Unterjochung der Menschen.

Beides war sehr schlimm, aber Myxin war das kleinere Übel. So weit dachte der Bote, und deshalb war er unterwegs, um noch einmal mit Myxin zu sprechen.

Die Weisen hatten ihn geschickt, denn er war ihr Freund. Sie verließen sich auf seine Hilfe, doch was hatte er für sie tun können? Der Eiserne Engel konnte nicht mehr in das Räderwerk der Vernichtung eingreifen und es zum Stillstand bringen.

Atlantis war verloren. Und der Eiserne Engel versuchte zu retten, was noch zu retten war.

Inzwischen hatte er das Gebiet erreicht, in dem Myxin, der Magier, regierte. Auch er hatte seine Diener zur Verfügung. Es waren die schwarzen Vampire. Blutsaugende Monster, die jeden anfielen, der es wagte, die Grenzen ihres Reiches zu überschreiten.

Der Eiserne Engel hatte keine Angst. Als Führer der Vogelmenschen galt er nahezu als unbesiegbar, und an ihm würden sich auch die schwarzen Vampire eines Myxin die Zähne ausbeißen.

Da kamen sie schon.

Der Eiserne Engel sah weit voraus die winzigen dunklen Punkte, die aus den geheimnisvollen Tälern hochstiegen, sich in den langsam grau färbenden Himmel schraubten und ihr Ziel anvisierten.

Längst wussten sie Bescheid, dass jemand es gewagt hatte, die Grenze zu überfliegen. Dieses Land hatte unzählige Augen und Ohren.

Sie würden ihn zu töten versuchen.

Doch der Eiserne Engel kannte keine Angst. Er war ein Mann des Friedens. Und sollten sie ihn dennoch angreifen, würde sein Schwert eine blutige Ernte zwischen den schwarzen Vampiren halten.

Er zählte.
Zehn waren es.
Myxin ging immer auf Sicherheit, wenn er seine Lufttruppen ins Gefecht schickte.
Und sie waren schnell. Im Direktflug steuerten sie auf den Eisernen Engel zu.
Jetzt sah er sie genauer.
Riesige Fledermäuse mit seltsam großen Köpfen, die manchmal sogar menschliche Gesichter aufwiesen. Und an ihrer Spitze flog ein besonders prächtiges Exemplar.
Goran, ihr Anführer!
Eine gewaltige Fledermaus, halb Mensch, halb Bestie. Ein großer Kopf saß auf dem dürren Hals, und seine ausgebreiteten Flügel hatten die Ausmaße eines Segels, wie es die großen Lastschiffe trugen, die weit über das Meer fuhren, um an anderen Küsten Handel zu treiben.
Sein Kopf wies entfernte menschliche Züge auf. Der Sage nach waren Gorans Erzeuger Vampire und Halbmenschen gewesen. Eine ungute Mischung.
Der Eiserne Engel bewegte seine Flügel kaum noch, aber seine rechte Hand legte er auf den Griff des Schwertes, und Goran wusste, was das zu bedeuten hatte.
Auch er hatte schon von dem Eisernen Engel gehört. Er kannte die Kraft, die in diesem Botschafter des Friedens steckte. Mit einem Schwertstreich konnte er gleich mehrere von ihnen töten.
Goran verharrte.
Den anderen erging es ebenso. Auch sie blieben in der Luft stehen und nutzten geschickt den abendlichen Aufwind, der aus den Tälern bis zu ihnen drang.
Eine Zeit lang sprach niemand, bis der Eiserne Engel sagte: »Lasst mich durch, ich muss zu ihm.«
Goran entblößte zwei starke Vampirzähne. »Zu wem willst du?«

»Zu Myxin.«

»Er wird dich nicht empfangen!«

»Das soll er mir selbst sagen!«

Goran lachte krächzend. »Nein, ich weiß es, er will dich nicht sehen, Engel. Verschwinde!«

Der Botschafter des Friedens hatte gewusst, dass es Schwierigkeiten geben würde, aber sie schreckten ihn nicht. Er entgegnete: »Du weißt genau, dass ich nicht gern zur Waffe greife, doch wenn, dann töte ich auch. Denk daran.«

Goran überlegte. Er kannte die Stärke des Eisernen Engels, der von den Göttern selbst erschaffen war und unter ihrem Schutz stand bis in alle Ewigkeiten. Zudem konnte er einen Kampf wirklich nicht riskieren, er durfte keinen Vampir verlieren, denn in der Auseinandersetzung gegen den Schwarzen Tod brauchte er jeden von ihnen.

Er beschloss deshalb, auf elegante Art und Weise einen Rückzieher zu machen. »Was willst du von Myxin?«

»Das sage ich dir nicht, Goran.«

»Aber ich könnte ein Fürsprecher für dich sein. Wer weiß, ob Myxin dich empfangen wird.«

Der Eiserne Engel lachte. »Auf diese Art und Weise kannst du mich nicht überlisten. Bring mich endlich zu deinem Führer.«

Goran zögerte noch eine Weile, schließlich stimmte er zu. »Ja, ich werde dich hinbringen«, sagte er. »Aber nur dieses eine Mal.«

»Ein zweites Mal wird es nicht mehr geben.«

Gorans Gesicht verzerrte sich. Die langen spitzen Zähne wurden sichtbar.

»Wie meinst du das?«

»So, wie ich es gesagt habe. Es gibt kein zweites Mal mehr für dich, Goran.«

Es waren harte Worte. Goran hätte sie nie akzeptiert, aber er kannte den Ruf des Eisernen Engels eben zu gut. »Folge mir!«, sagte er und machte kehrt.

Dabei breitete er abermals seine gewaltigen Schwingen aus, die die Farbe der Nacht, der Dunkelheit, aufwiesen. Lautlos segelte er voran, und der Eiserne Engel schloss sich ihm an. Die übrigen Vampire bildeten die Nachhut. Dabei ließen sie ihren »Gast« für keinen Moment aus den Augen.

Sie behielten die ursprüngliche Höhe nicht bei, sondern glitten in einen Sinkflug. Die Schluchten und Täler wurden schnell größer. Sie wirkten wie gefährliche Schlünde, in denen alle Schrecken der Verdammnis lauerten.

Für Menschen waren sie tödlich, verhängnisvoll, und selbst die Weisen der Magie trauten sich nicht in dieses Reich, wo das Böse Trumpf war und die Hölle ihre Pforten öffnete.

Manche Vulkane deuteten auf eine rege Tätigkeit hin. Aus ihren Kegeln stiegen Rauchfahnen empor, und tief in ihrem Innern hörten der Eiserne Engel und die Vampire ein dumpfes Grollen und Rumoren.

Auch sie würden ihr Feuer und die glühende Lava gegen den Himmel speien, wenn das stolze Atlantis versank. Der Eiserne Engel dachte mit Wehmut daran.

Er wusste auch, wo Myxin hauste. In einer gewaltigen Höhle, die schon mehr einem Felsendom glich und die nur einen einzigen Eingang aus der Luft hatte.

Eine Krateröffnung, die wie ein Kamin wirkte und die auch gut zu verteidigen war.

Bisher allerdings hatten die Vampire noch nicht um ihre Existenz kämpfen müssen, denn der Schwarze Tod und seine Vasallen hatten sich immer zurückgehalten. Sie waren in ihrem Reich geblieben und hatten sich mehr auf den Untergang der Insel konzentriert, denn der Schwarze Tod wollt das Chaos.

Er fühlte sich erst wohl, wenn Panik, Angst und Entsetzen herrschten und eine Welt dem Bösen geweiht war.

Ein besonders hoher Berg stach dem Eisernen Engel ins Auge. Er wusste, dass er den Eingang zu Myxins Reich darstellte. Der Berg lief an seiner Spitze wie eine Tulpe zu, deren Einstieg offen war.

Goran flog ihn an.

Ein gewaltiger Schatten segelte lautlos auf die Krateröffnung zu und umkreiste sie einmal. Dabei stieß er einen gellenden Ruf aus, der in die Öffnung hineinschallte und als schauriges Echo weitergeleitet wurde.

Niemand hielt ihn auf, als er seine gewaltigen Flügel anlegte und in die Öffnung eintauchte.

Der Eiserne Engel folgte.

Dunkelheit …

Und noch dunklere Schatten, die an den felsigen Wänden lauerten und mit glühenden Augen auf den Eindringling starrten. Es waren Wächter, die das Reich des Magiers bewachten, damit sich kein Unbefugter Eintritt verschaffte.

Steil ging es in die Tiefe. Der Einstieg verschwand hinter ihnen zu einem winzigen Punkt, und die Ankömmlinge flogen dem düsteren Glosen entgegen, das vom Boden her zu ihnen heraufleuchtete, ihnen sogar entgegenzukommen schien und ihre Gesichter mit einem dunkelroten Schein überwarf.

Ihr Ziel!

Plötzlich zischten sie in die gewaltige Höhle, die sich weit vor ihnen auftat und in der Myxin sein Hauptquartier hatte.

Es gab noch zahlreiche kleinere Höhlen in diesem Berg. Dort sollten unter anderem die Folterkammern sein, wo mehr als einmal die Schreie der Geknechteten durch die Höhle hallten. Sehr oft holten sich die schwarzen

Vampire Menschen, um sie auszufragen. Wussten sie dann genug, überließ Myxin die Bedauernswerten seinen Vampiren, die ihnen das Blut bis auf den letzten Tropfen aussaugten.

Er wusste schon längst Bescheid, welcher Gast da zu ihm kam. Es hatte sich herumgesprochen, zudem befand sich der Magier mit Goran im direkten Kontakt.

Myxin wartete schon.

Wenn man seine Körpergröße betrachtete und daran dachte, dass er ein Magier sein sollte, dann konnte man nur den Kopf schütteln. Dieses kleine grüne Männchen entsprach nämlich nicht den landläufigen Vorstellungen eines Magiers. Er schien verwachsen zu sein, war eher eine traurige Gestalt und wirkte sogar schmal und zerbrechlich. Seine Haut schillerte grün, die kleinen Augen lagen tief in den Höhlen, und das Gesicht wirkte irgendwie schuppig, wenn man es von Nahem betrachtete. Seine Körperform war menschlich, ganz im Gegensatz zu der des Schwarzen Tods, der die Form eines gewaltigen Skelettes hatte und allein durch sein Aussehen Angst und Schrecken verbreitete. Dass er es noch nicht geschafft hatte, Myxin zu besiegen, bewies, wie stark auch der kleine Magier war. Auf seine Art und Weise war er einmalig, und er wusste seine Kräfte gut einzusetzen.

Natürlich befand er sich nicht allein in der Höhle. Er war umgeben von seinen Dienern. Die schwarzen Vampire hatten sich überall gut verteilt. Manche hingen auch an den Wänden, und wenn sie sich abstießen und dabei die Flügel ausbreiteten, ertönte jedes Mal ein gewaltiges Rauschen.

Die meisten von ihnen hatten ihre Mäuler weit aufgerissen und die gefährlichen Zähne gebleckt. Aus ihren kleinen Augen betrachteten sie den Eisernen Engel voller Gier.

Aber sie wagten nicht, ihn anzugreifen. Myxin hatte noch keinen Befehl dazu gegeben.

Der Magier ließ seine Blicke über die eherne Gestalt des Engels wandern.

Dieser Bote sah aus wie eine Statue. Man konnte meinen, er wäre aus Kupfer, denn so schimmerte seine Haut. Übergroß von Gestalt stand er aufrecht vor dem Magier und ließ keinen Blick von Myxins kleiner Gestalt. Seine rechte Hand lag auf dem Griff des Schwerts, ein Zeichen, dass er gewillt war, Gewalt mit Gewalt zu beantworten. Wenn sie ihn angreifen sollten, dann würde er schrecklich unter den Vampiren aufräumen, wie er es schon einmal getan hatte, als Myxin ihn in seine Gewalt bringen wollte. Aber das war schon lange her. Seit dieser Zeit respektierten sich die beiden, und Myxin hatte nie mehr den Versuch unternommen, den Eisernen Engel zu töten. Er verfolgte vielmehr die Politik der feinen Nadelstiche. Schon mancher Vogelmensch war von den schwarzen Vampiren bis auf den letzten Blutstropfen ausgesaugt worden.

Endlich bequemte sich Myxin zu sprechen. »Was willst du von mir? Weshalb bist du hergekommen?«

Das Gesicht des Engels blieb unbewegt, als er seinen Mund öffnete. »Ich will mit dir sprechen, Myxin.«

»Und worüber?«

»Über die Zukunft. Ich will nicht, dass diese Insel untergeht. Du und ich, wir können es verhindern.«

Der Magier lachte. Es war ein hämisches Gelächter und wurde von den rauen Felswänden zurückgeworfen. »Was sollte mich dazu veranlassen, mich auf deine Seite zu stellen?«

»Der Schwarze Tod.«

»Wieso?«

»Ist er nicht auch dein Feind, Myxin?«

»Das stimmt. Aber ich bin nicht so dumm und verbünde mich mit dir, Engel, denn das wäre schlimm. Du stehst auf der anderen Seite, während der Schwarze Tod ein Schwarzblüter ist wie auch ich. Wenn es uns gelänge, ihn zu besiegen, würdest du nicht eher ruhen, bis auch ich getötet wäre. Das ist es doch, was du willst, Engel. Ich durchschaue deinen Plan sehr wohl. Du musst mich nicht für dumm halten.«

»Ich werde mich hüten.«

»Mir allerdings kam es so vor.«

Der Eiserne Engel schüttelte den Kopf. »Warum willst du diesen Kontinent zerstören? Er soll leben, er soll gedeihen, und die Menschen sollen sich entwickeln können. Atlantis darf nicht untergehen. Meine Träume, meine Visionen sollen keine Wahrheit werden. Ich will alles tun, um dies zu verhindern.«

»Du irrst. Ich will die Zerstörung nicht.«

»Aber die Unterjochung.«

»Ich will nur der König in diesem Land sein.«

»Und damit das gelingt, stürzt du einen ganzen Kontinent ins Verderben.«

»Der Schwarze Tod kann ihn mir auch kampflos überlassen«, erwiderte Myxin.

»Du weißt selbst, dass er so etwas niemals tun würde.«

»Deshalb bin ich doch nicht schuld, wenn Atlantis stirbt. Ich werde überleben«, sagte Myxin.

»Bist du dir sicher?«

»Völlig.«

Der Eiserne Engel nickte. »Nun gut«, sagte er. »Und wann wird es zum Kampf kommen?«

»Ich weiß es noch nicht, denn ich habe Zeit.«

»Hast du die Vorzeichen nicht vernommen? Hörst du nicht, wie es im Schoß der Erde grollt und donnert? Der Schwarze Tod hat bereits die Kräfte der Tiefe mobilisiert.

Sie werden dich und deine Vampire vernichten, Myxin. Er ist stärker als du. Die Großen Alten haben gewusst, wen sie da erschufen. Und er ist so alt wie die Welt, vielleicht noch älter.«

»Das schreckt mich nicht.«

»Dann gibt es keine Lösung.«

»Doch.« Myxin lächelte. »Den Kampf.«

»Das ist kein Ausweg, Magier. Kampf, wenn ich das höre! Kann man denn nicht in Frieden leben?«

Myxin trat plötzlich einen Schritt vor. »Verlasse meine Höhle!«, zischte er. »Geht jetzt, ich will dich nicht mehr hier sehen. Du sollst verschwinden.«

»Hast du dir deine Worte gut überlegt?«

»Ja, denn ich gebe dir nur einmal eine Chance, von hier lebend wegzukommen.«

»Ich lasse mir nicht drohen.«

Ein Lächeln spielte um Myxins Lippen, als er die rechte Hand hob. Seine langen, spinnenartig wirkenden Finger schlossen sich. Das Zeichen für zwei seiner Vampire.

Plötzlich stürzten sie sich auf den Besucher. Und nun zeigte der Eiserne Engel, was in ihm steckte. Er riss sein Schwert hervor, ließ die beiden Vampire herankommen, und da sie dicht nebeneinander flogen, trennte er ihnen mit einem Streich beide Köpfe ab.

Sie klatschten zu Boden. Die Körper flatterten noch ein Stück weiter, dann fielen auch sie und wurden ebenso zu Staub wie die Köpfe der Vampire.

Myxin lachte. Der Tod seiner beiden Diener schien ihm nichts auszumachen. »Ich sehe sehr wohl, dass du die Kunst des Schwertführens noch beherrschst, aber auch das wird dir nichts nutzen. Meine Vampire werden deine Vogelmenschen vernichten. Diese Warnung wollte ich dir noch mit auf den Weg geben. Und jetzt verschwinde! Ich gebe dir großzügigerweise die Zeit.«

Der Eiserne Engel machte kehrt. Er warf keinen Blick mehr zurück, als er die Flügel ausbreitete und hinein in den Schacht stieß, der sich vor ihm auftat.

Er zischte hoch, und niemand wagte es, ihn anzugreifen.

Dann hatte der Eiserne Engel die Höhle verlassen. Der kaminähnliche Fels spie ihn förmlich aus.

Es war inzwischen fast dunkel geworden. Nur weit in der Ferne, wo das Meer wie ein Teppich lag, glühte der Himmel noch im letzten Rot der untergehenden Sonne.

Rot wie das Blut, das bald vergossen werden sollte. Der Eiserne Engel weinte. Er weinte um die Menschheit und um seine Heimat Atlantis, die dem Untergang geweiht war …

Ich hatte ein verdammt ungutes Gefühl!

Vor mir lag der stockdunkle Flur, in dem die Treppe kaum noch zu ahnen war. Hinter mir befand sich die geschlossene Tür, die mir den Rückzug versperrte.

Ich wollte in die erste Etage.

Natürlich hätte ich meine kleine Lampe einschalten können, doch ich wollte kein Ziel bieten, denn dass irgendetwas nicht stimmte, spürte ich genau.

Ich merkte es mit jeder Faser meines Nervenkostüms, dass etwas in der Luft lag. Da war diese unbestimmte Drohung, die nicht auszulotende Gefahrenquelle. Ein Frösteln überlief meine Haut.

Helfer hatte ich nicht.

Wohl wartete Myxin, der kleine Magier, draußen, aber er selbst hatte sich nicht in das Haus hineingetraut, sondern mich nur mit Informationen versorgt.

Die Gründe, weshalb Myxin draußen blieb, kannte ich nicht.

Da es zu dunkel war und ich überhaupt nichts sehen konnte, streckte ich meine Arme aus, um mich wenigstens tastend weiterzubewegen.

Dann erfolgte der Angriff.

Er kam vor mir aus dem Dunklen, und er traf mich mit elementarer Wucht. Ich merkte zwar noch im letzten Augenblick, was sich da tat, kam aber nicht schnell genug weg.

Jemand prallte gegen mich.

Ich hatte dem nichts entgegenzusetzen und wurde zurückgeschleudert. Für drei Schritte konnte ich mich noch auf den Beinen halten, dann musste ich dem anderen nachgeben und fiel nach hinten. Die Angst, mit dem Hinterkopf aufzuschlagen, ließ mich richtig reagieren. Ich rollte mich zusammen und gleichzeitig über die Schulter ab, bis ich gegen eine Wand stieß.

Der Kerl war über mir.

Der Hieb gegen meinen Kopf war nicht von schlechten Eltern. Und dann schlug ich noch mit dem Kopf gegen die Wand.

Das machte mich wütend.

Ich riss den Arm hoch. Genau in dem Moment, als der nächste Schlag folgte. Und diesmal hatte ich Glück. Ich erwischte die Hand meines Gegners, hielt sie fest und wuchtete gleichzeitig ein Bein vor.

Ich traf ihn gut.

Schleifende Schritte und das Bemühen, sich krampfhaft auf den Beinen zu halten, verrieten mir, dass der Typ einen Abflug machte. Ich gewann Zeit und konnte mich hochstemmen.

Im Gegensatz zu mir schien er im Dunkeln gut sehen zu können. Hätte ich meinen Kopf nicht geschützt gehabt, das volle Pfund hätte mich zu Boden gewuchtet. So klatschte es an meinem angewinkelten Arm ab.

Ich wurde sauer.

Meine Faust traf und holte ihn fast von den Beinen. Ich vernahm einen erstickten Aufschrei und dann einen dumpfen Fall. Anscheinend konnte der Bursche doch nicht so viel ertragen. Auf jeden Fall ging er zu Boden.

Diesmal schaltete ich die Lampe ein. Die Wand als Deckung im Rücken, stand ich leicht vornübergebeugt da und hielt die Bleistiftlampe in der zitternden Rechten.

Das Licht traf den Kerl.

Ein dunkelhaariger Typ, der eine Lederjacke trug und eine enge Jeans. Damit hätte ich wirklich nicht gerechnet. Den Schläger konnte ihm selbst ein Halbblinder ansehen. Soeben wischte er sich über den Mund und wollte wieder angreifen.

Ich schaltete die Lampe aus und trat hastig zur Seite. Der Kerl rannte an mir vorbei und dachte nicht mehr an die Wand.

Ein Aufprall und ein undefinierbarer Laut bewiesen, dass er voll gegen sie geprallt war.

Dann packte ich seine Haare, drehte den Kopf zur Seite und schlug mit der Handkante zu.

Der Knabe wurde schlaff. Ich ließ ihn zu Boden gleiten und atmete tief aus. Verdammt noch mal, da hatte mich mein Gefühl doch nicht betrogen. Aber zu wem gehörte dieser Bursche? Zu denen im ersten Stock?

Das wollte ich nicht glauben. Ich musste an Myxins Worte denken, der mir gesagt hatte: »Diese drei sind Männer des Friedens, ich habe es gespürt.«

Überhaupt war die ganze Angelegenheit sehr mysteriös. Myxin hatte mich besucht und sehr geheimnisvoll getan. Er berichtete mir, dass es drei Menschen gäbe, die schon einmal in Atlantis gelebt hätten. Sie waren sehr schwer zu finden gewesen, aber Myxin hatte es geschafft. Und diese Menschen würden sich auch wieder erinnern können, machte er mir klar. Ich sollte doch mal mit ihnen reden. Er selbst wollte es nicht, weil er zu bekannt und berüchtigt war, ich sollte nur vorfühlen und eventuell herausfinden, ob sich diese drei Menschen für eine Zusammenarbeit eigneten.

Was tat man nicht alles für einen Freund? Zudem hatte ich mir schon so viele Nächte um die Ohren geschlagen, dass es auf die eine mehr oder weniger auch nicht ankam.

Ich sagte also zu.

Myxin führte mich zu diesem geheimnisvollen Haus, das mal eine Loge beherbergt hatte. Aber die Freimaurer waren ausgezogen. Verständlich, denn so, wie das Haus von außen aussah, war es sicherlich auch von innen, und auch ich hätte mit meinen Freunden hier nicht gern Versammlungen abgehalten.

Mehr wusste ich nicht. Ich sollte dann nur noch die Treppe hochgehen und nachschauen, hatte Myxin gesagt und gelächelt.

Teil eins des Plans gestaltete sich als ein wenig schwierig. Aber der Ärger lag vor meinen Füßen, das dumme Gefühl war verschwunden, und ich konnte endlich meine eigentliche Aufgabe in Angriff nehmen. Das Haus war zwar schon einige Jahre alt, aber noch in Ordnung. Ich brauchte keine Angst zu haben, die Stufen hochzusteigen.

Ich blieb trotzdem vorsichtig. Auf dem ersten Absatz legte ich eine kurze Pause ein.

Zu hören war nichts. Kein Geräusch drang aus dem ersten Stock an meine Ohren. Das wunderte mich. Wenn dort eine Versammlung stattfand, hätte ich eigentlich Stimmen vernehmen müssen.

Als alles ruhig blieb, ging ich weiter. Vorsichtig. Hin und wieder zertrat ich winzige Steine mit meinen Sohlen, was jedes Mal ein Knirschen hervorrief.

Schließlich stand ich vor einer Tür. Für eine Wohnungstür war sie ziemlich breit. In der oberen Hälfte befand sich dunkles Glas in einem Rahmen. Niemand konnte in das Zimmer oder die Wohnung hineinsehen.

Eigentlich seltsam, es sei denn, die Inhaber hatten etwas zu verbergen. Und das schien mir so.

Ich probierte die Klinke.

Die Tür schwang auf. Lautlos. Die Angeln waren gut geölt. Bevor ich die Wohnung betrat, lockerte ich meine Beretta. Ich war bereit, sie sofort zu ziehen, und rechnete auch mit einem heimtückischen Angriff, wurde jedoch positiv überrascht. Man ließ mich unbehelligt die Wohnung betreten.

Ich riskierte es nicht, die Lampe einzuschalten. Inzwischen hatten sich meine Augen auf die herrschende Dunkelheit eingestellt. Vor mir nahm ich den Umriss eines hohen Schranks wahr.

Drei Schritte trennten mich davon. Ich umging den Schrank und stand wieder vor einer Tür.

Diesmal war sie schmaler.

Das sah mir schon eher nach einer Wohnungstür aus. Ein Gefühl der Spannung hatte mich ergriffen, als ich meine Hand auf die Klinke legte und die Tür öffnete.

Erst nur einen Spalt, dann stieß ich sie ruckartig auf.

Zunächst geschah nichts. Ich sah auch nicht viel. Durch die Fenster drang kein Fetzen Licht, denn sie waren mit schwarzen Vorhängen abgedichtet.

Aber in dem Raum saßen Menschen.

Ich sah sie zwar nicht, aber so etwas spürt man. Menschen strömen einen charakteristischen Geruch aus.

Stocksteif blieb ich stehen, lauschte auf Atemzüge oder Wortfetzen, doch die anderen blieben stumm.

Vielleicht zwei Sekunden blieb ich so stehen.

Dann geschah es!

Die Überraschung traf mich von einem Augenblick zum anderen. Nie hätte ich damit gerechnet, deshalb reagierte ich auch nicht und blieb nur Zuschauer.

Blaues, kaltes Licht strahlte auf.

An drei Stellen gleichzeitig war es zu sehen. Ich hörte ein leises Zischen, dann flammte es rechts, links und vor mir bläulich auf.

Licht!

Für einen Moment schloss ich geblendet die Augen, weil doch alles zu plötzlich gekommen war. Dann aber sah ich sie, als ich die Augen wieder öffnete.

Es waren drei Gestalten.

Sie hockten in hochlehnigen Stühlen und hatten mir ihre Gesichter zugedreht. Die Männer trugen lange Kutten. Sie waren von dem grellen blauen Lichtschein eingehüllt, der sich blass um ihre Körper gelegt hatte.

Sekunden zogen sich wie Gummi hin, und ich nahm Einzelheiten wahr. Eingreifen konnte ich nicht, dazu bannte mich der unheimliche Vorgang zu sehr auf der Stelle.

Das Licht war für die Männer gefährlich. Überdeutlich bekam ich mit, wie die Gestalten von diesem blassblauen Schein buchstäblich zerstört wurden.

Auf einmal fiel ihnen das Fleisch von den Knochen. Ich sah deutlich, dass sich die Haut auflöste, erst lappig herunterfiel und dann verschwand, als hätte es sie nie gegeben.

Das Licht zerstörte die drei.

Es wirkte wie eine Säure, und wenig später sah ich den Erfolg.

Vor mir saßen drei Skelette.

Sie hockten noch immer in ihren hohen Lehnstühlen, die den Angriff aus dem Unsichtbaren gut überstanden hatten. Sie rührten sich nicht, die vollständig kahlen

Totenschädel waren mir zugewandt, und leere Augenhöhlen glotzten mich an.

Aus!

Ich war in eine Versammlung geplatzt, und die Männer hatten entsprechend reagiert.

Musste ich mir Vorwürfe machen?

Ja, ich hätte vorsichtiger sein müssen. So aber war es zu spät, die anderen hatten mich überrumpelt. Und ich war mit meinem Latein so ziemlich am Ende.

Innerlich schimpfte ich auf Myxin. Er hätte mich warnen müssen. Jetzt erfuhren wir vielleicht gar nichts.

Ich drehte mich um. Da ich noch immer ziemlich dicht an der Wand stand, war es leicht für mich, den Lichtschalter zu finden.

Ich kippte ihn.

Eine weiße Kugel an der Decke wurde hell. Das Licht war intensiv genug, um alles im Zimmer erkennen zu können.

Da standen die drei Stühle mit den Skeletten. Ich sah eine alte Kommode und einen schwarzen Teppich, auf dem die Stühle standen.

Dieser Teppich interessierte mich, denn mit weißen Linien war in ihn ein Umriss gezeichnet, bei dem man gut erkennen konnte, dass es sich um ein Land handelte.

Nur – um welches?

Ich trat näher an den Teppich heran und schaute nach. Dieses Land oder diesen Kontinent hatte ich auf keinem modernen Atlas gesehen. Aber in alten Büchern war er mir schon unter die Augen gekommen. So sah eigentlich nur eine Landmasse aus.

Atlantis!

Ja, ich sah die Umrisse des versunkenen Kontinents vor mir, und das gab mir ein weiteres Rätsel auf.

Eins war klar: Diese drei Skelette standen in einem

unmittelbaren Zusammenhang mit Atlantis. Nähere Auskünfte darüber würde mir wohl nur Myxin geben können.

Ich schaute mir die Knochenmänner an. Sie sahen schaurig aus, wie sie in ihren Stühlen hockten und die fleischlosen Finger um die Lehnen gekrallt hatten. Das kalte Licht hatte die Menschen zerstört. Warum nur? Weil ich das Zimmer betreten hatte?

Ich hob die Schultern und drehte mich rasch um, als ich von draußen Schritte hörte.

Da kam jemand die Treppe hoch.

Sofort war ich an der Tür und baute mich dort im toten Winkel auf. Falls es ein Feind war, dann würde er sich wundern.

Vor der Tür verstummten die Schritte. Der Eindringling schien zu zögern. Dann drückte er die Tür vorsichtig auf. Ich sah eine Hand, die leicht grünlich schimmerte und mir sehr bekannt vorkam.

»Du kannst reinkommen, Myxin«, sagte ich und ließ meine Pistole sinken, die ich sicherheitshalber gezogen hatte.

Myxin betrat den Raum, schaute auf die Beretta und dann mich an.

»Hast du sie benutzt?«

»Nein.«

»Wieso sind es dann Skelette, die in den Stühlen hocken?«

Ich steckte die Waffe weg. »Das fragst du mich, mein Lieber? Du müsstest doch wissen, was mit diesen Männern da los ist. Erinnere dich mal genau.«

Myxin hob nur die Schultern. »Ich kann mir nicht vorstellen, dass sie zu …«

»Ach, hör auf«, unterbrach ich ihn. »Sie waren noch völlig normal, als ich das Zimmer betrat. Dann jedoch strahlte ein blaues Licht auf, ihr Fleisch fiel vom Körper, und es hockten nur noch die Knochenmänner vor mir.«

Myxin ging auf die Skelette zu. Dabei betrat er auch den Teppich und stellte sich mitten in den Umriss des Kontinents.

»Ich weiß nicht, was passiert ist«, murmelte er. »Irgendeine alte Kraft ist frei geworden, die sie vernichtet hat.«

»So schlau bin ich auch«, erwiderte ich sarkastisch. »Kannst du mir nicht mehr über die Vorgeschichte dieser Männer berichten?«

»Das ist nicht leicht.«

»Versuche es trotzdem.«

Myxin wandte sich um. Er sah sehr nachdenklich aus. »Ich weiß nicht, wie viele den Untergang von Atlantis überlebt haben, aber es müssen einige Hundert gewesen sein. Ihr Blut hat sich mit dem der fremden Rassen vermischt, und doch ist das alte Erbe nie untergegangen. Es geriet zwar in Vergessenheit, war verschüttet, aber man hat sich wieder daran erinnert. Jene, die das Blut in sich tragen, suchen nun nach Gleichgesinnten, um sich mit ihnen zu verbünden. Hier hatten sich welche gefunden. Allerdings weiß ich nicht, aus welchem Grunde sie umgebracht wurden.«

»Weshalb sollte ich überhaupt mit ihnen reden?«, erkundigte ich mich.

Myxin lächelte. »Erinnerst du dich, John Sinclair? Erinnerst du dich daran, als Suko und du im Mittelmeer nach mir getaucht seid und den goldenen Sarg gefunden habt?«

Ich nickte.

»Damals bin ich aus einem zehntausendjährigen Schlaf erweckt worden, und ich habe dir einen Spiegel gegeben.«

»Ja, den Spiegel, mit dem ich das Dämonenauge des Schwarzen Todes zerstört habe.«

»Genau. Der Spiegel ist dann geschmolzen, aber er war auch nur ein Teilstück. Ich hätte gern den großen Spiegel. Es ist der Spiegel der Weisheit, und die Weisen haben ihn geschaffen. Er ist aufgeladen mit weißer Magie. Man sagt, wer ihn besitzt, dem könnten die Mächte der Finsternis nichts anhaben.«

»Er wird zerstört sein«, sagte ich.

»Möglich. Doch durch die *flaming stones* habe ich die Möglichkeit erhalten, in die Vergangenheit zu reisen.«

»Moment«, murmelte ich. »Du willst wieder in das Atlantis der Antike?«

»Ja, und zwar kurz vor seinem Untergang.«

Das war ein Ding. Ich schluckte, denn daran hatte ich schwer zu verdauen.

»Dabei wollte ich von diesen drei Männern wissen, wo sich der Spiegel befindet. Wenn sie auf der anderen Seite – auf der des Guten – standen, hätten sie es mir sagen können. Ich wäre nach Atlantis gereist und hätte ihn aus der Vergangenheit geholt.«

»Du oder ich?«

Myxin lächelte. »Ich hätte dich natürlich gebeten, mit mir zu reisen, John Sinclair.«

Ich schaute Myxin an. Harmlos sah der kleine Magier aus, und er machte mir auch nicht den Eindruck, als würde er falschspielen. Aber diese Forderung oder Bitte war so ungeheuerlich, dass ich mehrmals schlucken musste.

»Du verlangst allerhand«, sagte ich, und meine Stimme kratzte ein wenig dabei.

»Es war nur ein Vorschlag. Du hättest nicht zuzustimmen brauchen.«

Ich winkte ab. »Unsinn. Du weißt genau, dass ich alles versuchen werde, um den Mächten der Finsternis zu schaden. Und ich weiß auch, dass das Erbe von Atlantis existiert. Ich denke dabei an den Gigant von Atlantis, der von dem Eisernen Engel besiegt worden ist.«

»Ihn würdest du ebenfalls in Atlantis treffen, denn er hat überlebt.«

»Und?«

»Unter Umständen wäre er dir bei deiner Suche behilflich, denn er stand damals auf der Gegenseite.«

»Moment mal«, rief ich, weil es »Klick« in meinem Gehirn gemacht hatte. »Gegenseite? Du bist dann ja auch mein Feind, wenn ich in die Vergangenheit reise.«

»Schon möglich.«

Ich lächelte nicht gerade freundlich. »Schon möglich ist gut. Du weißt genau, dass wir in Atlantis auf verschiedenen Seiten stehen würden. Dann käme noch etwas hinzu. Der Schwarze Tod!«

Myxin nickte.

Ich hatte den Schwarzen Tod vernichtet. Mithilfe meines Bumerangs. Vereint mit den Kräften des Kreuzes war mir dies gelungen. Diese Kraft hatte ausgereicht, um selbst einen Superdämon wie den Schwarzen Tod zu vernichten. Ich war damals heilfroh gewesen, doch jetzt sah es so aus, als würde ich ihm in der Vergangenheit abermals begegnen.

Myxin versuchte mir die Sache schmackhaft zu machen.

»Es ist ja so«, sagte er, »der Schwarze Tod kann dich nicht schrecken, du hast ihn einmal besiegt ...«

»Du warst doch selbst dabei. Deine gesamte Streitmacht ist draufgegangen. Und wie lange habe ich gebraucht, um diesen Dämon auszuschalten. Es war ein verdammt harter Strauß gewesen. Und jetzt soll ich wieder gegen ihn antreten?«

»Das ist ja nicht sicher. Zudem könntest du vielleicht mehr über seine Entstehung erfahren.«

»Ist das überhaupt wichtig?«

»Ich meine schon, John Sinclair. Denn die Wesen, die den Schwarzen Tod erschaffen haben, greifen auch in unser Leben ein. Es sind Urzeitdämonen, man spricht auch von den Großen Alten, die noch vor Atlantis waren und deren Macht so unvorstellbar grausam gewesen ist, dass man gar nicht wagt, darüber zu sprechen.«

»Bisher ist ja noch alles Theorie. Fest steht nur, dass du den Spiegel haben möchtest. Das kann ich gut verstehen, und ich werde dich auch in deinem Bemühen unterstützen. Aber wir sollten uns um den Knaben kümmern, der mir an die Wäsche wollte.«.

»Ich habe ihn gesehen«, erklärte Myxin. »Er liegt noch im Treppenhaus und schläft.«

»Glaubst du, dass er dazugehört?«, fragte ich.

Myxin hob die Schultern. »Auf mich machte er nicht den Eindruck.«

Da gab ich dem Magier recht. Dieser Bursche war zwar nicht gerade harmlos, aber magische Fähigkeiten besaß er bestimmt nicht. Ich schätzte ihn eher als einen Schläger ein, der für ein paar Pfundnoten gemietet worden war, um den anderen unliebsame Besucher vom Hals zu halten.

Ich wandte mich der Tür zu. Bevor ich den Raum verließ, fiel mir noch was ein. »Wem gehört dieses Gebäude eigentlich?«

Myxin schüttelte den Kopf. »Ich weiß nicht. Es steht seit einigen Monaten leer.«

»Dann wundert es mich, dass es noch nicht besetzt worden ist«, entgegnete ich.

Im Flur fand ich einen Lichtschalter und drehte ihn herum. Es wurde hell.

Unten fanden wir den Kerl, der etwas von mir gewollt hatte. Er schlief noch immer.

Es gibt Methoden, wie man einen Bewusstlosen schnell

aus den Träumen holt. Ich drehte ihn zur Seite und sah die Beule an der Stirn. Sie war schon zu einem Horn geworden.

Leicht tätschelte ich die Wangen des Mannes.

Myxin öffnete die Haustür. Er schaute nach draußen, blieb einige Sekunden in der Haltung stehen und wandte sich wieder um.

»Die Luft ist rein«, berichtete er. »Keine Feinde in der Nähe.«

»Und doch müssen welche da sein«, hielt ich ihm entgegen. »Wer sollte sonst das Feuer geschickt haben?«

»Das stimmt. Vielleicht haben sie sich auch selbst vernichtet, als sie merkten, dass ein Unbefugter den Raum betrat. Wir müssen alles in Betracht ziehen.«

Myxin stellte da wirklich eine abenteuerliche Hypothese auf. Ich glaubte nicht daran, denn so leicht vernichtet man sich nicht. Schließlich hatte ich es bei den Dreien mit normalen Menschen zu tun gehabt, nicht mit Dämonen oder Teufelsdienern.

Vielleicht würde uns der noch Bewusstlose Auskunft geben können.

Er stöhnte.

Dieses Vorzeichen kannte ich. Es war die erste Stufe zum Erwachen. Als er die Augen aufschlug, traf sein Blick nicht die Decke, sondern mein Gesicht.

Der Mann erschrak.

Ich grinste. »Gut geschlafen, mein Lieber?«

Er verzog das Gesicht. »Meine Güte, haben Sie vielleicht einen Schlag!«

»Das war nicht ich, sondern die Wand. Was wiederum beweist, dass man friedliche Bürger nicht im Dunkeln angreifen soll. Manchmal geht das ins Auge. Und damit Sie sehen, mit wem Sie es zu tun haben, hier – mein Ausweis.«

Ich musste ihm das Dokument dicht vor die Augen halten, damit er es lesen konnte.

Der Mann schluckte. »Ein Bulle.«

»Nur ohne Hörner«, erwiderte ich und sah zu, wie er sich aufrichtete. Sein Gesicht war bleich, und die Beule an seiner Stirn wuchs noch immer. Als er sie mit seinen Fingern berührte, zuckte er zusammen.

»Es ist wohl klar, dass ich einiges von Ihnen wissen will«, sagte ich. »Wer hat Sie beauftragt, mich hier abzufangen?«

»Die drei Männer.«

»Das hatten wir uns schon gedacht. Und warum?«

»Fragen Sie doch die da oben.«

»Das geht leider nicht. Deshalb halten wir uns ja an Sie.«

»Shit. Ich wollte mir nur ein paar Pfund verdienen. War eine leichte Arbeit. Fünfzig Pfund sind eine Masse Kies. Und die sagten mir, es würde sowieso keiner kommen. Die haben mich in einer Kneipe angesprochen.«

»Und wie hießen sie?«

»Das weiß ich doch nicht. Glauben Sie denn, die stellen sich noch groß vor?«

»Aber Sie haben einen Namen.«

»Ja. Ben Trigger.«

»Fein, Ben. Und man hat Ihnen wirklich nicht gesagt, was Sie zu tun haben?«

»Nun ja, ich sollte eben dafür sorgen, dass die Gentlemen nicht gestört werden. Und in den Keller durfte auch keiner.«

»Sie waren nicht unten?«, fragte ich.

»Das walte Hugo. Nein, lebensmüde bin ich nicht. Und auch nicht vorbestraft.«

Als ich ihn zweifelnd anschaute, schwächte er ab. »Wenigstens kaum. Aber es liegt nichts an.«

Myxin und ich tauschten einen Blick. Beide hatten wir wohl den gleichen Gedanken. Der Magier nickte.

»Okay«, sagte ich. »Ihr Name ist mir jetzt bekannt. Deshalb will ich großzügig sein und Sie laufen lassen. Aber kreuzen Sie nicht noch einmal in gewalttätiger Weise unseren Weg. Haben wir uns verstanden, Meister?«

»Klar doch.«

Ich reichte ihm die Hand und half ihm auf die Beine. Schwankend stand er da. Der Blick war noch immer leicht glasig. Dann verschwand er. Myxin und ich blieben zurück.

»Der Keller scheint noch interessanter zu sein«, bemerkte ich. »Sehen wir ihn uns mal an.«

Myxin hatte nichts dagegen.

Die Kellertür fanden wir hinter der Treppe, wo es auch zum Hof ging. Den hatten wir uns schon vorher angesehen. Ein mit Unrat überladenes Geviert, mehr nicht.

Die Tür war verschlossen. Und sie sah auch ziemlich stabil aus. Da hier das Licht vom Flur mehr als bescheiden war, leuchtete ich mit meiner kleinen Lampe den Rahmen ab.

»Diese Tür haben sie nachträglich eingebaut«, erklärte ich Myxin. »Sie würde sonst nicht so fest im Rahmen sitzen.«

Ich probierte die Klinke. Es war abgeschlossen.

»Aufbrechen«, sagte der Magier.

»Schaffst du das nicht?«, fragte ich.

Myxin hob die Schultern. »Du traust mir ja allerhand zu.« Er konzentrierte sich.

Für wenige Augenblicke sah ich einen hellen Schleier, der sich auf das Türblatt legte. Dann gab es ein schnackendes Geräusch im Schloss, und die Tür war offen.

Ich nickte Myxin zu. »Wer sagt es denn? Du bist fast wieder der Alte.«

Der kleine Magier schüttelte den Kopf. »Nein, noch lange nicht. Du hättest mich in Atlantis erleben sollen.«

Vielleicht gelingt mir das noch. Es war nur eine gedankliche Antwort. Ich würde einen Teufel tun und Myxin meine Absichten verraten. Nein, große Lust hatte ich eigentlich nicht, eine Reise in die ferne Vergangenheit zu machen. Ich wurde hier gebraucht, und Atlantis konnte mir in gewissem Sinne gestohlen bleiben.

Zudem waren Myxin und ich dann wirklich Feinde. Er würde das, was sich in der Zukunft abspielte, nicht mehr kennen.

Ich tastete nach meinen Waffen.

Die Standardausrüstung trug ich bei mir. Kreuz und Beretta. Die anderen Dinge lagen im Koffer, und Desteros Schwert befand sich in meiner Wohnung. Ich konnte das Ding ja nicht immer mit mir herumschleppen.

Myxin stand vor mir. Über seine Schulter hinweg schaute ich auf eine Treppe, die in den Keller führte. Normalerweise hätte man einen feuchten, penetranten Geruch erwarten können, doch das war hier nicht der Fall. Die Luft roch irgendwie sauber und sogar anders, als wären irgendwelche Stoffe verbrannt worden, deren Reste jetzt noch das Kellerverlies schwängerten.

Ich war mir plötzlich sicher, dass uns etwas anderes erwarten würde als ein alter Kohlenbunker.

Myxin ging vor.

Es gab hier auch Licht, und so konnten wir ohne Befürchtungen die zwar buckligen, aber sauberen Steinstufen hinunterschreiten.

Unten machte der Gang einen Knick. Kurz vor einer ehemals weißen Mauer bog er nach rechts ab, und als wir um die Ecke gingen, da sahen wir die Schrift auf dem Boden.

Wir blieben stehen. Ich bückte mich, um die Buchstaben besser entziffern zu können. Halblaut murmelte ich den Text.

Wenn du als Freund kommst, werden wir dich auch als Freund empfangen. Kommst du als Feind, so wird dich unsere Kraft vernichten.

Ich schaute Myxin an. »Was hältst du davon?«

»Es ist die Warnung der Weisen.«

»Die aus Atlantis?«

»Ja.«

Ich schaute über die geschriebene Warnung hinweg auf die schwarze Tür. Was lag dahinter?

»Wir werden es wagen«, sagte ich, machte einen großen Schritt, weil ich nicht auf das Geschriebene treten wollte, und legte meine Hand auf den runden, golden schimmernden Knauf.

Ich drehte ihn um.

Die Tür war offen.

Als Erster betrat ich den dahinter liegenden Raum. Und damit begann für mich ein Abenteuer, wie es fantastischer und rätselhafter nicht sein konnte …

Wieder sah ich dieses kalte blaue Licht. Es füllte den Kellerraum völlig aus, und ich suchte automatisch die Quelle, fand sie aber nicht. Das Licht war überall. Es strahlte von der Decke, aus dem Boden, aus den Wänden.

Magisches Licht …

Stühle, wie ich sie auch oben in dem Zimmer gesehen hatte, standen ebenfalls hier unten. Sie gruppierten sich um eine Figur, die die Raummitte einnahm.

Eine Figur, die ich bereits einmal gesehen und auch erlebt hatte.

Es war der Eiserne Engel!

Unwillkürlich blieb ich stehen. Ich hatte mich bei unserem ersten Zusammentreffen gefragt, wo der Eiserne Engel wohl herkam. Sollte ich hier sein Zuhause gefunden haben?

Darüber konnte mir sicherlich Myxin näher Auskunft geben. Ich drehte mich zu ihm um.

Seinem Gesicht war anzusehen, dass er sich nicht sehr wohl in seiner Rolle fühlte. Er sagte auch nichts.

»Was ist?«, fragte ich ihn.

»Nichts.«

»Ich hätte gern eine Erklärung von dir. Du kennst den Eisernen Engel doch.«

»Ja, das stimmt.«

»Und wieso finden wir ihn jetzt hier? Ist es überhaupt der echte Engel?«

Myxin schüttelte den Kopf. »Es ist eine Nachbildung.« Er kam jetzt langsam vor. »Der echte Engel sieht zwar ebenso aus, aber er schwebt zwischen den Zeiten. Vielleicht hat man ihm hier einen Hort auf der Erde geschaffen, in den er sich immer wieder zurückziehen konnte.«

»Und warum sind dann die drei Männer gestorben?«, fragte ich.

»Keine Ahnung.« Myxin hob beide Hände, dann jedoch deutete er auf die Stühle. »Fällt dir nichts auf, John Sinclair?«

»Nein.«

»Zähl mal nach.«

Das tat ich. Und ich kam auf die Zahl vier. »Verdammt, das sind vier Stühle.«

»Richtig. Und vier Weise waren es, die damals versuchten, den Untergang zu verhindern.«

»Die Frage ist: Wo steckt der Vierte?«

»Genau.«

Myxin war ziemlich einsilbig. Irgendetwas verschwieg

er mir, das merkte ich ihm an. Er hatte noch einen Trumpf in der Hinterhand, wollte aber nicht damit rausrücken.

Ich drehte mich um und ging auf ihn zu. »Rede, Myxin, was weißt du?«

»Nichts.«

»Hör auf, ich kenne dich allmählich. Du weißt mehr, als du zugeben willst.«

»Ja, der Vierte.« Myxin nickte. »Er ist unser Problem. Und er wird die anderen drei auch umgebracht haben.«

»Moment, Moment«, sagte ich. »Ich denke, das wären Weise gewesen, die Atlantis vor dem Untergang hatten retten wollen. Da kann doch nicht einfach ...«

»Auch in Atlantis hat es Verräter gegeben, John Sinclair. Und dieser Vierte war ein Verräter.«

»Du kennst dich ja sehr gut aus.«

»Schließlich war ich dabei.«

»Und wo steckt der Kerl jetzt?«

Myxin schaute sich um. Er bewegte dabei nur die Augen, aber ich verstand.

Dieser Vierte, unter Umständen der Mörder der drei Männer oben, musste sich hier irgendwo verbergen.

Eine kalte Hand schien über meinen Rücken zu streichen. Unwillkürlich warf ich einen Blick zur Tür – und sah, wie sie zuknallte. Es ging so schnell, dass ich nicht rasch genug reagieren konnte. Ich warf mich zwar noch gegen sie, aber da war sie schon zugefallen. Ich prellte mir nur die Schulter.

Und dann hörten wir das Lachen.

Schaurig klang es hinter der Tür auf und hallte durch den leeren Keller.

»Gefangen!«, kreischte eine Stimme. »Ihr seid gefangen! Ihr werdet Atlantis erleben ...«

Ich biss so hart auf meine Zähne, dass ich das Knirschen hörte. Wir hatten geschlafen und hätten noch vorsichtiger sein sollen. Jetzt war es zu spät, um sich Vorwürfe zu machen. Die andere Seite hatte uns reingelegt.

»Deshalb zögerte ich«, erklärte Myxin. »Ich spürte, dass irgendetwas nicht stimmte.«

Auf dem Kellergang hörten wir schnelle Schritte. Der Vierte verließ den Keller.

»Hättest du mich nicht vorher warnen können?« Meine Stimme klang vorwurfsvoll.

»Ich konnte es ja selbst nicht fassen. Wir müssen uns eben damit abfinden.«

Da hatte der kleine Magier leider ein wahres Wort gesprochen. Aber ich ärgerte mich.

Noch geschah nichts. Ich ging näher an den Engel heran. Er sah tatsächlich so aus wie der echte, nur war dieser aus Stein. Er fühlte sich warm an.

Als würde Blut durch den Stein fließen …

Meine erste Erregung hatte sich gelegt. Ich dachte wieder klar und logisch. Angst empfand ich nicht. Wir würden es sicherlich schaffen, eine Tür aufzubrechen, auch wenn sie magisch versiegelt war. Schließlich besaß ich noch mein Kreuz.

Und das wollte ich einsetzen.

Doch dazu kam es nicht mehr. Noch bevor ich den Vorsatz in die Tat umsetzen konnte, nahm das Licht eine intensivere Farbe an. Das Blau kristallisierte sich viel stärker hervor und wurde zu einem regelrechten Lichtteppich, der sich über uns legte.

Ich spürte den ungeheuren Anprall der starken, fremden Magie. Gleichzeitig hörte ich mich schreien, da auch mein Kreuz getroffen worden war. Es erhitzte sich stark.

Myxin wurde ebenfalls überrascht. Er taumelte wie ein Betrunkener durch den Raum, mit dem ebenfalls eine Veränderung vor sich ging. Er wurde kleiner.

Die Wände schienen zusammenzuwachsen. Gewaltige Kräfte komprimierten das Licht zu einer Dichte, die uns wie ein Gefängnis umgab.

Man presste mich hinein.

Plötzlich sah ich nur noch das Licht und dicht vor mir den Engel, der langsam auseinanderbrach.

Myxin schrie mit lauter Stimme: »Das ist das Ende der Erben! Atlantis wird endgültig sterben!« Dann ging sein Schrei in einem gurgelnden Geräusch unter.

Und der Engel weinte blutige Tränen, als er Stück für Stück zerfiel.

Ich aber wurde von einer gewaltigen Kraft gepackt und nach vorn geworfen. Dabei verlor ich den Boden unter den Füßen, schwebte über der Erde und wurde hineingerissen in das Raum-Zeitgefüge.

Ich, John Sinclair, wurde zu einem Spielball der Kräfte …

Mein Erwachen war normal und nicht mit Schmerzen oder anderen unangenehmen Dingen verbunden.

Plötzlich war ich da.

Und ich befand mich zehntausend Jahre in der Vergangenheit!

Das war mein erster und auch richtiger Gedanke. Ich war als Mann aus der Zukunft in das alte Atlantis gekommen, um den Untergang dieses sagenumwobenen Kontinents mitzuerleben.

Ich stand wieder in einem Keller. Diesmal jedoch nicht in völliger Dunkelheit, sondern inmitten eines hellen Lichtgitters, das durch ein schmales Fenster fiel.

Es war also Tag. Als unsere Reise begonnen hatte, war es finstere Nacht gewesen.

Nun ja, die Zeit ist sowieso relativ, das habe ich oft

genug erfahren müssen. Schon manche Dimensions- und Zeitsprünge waren mir vergönnt gewesen. Ich hatte mich inzwischen daran gewöhnt und auch immer das Beste aus dem gemacht, was die andere Zeit mir bot. Hier wollte ich es nicht anders halten.

Ich ging vor und blieb unter dem kleinen Fenster stehen. Dabei legte ich meinen Kopf in den Nacken und schielte nach oben. Vielleicht konnte ich etwas erkennen.

Ich sah auch etwas.

Beine!

Das Haus musste an einer belebten Straße liegen, denn zahlreiche Menschen spazierten an dem Kellerfenster vorbei. Fast alle trugen Riemensandalen. Von vielen Passanten waren nur die Füße zu sehen, denn lange, meist sandfarbene Gewänder fielen bis auf die Knöchel. Sah ich mehr Bein, so gerieten gleichzeitig Waffen in mein Blickfeld, die sicherlich von Soldaten getragen wurden.

Das konnte ja heiter werden. Ich durfte nicht damit rechnen, dass die Soldaten meine Freunde waren. Ebenso wenig wie Myxin, der Magier. Wo er steckte, wusste ich nicht, er war wieder der Myxin aus Atlantis und würde all seine schwarzmagischen Kräfte einsetzen, um seine Feinde zu vernichten.

Auch mich.

Wenn ich daran dachte, überkam mich doch ein seltsames Gefühl. Vielleicht konnte ich Myxin aus dem Weg gehen und natürlich auch dem Schwarzen Tod.

Er war der größte bekannte Unbekannte in meiner Rechnung. Dieser Superdämon würde nicht zögern, mich zu töten, falls ich ihm vor die Sense lief.

Dabei hatte ich ihn schon umgebracht, und jetzt befand ich mich wieder um zehntausend Jahre in die Vergangenheit versetzt.

Ein Wahnsinn, wirklich.

Ich wollte erst einmal nicht in so großen Dimensionen denken, sondern auf dem Teppich bleiben. In meinem Falle hieß das: raus aus diesem Keller.

Er war aus ungeheuer großen Quadern errichtet. Ich hatte mich schon im Innern einer ägyptischen Pyramide herumgetrieben und glaubte, dort ähnliche Steine gesehen zu haben.

Eine Tür fand ich auch.

Sie bestand aus Holz. Ich sah einen Riegel, der zurückgeschoben war, hob ihn an und konnte den Keller verlassen.

Vor mir tat sich ein Gang auf. Ich musste mich nach links wenden, denn rechts endete der Gang vor einer Mauer. Er war ziemlich breit. Wenn ich mich in die Mitte stellte und meine Arme ausbreitete, konnte ich die Steine nicht einmal mit den Fingerspitzen berühren.

Auch die nach oben führende Treppe wies sehr breite Stufen auf, die man bequem hochschreiten konnte.

Alles lief gut.

Unangefochten überwand ich die Treppe und gelangte an einen Vorhang, der dort anstelle einer Tür angebracht worden war. Bevor ich ihn zur Seite schob und den Keller verließ, hörte ich das Grollen.

Es klang tief unter der Erde auf. Für einen Sekundenbruchteil hatte ich das Gefühl, als würde die Treppe erzittern.

Atlantis stand dicht vor dem Untergang. Ich erlebte die ersten Anzeichen mit. Vielleicht würde es den morgigen Tag nicht mehr geben.

Wer wusste das schon?

Das Zittern hörte auf. Für mich ein Signal, dass ich weitergehen konnte.

Hinter dem Vorhang lag eine Halle. Demnach musste das Haus ziemlich groß sein. Ich hörte Stimmen, sah aber keine Menschen. Dafür jedoch runde Säulen, die dicht unter der Hallendecke in einem Steinquadrat endeten, damit sie einen besseren Halt hatten.

Vorsichtig betrat ich die Halle. Der Boden bestand ebenfalls aus Stein. Große Rechtecke, die rötlich braun schimmerten und im farblichen Kontrast zu den Säulen standen.

Ich kam mir mit meiner modernen Kleidung in dieser Halle ziemlich deplatziert vor und musste unwillkürlich an meine Schulzeit denken, wo die Lehrer versucht hatten, uns möglichst viel über das Leben der alten Griechen einzupauken.

Damals habe ich oft geschlafen und manches nicht mitbekommen. Aber diese Bauweise hier erinnerte mich fatal an die Griechen, und mir kam der Verdacht, dass ein Volk vom anderen gelernt hatte. Auch Elemente der minoischen Kultur des alten Kreta waren vorhanden, denn ich sah an zwei Wandmalereien einen großen Stier im Kampf gegen zwei Menschen.

Dann hörte ich Schritte. Sie unterbrachen meine Gedanken. So rasch wie möglich huschte ich hinter eine der Säulen und verbarg mich dort. Keine Sekunde zu früh, denn zwei Männer erschienen, die im Gespräch vertieft waren.

Die Männer waren noch jünger, trugen silberne Helme und hatten eine stark gebräunte Haut. Ihre Oberkörper waren von einem Eisenpanzer bedeckt, der die Arme frei ließ und an der Taille endete. In den Scheiden steckten Kurzschwerter.

Ich verstand die Sprache. Auch ein Phänomen, über das ich nicht nachdenken wollte und es einfach hinnahm. Die beiden unterhielten sich über den bevorstehenden Angriff der Dämonen, waren allerdings guten Mutes, die Attacke stoppen zu können.

Bald wurden ihre Stimmen leiser. Dann verließen sie die Halle.

Ich wartete noch eine Weile, bevor ich mich aus meiner Deckung hervortraute.

Die Halle war leer. Die Männer hatten sich nach rechts entfernt. Den Weg wollte ich auch nehmen. Er führte mich sicherlich zum Ausgang.

Rasch lief ich durch die Halle. Dabei vermied ich es, mit den Hacken aufzutreten. Ich huschte auf Zehenspitzen voran. Unangefochten erreichte ich den Ausgang.

Er bot ein prächtiges Bild. Ein großes Tor stand weit offen, und ich konnte ins Freie schauen, wo sich zahlreiche Menschen aufhielten. Ja, solch einen Platz, wie ich ihn hier sah, den gab es auch in meiner Zeit.

Es war ein Marktplatz.

Allerdings wurde kein Markt abgehalten. Zahlreiche Menschen standen in Gruppen beisammen und unterhielten sich. Manche warfen besorgte Blicke zum Himmel, der mittlerweile seine Farbe gewechselt und ein düsteres Grau angenommen hatte.

Schon die ersten Anzeichen einer drohenden Katastrophe?

Das konnte auch die Abenddämmerung sein, die sich langsam ausbreitete.

In der Halle durfte ich nicht länger bleiben, sondern musste hinaus. Ich überwand die letzten Yards.

Von diesem prächtigen Haus aus führte noch eine breite Treppe auf den gepflasterten Marktplatz, dessen Steine ein verwirrendes Muster zeigten. Ich sah Kreise, Rechtecke und Quadrate. Außerdem einen großen Brunnen, auf dessen Rand zahlreiche Männer saßen und miteinander sprachen. Auch sie warfen immer wieder einen Blick zum Himmel.

Ich lief die Treppe hinab. Jeweils an den Rändern der Stufen standen große Tonschalen, in denen Blumen wuchsen. Ein friedliches Bild eigentlich, wenn nicht das Gefühl der Drohung und des Unheimlichen gewesen wäre, das über dem Land lag.

Land war gut. Ich wusste nicht einmal, welche Ausmaße der Kontinent hatte und wie die Stadt hieß, in der ich mich befand. Ich nahm jedoch an, in die Hauptstadt geraten zu sein.

Zuerst wurde ich nicht bemerkt. Bis zwei in lange Gewänder gehüllte Frauen plötzlich stehen blieben und mich aus dunklen Augen anschauten. Im nächsten Moment verzerrten sich ihre fein geschnittenen Gesichter, und sie stießen laute Warnschreie aus.

Die machten die Krieger mobil.

Bevor ich mich versah, kreisten sie mich ein. Die normalen Menschen flohen vor mir. Sie hielten mich wohl für einen Spion wollten nichts mit mir zu tun haben.

Die Krieger starrten mich an.

Unwillkürlich war meine Rechte zum Griff der Beretta gezuckt. Ich zog sie jedoch nicht hervor, weil mich sonst fünf Lanzen durchbohrt hätten, die die Männer auf mich richteten.

Stattdessen hob ich die Hände und hoffte darauf, dass dieses Zeichen auch verstanden wurde.

Vom Marktplatz führten sternförmig die Straßen ab. Ich sah auch zwei Brücken, die mit ihren gebogenen Steingeländern über Kanäle führten. Die Häuser, die den Marktplatz umgaben, waren allesamt prächtig anzusehen. Mit imponierenden Fassaden und wuchtigen, auf Säulen stehenden Vorbauten.

Man rührte mich nicht an, sondern wartete darauf, dass ich die Initiative ergriff. Aber den Gefallen wollte ich meinen Gegnern nicht tun. Und es war auch nicht nötig, denn das Geräusch klappernder Pferdehufe und Peitschenknallen schreckte uns beide auf.

Da sah ich schon die beiden Schimmel, die auf den Marktplatz sprengten und die Köpfe herumwarfen, sodass der Schaum von ihren Mäulern weg gegen die Flanken sprühte, wo er als langer Streifen hängen blieb.

Die Pferde mussten eine Kutsche ziehen, deren Fläche mit einer golden schimmernden Stoffhaube bedeckt war, die von zwei Dienern zurückgeklappt wurde, als die Pferde anhielten.

Mir war klar, dass irgendein hohes Tier eingetroffen sein musste, und ich war gespannt zu erfahren, wie diese Person reagierte, wenn sie mich entdeckte.

Erst einmal stieg sie aus der Kutsche.

Es war ein Mann. Auch seine Haut war stark gebräunt, und sein schlohweißes Haar hing ihm bis auf die Schultern. Der Kopf hatte eine schmale Form, die Wangen waren etwas eingefallen, die Augen blickten scharf, und die Nase sprang hervor wie der Schnabel eines Adlers. Der Mann trug ein scharlachrotes Gewand, das eine Schulter frei ließ. Er hatte kaum den Boden berührt, als ihn jemand ansprach und dabei auf mich und die mich umstehenden Krieger deutete.

Der Weißhaarige nickte, schaute ebenfalls zu uns und lächelte. Dann schritt er auf uns zu.

Ich hatte ihn lächeln gesehen, und dieses Lächeln machte ihn mir sympathisch. Ich glaubte nicht daran, dass er mir feindlich gesonnen war, beschloss aber, auf der Hut zu sein.

Der Mann hob einmal die rechte Hand. Er gab den Kriegern, die mich umstanden, damit ein Zeichen, und die Männer traten respektvoll zur Seite.

Zwei Schritte vor mir blieb der Weißhaarige stehen. Scharf musterte er mich.

Ich ließ seinen prüfenden Blick über mich ergehen, schaute selbst in die kühlen, forschenden Augen, entdeckte jedoch keinen Argwohn darin, sondern einen Willkommensgruß, der mir schon bald bestätigt werden sollte.

Der Weißhaarige reichte mir die Hand.

»Ich heiße Delios«, sagte er mit seiner warmen, volltönenden Stimme, »und begrüße dich in einer Stadt, die dem Tod geweiht ist, Fremder.«

Auch ich stellte mich vor, und der Weißhaarige nickte leicht, als hätte er meinen Namen schon irgendwann einmal gehört, aber das war wohl schlecht möglich.

»Wo kommst du her?«, fragte er mich.

Bei einem Mann wie ihm hatte es keinen Sinn, nach Ausreden zu suchen, deshalb sagte ich die Wahrheit.

»Ich komme aus der Zukunft, Delios. Ein ungewisses Schicksal hat mich in diese Zeit verschlagen.«

»Dann bist du kein Mensch von den Sternen?«

»Nein, das bin ich nicht.«

»Ich hatte es mir gedacht. Die Unbekannten von den Sternen sehen anders aus. Aber du wirst hungrig und durstig sein. Komm, iss und trink mit mir. Wir werden dabei reden.«

»Ich danke dir«, erwiderte ich schlicht.

Wieder nickte er, und ich sah das feine Lächeln in seinen Mundwinkeln. Mit einer weit ausladenden Armbewegung deutete er hoch zum Himmel. »Lass uns die letzte Kraft der wärmenden Sonne nutzen, bevor die Finsternis über die Stadt fällt und der Schwarze Tod seine Dämonen schickt. Wir werden unter dem Himmel von Atlantis unsere Speisen und unseren Trank zu uns nehmen.« Er ging vor und steuerte den Brunnen an, auf dessen Rand wir Platz nahmen.

Der Weißhaarige brauchte selbst nichts zu tun. Ein

anderer klatschte für ihn in die Hände. Junge Mädchen erschienen, brachten zuerst Wasser, womit wir unsere Hände waschen konnten, und dann Wein. Er wurde in Tonkrügen serviert, schmeckte harzig und löschte den Durst.

Wir tranken, während die Krieger einen Kreis um den Brunnen gebildet hatten und uns bewachten.

Die Mädchen servierten auch die Speisen. Datteln, Weintrauben, Feigen, Apfelsinen, prächtig und gut gewachsen, wie ich sie selten in meiner Zeit gesehen hatte. Dazu gab es pfannkuchenähnliche Gebilde, die mit Fleisch gefüllt und gut gewürzt waren.

Wir aßen und tranken.

Ich hatte wirklich Hunger und sprach während des Essens kein einziges Wort.

Schließlich fühlte auch ich die Müdigkeit. Noch schien die Sonne warm, dazu der volle Magen, das Plätschern des Wassers – diese drei Dinge gaben mir das Gefühl einer wohligen Entspannung.

Fragend schaute mich Delios an. »Wenn ich dich sehe, dann denke ich an einen Kämpfer des Lichts. Habe ich recht?«

»Ja, Delios, das hast du. Ich bin in meiner Zeit ein Magier des Guten, wenn ich das sagen darf, und ich entdecke auch in meiner Zeit immer mehr Verbindungen, die nach Atlantis führen. Diese Insel versinkt, da gibt es keinen Ausweg, aber es haben sich viele retten können, das weiß ich inzwischen.«

Delios nickte lächelnd. »Mir wird es nicht vergönnt sein, denn wenn Atlantis versinkt, werde auch ich sterben. Ich hoffe nur, dass mein Kind das Erbe weitertragen wird.«

»Das glaube ich und wünsche es dir«, erwiderte ich.

»Danke.« Er schaute in die Ferne, und auch ich sah

die Gebirgskette, die sich schemenhaft weit hinter der Stadt von der freien Ebene abhob. »Dort, wo die Berge das Land teilen, sind sie zuhause. Dort leben die Dämonen, unsere Feinde. Und wir hier sind die erste Stadt, die sie angreifen werden. Nacht für Nacht fallen sie ein, die Vasallen des Schwarzen Tods ebenso wie die Vampire des Myxin. Und der Eiserne Engel schafft es nicht mehr, sich durchzusetzen.«

»Ich kenne ihn.«

Delios blickte mich überrascht an. »Du hast ihn gesehen, John Sinclair?«

»Ja, aber in meiner Zeit.«

Ein Aufseufzen drang aus dem Mund des weißhaarigen Mannes.

»Dann hat auch er überlebt«, murmelte er. »Ja, die Sterne stehen doch nicht so ungünstig. Atlantis wird versinken, aber nicht alle kommen um.«

»Warum flieht ihr nicht?«, fragte ich.

»Wohin?«

»Auf das Meer.«

»Auch dort würde uns das Schicksal ereilen. Der Untergang ist uns vorbestimmt. Die Menschen haben es nicht anders gewollt. Sie haben nicht auf die Weisen und Propheten gehört. Nun ist es zu spät.«

»Bist du ein Weiser oder ein Prophet?«, wollte ich wissen.

»Ein Prophet.«

Ich nickte. »Auch die Weisen werden überleben. Vier sind es, doch einer von ihnen ist ein Verräter. Er steht in den Diensten derer, die Atlantis vernichtet haben. Er ist ein Dämon oder paktiert mit ihnen. Ihm verdanke ich es, dass ich hier bin.«

Delios schaute mich groß an. »Wer ist es? Sag es mir!«

»Ich weiß es nicht.«

»Aber du weißt, dass er ein Verräter ist?«

»Das schon, Delios. Doch ich habe ihn nicht gesehen.« Dann berichtete ich, was Myxin und mir widerfahren war. Und ich erzählte auch, dass ich mitgeholfen hatte, Myxin wieder zu erwecken, und dass er den Spiegel haben wollte.

Ich redete mich in einen regelrechten Rausch hinein, und Delios hörte mir fasziniert zu. Meine Worte mussten auch für ihn völlig neue Perspektiven eröffnen, vor allen Dingen über Myxins Rolle kam er aus dem Staunen nicht heraus, und er wunderte sich noch mehr, dass ich den Schwarzen Tod vernichtet hatte.

»Dann bist du ein Großer, ein Mächtiger«, sagte er, wobei Ehrfurcht in seiner Stimme mitschwang.

»Nein, das glaube ich nicht. Ich habe bisher immer Glück gehabt, das ist es.«

»Ein Mann wie du steht unter dem Schutz der Götter«, erklärte er mir. »Er wird immer unter ihrem Schutz stehen. Aber dass es einen Verräter gibt, beunruhigt mich sehr, weil ich keine Zeit mehr habe, ihn zu überführen. Doch du hast von mehreren gesprochen, die sich auch noch retten. Kennst du welche?«

»Ja. Myxin, der ja zu meiner Zeit geläutert ist, hat sich auf die Suche begeben. Er will die Menschen finden, die noch aus Atlantis stammen, während der Verräter sie töten möchte, damit nichts von dem alten Erbe zurückbleibt. Und Myxin hat Atlanter gefunden. Zwei. Einen Krieger, der allerdings gestorben ist. Haro war sein Name.«

Ich bemerkte, wie Delios zusammenzuckte, aber nichts weiter sagte.

»Und ein Mädchen«, fuhr ich fort. »Es hat sich Myxin angeschlossen und ist eine rätselhafte Erscheinung. Es führt das Schwert wie ein Krieger, und ihre Seele kann den Körper verlassen.«

»Sag mir den Namen!«, forderte Delios mich auf.

»Kara«, erwiderte ich. »Das Mädchen heißt Kara.«

Für einen Moment verschleierte sich sein Blick, und er lehnte sich nach hinten, sodass ich befürchtete, er würde in den Brunnen stürzen. Doch er fing sich schnell.

»Kara«, murmelte er und schaute mich dabei an. »Weißt du, wer Kara ist?«

Ein Verdacht kam mir, aber ich wollte von dem Weißhaarigen die Gewissheit bekommen. »Nein.«

»Kara ist meine Tochter!«

Meine Vermutung hatte sich bestätigt. Neben mir saß tatsächlich Karas Vater, von dem sie so viel berichtet hatte. Sie war stolz auf ihn gewesen, und mir klangen noch ihre Worte in den Ohren nach. Sie erzählte, dass ihr der Vater das Schwert mit der goldenen Klinge vererbt hatte, bevor er endgültig starb. Das musste dicht vor dem Untergang dieses Reiches gewesen sein, und als ich einen Blick zum Himmel warf, rann mir eine Gänsehaut über den Rücken.

Es wurde langsam dunkel. In der Ferne, wo die Berge lagen, glühte der Himmel im blutigen Rot.

Delios hatte sich vornüber gebeugt und sein Gesicht in den Händen vergraben. Für ihn musste es ebenfalls eine Überraschung gewesen sein wie für mich, denn damit hatte er nicht gerechnet.

»Kara«, flüsterte er, »meine Tochter. Sie hat das Erbe angenommen, und sie wird es fortführen.«

»Das kann ich dir versprechen«, erwiderte ich.

Er hob den Kopf und schaute mich an. »Du kennst sie, du kennst das Schwert, nicht wahr?«

»Ja.«

»Ist es das?« Mit einem Ruck schlug der alte Mann sein Gewand zur Seite, und da sah ich die Waffe mit der goldenen Klinge. »Ist sie das, John Sinclair? Ist es das

Schwert, das zehntausend Jahre später meine Kara tragen wird, um dem Bösen zu trotzen?«

»Ja«, erwiderte ich rau, »es ist die Waffe, die du Kara gegeben und die der Seher dir überlassen hat.«

»Du kennst ihn?«

Ich nickte und berichtete, wie ich an meinen Bumerang gelangt war.

»Irgendwo schließt sich der Kreis immer«, murmelte Delios. »Daran können auch zehntausend Jahre nichts ändern. Glaub es mir, John Sinclair. So wird es immer sein.« Dann wechselte er das Thema, obwohl mich die Person des Sehers brennend interessiert hätte. »War Kara allein in deiner Zeit?«

»Zuerst nicht. Ich sagte ja, ein bärtiger Krieger namens Haro war bei ihr. Doch er ist im Kampf gestorben. Todesengel haben ihn getötet, die von der Teufelstochter ausgeschickt worden sind.«

»Wer ist das?«

Ich erzählte ihm von Asmodina, doch damit konnte er nichts anfangen. Er dachte nur noch an seine Tochter. Verständlich.

»Wo ist sie jetzt?«, fragte ich ihn.

»Ausgeritten. Sie wollte noch die Sonne genießen, denn bald ist es vorbei, und eigentlich müsste sie schon zurück sein. Haro begleitet sie, er beschützt sie, aber du, mein Freund, wirst mich in mein Haus begleiten und dort so lange als willkommener Gast bleiben, wie es dir gefällt.«

»Ich danke dir sehr für diese Einladung«, erwiderte ich, »aber ich kann deine Gastfreundschaft kaum in Anspruch nehmen.«

Delios zeigte sich verwundert. »Warum nicht, John? Du bist fremd hier. Du kennst keinen …«

»Ich habe andere Aufgaben zu erfüllen«, erwiderte ich. »Ich möchte dich auf keinen Fall kränken …«

»Nein, nein, ich verstehe dich. Ein Mann muss immer seinen Weg gehen. Aber wenn ich fragen darf, um welche Aufgaben es sich handelt, würdest du mir eine Antwort gewähren?«

Puh, war das eine geschraubte Ausdrucksweise. Aber so redete man eben in dieser Zeit. »Ich möchte den Spiegel haben. Und zwar den ganzen. Mit einem Teil davon habe ich das Dämonenauge einmal zerstören können, das der Schwarze Tod Myxin abnahm.«

»Ich weiß«, lächelte Delios. »Der Schwarze Tod hat dies getan. Wir haben es mitbekommen. Seit dieser Zeit ist seine Macht noch gewachsen. Er will die Zerstörung, das reine Chaos, und nichts hält ihn auf seinem Wege auf.«

»Kennst du den Ort, wo sich der Spiegel befindet?«, wollte ich wissen.

»Irgendwo im Reich des Schwarzen Tods.« Er streckte den Arm aus und deutete dorthin, wo sich das Gebirge befand. »Dieses Land, so schön und fruchtbar es auch ist, beherbergt jedoch in seinen Bergen den Hort der Dämonen. Und da kann man auch den Schwarzen Tod finden und somit den Spiegel.«

Was mir Delios da sagte, klang nicht gerade ermutigend für mich. Wenn der Schwarze Tod tatsächlich den Spiegel besaß, dann wusste er ihn auch zu schützen.

Ich wandte mich an Delios. »Weißt du genau, wann der Kontinent versinkt?«

»Nein, John Sinclair. Das kann heute sein, das kann erst morgen geschehen oder auch übermorgen. Aber die Stunde des Untergangs ist nahe, glaube mir. Der Schwarze Tod wird mit Myxin noch um die Macht kämpfen müssen, Myxin wird verlieren – und …«

Er sprach plötzlich nicht mehr weiter, und das hatte auch seinen Grund. Das Rot des Himmels, erst nur in der Ferne zu sehen gewesen, hatte sich ausgebreitet. Wie ein Teppich lag es über dem Land, ein geheimnisvolles Leuchten, das seinen Widerschein auch gegen die Stadt abstrahlte, in der wir uns befanden.

»Der Anfang vom Ende«, murmelte Delios.

Ich schaute ihn an. »Willst du damit sagen, dass Atlantis in diesem Augenblick am Ende steht?«

»Nein, so schnell geht es nicht, mein Freund. Atlantis wird Teil für Teil versinken und auseinanderbrechen. Aber sie tun alles, um dies zu beschleunigen. Spürst du nicht den Wind, mein Freund?«

Ja, ich spürte ihn. Er heulte mit einem seltsam klagenden Ton durch die Gassen und Straßen.

»Das ist der Wind des Todes«, flüsterte Delios. »Er begleitet unsere Feinde, kündigt sie an. Komm ins Haus, John Sinclair. Der Schwarze Tod wird seine Truppen schicken.«

Delios wollte mich am Arm mitzerren, doch ich blieb stehen und schüttelte den Kopf. »Erst mal sehen, welche Truppen er schickt. Was sind das für welche?«

»Schwarze Skelette, die auf Flugechsen reiten.« Delios schluckte, bevor er flüsterte: »Meine Güte, Kara! Sie ist noch nicht zurück. Ich mache mir Sorgen.«

»Haro wird schon auf sie achtgeben«, beruhigte ich den weißhaarigen Mann.

Ich schaute mich auf dem Marktplatz um. Er hatte sich wirklich geleert. Nur noch die Soldaten warteten. Sie hatten die Blicke nach oben gerichtet, denn von dort würde die Gefahr kommen.

»Gib mir ein Schwert!«, verlangte ich.

Die Hand des Alten zuckte zu seiner Waffe, die einmal Karas Erbteil werden sollte.

Ich schüttelte den Kopf. »Nein, nicht das Schwert mit der goldenen Klinge. Irgendein anderes. Mach schnell, Delios, sie kommen bereits.«

Ich hatte die Feinde gesehen. Erst waren es nur dunkle

Punkte am Rot des Himmels, dann aber wurden sie rasend schnell größer. Ich identifizierte sie tatsächlich als Flugechsen, so wie Delios es mir gesagt hatte.

Um mich herum begann ein hektisches Treiben. Aus den Hauseingängen schoben die Bewohner seltsame Geräte. Sie standen auf Lafetten, an denen sich rechts und links Holzräder drehten, die über das holprige Pflaster walzten.

Jetzt sah ich die Waffen näher. Es waren große, bewegliche und schon gespannte Armbrüste, auf deren Sehnen Bolzen aufgelegt waren. Es waren besondere Geschosse, denn sie hatten kunstvoll geschmiedete silberne Spitzen. Die Menschen von Atlantis wussten genau, wie sie sich gegen ihre Feinde zu verteidigen hatten.

Aber reichten sie aus?

Ich zählte sechs Geschütze. Viel zu wenig für diese mörderische Attacke, denn die Gegner waren sicherlich mehr als zehnmal so stark.

Delios stand auf der Treppe vor seinem Haus, während irgendwo eine Alarmglocke geschlagen wurde.

Weitere Krieger erschienen. Sie waren mit Schwertern und Lanzen bewaffnet und würden sich todesmutig den Dämonen entgegenstemmen. Auch ich wollte nicht untätig zusehen und besorgte mir ein Schwert. Ich nahm es kurzerhand einem Soldaten ab, der zwei davon trug.

»Danke, Freund!«, rief ich und machte mich kampfbereit.

Eine Gänsehaut rieselte über meinen Rücken, als ich die angreifenden Gestalten sah.

Die Skelette waren wirklich pechschwarz, nur ihre Augen glühten. Und die grausamen Gestalten hockten auf den grünschuppigen Flugtieren, wo sie sich mit den Beinen festklammerten und ihre flammenden Peitschen schwangen.

In der Tat, es waren feurige Peitschen, mit denen sie in den Kampf zogen.

Ich hielt den Atem an. Jetzt hätte ich mir Desteros Schwert gewünscht, aber es musste auch anders gehen. Zusätzlich trug ich noch mein Kreuz und die Beretta bei mir sowie Ersatzmunition.

Das Kruzifix hängte ich offen vor meine Brust, darauf hoffend, dass es einen magischen Schutzschirm um mich errichten würde.

Die Krieger warteten ruhig ab. Sie kannten diese Überfälle wohl. Sie hockten hinter ihren großen Armbrüsten und ließen die gefährlichen Monster auf Schussweite herankommen.

Immer dunkler wurde es.

Ich kam mir vor, als würde ich inmitten einer roten Wolke stehen, die alles zerdrückte.

Dann schlief der Wind ein …

Für einen Moment wurde es fast totenstill. Die Glocke war verstummt. Nur das Atmen der Männer war zu hören. Ich spürte den Schweiß auf meinem Körper, mein Herz schlug schneller als gewöhnlich. Eine starke Erregung hielt mich gepackt.

Würde ich diesen Kampf hier überstehen? Würde ich irgendwann wieder in meine Zeit zurückkehren können, oder kam ich hier in der Vergangenheit um?

Das war die Frage, die in den nächsten Minuten ihre Antwort finden würde.

Plötzlich fächerten die Angreifer auseinander. Dicht über der Stadt breiteten die Horror-Wesen den Ring aus, und dann stürzten die ersten Flugechsen nach unten.

Der Kampf begann.

Jemand schrie einen Befehl!

Er galt den Männern an den Waffen. Im nächsten Augenblick zischten die ersten Bolzen in den blutroten Himmel und damit der Woge der Angreifer entgegen.

Treffer!

Von fünf Bolzen trafen vier voll ins Ziel. Die Soldaten waren schon gut.

Ich sah auch die Wirkung. Die Silberspitzen hieben in die schuppigen Körper der Flugechsen oder trafen die schwarzen Skelette. Schauriges geschah. Die Echsen rissen ihre Mäuler auf, die Flugbewegungen wurden gestoppt, und sie selbst flogen auseinander. Sie lösten sich in pestgrüne Wolken auf, während die schwarzen Skelette buchstäblich auseinandergerissen wurden, die Knochen nach allen Seiten davonflogen und auch die feurigen Peitschen verlöschten.

Fieberhaft luden die Soldaten die Waffen nach. Das kostete Zeit, sodass die zweite Woge der Angreifer buchstäblich wie Steine vom Himmel fiel, über die Dächer der niedrigen Häuser hinwegsegelte und Kurs auf den Marktplatz nahm. Viele flogen über den Platz hinweg. Ihre Ziele waren andere Orte der Stadt.

Todesmutig stemmten sich die Soldaten den Angreifern entgegen. Sie schleuderten ihre Lanzen, trafen auch manchmal, aber andere wiederum wurden von den landenden Monstern buchstäblich von den Beinen gerissen.

Dann wirbelten die ersten Peitschen.

Es wurde grausam. Ich hörte das Schreien der Getroffenen und sah, wie sie unter feurigen Hieben zusammensanken.

Plötzlich tauchte dicht vor mir eines dieser mörderischen Ungeheuer auf.

Ich zuckte zur Seite, entging dem ersten Hieb, sodass die Peitsche neben mir zu Boden klatschte und dort eine feurige Spur hinterließ. Das Skelett holte zum zweiten Mal aus.

Da schlug ich mit dem Schwert zu. Bevor mich die Peitsche treffen konnte, hatte ich einen Helfer des Schwarzen Tods in zwei Teile geschlagen. Rechts und links des Flugungeheuers kippten sie zu Boden.

Mit einem zweiten wütenden Streich hackte ich der Echse den Schädel auf. Grünes Blut floss aus der Wunde.

Ich hörte die Schreie der tapferen Soldaten. Vielen war es nicht gelungen, die Armbrüste ein zweites Mal schussfertig zu machen. Die Flugechsen hatten sie kurzerhand umgerissen.

Aber einer hatte es geschafft. Er spannte soeben die Sehne und legte einen neuen Bolzen auf. Neben ihm steckten in einem Köcher noch weitere Bolzen.

Der Mann sah nicht, dass sich eines der Flugungeheuer umdrehte und seinen Rücken anvisierte. Das schwarze Skelett hatte bereits die feurige Peitsche zum Schlag erhoben, als ich reagierte.

Blitzschnell schwenkte ich die Beretta herum und feuerte.

Der peitschende Knall übertönte die Kampfgeräusche. Ein paar Soldaten standen erstarrt. Sie hatten den Mündungsblitz gesehen und bekamen mit, wie die Kugel in die Flugechse einschlug und sie zerstörte. Auch das schwarze Horror-Wesen blieb nicht verschont. Es wurde zu Qualm und Staub.

»Schieß, verdammt!«, brüllte ich dem Krieger zu.

Er ließ die Sehne schwirren und der Bolzen traf.

Jetzt aber hatten die Angreifer gesehen, wem sie den Tod ihres Artgenossen zu verdanken hatten.

Gleich drei stürzten sich auf mich.

Ich hetzte zurück, sprang über am Boden liegende

Soldaten und drehte mich an der Hauswand um, sodass ich sie im Rücken hatte.

Schwert oder Pistole?

Ich nahm die Beretta.

Und verdammt, schießen konnte ich.

Dreimal drückte ich ab.

Alle drei geweihten Silbergeschosse hieben in die Körper der schuppigen Flugechsen mit den weit aufgerissenen Mäulern, in denen die spitze Zähne blitzten.

Plötzlich war ich eingehüllt in eine stinkende Schwefelwolke, die diese drei Flugechsen absonderten, bevor sie für immer vergingen. Ich hetzte zur Seite und sah mich gleich einem vierten Angreifer gegenüber, der schon mit der feurigen Peitsche zuschlug.

Ich parierte mit dem Schwert.

Die Peitsche wickelte sich um die Klinge – und zerstörte sie. Auf einmal hielt ich nur noch den Griff in der Hand.

Das Skelett lachte schaurig auf, als sein Flugtier zur Landung ansetzte.

Mit Todesverachtung warf ich mich gegen das Horrorwesen. Bevor mich die Peitsche treffen konnte, hatte ich das Skelett vom Rücken der Flugechse geschleudert und ihm die Peitsche entrissen. Damit schlug ich auf meinen Gegner ein. Das Skelett wurde zerstört.

Jetzt hatte ich wieder eine Waffe. Im Zickzack rannte ich über den Marktplatz zu meinem neuen Ziel. Es war eine der Armbrüste, neben der die Köcher mit den Silberspitzenbolzen lagen. Solch einen Köcher wollte ich unbedingt haben.

Ein Gegner schien meine Absicht geahnt zu haben. Von der Seite her flog er auf mich zu. Das Skelett auf dem Rücken der schuppigen Echse stieß krächzende Laute aus und schwang seine Flammenpeitsche.

Die letzten Yards überwand ich mit einem Hechtsprung. Meine rechte Hand umkrallte den Köcher, ich rollte mich auf dem Rücken liegend herum, prallte gegen die Armbrust, warf sie fast noch um und kroch unter das Gerät.

Mein Glück, denn soeben hieb das Skelett zu, und die Flammenzunge traf nur den Boden.

Ich aber riss einen Bolzen aus dem Köcher.

Als das Wesen zum zweiten Mal zuschlug, schleuderte ich den Bolzen mit der Silberspitze.

Er traf genau in das offene Maul. Himmel, da hatte ich Glück gehabt.

Das Skelett wurde von dem Rücken der Fluchechse gewirbelt, fiel zu Boden und verging.

Ich kam wieder auf die Beine und stand jetzt dicht neben dem Brunnen. Ein kurzer Rundblick.

Mein Gott, es sah grausam aus. Die Skelette hatten es wirklich geschafft und fast alle Krieger umgebracht. Die Letzten hetzten soeben vor den unheimlichen Angreifern davon und verschwanden in den Häusern rings um den Marktplatz.

Ich stand so ziemlich allein.

Bis auf Delios.

Dieser Mann hatte seinen Platz vor den Säulen verteidigt. Sein Schwert warf blitzende Reflexe, als er es über seinem Kopf führte und damit den Angreifern Paroli bot.

Aber auch der Weise wurde immer mehr zurückgedrängt, und als ich zum Himmel schaute, da sah ich die zweite Flut der Angreifer, wie sie aus dem düsteren Rot herauskamen, auf ihren Echsen hockten und die Flammenpeitschen schwangen.

Der Schwarze Tod kannte wirklich kein Pardon.

Ich hörte Delios Stimme. »John Sinclair, komm ins Haus! Es hat keinen Sinn mehr!«

Ja, er hatte recht. Allein konnte ich nichts ausrichten. Nicht im offenen Kampf. Es waren zu viele Angreifer. Ich sammelte noch zwei Köcher auf und rannte geduckt quer über den Platz.

Überall in der Stadt tobten die Kämpfe. Ich hörte die Schreie der Menschen, Kampfgeräusche und das tödliche Klatschen der Peitschen. Die Angreifer waren in die Gassen und Straßen der Stadt eingedrungen und töteten dort jeden, der ihnen über den Weg lief.

Das war der Anfang vom Ende. Der Untergang eines Kontinents war eingeläutet worden.

Dann sah ich ihn.

Sein Anblick versetzte mir einen regelrechten Schock.

Ich hatte die Säule und damit Delios noch nicht erreicht, als seine Gestalt am Himmel erschien.

Ein gewaltiges Skelett mit riesigen, hellen, weiß leuchtenden Augen und einer großen Sense in der Rechten.

Der Schwarze Tod!

Sekundenlang war ich fasziniert.

Und auch geschockt. Dieses Bild grub sich tief in mein Gedächtnis ein. Da denkt man, man hätte einen Gegner getötet, und dann sieht man ihn plötzlich wieder vor sich.

Wahr geworden durch eine Zeitreise!

Hatte er mich auch gesehen? Ich musste es annehmen, denn wie er aus seinen weißen Augenhöhlen über die Stadt hinweg starrte, wirkte es so, als würde er jeden Einzelnen genau erkennen.

Kalt rieselte es über meinen Rücken, und ich warf einen Blick auf mein Kreuz, das einen matten Glanz ausstrahlte. Ansonsten war es nicht aktiv geworden. Ich war darauf gespannt, wie es reagieren würde, wenn es zu einem direkten Kontakt mit dem Schwarzen Tod kam.

Unverletzt erreichte ich den Weisen Delios. Er war außer mir der Letzte, der sich noch im Freien aufhielt. Sein Gesicht zuckte. In seinen Augen schimmerten Tränen, als er in das Chaos schaute, das den Marktplatz bedeckte.

An einigen Stellen flackerten Brände. Die Flammenpeitschen hatten die Blumen in Brand gesetzt, die mit knisternden Geräuschen verbrannten.

»Das ist dein Tod, Atlantis«, murmelte der Prophet und drehte sich um.

Gebeugt schritt er ins Haus. Ich folgte ihm, wobei ich ab und zu einen Blick über die Schulter zurückwarf. Soeben landeten drei neue Feinde. Die Skelette stiegen von ihren vorsintflutlichen Tieren und schlugen mit den Peitschen um sich.

Delios schloss die Tür. Schwer atmend lehnte er sich gegen das Holz und starrte auf die goldene Klinge, während ich mir die beiden Köcher über die Schultern hängte.

»Wir schaffen es nicht«, sagte er. »Es ist aus, die Übermacht der anderen wird uns zermalmen.«

Ich schluckte eine Antwort herunter. Was hätte ich ihm auch sagen sollen? Er kannte sich in Atlantis und in dieser Stadt besser aus als ich. Nicht nur wir hatten uns in die Halle gerettet. Auch andere Krieger suchten hier Schutz.

Die meisten waren verletzt. Sie hockten auf dem Boden oder lagen und ertrugen ihre Schmerzen stumm und geduldig. Ich sah Sterbende, um die sich Frauen in langen Gewändern kümmerten und in ihrer letzten Stunde beistanden.

Es gab Tränen und Leid. Diejenigen, die noch kämpfen konnten, versammelten sich um Delios und mich.

Es waren wenige genug.

Sechs Kämpfer zählte ich.

Mich trafen Blicke der Hochachtung. Die meisten hatten mitbekommen, wie ich unter den Skeletten aufgeräumt hatte, aber es war ja gar nicht mein Verdienst gewesen, sondern das meiner Beretta. Die moderne Technik war in diesem Falle der Magie überlegen gewesen.

Darauf sprach ich Delios an.

Er nickte. »Ich weiß, worauf du hinaus willst, John Sinclair. Wir Propheten und Weisen beherrschen die Magie, aber die andere Seite ist so stark, dass wir mit unserer nicht dagegen ankommen. Der Schwarze Tod hat sich darauf eingestellt, nachdem wir ihm einige Verluste zufügten. Hast du ihn am Himmel gesehen?«

»Natürlich.«

»Das ist das Zeichen des Sieges. Er erscheint immer, wenn seine Vasallen es geschafft haben.«

»Haben sie es denn?«, fragte ich.

Delios schaute mich an. »Wer will sich ihnen noch entgegenstellen, mein Freund?« Er streckte den Arm aus und machte eine kreisende Handbewegung. »Schau dich einmal um. Wie viele Männer siehst du, die in der Lage sind, ein Schwert zu führen?«

Da hatte er recht. Es gab wirklich nicht viele.

Delios ließ mich allein. Er ging zu den Verletzten und Sterbenden, um ihnen Trost zu spenden.

Ich wandte mich an einen breitschultrigen Soldaten, dessen Stirn blutverschmiert war, in dessen Augen aber noch der Kampfeswille blitzte.

»Was können wir tun?«

»Wir müssen abwarten.«

»Auch du?«

»Ja, ich erlebe es nicht zum ersten Mal. Die Überfälle geschehen oft genug. Und jedes Mal werden tapfere Männer von uns getötet. Wenn es so weit ist, ziehen sich die

Vasallen des Schwarzen Tods wieder zurück, wie du ja gesehen hast.«

»Haben sie sich wirklich zurückgezogen?«

»Vielleicht.«

»Das scheint mir nicht so.«

»Ja, diesmal ist es besonders schlimm.«

Er sprach so monoton. Verdammt, ich konnte nicht mehr in der Halle stehen und warten. Deshalb fragte ich ihn, ob er bereit war, mit mir zu kämpfen.

Er nickte.

Ich reichte ihm die Hand und erfuhr, dass er Kandor hieß. Er stand allein auf der Welt. Sein Bruder, seine beiden Schwestern und auch seine Eltern waren von den dämonischen Wesen getötet worden, als sie sich bei einem Angriff draußen vor der Stadt befanden.

»Dann werden wir uns auf den Weg machen«, sagte ich zu Kandor. »Ich kann nicht hier bleiben.«

Delios hatte meine letzten Worte gehört. »Wo willst du denn hin, John Sinclair?«

»Ich muss sehen, wie viele noch in der Stadt sind. Und vielleicht bekommen wir Hilfe.«

»Denkst du an Myxin?«

»Nein, an den nicht. Aber gibt es nicht den Eisernen Engel, der sich gegen das Böse stemmt?«

»Ja, er und seine Vogelmenschen. Aber auch sie sind zu schwach. Sie müssen sich nicht nur gegen die schwarzen Skelette wehren, sondern auch gegen Myxins Vampire. Viele von ihnen haben bereits ihr Leben lassen müssen. Es wird kaum noch welche geben. Du kannst leider nicht auf sie hoffen.«

Das war schlecht. Trotzdem gab ich nicht auf. »Ich will weitermachen. Und Kandor geht mit mir.«

Delios nickte. »Vielleicht könnt ihr dieses Haus verteidigen. Geht aufs Dach, dort steht noch eine große

Armbrust. Bolzen habt ihr ja genug. Ich wünsche euch viel Glück. Mögen euch die Götter beschützen!« Er legte jedem von uns eine Hand auf den Kopf, und ich hatte plötzlich das Gefühl, als sollte ich ihn nie mehr wiedersehen.

Auch Delios dachte ähnlich. Ich sah es seinem Blick an.

Ruckartig wandte ich mich ab. Diesen Mann würde ich nie vergessen. Er war eine ungemein starke Persönlichkeit. Man traf selten solche Menschen, aber es gab sie immer wieder, und deshalb bestand für die Menschheit auch noch Hoffnung.

Kandor lief voran.

Trotz seiner Größe bewegte er sich leichtfüßig. Ich sah das Spiel seiner Muskeln und ahnte, welche Kraft in diesem kampferprobten Krieger steckte. Irgendwie erinnerte er mich an Suko.

Mein Gott, wie mochte es meinen Freunden ergehen?

Zehntausend Jahre waren wir voneinander getrennt. Würde ich Suko, Jane, Sheila oder Bill wiedersehen? Diese Gedanken überfielen mich mit einer plötzlichen Wucht, die mich fast trübsinnig machte. Doch was sollte es. Ich lebte in der Atlantis-Gegenwart und musste mich auch auf die konzentrieren.

Wir verschwanden im Hintergrund der Halle. Hier war es leerer. Die Säulen standen dichter, und ich sah auch Sitzgelegenheiten. Stühle, die in Form einer Schale gearbeitet waren, luden zum Verweilen ein. Zwischen ihnen stand ein niedriger Steintisch, auf den jemand eine prall gefüllte Obstschale gestellt hatte.

Es gab auch eine Treppe.

Sie war sehr breit und mündete in einer weiteren Halle, von der mehrere Gemächer abzweigten.

»Hier lebt Delios«, erklärte Kandor mir.

Er hielt sich nicht auf, sondern ging weiter. Leider gab es hier keine Fenster. Die befanden sich auf der anderen Seite des Gebäudes. Ich konnte höchstens ahnen, welche Schrecken sich draußen auf den Straßen abspielten.

Wir mussten dann die Haupttreppe verlassen, weil sie endete. Es gab allerdings eine schmale Treppe, die weiter bis unter das Dach führte, wo man einen schweren Stein durch einen kunstvoll geschmiedeten Eisenhebel zur Seite schieben konnte und so auf das Dach gelangte.

Ich wunderte mich darüber, dass die Menschen hier schon Eisen verwendeten, wo man sich doch eigentlich noch in der Bronzezeit befand. Aber die Atlanter schienen ihrer Zeit wirklich um einiges voraus gewesen zu sein.

Kandor kletterte als Erster aufs Dach. Er nahm eine wachsame Haltung ein, als er seinen Kopf durch die Luke steckte, sich umschaute und mir dann zuwinkte, dass die Luft rein war.

Ich ging hinterher.

Kandor wartete auf dem Dach.

Es war windig, eine Bö schüttelte mich regelrecht durch und ließ meine Kleidung flattern.

Im ersten Moment war ich zu überrascht, um überhaupt etwas sagen zu können. Meinen Augen bot sich ein schaurig schönes Bild, wie es sich der perfekteste Maler nicht besser hätte ausdenken können.

Wir standen so ziemlich auf dem höchsten Gebäude, und die Stadt lag uns zu Füßen.

Sie brannte!

Überall loderten Feuer, die ihren blutroten Schein in die Gassen und Straßen warfen und sie damit ausfüllten. Der Schein vermischte sich mit dem des Himmels, sodass es aussah, als befänden wir uns unter einer gewaltigen Glocke.

Langsam drehte ich mich um.

Weit hinten, wo die Berge lagen, war ein Vulkan ausgebrochen. Tonnenweise schleuderte er seine glühende Lava in den ebenfalls düsterroten Himmel. Sie stieg sehr hoch, bis die Erdanziehung wirkte und die Lava als feurigen Regen zu Boden holte, wo sie langsam erkaltete.

Ich war gebannt und fasziniert, aber ich musste an meine eigentliche Aufgabe denken, und die war schwer genug.

Die Schreie der Menschen holten mich wieder in die Wirklichkeit zurück. Ich lief bis an den Rand des großen viereckigen Flachdachs, schaute nach unten und sah die schwarzen Skelette, die auf ihren fliegenden Echsen hockten und die Menschen mit feurigen Peitschen über die Straßen jagten.

Erste Häuser fielen zusammen. Ihre Mauern konnten der Kraft der Echsen nicht standhalten.

Das Inferno begann …

Kandor winkte mir zu und schrie meinen Namen. Ich drehte mich um und sah ihn vor der Armbrust hocken. Einen Bolzen hatte er bereits aufgelegt. Es war ein wesentlich längeres und dickeres Geschoss. Auch die Spitze war größer.

»Damit kann ich einen Drachen vom Himmel holen«, erklärte Kandor.

Da die Armbrust auf Rädern lief, ließ sie sich auch bewegen. Aber es mussten schon zwei Männer kräftig anpacken, um das Ding von der Stelle zu bewegen. Wir schauten in den Himmel, während die schwere Armbrust schussbereit auf der Lafette vor uns stand.

Der Himmel war leer.

Noch sah ich keines dieser kleinen Ungeheuer aus dem tiefen Rot auftauchen. Den Luftangriff hatten sie hinter sich, jetzt wüteten sie in den Straßen und Gassen.

»Hier oben stehen wir falsch«, sagte ich. »Wir müssten wieder nach unten und den Menschen zu Hilfe eilen.« Ich hatte die Worte kaum ausgesprochen, als ich eines Besseren belehrt wurde.

Genau vor uns erschien eine Flugechse. Wie ein Hubschrauber aus meiner Zeit war sie von unten aus der Gasse hochgestiegen. Wir hörten das heftige Schlagen der Flügel und warfen uns einen Blick des Einverständnisses zu.

Wir ließen die Echse fliegen und sahen auch das schwarze Skelett auf dem Rücken.

Dann rief Kandor. »He, Knochenmann!«

Das Skelett hatte seine Stimme vernommen und zuckte herum.

In dem Augenblick löste Kandor den Bolzen, während ich ihm einen neuen reichte und ebenfalls mit ansah, wie die Echse getroffen wurde. Der große Bolzen hieb mit verheerender Wucht in sie hinein. Fast bis zur Hälfte steckte er in ihrer Flanke und riss sie förmlich auseinander. Die Echse zerplatzte in einer Rauchwolke, das Skelett mit ihr. Die glühende Peitsche überschlug sich noch ein paar Mal in der Luft und verlöschte dann.

Kandor grinste hart.

Ich kniff ein Auge zu.

Wir hatten wieder einen Gegner erledigt. Wahrscheinlich war man jetzt aufmerksam geworden. Ich hatte mich nicht getäuscht, denn drei andere Echsen stiegen in den blutroten Himmel und suchten sich uns als Ziel aus.

Wir packten gemeinsam an und drehten die schwere Armbrust.

Die erste Echse flog genau in die Flugbahn des Bolzens. Sie wollte noch ausweichen, war aber zu schwerfällig, und das Geschoss mit der Silberspitze wuchtete in ihren Hals.

Bevor wir jedoch einen weiteren Bolzen auflegen konnten, waren die beiden anderen Viecher schon heran.

Wütend schlugen die Skelette mit den Peitschen nach uns.

Ich schleuderte ihnen einen Bolzen aus meinem Köcher wie ein Messer entgegen, verfehlte das Skelett jedoch.

Kandor hatte sein Schwert gezogen. Laut schreiend rannte er dem Ungeheuer entgegen, wobei er seine Waffe wild über den Kopf schwang. Ich konnte mich nicht mehr um ihn kümmern, denn die dritte Echse war schon verdammt nah.

Mir blieb nur noch die Beretta. Mit einem gewaltigen Sprung hechtete ich über die Armbrust hinweg, kam gut auf, rollte mich ab und dann herum.

Im Liegen schoss ich.

Die Echse hatte ihr Maul aufgerissen, und das geweihte Silbergeschoss verschwand darin.

Echse und Skelett wurden zerstört.

Ich kam wieder auf die Füße und hörte einen verzweifelten Hilfeschrei. Kandor hatte ihn ausgestoßen. Er musste sich nicht nur gegen einen Gegner verteidigen, sondern gegen zwei. Die vierte Echse hatte ich nicht gesehen. Und Kandor war arg in Bedrängnis geraten. Die beiden Flugtiere hatten ihn bis dicht an den Rand des Daches zurückgedrängt.

Ich eilte ihm zu Hilfe.

Eine Echse löste sich sofort von ihm. Das Skelett riss sie herum und stieß einen wilden Schrei aus. Hoch schwang es die Peitsche.

Ein seitlicher Hechtsprung brachte mich aus dem unmittelbaren Gefahrenbereich, aber damit hatte ich nicht gewonnen, denn die verdammte Echse kreiselte sofort herum und öffnete ihr Maul.

Ich setzte eine Kugel hinein.

In diesem Moment sprang das Skelett vom Rücken des Tieres und kam auf mich zu. Während die Echse in grüngelben Rauchschwaden verging, wollte das Skelett mich mit der Flammenpeitsche töten.

Es kam aus den Schwaden heraus, und mein geworfener Bolzen jagte ihm zwischen die Knochen, wo er stecken blieb und sich noch verkantete.

Das Skelett verging.

Und Kandor?

Ich hörte ihn schreien. Er lag auf dem Boden, hatte sein Schwert verloren, und noch ehe ich eingreifen konnte, traf ihn ein Hieb mit der Peitsche.

Es war das Ende des tapferen Kriegers.

Plötzlich hüllte ihn das Feuer ein, Flammen zuckten an seinem Körper hoch, die Echse packte mit ihren Greifklauen zu und zog ihn in die Höhe. Schnell stieß sie in den blutroten Himmel. Ich schleuderte ihr noch einen Bolzen nach, der sie jedoch verfehlte.

Allein stand ich auf dem Dach und machte mir die schwersten Vorwürfe, denn ich hatte Kandor dazu überredet, gemeinsam mit mir den Kampf aufzunehmen.

Jetzt war er tot.

Und ich lebte.

Nur – wie lange noch?

Die Gegner wussten, dass ich mich auf dem Dach befand. Sie würden mich jagen, bis auch mich das Schicksal traf, das Kandor erlitten hatte. Sollte ich fliehen?

Zu spät.

Sie kamen schon.

Und sie flogen in geschlossener Formation heran. Sieben, acht, neun Gegner zählte ich. Zu viele.

Welchen Ausweg gab es? Innerhalb von Sekunden musste ich mich entscheiden, mehr Zeit blieb mir nicht.

Ich sah die Luke im Dach, durch die wir gekommen

waren. Klar, sie war ein Ausweg, aber wenn ich durch sie verschwand, würden mir die Echsen mit den Skeletten folgen, und das hätte verheerende Folgen für die Menschen im Innern des Hauses gehabt.

Nein, ich blieb.

Ich konnte die anderen nicht der tödlichen Gefahr aussetzen. In fieberhafter Hast lud ich meine Beretta nach. Das Magazin war wieder gefüllt, aber ein weiteres hatte ich nicht mehr.

Doch ich war fest entschlossen, mein Leben so teuer wie möglich zu verkaufen.

Mit Bolzen und Kugeln.

Hinter der Armbrust ging ich in Deckung. Ich hatte genau gesehen, wie man einen Bolzen auflegte.

Das tat ich, spannte die Sehne und legte die nächsten Bolzen griffbereit. Ebenso meine Beretta.

Und sie kamen.

Aus dem düsteren Rot des Himmels stießen sie hervor, eine gewaltige Wolke, eine geballte Macht von Feinden, die mich überrumpeln und töten wollte.

Gefährlich waren sie anzusehen. Mein Herz schlug schneller, ich verspürte das Zittern in den Knien.

Verdammt, ich hatte Angst.

Mein Mund war trocken, der Schweiß floss mir in die Augen. Ich wischte ihn weg.

Ein gespenstisches Bild bekam ich zu sehen, denn es tanzte noch der Widerschein der Flammen über den Himmel. Zahlreiche Häuser brannten, die Dämonen hatten kein Erbarmen gekannt.

Aus Richtung Westen stießen weitere vier Flugungeheuer zu den ersten neun. Jetzt waren es dreizehn.

Wie viele konnte ich mit in die Hölle nehmen? Zehn oder nur fünf? Ich knirschte mit den Zähnen, sah die feurigen Peitschen, wie sie von den Skeletten in wilder

Vorfreude geschwungen wurden, und mein Magen verkrampfte sich.

Ruhig!, hämmerte ich mir ein. Verdammt, bleib ruhig!

Sie hatten es nur mit einem Gegner zu tun. Deshalb waren sie nicht so vorsichtig und blieben dicht zusammen, so dicht, dass ich den ersten Schuss riskieren konnte.

Ich löste den Bolzen.

Er schnellte von der Sehne und hieb wuchtig in das Ziel. Die Bestie wurde mitten im Flug gestoppt, als hätte sie einen ungeheuren Schlag erhalten. Sie drehte sich um ihre Achse, wirbelte mit den Flügeln und geriet dabei den Nachfolgenden in die Quere.

Im Augenblick herrschte ein Durcheinander.

Ich nutzte die Gunst der Sekunde, legte einen weiteren Bolzen auf und ließ die Sehne wieder vorschnellen.

Abermals sirrte das Geschoss ins Ziel. Der Treffer zerstörte die Echse. Die Haut platzte, und ich lächelte grimmig.

Doch das verging mir, als die nächsten Angreifer den Dachrand erreicht hatten.

Es gelang mir nicht mehr, einen weiteren Bolzen aufzulegen, denn nun waren sie da.

Und sie kamen wie ein Sturmwind.

Aber auch Pfeile.

Ich hörte das Sirren, vermeinte sogar, den Luftzug zu spüren, und sah, wie die Pfeile in die Körper der Flugechsen hieben und sie reihenweise zerstörten.

Gestalten huschten an mir vorbei. Sie waren mit Bögen und Schwertern bewaffnet und stürzten sich todesmutig auf ihre Gegner.

Ich atmete auf.

Delios hatte reagiert und seine Kämpfer geschickt. Macht- und kraftvoll traten sie mir zur Seite und unterstützten mich in meinem verzweifelten Kampf gegen die dämonischen Kräfte.

Ich wollte auch nicht länger hinter der großen Armbrust hocken bleiben, sprang auf, und jemand warf mir ein Schwert zu, das ich geschickt auffing.

Vor mir wurde ein Soldat von der Peitsche getroffen. In seiner Verzweiflung stürzte er sich vom Dach. Ich aber sprang voller Wut über den Kopf der Bestie hinweg und hieb das Skelett in zwei Teile.

Dann kreiselte ich herum, hieb einem weiteren Monster den Schädel ab und entging durch ein blitzschnelles Ducken einem Schlag mit der Flammenpeitsche.

Heiß strich es über meinen Rücken.

Ich kämpfte weiter, führte das Schwert, als hätte ich nie etwas anderes getan. Krallen zerfetzten meine Kleidung, rissen blutige Streifen in meine Haut, aber ich merkte es nicht. Zu sehr konzentrierte ich mich auf den mörderischen Kampf gegen die dämonischen Albtraumwesen.

Einmal musste ich schießen.

Damit rettete ich einem Soldaten das Leben. Die Kugel stieß die Echse und das Skelett vom Dach, wo sie vergingen.

Dann war alles vorbei.

Von einer Sekunde zur anderen erhoben sich die vier übrig gebliebenen Echsen in die Luft und flogen davon.

Warum?

Ich schaute mich wild um, blickte dabei in die Gesichter der Krieger und las auch in ihnen Unglauben.

Niemand wusste, was der Rückzug zu bedeuten hatte. Sie flogen ja nicht weg, sondern blieben nur außer Reichweite unserer Bögen und Schwerter.

Die Ungeheuer sammelten sich in der Luft. Es sah aus, als würden sie direkt in den roten Himmel fliegen.

Immer mehr stiegen vom Boden auf. Sie kamen

aus allen Teilen der Stadt, um den Sammelpunkt anzufliegen.

Das musste einen Grund haben. Ich fragte meine Mitstreiter, aber auch sie wussten keine Antwort.

Dann erst sah ich die Toten.

Drei lagen auf dem Dach. Sie würden sich nie mehr erheben. Ihre Körper waren verbrannt. Die anderen hatten mehr oder minder schwere Verletzungen erlitten wie auch ich.

Es wurde still.

Eine seltsame, ja, unheimliche Ruhe legte sich über die Stadt. Die berühmte Ruhe vor dem Sturm. Mit jeder Faser meines Körpers spürte ich, dass etwas geschehen würde. Ich zitterte innerlich, wartete auf den Augenblick, obwohl er für mich lebensgefährlich werden konnte, aber daran dachte ich jetzt nicht.

An vielen Stellen in der Stadt flackerten die Brände. Ein dumpfes Grollen ertönte, als Häuser einstürzten. Der Anfang vom Ende hatte begonnen. Atlantis, dieser mächtige Kontinent, lag im Sterben und würde sich nicht einmal mehr aufbäumen können.

Und ich, Geisterjäger John Sinclair, stand als ein Mensch aus der Zukunft auf dem Dach eines Hauses inmitten der Atlanter und musste den Untergang mit ansehen, wobei ich unter Umständen selbst noch hineingerissen wurde, denn der tödliche Strudel machte vor nichts und niemandem Halt.

Die Soldaten sprachen nur flüsternd miteinander. Sie schauten auf ihre Waffen, von deren Klingen noch das grüne Blut der Echsenmonster tropfte. Sie wussten nicht, was sie jetzt noch unternehmen sollten.

Zwei waren dafür, sich zurückzuziehen. Sie mussten nur noch den Dritten und auch mich überzeugen.

So weit sollte es nicht kommen, denn plötzlich erfolgte

der Angriff. So stark und so schwer, dass das, was ich bisher erlebt hatte nur Vorgeplänkel gewesen war.

Er kam von den Bergen.

Dort verdüsterte sich der Himmel. Ein dunkler, gewaltiger Schatten legte sich über das glühend rote Firmament. Ein Schatten, wie ich ihn noch nie gesehen hatte.

Unwillkürlich ging ich zurück und hob in einer fast hilflosen Geste beide Hände.

»Der Drache kommt!«, schrie jemand. »Der Todesdrache!«

Ja, es war ein Drache, aber so groß und gewaltig, dass ich vor Schreck die Luft anhielt.

Und er war nicht allein.

Auf seinem riesigen Rücken stand, hoch aufgerichtet und die blanke Sense in der Hand, ein Dämon.

Der Schwarze Tod!

Das also war das Ende!

Der Schwarze Tod kam. Er verließ seinen dämonischen Ort in den düsteren Bergen, um den Untergang des großen Kontinents zu vollenden. Er kam nicht allein.

Hunderte von Helfern begleiteten ihn. Die schwarzen Skelette hockten auf ihren Echsen und bewegten die flammenden Peitschen.

Es war ein grandioses Bild. Angefüllt mit makabrer Schönheit, aber auch mit nicht fassbarem Entsetzen.

Jemand zerrte mich am Arm.

Ich erwachte wie aus einer Trance und drehte mich um.

»Weg, wir müssen fliehen!«, herrschte mich ein Krieger an. »Wir verstecken uns, dann wird man uns vielleicht nicht finden.«

Ich schüttelte den Kopf.

»Du kommst nicht mit?«

»Ich bleibe«, erwiderte ich fest.

Er starrte mich an wie einen Geist. Dann floh auch dieser Krieger. Bevor er im Einstieg verschwand, rief er noch: »Wir verstecken uns im Keller des Hauses!«

Ich aber blieb stehen.

Gefühle wallten wie sturmgepeitschte Wogen in meinem Innern hoch und überschwemmten mich.

Der Schwarze Tod!

Ich sah mich am Südpol stehen. In einem Krater, sah meine Freunde, die bewegungsunfähig dastanden und auf dem Friedhof am Ende der Welt ihre letzte Ruhestätte finden sollten, und ich sah mich den Weg hinaufgehen, der zum Gipfel des Berges führte, wo der Schwarze Tod auf mich wartete.

Ich hatte den Bumerang und mein Kreuz.

Ich stand ihm gegenüber.

Der Kampf begann.

Die Horror-Reiter griffen mit ein, mein Kreuz schleuderte sie in die Unendlichkeit der Dimensionen zurück, und der magische Bumerang, aus den letzten Seiten des Buchs der grausamen Träume gebildet, die mir der Seher überlassen hatte, zerstörte den Schwarzen Tod. Der Bumerang hieb ihm den Schädel ab.

Ja, so war es damals.

Ich erinnerte mich noch sehr gut daran, wie ich den Schwarzen Tod vernichtete.

Nun sah ich ihn wieder vor mir. In seiner gesamten Größe, seiner Brutalität und all seiner Grausamkeit, denn er wollte den Kontinent Atlantis zerstören, wollte das Chaos und alles vernichten, was ihm nicht passte.

Hinter ihm schienen Fackeln am Himmel zu explodieren, aber ich wusste, dass es Vulkane waren, die ihre glühenden Lavaströme in den Himmel schleuderten.

Der Untergang von Atlantis war nicht mehr aufzuhalten!

Größer und größer wurde die Figur. Der Schwarze Tod

und sein Drache wuchsen zu einer immensen Drohung an.

Ich konnte einfach nicht weg. Ich musste stehen bleiben und den Drachen anstarren.

Er hob sich trotz seiner Schwärze sehr deutlich vom düsteren Rot des Himmels ab. Wenn er sein Maul öffnete, kam mir der Rachen groß wie ein Haus vor.

Der Schwarze Tod hatte sich zu einer gewaltigen Größe aufgerichtet, sodass man das Gefühl haben konnte, er würde mit seinem kahlen Schädel gegen das Firmament stoßen. Und er schwang seine gewaltige Sense, mit der er blutige Ernte halten wollte.

Ich sah, wie die Klinge blitzte, und glaubte auch das Pfeifen zu hören, wenn sie die Luft durchschnitt.

Ein Albtraum …

Der Albtraum in Atlantis.

Hier und jetzt erlebte ich ihn am eigenen Leibe.

Und ich fragte mich, was diese Bestie weiter vorhatte. Wollte sie mit der Sense die Stadt vernichten, sie in Trümmer schlagen?

Vielleicht, doch der Lord der Finsternis hatte erst noch etwas anderes zu tun.

Laut und deutlich kündigte er sein Kommen an.

»Ich werde euch vernichten!«, brüllte er mit donnernder Stentorstimme. »Denn ich bin der Herrscher der Welten, der König der Finsternis, und ich lege dieses Land in Schutt und Asche, damit es vom Meer gefressen werden kann. Wenn die Vulkane mir gehorchen und ihren tödlichen Atem ausspeien, wenn Panik, Angst und Entsetzen über die Menschen kommen, wenn sie den Todesdrachen sehen, dann ist ihre Zeit reif, dann ist der Untergang für Atlantis da!«

Die letzten Worte grollten wie ein Donner über das Land, wo die Häuser vom Schall erzitterten und die

Mauern anfingen zu wanken. Auch ich spürte das Vibrieren unter meinen Füßen, aber ich stand stumm da und konnte mich nicht rühren.

Gebannt schaute ich ihm entgegen.

Er war da – er hatte die Stadt erreicht und begann mit der Vernichtung des Kontinents …

Abermals dröhnte das gewaltige, urwelthafte Brüllen über das Land und ließ die Menschen voller Panik und Entsetzen flüchten. Wer sich jetzt noch auf der Straße befand, verkroch sich im tiefsten Keller und zitterte um sein Leben.

Das war auch nötig.

Nicht nur das Brüllen erklang, sondern es geschah auch noch etwas anderes.

Der Drache blies eine gewaltige Feuerwolke aus. Sie stob aus seinem Maul, eine riesige Flammenwand, die in ihrer vollen Breite gegen die ersten Häuser fauchte und mit dämonischer Hitze das Gestein zum Schmelzen brachte.

Obwohl ich nicht direkt betroffen war, trafen mich die Ausläufer dieser Glutwelle.

Ich wankte zurück und hatte das Gefühl, meine Haut würde langsam wegschmelzen.

Der Drache flog weiter.

Langsamer jetzt, seine gewaltigen Schwingen bewegten sich wie im modernen Zeitlupentempo auf und nieder. Die Hitze war so stark, dass sie andere Gebäude in Brand setzte, wo das Feuer noch gar nicht hingekommen war.

Dann schlug die zweite Welle aus dem Maul des Todesdrachens.

Fauchend brandete die Lohe in die Höhe, überschwemmte mit ihrer gewaltigen, vernichtenden Kraft die Stadt, und ich hörte die panischen Schreie der eingeschlossenen Menschen.

Ich hatte mich zu Boden geworfen und schützte meine Haut. Die Glutwelle strich über mich hinweg.

Sollte ich doch in den Keller fliehen? Jetzt war es zu spät, denn bei der dritten Flammenwand würde das Haus sicherlich einstürzen.

Mein Gott, ich lag auf dem Dach und zitterte. Als ich den Kopf hob, traf mich bereits der Schatten des Drachens. So nahe war er schon, und er würde in den nächsten Sekunden eine weitere Feuersbrunst aus seinem Maul stoßen.

Hunderte von Skeletten umkreisten das Riesentier oder stürzten mit ihren Flugechsen in die Straßen der brennenden Stadt, wo sie immer noch Beute fanden.

Der Schwarze Tod aber, der Initiator dieses Grauens, hockte auf seinem Drachen und schaute zu.

Da hatten sie mich schon.

Ich zuckte zusammen und schrie unwillkürlich auf, als ich den harten Griff im Nacken spürte und hochgezogen wurde. Jetzt war alles aus.

Rasend schnell flog das Ungeheuer mit mir in die Höhe. Der Wind strich über mein Gesicht, zerrte an meiner Kleidung und ließ Tränen in meine Augen schießen.

Ich hatte die fürchterliche Angst, dass das Ungeheuer über mir mich in das Maul des Drachen schleudern würde, denn solch einen Tod wollte ich nicht sterben.

Dann lieber abstürzen.

Ich fingerte nach meiner Beretta, als ich die Stimme hörte: »Willst du deinen Lebensretter töten, John Sinclair?«

Diese Worte trafen mich wie ein Peitschenschlag. Kalt rieselte es mir den Rücken hinunter. Dann war es keines dieser Ungeheuer, das mich vom Dach geholt hatte?

Es blieb keine Zeit mehr, dass ich mir weitere Gedanken darüber machte, denn die dritte Flammenwand fauchte heran.

Und sie überschwemmte die Stadt wie eine riesige Welle. Trotz meiner Lage gelang es mir, einen Blick in die Tiefe zu werfen.

Dort unten loderte die Hölle.

Die gesamte Stadt schien zu brennen. Überall waberte und leuchtete das Feuer, explodierten Häuser, wurden Tonnen von Gestein in die Höhe geschleudert, als die Stadt langsam starb.

Atlantis wurde vernichtet!

Ich schämte mich meiner Tränen nicht, denn in dem zusammenbrechenden Häusermeer wusste ich Freunde, die nun ein schreckliches Schicksal erlitten.

Der rote Himmel leuchtete jetzt heller im Widerschein der Flammen, die wie ein gefräßiges Raubtier alles in sich hineinschlangen, was sie bekommen konnten.

Der Schwarze Tod hatte sein Versprechen wahr gemacht.

Wir aber flogen davon, den fernen Bergen entgegen, weg vom Chaos, vom Ort der Tränen und des Todes.

Meine Lage war be… scheiden. Mein Lebensretter hielt mich mit einer Hand oder Klaue am Kragen fest, und ich wusste nicht einmal, wer er war, obwohl ich einen Verdacht hatte.

»Wer bist du?«, schrie ich gegen den Flugwind an, der mir die Worte von den Lippen riss. Trotzdem hatte mich der Retter verstanden.

»Der Eiserne Engel!«

Wie ich es mir gedacht hatte. Der Eiserne Engel. Er war der Hüter der Unterdrückten, doch auch er hatte den Untergang nicht aufhalten können. Er hielt sich zwischen den Zeiten und Dimensionen auf. Einmal hatte er eingegriffen, als Myxin, Suko und ich dem Gigant vom Atlantis Paroli bieten wollten.

Da hatte ich ihn gesehen, in meiner Zeit, aber jetzt erlebte ich ihn zehntausend Jahre zuvor.

Lieber Himmel, man durfte gar nicht darüber nachdenken.

Ich fühlte mich nun wesentlich sicherer und glaubte plötzlich, es auch schaffen zu können.

Doch meine Hoffnung sank gleich wieder in sich zusammen, denn wir wurden von der Seite her angegriffen.

Die schwarzen Skelette kamen.

Irgendwie mussten sie unsere Flucht bemerkt haben, und sie wollten dafür sorgen, dass ihnen niemand entkam.

Ich schrie meinem Lebensretter eine Warnung zu.

»Keine Angst«, hörte ich seine angenehme Stimme. »Wir werden es schon schaffen.«

Wenn er das sagte ...

Ein Ruck ging plötzlich durch meinen Körper. Für einen winzigen Augenblick hatte ich Angst, abzustürzen, doch da wurde mein Fall gebremst.

Der Eiserne Engel hatte nur seinen Arm ausgestreckt. Er hielt mich noch immer gut fest, ich befand mich direkt unter ihm und flog parallel mit ihm weiter.

Genau in den Pulk der Angreifer hinein.

Das waren gefährliche Horrorwesen, die in wilder Vorfreude ihre Peitschen schwangen.

Aber auch der Engel reagierte.

Seine Bewegungen merkte ich daran, dass er nicht mehr so gerade und ruhig flog. Der schwere Körper schaukelte von einer Seite zur anderen.

Dann hatte er sein Schwert gezogen.

Und diese Waffe kannte ich ebenfalls. Ich hatte sie in

Aktion gesehen, als der Eiserne Engel den Gigant von Atlantis damit buchstäblich zerschlagen hatte.

Dieses Schwert, von der Hand eines Meisters geführt, würde unter den Gegnern aufräumen.

Und die flogen heran.

Jetzt kamen mir die verdammten Echsen wieder ungeheuer groß vor, obwohl sie im Vergleich zu dem Todesdrachen nur winzig gewesen waren. Die Mäuler hatten sie aufgerissen, ich sah die spitzen Zähne, denen schon manch tapferer Krieger zum Opfer gefallen war.

Sollte ich schießen?

Nein, ich tat es nicht. Der Eiserne Engel kämpfte für drei. Ich bekam kaum mit, wie er fightete, denn ich wurde nur durchgeschüttelt.

Die große Klinge blitzte vor meinen Augen auf. Der Eiserne Engel traf seine Gegner, zerhieb sie buchstäblich in der Luft, sodass die Stücke zu Boden fielen.

Auch die Skelette verloren ihre unselige Existenz. Ihre Knochen wirbelten um uns herum, klapperten gegeneinander und fielen ebenso der Erde entgegen wie die feurigen Peitschen, die sich im Fall drehten und für mich aussahen wie brennende Würmer.

Wir waren durch!

Der Eiserne Engel ging in einen Sinkflug über, und wenig später spürte ich wieder festen Boden unter den Füßen.

Ich atmete auf.

Der Engel steckte sein Schwert weg.

»Ich weiß, dass du ein Mann aus der Zukunft bist«, sagte er und reichte mir die Hand.

Ich nahm sie gern. Sie fühlte sich irgendwie kühl und steinern an und trotzdem lebendig.

Wer war der Eiserne Engel? Welch ein Geheimnis umgab ihn? Bestand sein Körper wirklich aus Metall?

Ich wollte ihn nicht fragen. Wenn die Zeit reif war, würde er mir sicherlich alles von selbst erzählen. Wie auch er warf ich ebenfalls einen Blick in den Himmel.

Ein paar Gegner flogen noch durch die Lüfte. Die Flammenpeitschen der Knöchernen wirkten dabei wie ein böses Omen.

Und die Stadt?

Wir waren weit weg von ihr, aber nicht so weit, als dass wir sie nicht mehr hätten sehen können.

Eine einzige Flammenhölle, in der eine Explosion auf die andere folgte. Ein schauriger Widerschein am Himmel, der das Drama widerspiegelte, das in der Stadt ablief. Und hätte der Eiserne Engel mich nicht gerettet, dann wäre auch ich in der Flammenhölle verloren gewesen.

Nachträglich noch rann mir ein Schauer über den Rücken. Aber die Flammen wurden kleiner, das sah ich genau. Der Schwarze Tod hatte seine Aufgabe vollbracht, er war weitergezogen. Ohne mich entdeckt zu haben!

Das war es, was wieder Hoffnung in mir wachsen ließ. Vielleicht konnte ich dieser Hölle doch noch entrinnen. Denn dass dies hier nur eine vorläufige Rettung war, stand fest.

»Ich sehe dir an, dass du viele Fragen hast«, sagte der Eiserne Engel zu mir.

Ich nickte. »Ja, die habe ich in der Tat.«

»Stelle sie. Einen Moment haben wir Zeit.«

»Ich wundere mich, dass du allein gekommen bist. Wo befinden sich deine Vogelmenschen?« Von ihnen wusste ich, denn Myxin hatte mir davon berichtet.

»Sie sind fast alle umgekommen«, erklärte er mir mit dumpfer Stimme. »Der Kampf hat nicht erst jetzt begonnen, sondern schon viel früher. Wir haben gegen die schwarzen Skelette gekämpft und auch gegen die

Vampire Myxins. Letztere sind geflohen, als die Skelette sie mit ihren Flammenpeitschen angriffen. Aber meine Vogelmenschen stellten sich. Sie konnten nicht gewinnen, zudem war ich nicht in der Nähe, und die Gegner befanden sich in der Überzahl.«

Er deutete zum Himmel.

»Schau doch nach oben, da fliegen sie noch immer. Sie suchen genau nach und behalten die Erde im Auge. Auch wir sind noch nicht gerettet. Wenn sie einen Menschen entdecken, dann stürzen sie sich auf ihn und töten ihn.«

In diesen einfach gesprochenen Worten lag die gesamte Grausamkeit, zu der der Schwarze Tod und seine schaurigen Diener fähig waren.

»Und was machen wir?«, fragte ich.

»Ich nehme dich mit zu mir.«

»Nein, ich möchte zu Myxin.«

»Und dann?«

Ich hob die Schultern. »Er soll mir endlich sagen, wo ich den Spiegel finden kann.«

Der Eiserne Engel lachte. »Da brauchst du nicht lange zu suchen. Ich kann dir sagen, wo er sich befindet.«

»Und?«

»Der Schwarze Tod hat ihn.«

Ich schüttelte den Kopf. »Nein, Myxin hat ihn dem Schwarzen Tod gestohlen. Mit diesem Spiegel kann man das Dämonenauge zerstören, durch das der Schwarze Tod alles sieht.«

»Woher weißt du das?«

»Weil ich das Dämonenauge vernichtet habe. Allerdings in einer anderen Zeit.«

»Dann wirst du in dieser Zeit nicht erfolgreich sein«, erklärte der Eiserne Engel.

Ich nickte. »Leider. Trotzdem hoffe ich, an Informationen heranzukommen.«

Mein starker Freund lächelte. »Ja, John Sinclair, ich kann dich verstehen.«

»Dann wirst du mich unterstützen?«

Er nickte. »Aber wir müssen in die Berge, wo das Grauen zu Hause ist und der Schrecken seine Geburtstätte hat. Ich hoffe und wünsche dir, dass du es durchstehst.«

»Das ist auch mein Wunsch«, erwiderte ich.

Ich warf noch einen Blick zurück auf die Stadt. Dort waren die Flammen ineinandergesunken. Am dunklen Himmel leuchtete nur noch der letzte Widerschein.

Mein Gott, wie mochte es dort jetzt aussehen?

Ich schluckte, wenn ich daran dachte. Hatten Delios und seine tapferen Krieger überlebt? Die Chancen standen schlecht, obwohl sie in den Kellern Schutz gefunden hatten.

»Komm«, sagte der Eiserne Engel, »dann lass uns nicht länger warten, mein Freund.«

Damit war ich einverstanden. An das Fliegen hatte ich mich inzwischen gewöhnt.

Er fasste mich unter und hob mit mir vom Boden ab. Senkrecht stiegen wir in die Höhe, um dann in einen Gleitflug überzugehen, der uns zum Ziel bringen sollte.

So gefährlich die Flammenpeitschen der Skelette auch waren, sie hatten einen Nachteil für die Diener des Schwarzen Tods. Die Skelette verrieten dadurch ihren Standort.

Und wir sahen zahlreiche dieser Peitschen. Allerdings weit entfernt. Dort glitten sie auf ihren makabren Reittieren durch die Lüfte und beobachteten die Erde.

Mir stach besonders eine Gruppe von fünf Skeletten ins Auge, die ziemlich dicht zusammen flogen und sich von dem Todesdrachen und seinem Herrn getrennt hatten.

Auch dem Eisernen Engel waren sie aufgefallen, denn er steuerte sie auf seinem Flug an.

Und dann stürzten sich die Wesen plötzlich dem Erdboden entgegen. Wie Raubtiere, die eine Beute entdeckt hatten.

Was hatten sie da gesehen?

Ich hielt den Atem an.

»Schneller!«, schrie ich, denn im selben Moment hatte ich Schreie vernommen.

Es war zu dunkel, um etwas erkennen zu können, aber ich nahm stark an, dass dort unter uns jemand um sein Leben kämpfte. Ich identifizierte auch die Stimme einer Frau.

Wir schossen förmlich voran – und waren da.

Zu hart setzte der Eiserne Engel die Landung an. Ich konnte mich nicht rechtzeitig fangen und fiel hin, nachdem ich einige torkelnde Schritte gelaufen war.

Staub drang in meinen Mund. An einem großen Stein prellte ich mir den rechten Ellbogen, aber ich kam auf die Beine.

Und dann sah ich die Szene. Die Flammenpeitschen gaben ihre makabre Beleuchtung ab.

Ein Pferd lag tot auf dem Boden.

Der Reiter wehrte sich verzweifelt gegen drei Skelette, die ihn eingekreist hatten und den Ring immer enger zogen.

Die beiden anderen Knochenmänner kümmerten sich um eine Frau, deren Schreie ich gehört hatte. Sie hatten sie bis dicht hinter das tote Pferd getrieben und waren schon so nahe, dass die Peitschen sie vernichten konnten.

Die Skelette schlugen zwar zu, aber sie trafen bewusst noch nicht, sie wollten der Frau Angst einjagen.

In dem flackernden Schein erkannte ich die Person.

Es war Kara, Delios' Tochter!

Für eine Sekunde war ich nicht fähig zu reagieren. Hatte mir Delios nicht von seiner Tochter erzählt, dass er sich Sorgen um sie machte, weil sie ausgeritten war?

Dann musste der andere Kämpfer Haro sein, der Krieger, der ebenfalls lange geschlafen hatte und erst in der Neuzeit durch einen von Asmodinas Todesengeln ermordet worden war.

Ich zog die Beretta.

Für Kara würde ich zwei Kugeln opfern, das stand fest.

Der Eiserne Engel kümmerte sich inzwischen um die drei anderen Skelette.

Die waren von ihren Flugreittieren abgestiegen und attackierten den schwarzbärtigen Hünen, dem es bisher gelungen war, ihren Angriffen zu entgehen. Aber sie spielten nur mit ihm, das war klar.

Und dann kam der Engel!

Zuerst nahm er sich die Flugtiere vor. Als zwei ihn angreifen wollten, hieb er ihnen mit zwei gewaltigen Streichen die Schädel ab. Das dritte Tier spießte er einfach auf. Ein grüner Strahl spritzte fontänenartig aus der Wunde und senkte sich wie ein Regen über die Skelette.

Erst jetzt merkten sie, welch eine Gefahr ihnen drohte. Sie drehten sich um.

Da war es schon zu spät.

Der Eiserne Engel schlug zu.

Sein erster Streich zerhieb gleich zwei Skelette. Die Knochen flogen, spritzen nach allen Seiten davon, und die Flammenpeitschen verloschen. Das dritte Skelett schaffte es und drosch seine gefährliche Waffe gegen den Eisernen Engel.

Einen Menschen hätte die Flammenpeitsche sicherlich getötet. Doch nicht den Eisernen Engel. Die Schnur glitt zwar über seinen Körper, doch sie konnte ihm keine Verletzungen zufügen. Der Engel war nicht menschlich.

Sein Schwert jedoch vernichtete das Skelett. Nur Knochentrümmer blieben von dem Wesen übrig.

Auch ich hatte nicht tatenlos zugesehen, wie die schwarzhaarige Kara getötet werden sollte.

Ich kam über die beiden Skelette wie ein rächender Gott. Und ich brauchte nicht einmal mit der Beretta zu schießen und konnte mir deshalb die Kugeln sparen, denn ich schaffte es, nahe an die beiden Knochenmänner heranzukommen.

Ich nahm das Kreuz.

Voller Wut schleuderte ich das geweihte Kruzifix dem Skelett zwischen die Knochen, das dem Mädchen am nächsten stand.

Kaum hatte das Kreuz die Knochen berührt, da blendete mich ein greller Blitz.

Skelett und auch das Reittier vergingen lautlos und schwebten als grüne Wolke davon.

Das andere hatte erkannt, dass nicht alles so lief, wie es sich die Sache vorgestellt hatte, und kreiselte herum. Aus der Drehung wollte es mit der Peitsche zuschlagen. Dabei hockte es noch auf der Flugechse. Ich sprang auf deren Rücken und berührte beide mit dem Kreuz.

Wieder explodierten die Gegner lautlos.

Nichts blieb übrig.

Fünf Skelette weniger und auch fünf Flugechsen. Der Eiserne Engel und ich hatten gewonnen.

Ich lächelte Kara zu und steckte mein Kreuz wieder weg. Dann warf ich einen Blick auf Haro.

Er saß am Boden und atmete schwer. Der Kampf hatte ihn angestrengt. Vor Haro stand der Eiserne Engel. Sein gewaltiges Schwert hielt er noch immer in der rechten Hand.

Haro bedankte sich. Dann stand er auf und warf sich Kara in die Arme.

Wir ließen die beiden in Ruhe. Schließlich trennten sie sich voneinander, und Kara trat auf mich zu.

»Ich danke dir, Fremder«, sagte sie fest und schaute mich aus ihren dunklen Augen an.

Ich winkte ab. »Nicht der Rede wert. Eure Feinde sind auch meine Feinde.« Aber wieso bin ich für dich ein Fremder?, wollte ich schon fragen, doch im letzten Moment fiel mir ein, dass mich Kara ja gar nicht kennen konnte. Sie hatte mich ja erst zehntausend Jahre später kennen gelernt, nach ihrer Wanderung durch das Totenreich und nachdem auch Haro aus seinem magischen Schlaf erweckt worden war.

»Du bist Kara, nicht?«, fragte ich stattdessen.

»Ja.« Sie war überrascht. »Woher kennst du mich?«

»Das ist eine lange Geschichte. Ich kenne auch deinen Vater, der mir von dir und Haro erzählt hat.«

Ihre Augen wurden groß. »Wie geht es ihm? Hat er das Inferno überstanden?«

Ich hob die Schultern. »Ich weiß es nicht, Kara. Als der Schwarze Tod die Stadt angriff, sind wir geflohen. Mehr kann ich dir nicht sagen. Dein Vater hat sehr tapfer gekämpft, er und seine Soldaten haben sich den Feinden entgegengestemmt, aber ob es reichte? Ich weiß es nicht.«

Kara senkte den Kopf. »Dann ist er tot«, sagte sie leise.

»Das kann ich wirklich nicht bestätigen. Vielleicht haben sie auch überlebt. Ich weiß nur, dass sie in den Keller gehen wollten, um der Feuersbrunst zu entgehen.«

Kara schaute Haro an. »Wir müssen in die Stadt«, sagte sie. »Komm, ich muss wissen, ob Vater noch lebt.«

Haro nickte. Dann blickte er uns an. »Und ihr? Was wollt ihr jetzt machen?«

Der Eiserne Engel antwortete. »Wir müssen weiter und werden versuchen, dass Grauen zu stoppen.«

»Ich wünsche euch viel Glück.«

Wir reichten uns die Hände. Ich schaute Kara besonders lange an. Es war ein seltsames Gefühl, einer Frau die Hand zu geben, die ich eigentlich erst zehntausend Jahre später kennen gelernt hatte.

»Viel Glück«, sagten beide.

Wir bedankten uns. Das konnten wir wirklich brauchen. Danach gingen wir in verschiedene Richtungen davon …

Sie gingen Hand in Hand.

Und sie gingen schweigend über die weite Ebene, die vor der großen Stadt lag.

Sie sahen den Feuerschein am Himmel und fröstelten beide. In ihren Herzen wühlte die Trauer, denn ihre Heimat war dem endgültigen Tod und der Vernichtung preisgegeben.

Kara schritt links neben Haro, der ihre Hand umfasst hielt. In der Rechten hielt er sein Schwert, dessen Spitze zu Boden wies. Grünes Dämonenblut lief an der langen Klinge entlang und hinterließ dicke Tropfen auf der Erde.

Der Himmel war fast leer. Nur noch weit vor ihnen und jenseits der Stadt glühten hin und wieder die feurigen Peitschen auf.

Am schlimmsten war die Stille. Sie ließ etwas von dem Hauch des Todes ahnen, der über der Stadt wehte und in der die letzten Brände zusammenfielen.

Der Schwarze Tod und seine Vasallen hatten ihre Spuren hinterlassen.

Kara zitterte. Das nicht nur wegen der Kühle, die die Nacht gebracht hatte. Sie war auch innerlich zu erregt, nervlich aufgeputscht, um die Anspannung so ohne Weiteres wegstecken zu können.

Kara trug ein langes hellblaues Gewand und darüber einen Schultermantel, der durch goldene Spangen an den Seiten festgehalten wurde. Wenn der Wind ihnen entgegenkam, dann wehte der Mantel wie eine Fahne hinter dem schwarzhaarigen Mädchen auf.

Haro war wie ein Krieger gekleidet. Sein dunkler Bart gab ihm ein finsteres Aussehen. Der Oberkörper war mit einem Lederpanzer bedeckt, der die Arme freiließ. Um die Hüften trug er einen Lendenschurz mit Schwertgehänge.

Stumm schritten die beiden ihrem Ziel entgegen. Nicht zu schnell und nicht zu langsam, aber diese Gangart konnten sie lange durchhalten. Und es war erst eine Stunde vergangen, als sie die ersten Ausmaße des Chaos sahen.

Gefallene Krieger lagen inmitten der Ebene. Sie mussten schon länger tot sein, denn der Wind hatte ihre Körper mit feinem Sand und Staub bedeckt.

»Schau nicht hin«, sagte Haro, löste seine Hand aus der des Mädchens und legte dafür den Arm um Karas Schultern.

Sie nickte nur.

Auch Haro war entsetzt. Nur durfte er seine Gefühle nicht zeigen. Ein Krieger oder Soldat musste immer die Kontrolle über sich haben. Er musste seinen Schmerz zügeln, auch wenn er innerlich fast daran zerbrach.

Brandgeruch wehte ihnen entgegen. Der Wind trieb auch feine Ascheteilchen mit, die auf ihrer Haut kleben blieben. Weder Kara noch Haro machten sich die Mühe, sie abzuwischen.

Eine gewaltige Mauer umgab die Stadt. Sie hatte immer als Schutzwall gehalten, doch nun war sie zerstört. In einer ungeheuren Hitze einfach verbrannt und geschmolzen.

»Großer Atlan!«, flüsterte das Mädchen und blieb stehen.

Auch Haro verhielt in der Bewegung.

Beide starrten mit großen Augen auf das gewaltige Chaos. Die verbrannte und eingestürzte Mauer verwehrte ihnen den Blick in die Stadt nicht mehr.

Aber war es noch eine Stadt?

Wo standen dann die Häuser? All die prächtigen Bauten, an deren Errichtung Karas Vater beteiligt gewesen war? Es gab sie nicht mehr. Nur noch Schutt und Asche. Hier und da ragten ein paar Fragmente aus den Trümmern hervor, das war alles.

Sie merkten beide, wie der Boden unter ihnen arbeitete, wie er zitterte und vibrierte.

Der Untergang des Kontinents war nicht mehr aufzuhalten. Er ging weiter bis zum bitteren Ende …

»Komm«, sagte Haro und schob das Mädchen vor.

Kara nickte, während die Tränen aus ihren Augen rannen, als sie das Elend sah.

Die Menschen hatten sich wirklich bis zum letzten Atemzug verteidigt, aber es hatte nichts genutzt. Sie sahen die Toten, die in den Trümmern lagen. Viele waren überhaupt nicht mehr zu erkennen. Das Feuer hatte zu schlimm gewütet.

Aber nicht alle hatten ihr Leben verloren. Es gab noch welche, die die Katastrophe überstanden hatten. Kara und Haro wurden auf makabre Weise daran erinnert.

Sie hatten die Stadt noch nicht erreicht, als sie das Klagelied hörten, das über die zerstörten Häuser und Gebäude wehte. Jemand sang es mit von Traurigkeit erfüllter Stimme. So schlimm und so ernst, dass sich Kara die Ohren zuhielt.

Es war das Lied vom Tod, vom Untergang, von der Vernichtung.

Atlantis' Sterbelied ...

Selbst Haro, dem kampferprobten Krieger, rann ein Schauer über den Rücken. Beide konnten die Person nicht sehen, die das Klagelied angestimmt hatte, aber sie musste irgendwo zwischen den Ruinen der Stadt sitzen.

Der starke Brandgeruch ließ ihre Augen tränen. Die umherfliegende Asche war noch warm, und dicke Rauchschwaden trieben wie Leichentücher über die sterbende Stadt.

Irgendwo hörten sie das Stöhnen und Wimmern der Verletzten. Sie konnten nicht helfen, denn sie wussten nicht, wo sie anfangen sollten.

Der Schwarze Tod war nicht zu sehen. Sein Drache hatte ihn weitergetragen, hinaus auf das Land, weit in die Ferne, um alles Leben zu vernichten.

Kara und Haro stiegen über die Trümmer und kletterten durch Ruinen. Da war kein Haus mehr stehen geblieben, die Stadt glich einer Oase des Schreckens.

Irgendwann erreichten sie den Marktplatz. Um den Brunnen herum lagen die toten Krieger. Einige waren von den herabstürzenden Steinen erschlagen worden, andere hatte das Feuer getötet.

Der Brunnen gab kein Wasser mehr. Steine und Schutt waren in ihn gefallen. Auch die Blumen hatte die Glut vernichtet. Manche Steine waren unter der enormen Hitzeeinwirkung zu schimmernden Kristallen zusammengeschmolzen, und die den Marktplatz umgebenden Häuser bildeten ein einziges Trümmermeer.

Kara blieb stehen und drehte sich um.

Sie wusste genau, wo ihr Vaterhaus gestanden hatte. Das gab es nicht mehr.

Es war ineinandergefallen wie ein Kartenhaus. Nur noch zwei Mauern standen. Auch von ihnen war die

Hälfte auseinandergebrochen. Fragmente und Stücke ragten über die Trümmer hinaus. Die Säulen waren zersplittert, als hätte die Faust eines Riesen gegen sie geschlagen.

»Vater«, murmelte Kara, und ihre Lippen zitterten.

Sie spürte Haros Hand.

»Lass uns weitergehen«, sagte er. »Vielleicht werden wir deinen Vater finden. Der fremde Mann hat davon geredet, dass er in den Keller wollte. Vielleicht können wir ihn dort sehen und auch sprechen.«

»Du machst mir Mut.«

»Ich meinte es auch so, wie ich es sagte.«

»Dann glaubst du, dass Vater noch lebt?«

»Ja, Kara, daran glaube ich. Wir müssen ihn nur finden. Und wir dürfen keine Zeit verlieren, denn das, was wir hier sehen, war noch nicht das Ende.«

Kara nickte.

Sie wusste, dass der Schwarze Tod noch einmal zurückkommen würde, um dem Land den Rest zu geben und es endgültig zu vernichten. Er hasste diesen Kontinent, weil er ihn nicht so unterjochen konnte, wie er es sich vorgestellt hatte.

Deshalb hatte er Atlantis vernichtet.

Kara und Haro kletterten über die Trümmer des Hauses, das einmal die Heimat des Mädchens gewesen war. Sie war hier aufgewachsen, glücklich und zufrieden, denn sie stand unter dem Schutz ihres Vaters, der in Atlantis zu den Propheten zählte und ein sehr geachteter Mann war.

Es gestaltete sich als schwierig, überhaupt eine Lücke zu finden. Die Steine lagen kreuz und quer, sogar die großen Treppen waren zerbrochen und versperrten als wuchtige Trümmer den Weg.

Haro blieb stehen und schaute sich um.

»Was suchst du?«, fragte Kara.

»Den Einstieg zum Keller.«

»Der muss hier …« Kara sprach nicht weiter. Sie sah selbst die Trümmer und den Schutt.

Aber Haro ließ sich nicht beirren. Mit Karas Hilfe gelang es ihm schließlich, die Stelle zu finden, wo sich der Einstieg befand. Nur lagen dort zwei große Steine, die aber zum Glück bei ihrem Fall zerbrochen waren.

Vier Hälften mussten sie wegschaffen. Unter ihnen befand sich der Einstieg zu den Kellergewölben.

Kara und Haro schauten sich an. »Schaffen wir es denn?«, fragte das Mädchen.

»Wir müssen es versuchen!« Der Krieger schaute auf sein Schwert. Er maß die lange Klinge mit seinen Blicken und nickte. »Es müsste gehen«, sagte er.

»Was?«

»Wenn ich die Klinge als Hebel benutze, könnten wir es schaffen.«

Kara atmete auf.

Der bärtige Hüne machte sich an die Arbeit. Er klemmte die Spitze seiner Waffe unter einen Felsen und hoffte, dass die Klinge dem Druck standhielt. Angeblich sollte sie aus dem allerbesten Stahl geschmiedet worden sein.

Haro setzte seine gesamte Kraft ein. Er umfasste den Griff mit beiden Händen und drückte gegen das Gewicht des Steins.

Ein hässliches Knirschen ertönte, ansonsten geschah nichts.

»Er ist zu schwer«, flüsterte Kara erstickt.

Haro gab nicht auf. Und bei seinem zweiten Versuch hatte er Glück. Der Stein bewegte sich. Der Krieger drückte noch weiter, ließ Kara dann den Griff halten, packte den Stein an seiner Oberseite mit beiden Händen und wuchtete ihn zur Seite.

Er fiel.

Haro atmete auf.

Die nächsten beiden Steine schaffte er ebenfalls weg. Beim vierten allerdings brach die Klinge in der Mitte durch. Das Schwert zersprang mit einem singenden Geräusch. Die eine Hälfte der Klinge schoss in die Höhe, wobei sie fast noch das Gesicht des Mädchens gestreift hätte. Kara konnte sich im letzten Augenblick wegducken.

Haro aber hielt nur noch den Griff in der Hand. Er schleuderte ihn wütend weg.

Noch lag der Einstieg nicht frei. Schutt, Asche und kleinere Steine hatten eine Schicht gebildet. Sie war so dicht, dass nicht einmal die Abdrücke der Steinplatte zu sehen waren. Mit dem Fuß räumten Kara und Haro den Staub zur Seite.

Sie sahen auch den eisernen Ring, an dem man die Platte anheben konnte.

Haro atmete schwer. Ein paar Mal saugte er tief die Luft ein und stieß sie wieder aus.

»Ich werde es versuchen«, sagte er, bückte sich und umfasste den Ring mit beiden Händen.

Dann zog er.

Kara stand daneben und beobachtete ihren Gefährten. Sie sah das gewaltige Spiel seiner Muskeln an den Armen und Beinen. Die Stränge traten dick wie Finger hervor. Haros Mund war halb geöffnet, er hielt den Atem an - und schaffte es.

Knirschend bewegte sich die schwere, quadratische Steinplatte. Sie wurde von Haro Stück für Stück in die Höhe gewuchtet.

Ein kleiner Spalt entstand, der langsam größer wurde. Lichtschein drang hervor.

Karas Herz begann zu klopfen. Dieser Schein bewies ihr, dass sich dort unten im Keller Menschen aufhielten.

Ihr Vater vielleicht …

Mit einem Krach fiel die Steinplatte an der gegenüberliegenden Seite zu Boden und blieb dort liegen.

Staub wallte hoch, er vernebelte sekundenlang die Sicht auf die Öffnung. Kara wollte nicht so lange warten, bis er sich gelegt hatte. Sie fiel auf die Knie nieder, beugte sich vor und schaute in die Tiefe.

Das Licht stammte von Öllampen, die in der Tiefe des Kellers auf dem Boden standen und ihren Schein nach oben schickten. Die Flammen bewegten sich und malten Schatten auf Karas und auch auf Haros Gesicht. Der Krieger hatte sich neben das Mädchen gekniet und schaute jetzt ebenfalls in den Keller.

»Ich sehe ihn nicht«, sagte Kara leise.

»Wir müssen hinunter. Der Keller ist groß«, erwiderte Haro. Er maß die Entfernung.

Sie betrug die Distanz von zwei erwachsenen Menschen.

»Ich springe«, sagte er.

Bevor Kara widersprechen konnte, hatte sich Haro schon abgestoßen. Er machte das ausgezeichnet, krümmte seinen Körper in der Luft zusammen und prallte auf den festgestampften Lehmboden des nur spärlich erhellten Kellers.

Er schaute zu Kara hoch. »Jetzt du!«, rief er.

Das Mädchen stieß sich ab.

Haro fing sie auf. Trotzdem schüttelte ihn der Aufprall so stark, dass er rücklings zu Boden stürzte, sich aber nichts brach oder prellte.

Rasch standen die beiden wieder auf den Füßen.

Sie schauten sich um. Das Kellerverlies war nicht sehr groß. Ein viereckiger Raum, den wuchtige Quadersteine an den Seiten immer kühl hielten.

An einer Seite befand sich ein Durchlass, der etwa die Breite einer Tür hatte.

»Dort hinein!« Haro streckte den Arm aus.

Kara wollte vorgehen, doch der Krieger hielt sie zurück. »Warte, nicht so schnell! Wer weiß, was uns da erwartet.«

»Feinde?«

»Vielleicht.«

Das Mädchen zuckte zusammen. In ihrem eigenen Haus fürchtete sie sich, so etwas war noch nie vorgekommen. Haro war waffenlos, aber er hatte keine Angst. Seine wuchtige Gestalt füllte den Durchlass fast völlig aus, als er auf der Schwelle stehen blieb und in den dahinter liegenden Raum schaute.

»Was siehst du?«, flüsterte Kara.

Anstatt eine Antwort zu geben, trat Haro einen Schritt vor und machte den Weg frei.

Kara ging.

Und sie sah ihren Vater.

Er lag auf einem Lager, hatte den Kopf zur Seite gedreht und schaute sie aus sterbenden Augen an …

Wir flogen wieder!

Tief hinein stießen wir in das Land der mächtigen Geister und Dämonen. Unter uns befanden sich die Berge, und nicht selten schaute ich in die düster glühenden Krater der Vulkane, die jedoch zur Ruhe gekommen waren. Kein Berg spie mehr die glühende Lava aus. Es kokelte und brodelte zwar noch überall, aber die gefährlichen Massen verhielten sich ruhig. Eine Ruhe vor dem Sturm. Es schien, als würden sie zum letzten Mal Atem holen, um dann mit ihrer geballten Kraft die endgültige Lawine der Vernichtung ins Rollen zu bringen.

Dunkelheit lag in den zahlreichen Schluchten und Tälern. Manche waren sehr eng, sodass sie schon

Canyons glichen, wie ich sie in den Staaten gesehen hatte.

In den Schluchten war es nicht ruhig. Da lauerte das Böse. Monster, Dämonen, Geschöpfe der Nacht.

Manchmal hörte ich die Schreie, das Rufen und auch das gefährliche Lachen. Sie wussten anscheinend, wer über die Täler flog, aber sie wagten es nicht, uns anzugreifen.

Ich kam mir immer kleiner und winziger vor. Fast glaubte ich, nur noch ein Sandkorn in diesem mörderischen Getriebe zu sein. Aber konnte ein Sandkorn es mattsetzen?

Meine Hoffnung schwand.

Ich hatte den Eisernen Engel nicht gefragt, was das Ziel unserer Reise war. Das würde ich schon früh genug erfahren.

Einmal stieß gelber, giftiger Brodem aus einer Schlucht, und ich sah eine grässliche Fratze innerhalb des Rauchs auftauchen. Eine gierige Faust öffnete sich, um uns zu packen. Der Eiserne Engel war schneller und flog in die Höhe.

Weitere Zeit verging. Ich wusste nicht, wie viele Minuten es waren, denn das Gefühl für Zeit hatte ich innerhalb dieses Landes restlos verloren.

Dann änderte sich die Landschaft unter uns. Kaum noch Schluchten oder Täler, dafür eine weite Hochebene, meist kahl, und nur hin und wieder von turmartigen Felsen in ihrer Monotonie unterbrochen.

Näherten wir uns dem Ziel?

Ich hoffte es stark, denn langsam begannen meine Glieder einzuschlafen. Ich fühlte mich so unbeweglich unter dem Arm des Eisernen Engels.

Plötzlich änderte der Engel die Richtung. Er flog nach rechts. Ich wusste nicht, ob es Westen, Osten, Norden oder Süden war. Die Orientierung hatte ich vollends verloren.

Wir schwebten noch höher. Die rote Lavaglut des Himmels lag hinter uns, ich schaute auf ein dunkelblaues Firmament, vor dem sich gewaltige Felsen abhoben.

Nicht einmal im Himalaja hatte ich solche Felsformationen gesehen, dagegen wirkten auch die Dolomiten wie Spielzeuge.

Ein wahres Wunder der Natur, das ich mit großem Staunen und Andacht betrachtete.

Wir stiegen so hoch, dass ich die Befürchtung hatte, den Himmel zu berühren, denn der Eiserne Engel visierte die Spitze des höchsten Felsenturms an.

Sechs Türme waren es. Unbezwingbar, irgendwie kalt leuchtend, ein glattes Gestein. Da kam niemand hinauf, dieser Hort war ausgezeichnet zu verteidigen.

Als wir näher kamen, da sah ich, dass der Turm an seiner Spitze nicht glatt war, sondern große Höhlen aufwies, die wie riesige Tore wirkten. Drei zählte ich.

In das mittlere Tor flogen wir hinein – und stoppten.

Der Eiserne Engel ließ mich zu Boden gleiten. Klein und winzig kam ich mir vor, als ich mich staunend umschaute.

Ich stand auf einer gewaltigen Felsplatte, die spiegelglatt geschliffen war. Sie schien aus einem einzigen Block hergestellt zu sein, auch wieder etwas, was mich wunderte. Und wir waren nicht allein.

Unter der Decke dieser turmhohen Felsenhöhle klebten Nester. So sahen sie beim ersten Betrachten aus, bis ich feststellte, dass es gewaltige Hängematten waren, die von runden Lichtquellen angestrahlt wurden. Diese befanden sich in den Felswänden und glichen unseren Punktstrahlern, doch ihr Licht war wesentlich weicher als das, das ich aus meiner Zeit kannte.

Die Hängematten waren besetzt.

Dort ruhten die Vogelmenschen, die Wesen, dessen König der Eiserne Engel war.

Und sie kamen.

Unwillkürlich hielt ich den Atem an. So etwas hatte ich noch nie gesehen, das gab es nur in alten Märchen oder Legenden, doch befand ich mich nicht in einem Land, um das sich selbst zahlreiche Legenden rankten?

In Atlantis musste ich mit allem rechnen. Zwei Welten trafen sich hier. Eine gute und eine schlechte.

Die Vogelmenschen schwebten der Erde entgegen. Diese Geschöpfe faszinierten mich. Ihr Körper war zwar menschlich, war aber von schillernden Federn bedeckt, die in allen Farben des Spektrums leuchteten.

Die Köpfe waren menschlich.

Fein geschnittene Gesichter zeichneten sie aus. Ich erkannte auch die Schwingen auf den Rücken dieser Halbmenschen, und lange Haare umschmeichelten die Gesichter.

Fünf männliche Vogelmenschen zählte ich und zwei weibliche. Letztere wiesen auch frauliche Formen auf, nur wurde eben alles von Federn bedeckt.

Ich staunte.

Die Vogelmenschen nahmen vor dem Eisernen Engel Aufstellung. Und wiederum verstand ich ihre Sprache.

»Wir sind die Letzten«, hörte ich einen männlichen Vogelmensch sagen, »die anderen sind getötet worden.«

»Von wem?«

»Von den Skeletten. Ihren Flammenpeitschen konnten wir nichts entgegensetzen. Sie waren gefährlicher als unsere Pfeile. Und den Rest besorgten die schwarzen Vampire.«

»Was ist mit Myxin?«

»Er ist vom Schwarzen Tod überwältigt worden. Ich

habe gesehen, wie sie einen goldenen Sarg herbeischafften, in den er gelegt werden soll.«

Der goldene Sarg!

Da hatte ich wieder die Verbindung zur Gegenwart. Suko und ich hatten Myxin damals aus einem goldenen Sarg befreit, der zehntausend Jahre auf dem Grund des Meeres gelegen hatte.

Hier lief der Kreis also wieder zusammen.

»Du bringst einen Gast mit, Eiserner Engel?«, fragte der männliche Vogelmensch.

»Ja, einen Freund. Das ist John Sinclair. Er stammt aus der Zukunft, und er ist ein Feind aller Dämonen.«

Der Vogelmensch schaute mich an. Er hatte dunkle Augen und ein schmales Gesicht.

»Sei willkommen, Mensch aus der Zukunft«, sagte er schlicht.

Ich verbeugte mich. Was sollte ich anderes tun? Ich brachte ja kaum meine Gedanken richtig zusammen. Es war in der letzten Zeit einfach zu viel geschehen.

Auch die anderen lächelten mir zu, und ich muss ehrlich gestehen, ich fühlte mich wohl hier unter diesen seltsamen Wesen, die keinerlei Feindseligkeit zeigten.

»Was will unser Freund?«, fragte der Vogelmensch.

»Er hat den Schwarzen Tod vernichtet.«

Überraschung und Hochachtung zeichnete sich auf dem fein geschnittenen Gesicht ab. Auch die anderen waren erstaunt. Sie wurden sogar unruhig und sprachen durcheinander.

Der Eiserne Engel stoppte ihre Rede mit einer knappen Bewegung seiner rechten Hand. »Nicht so, wie ihr vielleicht denkt. John Sinclair hat den Schwarzen Tod in seiner Zeit, in der Zukunft, getötet. Das wollte ich sagen.«

»Und was will er jetzt?«

»Er möchte den Spiegel holen.«

Die Vogelmenschen schwiegen. Betroffenheit zeichnete sich in ihren Gesichtern ab.

»Aber das ist unmöglich«, sagte der Sprecher.

»Wer den Schwarzen Tod vernichtet hat, der sollte es zumindest versuchen«, sagte der Eiserne Engel. Seine Worte trafen auf fruchtbaren Boden. Die Vogelmenschen begannen zu überlegen.

»Weiß er denn, wo sich der Spiegel befindet?«

»Nein.«

»Dann muss er die Hölle durchqueren.«

Das waren ja bedrückende Aussichten.

Doch der Eiserne Engel wusste eine Antwort. »Vielleicht können wir ihm helfen.«

»Wir sind nur noch wenige, unsere Kräfte sind zu schwach«, lautete die Antwort.

»Ihr sollt nicht kämpfen, sondern ihn dorthin bringen, wo sich der Spiegel befindet.«

»Aber die Welt des Schwarzen Tods ist groß ...«

»Das stimmt«, entgegnete der Eiserne Engel. »Nur weiß ich vielleicht, wo sich der Spiegel befinden könnte.«

»Du?«

»Ja. Es gibt eine Möglichkeit. Wenn auch nur eine geringe. Im Tal der schweigenden Steine könnte sich der Spiegel befinden.«

»Dort ist das Zentrum!«, hielt man ihm entgegen.

»John Sinclair weiß sich zu wehren.«

Ich hatte lange genug zugehört und wollte endlich auch mal etwas sagen. »Was kann mich in diesem Tal erwarten?«

»Der Höllensumpf. Er ist die Brut- und Geburtsstätte der Monster und Dämonen. Der Schwarze Tod holt sich dort seinen Nachschub. Dieses Tal ist verflucht, kein Mensch der weißen Magie hat es jemals betreten. Viele haben es versucht, doch der Sumpf hat sie gefressen. Selbst die Propheten schafften es nicht. Ich weiß es von Delios, der als Einziger entkommen ist, weil ich ihm geholfen habe. Ich riss ihn aus den Klauen der Monster. Der mutige Mann wollte sich dem Schwarzen Tod direkt entgegenstellen. Und außerdem soll der Schwarze Tod in diesem Sumpf geboren sein.«

»Was?«

Der Eiserne Engel nickte. »Ja, mein Freund. Der Sumpf ist die Geburtsstätte des Schwarzen Tods, so schreiben es die zahlreichen Sagen und Legenden.«

»Aber wer hat dies veranlasst?«

»Es gibt Mächte, gegen die du oder ich nicht ankommen. Sie sind so alt wie die Welt. Sie herrschten schon, als noch kein Leben auf der Erde war. Es sind Geister, nichtstoffliche Existenzen, die jedoch hin und wieder Gestalt angenommen haben. Wenn das geschah, dann waren die Gestalten so schrecklich, dass der Betrachter dem Wahnsinn nahe kam. Und deshalb erschufen diese Urgötter der schwarzen Magie Diener, die ihre Aufgabe übernahmen. Der Schwarze Tod gehörte dazu. Und die Götter hatten einen Namen.« Der Eiserne Engel schaute mich an. »Kennst du ihn, John Sinclair?«

Ich nickte und räusperte mir den Hals frei, bevor ich sprechen konnte. »Die Großen Alten …«

»Ja, die Großen Alten!«

Es war alles ein Kreislauf. Ich wusste von ihrer Existenz. Auf meinen gefährlichen Wegen hatte ich in der letzten Zeit schon des Öfteren von ihnen gehört. Albtraumwesen, gefallene Götter, die zu beschwören einem Todesurteil gleichkam. Und sie hatten den Schwarzen Tod erschaffen. Aber nicht nur ihn, wie ich den Erklärungen des Eisernen Engels entnommen hatte.

Ich sprach ihn darauf an.

Der Eiserne Engel wirkte sehr nachdenklich, bevor er mir eine Antwort gab.

»Die Großen Alten«, murmelte er, »sind eine existierende Legende. Sie sind allumfassend und unbegreiflich, denn sie sind das absolut Böse überhaupt.«

»Und Asmodis?«, warf ich ein.

Der Engel lächelte spöttisch.

»Wer ist schon Asmodis, wenn man ihn mit den Großen Alten vergleicht …«

Bei dieser fragenden Antwort lief mir ein Schauer über den Rücken. Ich schloss für Sekunden die Augen.

Asmodis!

Bisher hatte ich ihn für den Größten gehalten. War er vielleicht auch nur eine vorgeschobene Figur? Steckten hinter ihm ganz andere Kräfte? Mächte, von denen ich nicht einmal zu träumen wagte? Wenn das stimmte und ich Beweise fand, dann gaben sie meinem Leben ganz andere Dimensionen.

Der Eiserne Engel ahnte, was in mir vorging, und versuchte mich zu trösten.

»Mach dir darüber keine Gedanken«, sagte er, »die Großen Alten ruhen. Bete, dass sie auch weiterhin schlafen werden. Erst wenn all ihre Diener verschwunden sind, dann greifen sie selbst in den Kreislauf der Welt ein.«

Ich nickte.

Legende, Wahrheit, Wirklichkeit! Diese Begriffe mischten sich in meinem Kopf zu einem furiosen Wirbel. Ich kam mir noch kleiner und winziger vor, als ich ohnehin schon war.

Wie sollte das alles noch enden?

»Und gibt es gegen sie denn keine Waffe?«, rief ich verzweifelt.

»Ich kenne keine«, hörte ich die Antwort.

»Weiß der Seher nichts?«

»Vielleicht.«

»Und? Hast du mit ihm darüber gesprochen? Du kennst ihn doch. Hast ihn gesehen.«

»Auch er sagt nichts. Er hält alles unter Verschluss, denn die Wahrheit ist zu schrecklich.«

»Kann ich sie irgendwo finden? Ist sie niedergeschrieben worden?«

»Im Buch der grausamen Träume steht es zu lesen. Aber du wirst es nicht bekommen, weil dein Gehirn sich weigern wird, das Unglaubliche zu fassen …«

Der Engel sprach vom Buch der grausamen Träume. Wieder ein Begriff, den ich sehr gut kannte. Ich hatte es schon gesehen, denn aus den für mich allein bestimmten letzten Seiten war der silberne Bumerang entstanden. Gern hätte ich das Buch in meinem Besitz gewusst. Es war mir nicht vergönnt gewesen. Nun erfuhr ich den Grund. Dafür hatte ich erst zehntausend Jahre in die Vergangenheit reisen müssen.

Welch eine Verbindung! Ich kam mir vor wie eingeschlossen in dem gewaltigen Kreislauf der Welt.

Anfang und Ende – Alpha und Omega. Sollte ich je alles begreifen lernen?

»Du denkst zu viel nach«, hörte ich die Stimme des Eisernen Engels. »Konzentriere dich lieber auf die Zukunft, auf deine Aufgabe hier auf dem sterbenden Kontinent.«

Ich nickte. »Natürlich, verzeih, aber ich musste das erst alles verdauen.«

»Ich kann dich verstehen.«

»Und wie soll es jetzt weitergehen?«, fragte ich.

»Wir werden dich in das Tal der schweigenden Steine begleiten«, erklärte mir der Eiserne Engel. »Ich hoffe, dass du es schaffst – noch vor dem Untergang.«

Ich nickte. Mehr war nicht zu sagen. Aber auch das Gehörte machte mich unruhig genug. Mir zitterten schon die Knie, wenn ich nur daran dachte, diesen Höllensumpf durchqueren zu müssen.

War der Schwarze Tod tatsächlich dort geboren? Oder war der Sumpf nur die Geburtsstätte der Monster?

Ich wusste es nicht und verließ mich völlig auf meinen Freund und Retter, den Eisernen Engel.

Leicht wie Federn, so stießen sich die Vogelmenschen vom Boden ab und schwangen sich in die Luft. Sie glitten dem Ausgang zu und wurden vom Dunkel der Nacht verschluckt.

Erst jetzt sah ich, dass auch sie bewaffnet waren. Sie trugen mit Pfeilen gefüllte Köcher auf ihren Rücken, und die dazugehörigen Bögen spannten sich um ihre Schultern.

»Komm«, sagte der Eiserne Engel nur und fasste mich bei der Hand. Wieder wurde ich hochgehoben.

Durch das große Tor schwebten wir hinaus in die Nacht. Er hatte mich wieder unter seinen Arm geklemmt, und ich kam mir wie ein lebendes Paket vor.

Kaum hatten wir die Höhle verlassen, als ein dumpfes Grollen über die Ebene rollte.

Erschreckt stieg selbst der Eiserne Engel höher, drehte sich um, und wie auch ich sah er, dass die Steine, diese riesenhaften Gebilde, leicht schwankten.

Atlantis bebte.

Der Anfang vom Ende war nahe, das spürten auch die Vogelmenschen.

Ich bewunderte sie. Sie wussten, dass sie dem Untergang nicht mehr entgehen konnten, dass sie sterben würden, und trotzdem halfen sie mir und warfen dafür ihr Leben in die Waagschale. So etwas fand man nicht oft …

»Fliegen wir!«, rief der Eiserne Engel. »Vielleicht sehen wir die Felsen nie mehr wieder. Kommt, Freunde …«

Unser Flug wurde schneller, noch schneller als zuvor. Die Ebene glitt unter uns hinweg, und wir näherten uns den Bergen jetzt von der anderen Seite.

Sie lagen nicht mehr still.

Wie ein Feuerwerk sprühte es aus einem Vulkankrater. Glühende Lavabrocken, himmelan geschleudert, von einem mächtigen Donnern begleitet. Und plötzlich verschwand die Hälfte des Berges. Er brach auseinander, als hätte jemand dagegen geschlagen.

Der Untergang begann.

Wieder färbte sich der Himmel blutrot, und wir jagten dem Inferno entgegen. Würde es mir noch gelingen, den Spiegel zu erbeuten? Wenn ja, hatte ich viel gewonnen, aber dann war ich noch immer nicht in meiner Zeit zurück.

Und wo befand sich Myxin?

Die Ebene verschwand. Schon lagen unter uns die tiefen Täler und finsteren Schluchten. Canyons, düster und drohend. Eine Brutstätte des Schreckens.

Beißender Rauch trieb manchmal um unsere Körper. Die Vogelmenschen flogen parallel zu dem Eisernen Engel und mir. Sie ließen ihn keinen Moment aus den Augen.

Wir glitten über eine kochende Hölle. Manchmal hörte ich seltsame Geräusche aus den Canyons. Schmatzen, Würgen und Schreien.

Es wurde immer schlimmer.

Weiter vor uns schoss abermals eine Lavafontäne in den Himmel. Ich wollte sie noch beobachten, was jedoch nicht mehr möglich war, weil der Eiserne Engel in einen Sinkflug fiel und in den Canyon hineinstieß.

Es war ein riesiges, gewaltiges Loch, dessen Ende ich nicht einmal erahnen konnte.

Aber es war unser Ziel.

»Der Höllensumpf!«, vernahm ich die Stimme des Eisernen Engels. »Hier werde ich dich absetzen. Hier …«

Im selben Augenblick hörten wir den Warnschrei eines Vogelmenschen. Zu spät.

Die anderen waren schneller.

Schatten lösten sich von den Schluchtwänden. Schatten mit kleinen, glühenden Augen.

Die schwarzen Vampire …

Ein Stoß schien durch den Körper des Mädchens zu gehen, als es seinen Vater erkannte. Kara stellte sich auf die Zehenspitzen und presste die rechte Hand gegen den Mund, um einen Schrei zu unterdrücken.

Ihr Vater würde nicht mehr lange leben. Er lag bereits im Sterben, das konnte jeder erkennen.

Und sie sah das Blut, das aus seinen Wunden lief. Es rann aus der Brustwunde und hatte das Laken benetzt, auf dem Delios lag.

Einer war noch bei ihm. Der alte Diener, ebenfalls dem Sterben nahe. Er hatte den Überfall auch überstanden, aber in seinen Augen stand kein Glücksgefühl darüber zu lesen, sondern nur Trauer und Verzweiflung.

»Komm, Kara«, sagte er und streckte seine Arme aus.

Das Mädchen nickte. Kara ließ sich von dem Diener führen und bis dicht vor die Liegestatt ihres Vaters bringen. Dort ging sie in die Knie und schaute in das vom Tod gezeichnete Gesicht.

»Vater«, flüsterte Kara. Sie hatte Mühe, die Tränen zu unterdrücken. Im Hintergrund stand Haro, der Krieger. Er wollte Tochter und Vater nicht stören.

»Dass du gekommen bist«, flüsterte der alte Mann. »Nach all dem Grauen und Sterben.«

»Wir hatten Glück, Vater. Der Eiserne Engel und ein blondhaariger Mann haben uns gerettet.«

Plötzlich blitzte es in den Augen des Alten auf. »Du hast den Mann aus der Zukunft gesehen?«

»Ja, sogar mit ihm gesprochen.«

»Das ist gut, Kara. Das ist sehr gut. Dann hat er es überstanden. Er ist nicht von den Feinden getötet worden. Meine Gebete haben also doch etwas genutzt.« Delios schluckte, und seine Lippen zitterten stark.

»Du darfst jetzt nicht daran denken, Vater«, sagte Kara. »Du musst an dich denken und auch daran, wie es weitergeht.«

»Da gibt es keine Zukunft mehr. Ich bin ein verlorener Mann, meine Tochter …«

»Aber Vater …«

Mit einem Ruck schlug Delios das Laken zurück. Die Bewegung war Antwort genug.

Kara erstarrte. Sie sah die schreckliche Wunde und wusste, dass ihr Vater recht hatte. Es war überhaupt ein Wunder, dass er noch lebte. Aber so war Delios. Er gab nie auf, kämpfte gegen Dämonen und auch gegen den Tod an.

»Verzeih mir, Vater. Ich wusste nicht …«

»Schon gut, meine Tochter. Schon gut. Aber du hast gesehen, dass mir nicht mehr viel Zeit bleibt. Die wenigen Minuten bis zu meinem Ende wollen wir nutzen.«

»Ja, Vater.« Kara nickte.

Der Sterbende begann. »Du weißt, dass ich in diesem schönen Land ein Prophet war. Ich habe Voraussagungen gemacht, ich habe mich gegen eine Herrschaft der Dämonen gestemmt. Es hatte keinen Zweck. Die andere Seite war stärker. Ich verlor nicht nur deine Mutter, sondern musste auch mit ansehen, wie Atlantis immer mehr dem Untergang entgegentrieb. Mit meiner schwachen Magie kam ich gegen die des Schwarzen Tods nicht an. Er blieb der Sieger. Dieses Reich ist dem Untergang geweiht, und du merkst es nun selbst. In deiner Kindheit habe ich dich das nicht spüren lassen, du solltest frei und fröhlich aufwachsen, jetzt aber musst du der Wahrheit ins Auge sehen, und die ist schlimm genug. Du hast Haro kennen und lieben gelernt, er hat dich die Kunst des Kampfes gelehrt, du kannst mit einem Schwert ebenso umgehen wie mit einem Bogen oder der Lanze. Du bist mehr als ein Ersatz für mich, weil es deiner Mutter nicht vergönnt gewesen war, mir einen Sohn zu gebären …«

»Vater, bitte sprich nicht so«, flüsterte das Mädchen und umfasste die Hände des alten Mannes.

»Ich muss so anfangen, damit du das andere verstehst, meine liebe Kara. Denn ich habe dir ein Erbe hinterlassen. Ein Erbe, das eigentlich meinem Sohn gehören sollte, das ich nun aber in deine Hände lege, liebste Kara. Es ist nicht viel, aber es ist ungeheuer wertvoll, und du wirst nach meinem Tod noch oft an mich denken, wenn du das Schwert in die Hand nimmst.«

Kara zuckte zurück. »Du willst mir das goldene Schwert …?«

»Ja, wer sollte es sonst bekommen?«

»Aber das kann ich nicht annehmen. Ich bin nicht würdig …«

Der alte Mann lächelte. »Doch, Kara, du bist würdig. Du bist die Einzige, der ich das Schwert anvertrauen kann, weil du die Kunst des Fechtens beherrschst. Es ist eine besondere Waffe, deren Geheimnisse du allerdings selbst herausfinden musst, weil mir nicht mehr die Zeit dazu bleibt. Wenn ich nicht mehr bin, wirst du sie an dich nehmen und meinen Kampf weiterführen, auch in der Zukunft.«

»Aber es gibt keine Zukunft mehr für mich!«, rief

das Mädchen verzweifelt. »Atlantis ist dem Tod geweiht!«

Jetzt lächelte Delios. »Doch, es gibt eine Zukunft. Für dich und für Haro. Ich habe dafür gesorgt.« Delios sah das ungläubige Gesicht seiner Tochter und behielt sein wissendes Lächeln bei. Er winkte auch Haro an sein Sterbebett, damit er jedes Wort hörte, das nun gesprochen wurde.

Auch der Krieger ging in die Knie, während Kara nach seiner Hand fasste.

»Wie ihr wisst, habe ich mich jahrelang mit meinen Forschungen beschäftigt. Ich habe versucht, tief in das Gebiet der weißen Magie einzudringen, und ich habe auch Erfolge erzielt, wie ihr sicherlich wisst. Ich bin zwar kein großer Magier geworden, dem es möglich war, die Zerstörung des Landes durch die Dämonen aufzuhalten, aber die weisen Götter haben mein Flehen erhört. Man gab mir die Kraft und das Wissen, den Trank des Vergessens herzustellen. Ich habe ihn gebraut und sorgfältig verwahrt. Wer ihn trinkt, der ist tot und doch nicht tot. Er überlebt die Zeiten, und nur so könnt ihr beide, Haro und du, den Untergang dieses Reiches überstehen. Nehmt den Trank, trinkt ein paar Tropfen davon, und ihr werdet irgendwann, wenn die Zeit reif ist, erwachen. Das kann ich dir, Tochter, als Erbe mitgeben. Es ist wenig genug. Ich hätte dir gern mehr mit auf den Weg gegeben, aber es war mir nicht vergönnt. Vielleicht habe ich auch versagt, wer will das schon genau wissen?« Der Sterbende hob die Hand und winkte seinem Diener. »Bitte, hole den Trank.«

Der Diener verbeugte sich und ging, während Kara und Haro zurückblieben.

Sie waren stumm.

Dabei hätte Kara noch tausend Fragen gehabt, doch in ihrem Kopf schwirrten die Gedanken durcheinander.

Sie war nicht in der Lage, einen einzigen klar zu formulieren. Sie schaute stattdessen nur ihren Vater an, sah in sein Gesicht und merkte, wie es immer mehr verfiel. Die Haut wurde dünner, fast durchsichtig, Delios war dem Tod nahe. Er würde nur noch Minuten zu leben haben. Manchmal lag bereits ein Schleier auf seinen Pupillen, der jedoch wieder verwischte, dann blickten seine Augen klar wie zuvor.

Der Diener kam zurück. Auch er ging gebeugt, er war fast ebenso alt wie Delios, und in seinen Augen schimmerte es feucht. Mit beiden Händen hielt er das bläulich schimmernde Glasgefäß umfasst, in dem die Flüssigkeit schwappte.

Der Trank des Vergessens!

Als der Diener die Flasche dem Sterbenden überreichen wollte, winkte dieser ab. »Nein, nicht ich bekomme ihn, sondern meine Tochter!«

Der alte Diener verbeugte sich und gab Kara die kleine Flasche, die sie behutsam entgegennahm.

»Und noch etwas«, sagte der Sterbende. »Geh vorsichtig mit diesem Trank um. Nimm nie zu viel, denn er ist endlich. Ich selbst weiß nicht mehr, wie ich ihn hergestellt habe. Die alten Götter haben mir die Erinnerung daran genommen. Nur als ich ihn zubereitete, gaben sie mir die klaren Gedanken.«

Kara sah auch den kleinen Glasstöpsel, der die Öffnung verschloss.

»Hüte ihn wie deinen Augapfel«, flüsterte Delios. »Gib auf ihn acht und verliere ihn nie.«

»Ja, Vater.« Kara schluckte.

»Und jetzt gib mir deine Hand. Und auch du, Haro. Ich will spüren, wenn ich meine letzte Reise antrete.«

Die beiden jungen Menschen kamen dem Wunsch des weisen alten Mannes nach.

Und beide wunderten sich, wie fest der Griff des Sterbenden noch war. Noch einmal wurden seine Augen klar, noch einmal hob ein gewaltiger Atemzug seine Brust, und ein Lächeln verklärte sein Gesicht.

»Ich – ich danke euch«, flüsterte Delios. »Das Erbe, verwahrt es gut. Seid in eurem Leben immer auf der Seite des Lichts. Bekämpft das Böse, wo es euch auch begegnet. Es ist schlimm, die anderen wollen das Chaos, das Grauen. Nicht nur hier in Atlantis, das wird überall so sein, in der Zukunft und auch …«

Delios sprach nicht mehr weiter. Plötzlich bäumte sich sein Körper auf, sein Gesicht verzerrte sich, der Mund blieb halb offen, dann brachen seine Augen.

Delios, der Prophet, der Weise, war nicht mehr!

Sekundenlang saßen Kara und Haro unbeweglich. Dann war es mit der Beherrschung des Mädchens vorbei. Kara konnte einfach nicht mehr. Sie warf sich über den Körper ihres Vaters und schluchzte hemmungslos, während der alte Diener seine Tränen ebenfalls nicht zurückhalten konnte. Auch mit seiner Beherrschung war es vorbei.

Nur Haro saß stumm daneben. Er hockte auf dem Boden, unbeweglich wie ein Denkmal. Seine Gesichtszüge waren verkantet, hart und scharf sprangen die Wangenknochen hervor, die Lippen hatte er zusammengepresst. Er sagte nichts, sondern überließ Kara ihrem Schmerz. Er tat nur eins und drückte dem Toten die Augen zu.

Wie viel Zeit vergangen war, wusste niemand. Irgendwann stöhnte der alte Diener grässlich auf.

Haro hob den Kopf. Er sah, wie der Mann wankte, bleich war und seine Hände gegen die Brust gepresst hielt. Mit zitternden Knien wankte er zurück und fiel hin.

Sofort war Haro bei ihm.

Er schaute auf einen Toten.

Auch der Diener wollte nicht mehr leben. Sein Herz hatte den Befehl vernommen und aufgehört zu schlagen.

Kara und Haro blieben als Lebende zurück. Ihnen kam es vor, als wären sie die einzigen Menschen in der Stadt, die nur noch aus Trümmern und Ruinen bestand.

Haro trat auf Kara zu und legte ihr eine Hand auf die Schulter. »Komm«, sagte er, »wir müssen jetzt gehen.«

Kara schaute auf. »Wohin?«

»Irgendwohin.«

»Und dann?«

»Wir werden ein Versteck finden und dort den Trank des Vergessens zu uns nehmen …«

»Nein, ich will nicht mehr leben!«, schrie das Mädchen. »Ich will einfach nicht! Mein Vater ist tot, ich will auch nicht mehr sein. Ich kann diesen Trank nicht zu mir nehmen.«

»Willst du wirklich deinem Vater den allerletzten Wunsch abschlagen?«, fragte Haro.

Da senkte Kara den Kopf. »Nein, aber ich will …« Sie hob in einer hilflosen Geste die Schultern. »Es tut mir Leid, ich war ein wenig durcheinander. Bitte, verzeih …«

Plötzlich zuckte Haro zusammen.

Auch Kara hatte seine Reaktion bemerkt.

»Was ist?«, flüsterte sie.

»Ich höre etwas.«

»Und was?«

»Sie kommen zurück.«

»Der Schwarze Tod?«, hauchte das Mädchen ängstlich.

»Ja, Kara. Er und seine schrecklichen Vasallen kehren

um. Sie werden die Stadt weiterhin heimsuchen. Vielleicht wollen sie Überlebende aufspüren. Merkst du nichts?«

Kara konzentrierte sich. Ja, jetzt spürte sie es auch. Der Boden unter ihnen zitterte. Ein Vibrieren, das sogar die Mauern erfasste.

»Die Erde wird sich auftun und uns verschlingen«, prophezeite Haro.

»Aber was können wir tun?« Kara war völlig durcheinander. Sie hatte den Tod ihres Vaters noch nicht verkraftet.

»Nichts ...«

Die beiden blieben stehen und lauschten. Das Grollen wurde lauter. Der Schwarze Tod und seine Vasallen näherten sich der Stadt. Vielleicht waren sie schon da.

»Es gibt doch einen Geheimausgang«, sagte der Krieger.

»Ja.«

»Den müssen wir nehmen.«

»Er führt nur in die Grotte, wo Vater arbeitete.«

»Dann verbergen wir uns dort.«

Im nächsten Augenblick wurde den beiden die Gefahr, in der sie schwebten, drastisch vor Augen geführt. Eine Flammenzunge fauchte durch die Öffnung, fraß sich gierig in das Viereck hinein und berührte sogar den Boden.

Sie war so heiß, dass einige Steine anfingen zu schmelzen.

Kara schrie, als sie vom Gluthauch der Hölle getroffen wurde. Haro packte sie und riss sie hinter sich. Dann rannte er mit ihr los. Kara gelang es noch, das Schwert mit der goldenen Klinge an sich zu nehmen, und als die nächste Feuerzunge in den Keller fauchte, waren sie bereits verschwunden.

Kara und Haro flohen. Zwei von den wenigen, die den Untergang eines ganzen Kontinents überleben sollten, um ihre Aufgabe in der fernen Zukunft wahrzunehmen.

Haro schaffte es nicht. Zehntausend Jahre später tötete ihn ein Pfeil.

Kara aber wurde die Schöne aus dem Totenreich …

Sie waren schnell und ungemein wendig.

Die ersten Vogelmenschen schafften es nicht, auszuweichen. Plötzlich wurden sie von den Vampiren gepackt und herumgerissen, und schon klangen die Schreie auf.

»Sie saugen ihnen das Blut aus!«, rief der Eiserne Engel und zog sein Schwert.

Auch wir wurden attackiert. Ein besonders großes Exemplar wischte auf uns zu, doch der Eiserne Engel zerteilte es mit einem Schwerthieb in zwei Hälften.

Ich kam mir so schrecklich hilflos vor, konnte nicht in den Kampf eingreifen und schrie dem Engel zu, dass er mich absetzen sollte. Er reagierte richtig.

Plötzlich schossen wir auf den Boden zu.

Dem Sumpf …

Dann ließ er mich einfach fallen. Ich kannte das Spiel. Ich rollte meinen Körper zusammen und kam gut auf.

Ein paar Schritte lief ich weiter, merkte allerdings jetzt schon, wie zäh die Masse unter mir war.

Zäh und schwarz.

Sie erinnerte mich an noch nicht gehärteten Teer. Das Zeug zerrte an meinen Schuhen, wollte sie nicht mehr loslassen, und ich hatte Mühe, voranzukommen.

Sehen konnte ich nicht viel. Diese Schlucht lag in fast absoluter Dunkelheit. Nur hin und wieder glaubte ich, an den Wänden ein düsteres Glosen zu sehen.

Hoch über mir wurde gekämpft!

Es war ein Kampf auf Biegen und Brechen, um Alles oder Nichts, auf Leben und Tod.

Wenn ich den Kopf in den Nacken legte, sah ich den etwas helleren Ausschnitt des Himmels. Davor hoben sich die Gestalten der gegnerischen Parteien ab.

Vor allen Dingen fiel mir der Eiserne Engel auf. Er durchbrach mit seinem Schwert die Reihen der Angreifer, räumte fürchterlich unter ihnen auf, und ich vernahm die Todesschreie der sterbenden Vampire. Dann wirbelte etwas auf mich zu und klatschte dicht neben mir auf den Grund der Schlucht.

Ein Toter.

Aber ein Vogelmensch.

Ich schauderte und wurde von der Asche getroffen, die aus der Höhe niederregnete.

Vielleicht hatten die Vampire auch gewusst, dass sich auf dem Grund der Schlucht ein weiteres Opfer befand. Auf jeden Fall griffen mich gleich zwei von ihnen an.

Myxins Vasallen. Ich kannte sie. Sie hatten mich mal im Kampf gegen den Schwarzen Tod unterstützt, doch nun waren sie meine Todfeinde.

Ich zog die Beretta.

Diese Wesen waren nur mit einem schnellen Schuss zu töten, auf einen langen Kampf konnte ich mich nicht einlassen.

Die rot glühenden Augen fuhren Zickzack, als sie auf mich zuflogen. Es war nicht leicht, einen gezielten Treffer zu landen.

Dann war der Erste da.

Ich hörte das krächzende Fauchen, und im nächsten Augenblick hackten Krallen in meine Schultern. Plötzlich öffnete sich dicht vor meinem Gesicht das widerliche Maul der Riesenfledermaus und gab eine Reihe von Zähnen frei.

Ich brachte den rechten Arm mit der Beretta hoch, steckte die Mündung in das Maul und drückte ab.

Die geweihte Silberkugel erledigte den Blutsauger auf der Stelle.

Er flatterte noch einmal mit den Flügeln, dann sank er vor mir zusammen und wurde zu Staub.

Der zweite Angreifer hatte gestoppt. Ihm war es wohl nicht geheuer gewesen, wie einer seiner Artgenossen starb.

Da fiel ein toter Vogelmensch auf ihn. Damit hatte der Vampir nicht gerechnet und wurde zu Boden gedrückt.

Die Chance für mich, und die Chance, eine Kugel zu sparen.

Ich nahm das Kreuz!

Eine Berührung reichte.

Ein gellender Schrei, der Vampir wurde hochgewirbelt und zerplatzte vor meinen Augen. Asche und Knochen regneten zu Boden.

Zwei Gegner hatte ich geschafft. Das gab mir Mut. Ich fühlte mich wieder als Geisterjäger, als der Mann, der inmitten einer feindlichen Umwelt dem Bösen trotzte.

Aber noch hatte ich nicht gewonnen, sondern nur einen kleinen Teilsieg errungen. Die Vampire waren im Vergleich zum Schwarzen Tod nur lächerliche Geschöpfe.

Ich schaute wieder nach oben.

Es war ruhig geworden.

Kein Kampf mehr – nichts …

Auf einmal kam mir zu Bewusstsein, wie allein ich doch war. Ich befand mich auf einem sterbenden Kontinent, zehntausend Jahre in die Vergangenheit zurückversetzt und in einer menschenfeindlichen Umwelt, die von mächtigen Dämonen beherrscht wurde.

Als Mensch im schwarzen Höllensumpf!

Eine Vorstellung, die mir schon Angst einjagen konnte,

doch damit war mir nicht geholfen. Ich schüttelte die trüben Gedanken ab und dachte an meine weitere Aufgabe. Ich musste den Spiegel finden und ihn mit in meine Zeit nehmen, wenn das möglich war. Denn durch seine Kraft würde es mir gelingen, auch in der Gegenwart starke dämonische Feinde zu vernichten.

Einen letzten Blick warf ich zum Himmel. Er war leer. Die Vogelmenschen und schwarzen Vampire gab es nicht mehr.

Waren alle tot?

Der Gedanke daran ließ das Grauen in mir hochsteigen. Bisher hatte mir der Eiserne Engel geholfen, doch nun …

Ich stand allein und merkte, wie sich der Untergang dieses Kontinents immer weiter ausbreitete.

In den Felsen rumorte es, auch der Sumpfboden unter mir zitterte, und tief in der Erde klang ein wütendes Grollen auf. Ein Erdbeben kündigte sich an.

Ich schaute mich um.

Nichts. Nur die verdammte Dunkelheit, die kein Schimmer Licht durchdrang. Hier kam ich nicht weiter. Ich musste doch irgendetwas sehen können.

Da fiel mir meine kleine Taschenlampe ein. Immer trug ich die Bleistiftlampe bei mir, schon oft hatte sie mir gute Dienste erwiesen, aber nie war ich so froh über die Lampe gewesen wie in diesem Augenblick. Rasch holte ich sie hervor und knipste sie an.

Viel Licht gab sie nicht, nur einen feinen, dünnen Strahl, der einen Kreis auf den Boden malte.

Jetzt erst sah ich den Sumpf in seiner ursprünglichen Beschaffenheit. Er war wirklich pechschwarz. Ich ließ die Lampe wandern, sodass ich einen größeren Ausschnitt zu sehen bekam.

Die Oberfläche war nicht glatt, sondern uneben. Auch

warf sie Blasen, die mit widerlichen Lauten zerplatzten, wenn sie erst einmal eine gewisse Größe erreicht hatten.

Mit der freien Hand fühlte ich den Untergrund ab und stellte fest, dass ich meine Finger hineintauchen konnte, so schwammig war die Masse.

Ich richtete mich wieder auf.

Der Strahl traf bei dieser Bewegung die Körper der beiden Vogelmenschen.

Regungslos lagen sie auf dem zähen Untergrund.

Nein, doch nicht regungslos. Sie bewegten sich. Aber das geschah nicht aus eigenem Antrieb, sondern weil sich innerhalb des Sumpfes etwas tat. Von unten drückten riesige Kräfte, sodass die Masse ins Schwanken geriet und noch größere Blasen warf, aus denen faulig riechende Dämpfe stiegen, wenn sie zerplatzten.

Was ging unter der Oberfläche vor? Eine Gänsehaut rieselte über meinen Rücken, und als sich der Grund unter meinen Füßen ebenfalls bewegte, ging ich zur Seite. Dabei musste ich beide Füße aus der zähen Masse herausziehen.

Eine besonders große Blase entstand vor mir. Ich richtete den Lampenstrahl auf ihre Haut, sah, wie sie zitterte und dann zerplatzte. Aber das war nicht alles. Ein unheimlicher, grauenhafter Vorgang lief vor meinen Augen ab. Eine Hand erschien.

Eine widerliche schleimige Klaue, die sich aus den Tiefen des Höllensumpfs hervorwühlte, wobei die stummelartigen Finger eine Faust bildeten.

Ich schluckte.

Diese Hand war grauenvoll. Und sie gehörte – das sah ich mit Entsetzen – einem Ghoul.

Kein anderer sah so aus wie dieser widerliche Dämon, der jetzt ganz aus dem Sumpf stieg, um sich die Leichen zu holen, die noch auf der Oberfläche lagen.

In mir stiegen Ekel und Wut hoch. Schon öfter hatte ich gegen Ghouls gekämpft, aber in meiner Zeit. Dass es sie hier in Atlantis auch gab, damit hatte ich nicht gerechnet. Umso größer war die Überraschung.

Er kroch weiter.

Dieser Ghoul war größer als die, die ich kannte. Er hatte mindestens meine Länge, die anderen ähnelten mehr Zwergen, weil sie sich auch immer veränderten, mal kleiner wurden oder in die Breite liefen.

Dieser hatte nur ein Auge.

Fahlgelb schimmerte es in seinem dunklen, flaschenförmigen Kopf. Als hätte jemand ein Ei auf ihn geworfen.

Ich nahm die Silberkugel, visierte das Auge an und schoss.

Die Kugel traf genau in das Zentrum.

Das Gebilde spritzte auseinander, der Ghoul heulte wie ein hungriger Wolf und wurde zu einer schleimigen, gallertartigen Masse, die sich langsam auflöste.

Das war geschafft.

Ich wischte mir den Schweiß von der Stirn. Dieser Höllensumpf barg wirklich allerlei Überraschungen, und ich war gespannt, was da noch auf mich lauerte.

Nur Ghouls? Oder hatten sich auch andere dämonische Lebewesen dort verkrochen?

Die übel riechende Lache breitete sich aus, bevor sie langsam im Sumpf versickerte und eins mit der zähen, dunklen Masse wurde.

Ich konnte hier nicht stehen bleiben, sondern musste zusehen, dass ich an mein Ziel gelangte.

Das hieß im Klartext: Durchquerung des Sumpfs!

Keine angenehme Vorstellung, doch ich hatte keine andere Wahl. Ich musste hindurch.

Nur mit dem Kreuz als magischen Schutz machte ich mich auf den Weg. Es wurde eine Quälerei. Jeder Schritt kostete mich Mühen. Je weiter ich vordrang, umso zäher wurde die Masse. Manchmal schien es mir, als würde sie mich überhaupt nicht mehr loslassen, so widerlich klebend hing sie an meinen Sohlen und zog lange Fäden, wenn ich das Bein wieder hob.

Diese Gegend war wirklich vom Teufel erschaffen worden, ein Tummelplatz des Satans, auf dem seine Unholde freie Bahn hatten.

Ich wurde nicht angegriffen. Zum Glück, denn der reine Weg war für mich Horror genug.

Vergeblich suchte ich nach einem Pfad. Nur hin und wieder schaltete ich die Lampe ein, denn ich wollte die Batterie schonen. Wenn sie ausfiel, konnte ich einpacken.

Auch Myxins Vampire zeigten sich nicht mehr. Der Eiserne Engel musste furchtbar unter ihnen aufgeräumt haben.

Die hätten mir zu meinem Glück noch gefehlt. Glück hatte ich bis jetzt ja gehabt, doch das verließ mich im nächsten Augenblick. Zufällig schaltete ich die Lampe ein, folgte dem Strahl mit den Augen und sah vor mir eine breite, dunkle Wasserfläche, auf der sich der Lichtschein spiegelte.

Ich blieb stehen.

Verdammt, das war das Ende. Da kam ich ohne Hilfe nicht rüber. Ich ging zur Seite, ließ den Strahl wandern, doch wohin ich auch schaute, nur dieses pechschwarze Wasser.

Wie wollte ich es überqueren?

Da erhielt ich Hilfe!

Nicht aus der Luft vom Eisernen Engel, sondern aus dem Wasser. Die glatte Fläche geriet plötzlich in Bewegung. Wellen entstanden und breiteten sich aus, wobei sie große Kreise zogen und irgendwo verliefen.

Im nächsten Augenblick sah ich den Grund dieser Bewegung.

Hände erschienen!

Bleiche, knochige Hände tauchten aus dem schwarzen Wasser auf, wurden gekippt und bildeten eine Lauffläche, über die ich gehen konnte.

Ich schüttelte den Kopf. Träumte ich, oder gab es dieses Bild tatsächlich?

Nein, es war keine Einbildung. Die Hände existierten. Immer zwei erschienen nebeneinander und forderten mich auf, über sie zu steigen und auf diese Art und Weise die Wasserfläche hinter mich zu bringen.

Sollte ich es wagen?

In meiner Zeit wäre ich vielleicht umgekehrt und hätte nach einem anderen Weg gesucht, aber hier blieb mir keine andere Wahl. Ich musste das ungewöhnliche Angebot annehmen.

Langsam ging ich vor und wagte dann den ersten Schritt auf ein Händepaar.

Sie hielten.

Mein Gewicht drückte sie nicht unter Wasser, sondern sie blieben unbeweglich und fest.

Sekundenlang kam mir der Gedanke, dass diese Hände nur zuzugreifen brauchten, dann hatten sie mich endgültig. Doch das geschah nicht. Ich konnte weitergehen.

Schritt für Schritt tastete ich mich über die »Brücke«. Dabei war es gar nicht so einfach, das Gleichgewicht zu halten. Ich hatte die Beretta weggesteckt, hielt die Arme ausgebreitet, und die kleine Lampe klemmte zwischen meinen Zähnen.

So balancierte ich voran.

Schritt für Schritt legte ich zurück. Und die Klauen rührten sich nicht. Sie bildeten weiterhin einen Steg, über den ich unbeschadet gehen konnte, vorausgesetzt, ich bewahrte das Gleichgewicht.

Wie ein Artist auf dem Hochseil kam ich mir vor. Meine Angst hatte ich vergessen und konzentrierte mich nur auf die vor mir liegende Aufgabe. Ich musste unbeschadet dieses rätselhafte Wasser überqueren, um an mein Ziel zu gelangen.

Vielleicht fand ich hinter dem Wasser den Spiegel. Irgendwo musste er doch sein.

Ein dumpfes Donnern drang urplötzlich an meine Ohren. Darauf war ich nicht vorbereitet gewesen und schreckte zusammen. Fast hätte ich das Gleichgewicht verloren, konnte mich aber soeben noch fangen. Irgendwas hatte sich aus der Felswand gelöst und klatschte ins Wasser.

Wellen schwappten über die Hände, nässten meine Hosenbeine und machten die Unterlage sehr glitschig.

Ich überwand auch dieses Hindernis.

Dann geschah es.

Urplötzlich schnappten die Hände zu. Wie Stahlspangen umklammerten sie meine Füße.

Für den Bruchteil einer Sekunde stand ich stocksteif. Dann spürte ich den Ruck.

Und der riss mich um.

Rasend schnell kam die Wasserfläche auf mich zu. Ich hatte noch die Geistesgegenwart und riss die Lampe zwischen den Zähnen hervor, als ich dann in die schwarze Brühe fiel und sie über mir zusammenschwappte.

Sofort tauchte ich unter. Das Wasser wirkte wie eine Dusche, mein klarer Verstand begann wieder zu arbeiten, ich rollte mich unter Wasser herum, wollte wieder hoch, als sich plötzlich etwas um meine Füße legte und mit aller Gewalt daran zog.

Diesmal waren es keine Hände. Das merkte ich, als ich

meinen Körper zusammenkrümmte und nach den Dingern griff.

Es waren schlangenartige Gewächse, und sie hatten regelrechte Knoten um meine Beine gewunden …

Ich schwang meinen Oberkörper wieder hoch. Dabei berührten meine Finger diese widerlichen Lianen, die mich umschlungen hielten. Sie waren trotz ihrer rauen Oberfläche glitschig und auch stabil. Die konnte ich unmöglich brechen.

Als ich glaubte, mit dem Kopf über die Wasserfläche zu stoßen, da packte es mich wieder. Die Lianen setzten all ihre Kraft ein und zogen mich in die Tiefe.

Zum Glück hatte ich zuvor tief eingeatmet. Ein paar Sekunden Gewinn.

Ich ruderte mit den Armen, verfing mich in diesem verdammten Netz von lebenden Lianen, spürte sie zwischen meinen Fingern und fühlte auch ihre kleinen Köpfe.

Ja, sie hatten Kugelköpfe. Es waren also Lebewesen, keine Pflanzen.

Schon klatschten sie auf meine Schultern, sie wollten mich wirklich wie ein Netz umspannen.

Und mir wurde die Luft knapp.

Ich schlug in wilder Panik um mich, doch je mehr ich mich anstrengte, umso stärker zogen die anderen zu.

Es war die Hölle.

Schon platzten erste farbige Kreise vor meinen Augen auf, der Anfang vom Ende. Ich verschluckte Luft, stieß sie aus, und die Blasen perlten der Oberfläche entgegen.

Der Kampf wurde einseitiger. Meine Bewegungen erlahmten. Es war abzusehen, wann ich endgültig verloren hatte. Dann hatte Atlantis, der versunkene Kontinent, mich geschafft.

Und ich würde mein Grab in der Vergangenheit finden. Aber dann hätte es doch überhaupt keinen John Sinclair geben können – oder?

Diese Gedanken wirbelten durch meinen Kopf, machten mich fast wahnsinnig, und irgendwie gelang es mir, noch einmal sämtliche Kräfte zu mobilisieren.

Gib nicht auf, John!

Eine innere Stimme schrie es. Und verdammt, ich gab nicht auf. Ich kämpfte.

Noch einmal warf ich alles, was in meinem Köper steckte, in die Waagschale, wuchtete mich hoch, und trotz der meine Füße umklammernden Lianen gelang es mir, mich aus dem Wasser zu wuchten. Ich hatte die anderen überrascht, mein Kopf tauchte auf, und ich öffnete weit den Mund.

Luft!

Herrliche Luft.

Ich saugte sie ein, keuchte, spuckte, würgte, und ich wusste, dass die Gefahr noch längst nicht vorbei war.

Zwei, drei Sekunden vielleicht hatte ich Ruhe, dann zerrten die Lianen wieder an meinen Knöcheln. Ich schwamm dagegen an, meine Arme peitschten das Wasser, wühlten es auf. Blasiger Schaum bildete sich auf der Oberfläche und sprühte mir in die Augen – und doch konnte ich gegen die Kraft der anderen nichts ausrichten.

Sie waren stärker.

Ich merkte, wie sich diese schlangenähnlichen Lianen um meine Waden krallten, und jetzt konnte ich ihnen auch nicht mehr widerstehen. Sie zerrten mich zurück.

Im letzten Augenblick jedoch erkannte ich den riesigen Schatten über mir.

Dann wurde ich von der erbarmungslosen Kraft in die Tiefe gezerrt, in das Dunkel des Sees. Ein zweites Mal würde es mir nicht gelingen, wieder aufzutauchen, das war mir klar.

Sie kamen von allen Seiten. Ich hatte kaum Platz, mich zu bewegen. Mir fehlte ein Messer. Doch woher nehmen? Der silberne Dolch befand sich in London …

Dann geschah das Wunder, denn ein anderes Wort fiel mir für die folgenden Ereignisse nicht ein.

Rechts neben mir wurde das Wasser zu einem gewaltigen Strudel aufgewühlt. Plötzlich löste sich die tödliche Umklammerung. Ich konnte meine Beine wieder bewegen, und etwas zerrte an meinen Armen.

Dann riss mich mein Retter aus dem Wasser.

Ich konnte es noch gar nicht richtig glauben, als ich wieder die Oberfläche durchstieß.

Und ich bekam Luft.

Diese herrliche, frische, wunderbare Luft, die in meine schmerzenden Lungen drang. Ich spie Wasser, erbrach mich, würgte und keuchte, aber ich lebte.

Das war die Hauptsache.

Leben! Mein Gott, wie schön es doch war.

Plötzlich spürte ich wieder festeren Boden unter den Füßen und hörte eine mir bekannte Stimme.

»Das war wirklich Rettung in letzter Minute!«

Der Eiserne Engel hatte gesprochen. Und er war auch mein Retter gewesen.

Ich konnte mich nicht auf den Beinen halten, taumelte und fiel auf den Rücken. Arme und Beine breitete ich aus, um mich erst einmal zu erholen.

Der Eiserne Engel blieb vor mir stehen. Ich schaute zu ihm hoch, sah das Glänzen seiner Haut, und ich betrachtete ihn in diesem Augenblick wirklich als Schutzengel.

Er hatte mich abermals gerettet!

Ich wollte ihm danken, war aber dazu nicht fähig. Ich

brachte kein Wort über die Lippen. Nur ein heiseres Krächzen entrang sich meiner malträtierten Kehle.

Wie lange ich auf dem Boden gelegen hatte, wusste ich nicht zu sagen. Waren es Minuten oder Stunden?

»Ich hätte dich warnen sollen«, sagte der Eiserne Engel, »aber ich habe nicht mehr daran gedacht. Dieser Sumpf steckt voller Heimtücke, und ich musste mich auch um meine Freunde kümmern.«

Ich setzte mich auf und winkte müde ab.

»Was redest du da«, sagte ich. »Du hast wieder mein Leben gerettet, ich werde immer und ewig in deiner Schuld stehen.«

»Ich hätte dich nicht allein lassen sollen …«, erwiderte er schlicht.

»Was ist mit den Vogelmenschen?«, fragte ich.

Da senkte der Eiserne Engel den Kopf und erwiderte: »Es gibt sie nicht mehr. Sie sind alle umgekommen. Die schwarzen Vampire haben sie vernichtet.«

Die Nachricht schockte mich. Ich musste hart schlucken, denn ich wusste, was es für den Eisernen Engel bedeutete, ohne seine Freunde dazustehen.

Traf mich die Schuld?

Er schien meine Gedanken zu erraten, denn er sagte: »Wir haben nichts machen können, denn es musste so sein. Atlantis wird sterben. Menschen und Tiere verlieren ihr Leben, auch meine Freunde sind dabei.«

»Aber du bleibst übrig.«

»Ja, John Sinclair. Ich bleibe übrig. Und für mich wird es Zeit. Ich habe gesehen, dass der Schwarze Tod zurückkehrt. Er will hier in seinem Reich den letzten Teil der Vernichtung vorbereiten. Ich muss mich von dir verabschieden und kann dich auch nicht mehr retten. Den weiteren Weg musst du allein gehen, auf mich wartet die gläserne Kuppel im Imperium der Götter …«

Fasziniert schaute ich zu. Der Eiserne Engel breitete seine Schwingen aus und hob die Hand. Dann flog er davon. Von Ferne hörte ich noch einmal seine Stimme.

»Leb wohl, John Sinclair – und alles, alles Gute für dich und deine Partner …«

Auch ich winkte ihm nach, doch meine Hand war zu kraftlos. Sie fiel wieder herunter.

Der Eiserne Engel flog davon. Für mich entschwand mit ihm eine Hoffnung …

Allein in der Welt des Schreckens.

So sah meine Lage aus. Umgeben von Feinden, die sich noch verborgen hielten und bestimmt bald auftauchen würden.

Ich hatte nichts verloren. Weder die Beretta noch meine kleine Lampe. Letzte Hoffnungsschimmer.

Ich stand auf.

Breitbeinig musste ich mich hinstellen, weil meine eigene Schwäche noch zu groß war. Vor meinen Augen drehte sich alles, der Boden, die Wände der Schlucht, mein ganzer Kopf war durcheinander. Und in meinen Knien fühlte ich keine Kraft mehr, sondern glaubte, Pudding darin zu haben.

Tropfnass war ich, geschwächt und angeschlagen. Und so sollte ich mich weiterhin durch eine feindliche Umwelt kämpfen? Eine fast unmögliche Aufgabe, aber ich hatte keine andere Wahl.

Ich musste den Weg gehen, den ich einmal eingeschlagen hatte. Ein Zurück gab es nicht.

Und so marschierte ich los. Zuerst mit weichen Knien, aber das hörte auf, je mehr Entfernung ich zurücklegte. Meine Konstitution und Kondition machten sich bezahlt. Alle Energien kehrten zurück, ich fühlte mich wieder besser.

Der Boden war nicht mehr sumpfig, auch eine Überraschung, die ich dem Eisernen Engel zu verdanken hatte, denn er hatte mit mir diesen tückischen Höllensumpf überflogen.

Ich ging über Felsen.

Über Lavagestein …

Vorhin war mir schon der Geruch aufgefallen, doch nun knipste ich die Lampe an und blickte genauer hin.

Aus dem Boden, der mit zahlreichen Spalten und Rissen durchsetzt war, krochen dünne Rauchschwaden, deren Gestank meine Schleimhäute reizte.

Ich hustete.

Die Lampe führte ich im Kreis und sah in dem feinen Lichtstrahl die Rauchschwaden wallen.

Sie hatten sich verdichtet.

Je weiter ich voranging, umso stärker wurde der Rauch. Bald hüllte er mich ein wie ein Nebel, und ich konnte nichts mehr sehen, auch wenn ich die kleine Lampe eingeschaltet hielt.

Der Weg wurde noch unebener. Auch führte er in die Höhe, und tief unter mir, im Schoß der Erde, vernahm ich wieder das Grollen.

Irgendwie kam mir das alles hier bekannt vor. Hatte ich das nicht schon einmal gesehen?

Weit dachte ich zurück und mir fiel wieder der Fall des Dämonenauges ein.

Als ich mit dem Spiegel das Auge zerstörte, hatte ich da nicht in eine von Nebel und Rauch umwallte Schlucht geschaut? Sollte das vielleicht diese Schlucht gewesen sein?

Mir kam es fast so vor. Aber ich wollte meine Gedanken nicht mit Ereignissen aus der Vergangenheit quälen, sondern an die Zukunft denken. Und die sah trübe genug aus.

Grau, nichts als grau.

Der Rauch quoll aus den Spalten und Rissen, umwallte mich wie ein Mantel, und ich ging weiter …

Schritt für Schritt.

Bis ich abrupt stehen blieb.

Aus dem Qualm schälte sich etwas heraus, das einem Menschen wahrlich Angst machen konnte.

Ein riesiger, rot glühender Totenschädel. Das Symbol des Schwarzen Tods!

Überrascht blieb ich stehen, blickte genau hin und sah, dass der Totenschädel als Eingang in eine gewaltige Grotte oder Höhle diente. Ich war plötzlich sicher, das Hauptquartier des gewaltigen Dämons vor mir zu sehen.

Ein wenig zitterten mir noch die Knie. Mir war heiß geworden. Schweiß perlte auf meiner Stirn, den ich mit dem Handrücken abwischte.

Der Schädel schien zu locken.

Komm her, komm rein, Sinclair! Wir erwarten dich!

Solche und ähnliche Gedanken kreisten in meinem Gehirn.

Was blieb mir anderes übrig? Ich ging. Ich nahm all meinen Mut zusammen und schritt auf das weit aufgerissene Maul des gewaltigen Schädels zu.

Je näher ich kam, umso deutlicher schälte er sich hervor, denn der Nebel verschwand. Er wehte kurzerhand an dem Schädel vorbei, als würde der Wind ihn wegblasen.

Dann stand ich im Eingang.

Unendlich hoch kam er mir vor. Ein gewaltiger Rachen, tief und schwarz wie die Hölle. Nur außen leuchtete er rot.

Ich ging weiter. Mit zitternden Knien und klopfendem Herzen.

Jetzt sah ich keinen Himmel mehr, und auch die Decke war nicht zu erkennen.

Aber es wurde hell.

Rötlich hell.

Je weiter ich ging, umso mehr konnte ich erkennen. Ich wunderte mich nur, dass sich keine Gegner zeigten, denn ich war sicher, dass sie im Hintergrund lauerten und nur auf eine günstige Gelegenheit warteten, mich anzugreifen.

Schutt und kleine Steine knirschten unter meinen Sohlen, als ich immer tiefer in die Höhle eindrang. Ich wandte meinen Kopf nach rechts und schaute auch links auf die Wand.

Sie waren beide grobporig. In den Poren schienen Tausende von kleinen Lampen zu sitzen, die plötzlich aufglühten und ein rötliches Licht abstrahlten. Ich hörte auch etwas.

Stimmen.

Flüsternd, geisterhaft …

»Willkommen, John Sinclair«, raunten die Stimmen. »Willkommen im Reich des Todes …«

Geschockt blieb ich stehen.

Und da geschah es!

Chiimal kam!

Chiimal? Nein, das konnte nicht sein. Ich hatte selbst erlebt, wie dieses gewaltige Ungeheuer vom Eisernen Engel getötet worden war. Damals hatten wir es im Hochland von Peru gefunden. Es war aus einem Felsen gekommen.

Und jetzt?

Aber war es nicht so, dass es mehrere dieser Ungeheuer gab? So und nicht anders musste es sein.

Und Chiimal brach aus dem Felsen. Wie schon einmal

in meiner Zeit, da war ich jedoch mit meinem Partner Suko zusammen gewesen. Hier stand ich allein.

Das Reißen und Bersten der Felsen, der mörderische Krach, das Donnern, das Platzen der Steine – ich erlebte eine wahre Hölle. Ein Furioso aus Gewalt, Kraft und Magie.

Aus dem Berg brach das Ungeheuer hervor, riesig in seinen Ausmaßen. Ich sah den unheimlichen Schädel, das spitze Horn darauf, das gebogen in die Höhe stand und ungemein gefährlich war.

Mit Kugeln war Chiimal nicht zu stoppen, höchstens mit dem Schwert des Eisernen Engels. Aber der war weit.

All diese Eindrücke, die ich jetzt schildere, spielten sich tatsächlich innerhalb von Sekunden ab. Eine Zeitspanne, in der ich zusehen musste, dass ich mich absetzte.

Das Ungeheuer würde mich zerstampfen!

Ich rannte.

Irgendwohin, ich wollte nur diesem grässlichen Albtraumgeschöpf entkommen. Dabei stolperte ich, fiel hin, raffte mich wieder auf, wankte weiter, kämpfte mich voran und vernahm hinter mir das Stampfen der Füße, das wilde Schnauben und grollende Fauchen des Monsters.

Dann prallte ich gegen eine rissige Wand, wurde zurückgeschleudert und drehte mich um.

Das haushohe, grünschuppige, widerliche Ungeheuer raste an mir vorbei. In panischer Flucht jagte es davon, dem Eingang der Höhle zu.

Warum?

Dann sah ich den Grund.

Aus dem gewaltigen Loch in der Felswand strömte ein Lavastrom. Glutheiß, dampfend, zischend, eine kochende, brodelnde Hölle, die sich aus der Öffnung wälzte und als straßenbreite Masse rasch über den Boden kroch.

Im Nu wurde die Luft kochend heiß. Ich konnte sie kaum atmen, keuchte und würgte.

Es war auszurechnen, wann die Lava mich erreicht hatte. Zurück konnte ich nicht mehr, der Weg war mir versperrt.

Mir blieb die Flucht nach vorn als einzige Chance.

Ich rannte weiter. Immer an der Felswand entlang, die auch zu kochen schien, denn aus den Spalten drang bereits der heiße Qualm, der mir dem Atem raubte.

Atlantis ging unter. Die Kräfte im Innern der Erde waren mobilisiert worden. Gebirge würden einstürzen, Vulkane stießen ihre tödliche Glut aus, und die Wellen des Meeres, turmhoch und gefräßig wie ein Raubtier, würden alles verschlingen.

Und ich befand mich allein in diesem Hexenkessel von Lava, Feuer und Chaos.

Die rote Glut erhellte zum Glück die übergroße Felsenhöhle. Wie der Pesthauch der Hölle traf es meinen Nacken, als ich um mein Leben rannte.

Und die Lava walzte weiter. Sie überschwemmte alles. Als ich einmal einen Blick zurück warf, da sah ich sie heranrollen.

Eine zischende, sprühende, kochend heiße, tödliche Masse, die auch mich vernichten wollte.

Ich taumelte nur noch, aber ich gab nicht auf. Meine Beine arbeiteten wie Automaten, und als ich das Knacken und Knirschen hörte, da glaubte ich, dass alles vorbei sei.

Vor mir öffnete sich die Erde!

Ein ungeheuer breiter Riss entstand, viel breiter, als dass ich ihn überspringen konnte.

Blieb mir eine Wahl?

Nein, ich konnte nicht anders.

Ich nahm einen gewaltigen Anlauf, holte noch einmal alles aus meinem Körper heraus, rannte auf den Spalt zu – und stieß mich ab.

Plötzlich schien jemand die Zeit angehalten zu haben. Mir kam es so vor, als würde die andere Seite der Schlucht überhaupt nicht näher kommen.

Ich gab mir in der Luft noch einmal Schwung – und knallte auf der gegenüberliegenden Seite gegen die Wand.

Sofort rutschte ich ab, und es bestand die Gefahr, dass ich in die gähnende Tiefe stürzte.

Meine Hände suchten, tasteten über das Gestein, ich fand Risse und damit auch Halt.

Verbissen kämpfend zog ich mich hoch.

Hinter mir tobte die Hölle. Als ich wieder auf den Beinen war und sofort nach vorn taumelte, hatte die glühende Lava die Felsspalte erreicht. Sie raste in die Tiefe. Die kochenden Massen fielen hinab. Manche Spritzer wurden auch über den Spalt geschleudert, sodass ich in Gefahr geriet, von ihnen erfasst zu werden.

Ich rannte los.

Und irgendwo vor mir drang frische Luft in das Gewölbe und traf mein Gesicht.

Hoffnung!

Ich stolperte voran. Meine Beine spürte ich ebenso wenig wie die Füße. Nur weg.

Freunde, ich schaffte es. Plötzlich lag die Höhle hinter mir, und ich jagte durch den Ausgang.

Wo ich mich befand, wusste ich nicht, aber der frische Wind traf mein Gesicht, und als ich mich nach links drehte, da sah ich glitzernde Wellenkämme auf einer dunklen, wogenden Masse.

Ich hatte das Meer erreicht.

Ich hatte nicht damit gerechnet, dass Meer und Gebirge so nahe beisammen lagen.

Aber ich sah noch mehr.

In der Luft schwebten meine Feinde, die schwarzen Skelette. Und vier von ihnen trugen einen leuchtenden Gegenstand, mit dem sie dem Wasser entgegenstrebten.

Als ich genauer hinschaute, erkannte ich, was sie da durch die Luft schleppten. Es war ein goldener Sarg.

Genau der Sarg, in dem Myxin begraben worden war und den Suko und ich gefunden hatten …

Mir lief ein Schauer über den Rücken, denn ich wurde Zeuge von Myxins Beerdigung. Weiterlaufen konnte ich nicht mehr, sondern blieb stehen und beobachtete nur noch.

Wenn ich daran dachte, dass Suko und ich Myxin schließlich nach zehntausend Jahren befreit hatten, und ich nun sah, wie er beerdigt wurde, war das schon ungeheuerlich.

Ich konnte es kaum fassen.

Der Schwarze Tod und Myxin hatten gekämpft. Der Schwarze Tod gewann, aber er war trotz seiner Größe nicht so stark, dass er den grünen Magier töten konnte. Er hatte Myxin nur verbannen können.

Die Skelette flogen weit über das Meer hinaus und senkten dann ihren Flug der Oberfläche entgegen.

Sie war eine gewaltige, dunkle, wogende Fläche, auf der hin und wieder helle Schaumkämme glitzerten. Ich spürte auch den Wind, der mir ins Gesicht fuhr.

Er kam vom Meer und brachte den salzigen Geruch des Wassers mit. Aber ich dachte auch daran, dass der Wind zum Orkan werden konnte, die See eine kochende Hölle, die den Kontinent verschlang.

Gespenstisch leuchtete hinter mir der Himmel. Die

Vulkane schleuderten weiterhin ihre Lavamassen aus. Der Boden zitterte, und der Gluthauch heißer Gesteinsmassen umwehte mich.

Atlantis verwandelte sich langsam aber sicher in eine Hölle.

Ich schaute weiter über das Meer und sah, wie die fliegenden Skelette verschwanden.

Ich kannte ihr Ziel.

Es war eine Höhle auf dem Meeresgrund. Dort würden sie den Sarg verstecken, und da würde ihn niemand finden, bis zehntausend Jahre später zwei Männer kamen …

Ich schüttelte den Kopf. Immer wieder musste ich daran denken. Dieser gewaltige Kreislauf war zu neu für mich, denn ich hatte zuerst das Ende erlebt, und nun sah ich den Anfang.

Ein Wahnsinn …

Und ich musste weiterhin auf diesem Kontinent bleiben. Ich suchte mit meinen Blicken die nähere Umgebung ab.

Links von mir befand sich das Meer, hinter mir kochten die heißen Lavaströme. Dort konnte ich also auch nicht hin. Was tun?

Geradeaus.

Ich lief einfach der Nase nach und wollte zusehen, dass ich irgendein Versteck fand, in das ich mich verkriechen konnte. Besser wäre natürlich noch der Spiegel gewesen.

Aber das war wohl eine Illusion.

Mir fiel auch wieder das Ungeheuer ein. Bestimmt war es nicht das Einzige, das hier lauerte. Ich musste damit rechnen, dass noch andere erschienen.

Langsam ging ich weiter.

Das eigentliche Zentrum des Vulkanausbruchs hatte ich hinter mir gelassen. Ich war gespannt, in welches Gebiet ich jetzt geraten würde.

Ich war auf einer Hochebene gelandet. Jedenfalls schien mir das so. Während meiner Flucht musste ich, ohne es groß bemerkt zu haben, ziemlich hoch gelaufen sein.

Unter meinen Füßen befand sich noch immer das dunkle, grobporige Gestein. Ich will es gar nicht bestreiten, auch da brodelte und kochte es. Die Lavamassen, die Glut, die Hitze, das alles hatte die natürlichen Formen der Felsen zerstört.

Sie würden bald brechen.

Plötzlich fuhr mir ein gewaltiger Windstoß ins Gesicht. Er brachte mich nicht nur ins Wanken, sondern trug auch zahlreiche Ascheteilchen und winzige Steine mit sich. Beides prasselte gegen meine Gesichtshaut. Mit dem Handrücken wischte ich es weg.

Ein kurzer Blick über die Schulter ließ mich zusammenzucken.

Der Schwarze Tod kehrte zurück.

Ich konnte genau in den Einschnitt zwischen zwei Bergen schauen und sah die gewaltige Gestalt am Himmel.

Ein wenig mulmig wurde mir schon, wenn ich daran dachte, was dieser Dämon noch vorhatte. Er hockte noch immer auf seinem Drachen und wurde weiterhin von den schwarzen Skeletten begleitet.

Aber auch von der anderen Seite flogen sie heran.

Es waren die vier, die Myxin im Meer versenkt hatten. Sie stiegen aus den Fluten, gewannen schnell an Höhe und nahmen Kurs auf die Landmasse.

Da vernahm ich über mir schrille und auch krächzende Schreie. Rasch hob ich den Kopf.

Schatten wischten durch die Dunkelheit. Schwarze, große Gebilde, mit gewaltigen Flügeln.

Myxins Vampire!

Sie waren nicht alle vernichtet worden. Manche kämpften weiter. Ich hatte keine Lust, von ihnen attackiert zu werden, sondern suchte Deckung hinter einem großen Felsen.

Die Vampire interessierten sich auch nicht für mich. Ihr Ziel waren die Skelette.

Und die Vampire befanden sich in der Überzahl.

Ich verließ mein Versteck wieder, denn den Kampf zwischen den Bestien wollte ich mir nicht entgehen lassen, obwohl ich selbst genug andere Sorgen hatte.

Die Vampire waren schnell.

Die Skelette bemerkten sie erst, als es fast zu spät war. Sie befanden sich noch über dem Wasser, aber bereits dicht vor der Küste. Dort trafen sie auch zusammen.

Wie Raubtiere stürzten sich die Vampire auf ihre Beute. Ein mörderischer Kampf begann. Eine Auseinandersetzung, bei der keiner den anderen schonte.

Die Peitschen zogen feurige Bahnen durch die Luft, als die Knöchernen damit zuschlugen. Auf einmal brannten zwei Vampire lichterloh. Ihre Schwingen hatten Feuer gefangen. Mit irren Schreien stürzten die blutsaugenden Wesen ins Meer, wo die Flammen verloschen.

Dann erwischte es das erste Skelett. Es wurde von seinem Flugtier gerissen und in die Tiefe geschleudert. Wie Wölfe fielen die Blutsauger über die Echsen her und zerrissen sie.

Bald war nur noch ein Skelett übrig. Es flog auf die Küste zu, floh vor den Vampiren, doch die Echse war einfach zu unbeweglich, sie konnte die schnellen Blutsauger nicht abhängen.

Die Fledermäuse unterflogen ihren Feind und stießen dann pfeilschnell hoch.

Das Skelett verlor die glühende Peitsche, wurde von der Echse gerissen und zerstört.

Das Tier zerschellte irgendwo zwischen den Felsen.

Myxins Vampire waren Sieger geblieben. Über dem Wasser sammelten sie sich.

Ich sah ein besonders großes Exemplar, das der Anführer war. Auch ihn hatte ich schon einmal gesehen, obwohl er in der Gegenwart nicht mehr existierte.

Ich erinnerte mich noch an den Namen.

Goran hieß er, und er hatte mich besucht, als ich im Krankenhaus lag und Myxin von Asmodina entführt worden war. Damals wollte er mich dazu bringen, dem kleinen Magier zu helfen. Er hatte es auch geschafft, musste allerdings sein Leben lassen, als Asmodinas Todesengel auftauchten und ihn erledigten.

Hier lebte er noch.

Mittlerweile hatte ich mich an diese Tatsachen gewöhnt, ohne noch lange darüber nachzudenken.

Ich behielt die Fledermäuse weiterhin im Auge und zählte sie auch. Es waren zwölf.

Sie flogen jetzt aufs Meer hinaus und kreisten über der Stelle, wo Myxin versunken war. Anscheinend wollten sie ihm helfen, wussten aber nicht, wie sie es schaffen sollten.

Und der Schwarze Tod kam näher.

Wie eine Drohung rückte er heran. Er brachte das Grauen mit, den Atem des Todes und würde nicht mehr zu stoppen sein. Ich musste weg.

Verdammt, wenn ich nur wüsste, wo dieser Spiegel steckte! Niemand hatte mir einen Hinweis gegeben, und auch vom Eisernen Engel hatte ich keinen Tipp erhalten.

Es blieb mir nichts anderes übrig, als weiterzulaufen. Irgendwohin, vielleicht hatte ich Glück und traf durch Zufall auf den Spiegel. Wenn nicht, dann würden mich die Erd- und Wassermassen wohl für immer begraben, und einen John Sinclair hatte es gegeben.

Ich kletterte einen Hang hoch, weil sich vor mir zwischen zwei spitzen Felsen eine Mulde befand. Wenn ich sie erreichte, hatte ich bestimmt einen besseren Überblick.

Die Kletterei wurde zu einer regelrechten Qual. Bis ich mein Ziel erreichte, war ich mehrere Male abgerutscht und hatte wieder einen neuen Anlauf nehmen müssen.

Schließlich stand ich dort.

Unter mir befand sich ein gewaltiger Krater.

So tief, dass ich den Grund kaum erkennen konnte. Aber ich sah dort etwas blitzen.

Etwas Helles …

Sollte das der Spiegel sein?

Ich schaute zurück.

Mein Gott, der Schwarze Tod war schon verdammt nahe. Sicherlich hatte er die zerstörte Stadt bereits das zweite Mal überflogen und sie endgültig vernichtet. Ich dachte an meine Freunde, die ich dort zurückgelassen hatte.

Ob sie noch lebten?

Ich hätte lieber die nähere Umgebung im Auge behalten sollen, so aber wurde ich überrascht.

Urplötzlich waren die Schatten da, und im nächsten Augenblick kreisten mich die Vampire ein …

Ich zog die Beretta!

Obwohl ich keine Chance hatte zu überleben, wollte ich mich so teuer wie möglich verkaufen und einige von ihnen vernichten. Kalt lief es meinen Nacken hinab, denn ich wusste einige der blutsaugenden Bestien in meinem Rücken.

Sie griffen nicht an. Die Vampire blieben ruhig.

Sie hatten sich in dem rauen Gestein festgeklammert oder standen auf dem Boden.

Die wollten irgendwas von mir …

Ich wartete auf eine Reaktion und senkte die Mündung der Beretta um keinen Deut.

Dann sprach Goran.

»Du bist unser Feind«, stellte er fest, wobei ich mich nicht darüber wunderte, dass er mit menschlicher Stimme sprach, das hatte ich schon mal erlebt. Allerdings in der Zukunft.

»Und du bist Goran«, sagte ich.

Er zeigte sich überrascht. »Du kennst mich?«

»Ja.«

»Woher?«

Trotz meiner ernsten Lage musste ich lachen. »Weil du es gewesen bist, der mich um Hilfe gebeten hat«, erklärte ich ihm.

Er stieß einen Zischlaut aus und bewegte seine Schwingen. Diese Antwort schien ihm nicht zu passen. Sie irritierte ihn direkt.

»Wie kannst du es wagen, so etwas zu behaupten?«, hielt er mir vor.

»Weil es stimmt.«

»Und wann soll ich dich um Hilfe gebeten haben?«

»Du weißt, woher ich komme?«

»Nein, aber du bist unser Feind.«

»Vergiss das einmal. Du hast mich in der Zukunft um Hilfe gebeten, als Myxin von einer Dämonenfürstin entführt und gefangen genommen worden war. Da bist du zu mir gekommen und hast mich angefleht, Myxin zurückzuholen.« Von seinem Tod erzählte ich ihm nichts.

»Du lügst.«

»Warum sollte ich lügen? Was habe ich zu verlieren?«

»Myxin ist in der Tiefe des Meeres versenkt worden. Er hat seine letzte Ruhestätte nahe der Leichenstadt gefunden, und du willst mir sagen, dass dies nicht stimmt?«

»Das habe ich nicht behauptet. Ich sage nur, dass Myxin nicht für immer tot ist, denn ich habe ihn gerettet.«

Da lachte Goran. »Schon wieder du. Ich glaube dir nicht, Mensch. Du willst dich nur selbst retten.«

Wie sollte ich Goran begreiflich machen, dass ich die Wahrheit sprach?

»Wie hast du ihn gerettet?«, wollte er von mir wissen.

Ich erzählte ihm die Geschichte.

»Du bist hinuntergetaucht und hast den Sarg geöffnet?«

»Ja, mit einem Freund.«

Goran wurde unsicher. Meine Worte schienen doch einen gewissen Eindruck bei ihm hinterlassen zu haben, wenn er es auch nicht zugeben wollte, aber ich merkte es an seinen Reaktionen. Überhaupt passte ich den Vampiren nicht ins Bild. Sie konnten mit meiner Person nichts anfangen. Ich gehörte nicht zu den Vasallen des Schwarzen Tods, sondern bekämpfte ihn. Damit müsste ich eigentlich auf ihrer Seite stehen. Nur war ich auch ein Freund des Eisernen Engels, der wiederum ein Feind der Vampire war.

Die Geschichte war zu verzwickt, um rasch eine Erklärung zu finden.

»Bist du zu einer Entscheidung gekommen?«, fragte ich.

»Ja.«

Jetzt war ich wirklich gespannt. Würde Goran meine Erklärungen akzeptieren?

»Weshalb bist du gekommen?«, fragte er weiter.

Ich nannte ihm den Grund.

Der Vampir war erstaunt. »Du willst den Spiegel finden?« Sein hässliches Gesicht verzerrte sich noch mehr, und seine kleinen Augen leuchteten intensiver.

»Das hatte ich vor«, erwiderte ich kühl.

»Aber das geht nicht. Er gehört dem Schwarzen Tod. Gegen ihn kommst du nicht an.«

»Ich habe ihn schon einmal getötet«, behauptete ich forsch.

Goran lachte. »Dann kannst du ihn jetzt nicht töten, John Sinclair.«

»Das habe ich auch nicht gesagt. Ich will nur den Spiegel. Deinen Worten entnehme ich, dass du weißt, wo er sich befindet. Oder irre ich mich da?«

»Du irrst dich nicht.«

»Dann zeig mir den Ort.«

»Nein, ohne Gegenleistung werde ich dich nicht zu dem Spiegel hinführen.«

Ich hob die Schultern. »Was soll ich tun?«

Da lachte der Vampir. Das Lachen warnte mich, weil es hinterhältig und gemein klang. »Du brauchst nicht viel zu tun, aber da du Myxin schon einmal erweckt hast, wie du eben sagtest, kannst du es jetzt auch versuchen.«

Das hatte mir noch gefehlt. Wie sollte ich ihm nur begreiflich machen, dass so etwas nicht möglich war? Es mussten erst die zehntausend Jahre verstreichen, um Myxin aus seinem magischen Schlaf zu holen. Es war einfach nicht drin, dass ich ihn jetzt erweckte. Zudem fehlten mir die technischen Mittel. Ich konnte nicht einfach in die Tiefe tauchen, den Sarg öffnen und Myxin hervorholen. Das alles konnten Goran und seine Artgenossen nicht begreifen.

Ich wollte es ihnen auch nicht auf die Nase binden, denn mir war plötzlich eine irre Idee gekommen. Ich stimmte zu.

»Du willst es tatsächlich versuchen?«, fragte Goran.

»Ja.«

»Du weißt, wie schwer es ist.«

Ich nickte. »Aber es gibt eine Chance, dass ich es trotzdem schaffen kann.«

»Welche?«

Jetzt kam es darauf an, ob er den Bluff wirklich schluckte. Ich startete den Versuch. »Um Myxin aus seinem Schlaf zu holen, brauche ich den Spiegel.«

Goran zeigte keine Reaktion.

Hatte ich mit dem Bluff überzogen?

»Das glaube ich dir nicht«, antwortete er nach einer Weile. »Nein, du willst mich reinlegen!«

»Ich habe Myxin damals auch mithilfe eines Spiegelteils erweckt«, erklärte ich ihm frech lügend. »Du kannst es mir glauben oder nicht. Er steht dir frei. Wenn du willst, dass Myxin aus seinem Gefängnis befreit wird, dann zeige mir den Weg, wie ich an den Spiegel komme.«

Goran kreischte auf. Er breitete seine Schwingen aus und erhob sich in die Luft. »Du willst uns reinlegen!«

»Überlege nicht zu lange!«, rief ich ihm zu. Ich drehte mich um und kümmerte mich dabei nicht um die Blutsauger, sondern hob den Arm. »Da, seht! Eure Feinde sind da. Und ohne Myxin seid ihr hilflos, ist es nicht so?«

Geblufft hatte ich nicht. So war der Schwarze Tod, ohne es zu wollen, ein Beschleuniger für Gorans Entscheidung. Seine Gestalt schien den gesamten Himmel einzunehmen, so wuchtig und gewaltig wirkte sie. Und Hunderte von Skeletten begleiteten ihn und schützten seine Flanken. Seine riesige Sense leuchtete fahl wie ein großer Halbmond. Er rückte immer näher, und mit ihm kam das Grauen, denn zahlreiche Vulkane sprühten ihren heißen, mörderischen Regen in den nachtdunklen Himmel und überzogen ihn mit einer blutroten Farbe.

Das Bild war gewaltig. Kein Maler hätte es so lebensecht darstellen können.

»Es wird Zeit«, erinnerte ich Goran.

»Ja«, kreischte er, »ich weiß.«

»Wo also ist der Spiegel?«

»Im Krater!«

»Dann nichts wie los!«, sagte ich.

Im nächsten Augenblick stürzte sich die Horde der blutsaugenden Bestien auf mich …

Jemand riss meinen rechten Arm hoch, und ich kam nicht mehr dazu, einen Schuss abzufeuern, doch wie im Krampf hielt ich meine Waffe fest. Die Beine wurden mir unter dem Boden weggerissen, ich schwebte in der Luft, und mir schoss der Gedanke durch den Kopf, dass man mich reingelegt hatte.

Ich durfte keinem Vampir trauen. Diesmal hatte ich mich verrechnet. Aber noch bissen sie nicht zu.

Sie hielten mich nur mit ihren Krallen gepackt. Ich nahm den süßlichen Geruch wahr, der sie umschwebte, und ein Ekelgefühl stieg in mir hoch.

Vor mir sah ich Goran.

Er schwebte in der Luft und hatte seine Schwingen ausgebreitet. Fauchende Laute stieß er aus, die jedoch nicht mir galten, sondern seinen Vampiren.

Sie flogen los.

Wieder wurde ich durch die Luft getragen. Wenn das so weiterging, konnte ich bald selbst fliegen. In rasender Geschwindigkeit jagten die Vampire mit mir in den Krater hinein, wo sich der Spiegel befinden sollte. Die Feinde brachten mich zu meinem Ziel.

Welch eine irre Situation!

Immer tiefer stießen wir vor, und immer schlechter wurde die Luft. Die Ränder des Kraters waren noch warm. Erst vor Kurzem musste ein Ausbruch stattgefunden haben. An einigen Stellen glühte das Gestein sogar, und die scharfen Dämpfe raubten mir den Atem.

Zurück blieb der Kratereingang, der schon bald eins mit der Dunkelheit wurde.

Wir aber flogen dem Hellen entgegen. Auf dem Grund des gewaltigen Kraters war es längst nicht so dunkel wie an seiner Öffnung. Irgendetwas verbreitete dort seinen Schein.

Vielleicht der Spiegel?

Ich rechnete stark damit, und ich sah mich nicht getäuscht. Bevor wir landeten, flogen wir über den Spiegel hinweg, allerdings ziemlich schnell, sodass ich ihn nicht genau erkennen konnte. Dann glitten die Blutsauger mit mir zu Boden und ließen mich los.

Ich stand!

Sofort ließen mich die Vampire los. Erleichtert atmete ich auf und schaute mich um.

Zuerst fiel mir auf, dass nicht alle Vampire mit in den Krater geflogen waren. Einige hielten sich wohl noch als Wache oben am Kraterrand auf.

Mit Goran zählte ich acht.

Aber die interessierten mich im Augenblick nicht. Viel wichtiger war der Spiegel.

Endlich sah ich ihn!

Er stand auf einem wuchtigen Steinquader, und es war kein normaler Spiegel, wie ich ihn schon zu Hunderten gesehen hatte.

Vor mir befand sich ein glänzender Globus. Er stand in einer Schale und war auch nicht aus einem Stück zusammengesetzt worden, sondern aus zahlreichen Einzelteilen. Kleine Fragmente lagen dicht an dicht. Sie hatten die Form von Rhomben und bildeten ein verwirrendes Muster. Wenn ich in den Spiegel hineinschaute, sah ich mich verzerrt.

Vorsichtig umrundete ich den Spiegel. Wer mochte ihn hierher gestellt haben? Eine selten gekannte Faszination erfasste mich, als ich mich darin betrachtete. Ich spürte instinktiv, dass dieser Spiegel eine Insel des Guten in einem Reich war, das von Dämonen beherrscht wurde, denn ich hatte keine Angst vor ihm.

Plötzlich weiteten sich meine Augen. Der Blick war auf eine bestimmte Stelle gefallen.

Dort fehlte eine Scherbe!

Und wieder wurde ich daran erinnert, dass ich das Dämonenauge zerstört hatte.

Damals hatte mir Myxin eine Scherbe des Spiegels überreicht. An die Form konnte ich mich genau erinnern. Hätte ich die Scherbe jetzt noch gehabt, so hätte ich sie sicherlich in die spiegellose Stelle einfügen können.

Ich wunderte mich schon nicht mehr, sondern nahm alles so hin, wie es war.

Und noch etwas sah ich, das mich in höchstes Erstaunen versetzte. Mein Blick fiel zufällig darauf, als ich zurückging und er in die Runde schweifte.

Ich sah einen Stein.

Nun, ein Stein ist nichts Besonderes, auch nicht auf dem Grund eines Kraters, aber dieser Stein hier hatte es mir angetan. Ich kannte ihn, kannte seine Form, seine Beschaffenheit, sein Aussehen, einfach alles.

Der Stein gehörte zu der Vierergruppe, die ein Erbe des alten Atlantis war.

Genauer gesagt: Ich stand inmitten der *flaming stones*!

Das war wirklich eine Überraschung, denn auch die anderen drei entdeckte ich.

Dieser Platz, der in der Gegenwart des Öfteren von Myxin und Kara frequentiert wurde, stammte tatsächlich aus der Vergangenheit. Man sollte es kaum für möglich halten.

Ich bekam zittrige Knie, als mir das alles bewusst wurde. Himmel, was war in den letzten Stunden nicht alles auf mich eingestürzt! Und jetzt noch die Steine.

Unglaublich.

Und plötzlich fühlte ich mich wieder wohler. All die Depressionen, die Angst, die mich erfüllt hatten, verflogen. Vielleicht konnte ich es trotz aller Widerstände schaffen.

»Was ist? Schläfst du ein?« Gorans Stimme riss mich aus meinen Gedanken.

»Nein«, erwiderte ich, »ich denke nur nach.«

»Und worüber? Du hast doch den Spiegel. Nimm ihn, und dann erwecke Myxin.«

»Natürlich.« Ich steckte die Waffe weg, ging auf den kugelrunden Spiegel zu und legte meine Hände auf die Fläche.

In der Nähe des Spiegels war die Luft irgendwie anders. Reiner und klarer, besser zu atmen. Der Spiegel selbst war auch nicht kühl oder kalt. Die Kugel fühlte sich warm an, zudem schien sie unter meinen tastenden Händen zu leben.

Aber sie war schwer. Ich konnte sie nicht von der Stelle bewegen. Mir kam es vor, als wäre sie mit Eisen gefüllt.

Ich drehte den Kopf. »Es tut mir Leid«, wandte ich mich an die Vampire. »Ich kann ihn nicht anheben.«

Goran zischte einen Fluch. Für einen Moment wusste er nicht, was er tun sollte.

Noch einmal startete ich den Versuch, presste mich eng an die Kugel und umfasste sie.

Da hörte ich die geisterhaften Stimmen. Sie klangen in meinem Kopf auf.

Keine Angst, John Sinclair. Du brauchst ihn nicht zu bewegen, aber du gehörst zu den wenigen, die ihn anfassen können. Dieser Spiegel steht unter dem Schutz des Sehers. Er hat ihn in Atlantis als sein Erbe hinterlassen.

Ich zuckte zusammen.

Der Seher!

Was hatte er damit zu tun? Würde er sich wieder zeigen, würde er mir vielleicht sogar helfen?

Mein Herz klopfte schneller. Ich sagte den Vampiren nichts von den Stimmen, und als zwei von ihnen auf Gorans Befehl hin näher kamen, trat ich zur Seite.

Die Blutsauger wollten versuchen, die glänzende Kugel anzuheben. Sie hatten es sich wirklich fest vorgenommen, vielleicht rechneten sie auch mit einer Gefahr, aber nicht mit solch einer Reaktion. Kaum berührten sie die Kugel, als plötzlich ein fahlweißer Blitz aufstrahlte, die beiden einhüllte und sie innerhalb von Sekunden zu Asche werden ließ, die langsam zu Boden rieselte.

Goran drehte durch.

»Das hast du nicht umsonst gemacht, Mensch!«, brüllte er und gab seinen Vampiren ein Zeichen.

Wieder stürzten sie sich auf mich.

Und diesmal war es ernst!

Mit einer glatten Bewegung zog ich die Beretta. Sie sprang mir fast von selbst in die rechte Hand. Wie viele Kugeln ich noch besaß, wusste ich nicht. Ich hatte nicht die Zeit gehabt, sie nachzuzählen.

Ein Schuss.

Der Vampir rechts von mir bekam die Kugel in die Brust, schrie auf, flatterte mit den Flügeln und verging.

Sofort schwenkte ich die Waffe und erledigte einen zweiten Blutsauger, der im Fallen noch den Spiegel berührte und in einem Blitz zu Asche zerfiel.

Dann zogen sich die anderen zurück.

Sie waren unsicher geworden, wie auch Goran. Jetzt hatte er schon vier Getreue verloren, und das passte ihm überhaupt nicht. Er war einfach zu unvorsichtig gewesen.

»Noch jemand?«, fragte ich.

Keine Antwort.

Ich gab mich sicher, denn die anderen konnten ja nicht wissen, dass ich mit meiner Munition haushalten musste.

Doch dann geschah etwas, was meine Pläne völlig über den Haufen warf.

Der Schwarze Tod griff ein!

Noch erschien er nicht persönlich, sondern die vier

Vampire, die als Wächter zurückgeblieben waren, flogen im Sturzflug in den Krater des Vulkans.

Sie kreischten und schrien, warnten die anderen und huschten dicht über meinen Kopf hinweg, sodass ich mich unwillkürlich duckte.

Goran war der Erste, der hochstieg.

Plötzlich war ich vergessen, und auch der Spiegel interessierte sie nicht mehr. Die Blutsauger versuchten nur noch, ihr nacktes Leben zu retten.

Sie zischten in die Höhe.

Ich stand allein, blieb neben der Kugel stehen und verfolgte mit meinen Blicken ihren Flug.

Es war schon zu spät.

Die Vampire hatten den Rand des Kraters noch nicht erreicht, als die Skelette auftauchten. Und diesmal befanden sie sich in der Überzahl. Dreimal so viele Skelette wie Vampire.

Viel konnte ich nicht erkennen, dafür war es zu dunkel. Aber ich sah die feurigen Peitschen, und die zischten wie Raketen durch die Luft – und trafen.

Ich hörte Schreie. Auch Skelette verloren ihr Leben. Der wilde Kampf näherte sich dem Höhepunkt.

Und die Vampire verloren.

Plötzlich gellte ein so lauter Schrei auf, dass er sogar bis an meine Ohren drang.

Den hatte Goran ausgestoßen.

Ich sah ihn, denn das Licht der Flammenpeitschen reichte aus, um seine gewaltigen Schwingen zu erkennen. Er flog in den Himmel hinein, schrie seine Wut und auch seine Panik hinaus und war verschwunden.

Es regnete Asche, Knochen und Peitschen, die unterwegs jedoch verloschen.

Ich musste den Kopf einziehen und zur Seite gehen, um von diesem makabren Regen nicht getroffen zu werden.

Auch die Kugel wurde getroffen. Doch sobald Teile sie berührten, lösten diese sich auf. Nichts blieb zurück.

Wie ich die Situation sah, war Goran als Einzigem die Flucht gelungen. Die Vampire waren von den schwarzen Skeletten vernichtet worden. Allerdings gab es noch welche, nur lebten die in einem anderen Teil des Kontinents. Sie überlebten die Katastrophe auch, denn sie hatten mir zusammen mit Myxin beim Kampf gegen den Schwarzen Tod auf dem Friedhof am Ende der Welt beigestanden.

Aber ich will nicht abschweifen, denn für mich stellte sich die Frage, wie ich hier wegkam.

Natürlich kannte ich die Flammenden Steine. Sie existierten ja auch in meiner Zeit. Nur an einem anderen Ort, in einem kleinen Tal, das von bewaldeten Hängen umgeben war. Wie sie dorthin gekommen waren, das wusste ich nicht.

Bestimmt durch Magie.

Wussten die Skelette, dass ich mich noch auf dem Grund des Kraters befand?

Ich hoffte nicht. Auf jeden Fall machten sie keinerlei Anstalten, nachzuschauen.

Sie blieben an der Öffnung, zogen dort ihre Bahnen, sodass die Flammenpeitschen praktisch ineinander überliefen und einen einzigen Kreis bildeten.

Was würden diese Skelette unternehmen?

Sekunden vergingen.

Immer mehr dieser Monster flogen herbei, hielten sich aber über den anderen und flogen dort ihre Kreise.

Und dann erschien er.

Der Schwarze Tod!

Zuerst sah ich nur einen Schatten, der alles verdunkelte. Das mussten die Flügel des Drachens sein, und im nächsten Augenblick sah ich ihn selbst.

Gleichzeitig zitterte die Erde. Die ersten Lavabrocken fielen aus den Wänden und klatschten zu Boden.

Ich hielt den Atem an.

Deutlich war die Skelettfratze des Schwarzen Todes zu erkennen, denn seine Sense leuchtete auf und warf ihren fahlen Schein auf das hässliche Horror-Gesicht.

Ich sah die wie Feuerräder rotierenden Augen, die einmal die Farbe Rot, ein anderes Mal die Farbe Weiß zeigten. Schaurig und makaber war er anzusehen, und ich dachte darüber nach, wie oft ich ihm schon gegenübergestanden hatte.

Dann lachte er.

Auch dieses Lachen kannte ich. Schon oft genug war es in der Vergangenheit an meine Ohren gedrungen. Es schallte mir entgegen, zerrte an meinen Trommelfellen und wurde zu einer furchtbaren Melodie des Schreckens.

Der Schwarze Tod wusste, dass jemand hier unten steckte. Ihm konnte man nichts vormachen.

»Mensch!«, brüllte er. »Vernichten werde ich dich! Auch wenn du dich in der Nähe des Spiegels befindest, der durch den Ausbruch freigelegt worden ist, so entkommst du mir doch nicht. Nur noch wenig Zeit bleibt diesem Land, dann geht es unter. Das Meer wird alles verschlingen, die Städte brechen zusammen, die Kontinente und Länder verschwinden. Und ich, der Schwarze Tod, habe dafür gesorgt. Packt ihn!«

Dieser Befehl galt den schwarzen Skeletten. Darauf hatten sie gewartet.

Sie kippten ihre Reittiere und stürzten sich mit einem wahnsinnigen Tempo auf mich zu …

Zehn Gegner zählte ich.

Nein, das konnte ich nicht schaffen, obwohl ich das Kreuz besaß, das plötzlich einen seltsamen Glanz ausstrahlte. Es schien zu wachsen, aber das war wohl eine

Täuschung, weil sich die helle Aura um das Kruzifix gelegt hatte.

Und durch das Kreuz sprach jemand zu mir.

Komm zur Kugel!, hörte ich die flüsternde Stimme.

Ich warf mich herum und lief die beiden Schritte.

Im selben Moment zuckte ein Strahl von meinem Kreuz aus und hieb in die spiegelnde Kugel, wo er eine helle Brücke bildete.

Aber noch mehr geschah.

Die Steine reagierten.

Jetzt bewiesen sie, warum sie den Namen *flaming stones* trugen! Sie flammten glutrot auf. Und inmitten des Quadrats befand sich die Kugel, die plötzlich ein Gesicht zeigte.

Ich dachte nicht mehr an die gefährlichen Skelette und auch nicht an den Schwarzen Tod – ich sah nur das Gesicht.

Der Seher blickte mich an.

Seine Augen schienen meine Gestalt zu durchdringen. Nie zuvor hatte ich solche Augen gesehen. Sie spiegelten das Wissen der Ewigkeit wider, zeigten die Unendlichkeit des Weltalls und die Güte eines Propheten.

Ich war fasziniert.

Auch die schwarzen Skelette hatten bemerkt, dass etwas nicht stimmte. Sie wollten umdrehen, doch sie schafften es nicht mehr. Voll rasten sie in die magische Sperre, die der Seher, mein Kreuz und die *flaming stones* aufgebaut hatten.

Die Skelette vergingen.

Blitze zuckten auf, die Knöchernen wurden von ihren makabren Reittieren gerissen und zerfielen wie auch die Echsen zu Asche, deren grauer Regen auf den Kratergrund rieselte.

Ich vernahm das Toben des Schwarzen Tods. Er brüllte mit Stentorstimme und vernahm gleichzeitig die Stimme in meinem Gehirn.

Greif nach der Kugel, schnell!

Das tat ich.

Auf einmal fanden meine Hände keinen Widerstand mehr. Ich glitt in die Kugel hinein, und sie schloss sich um mich. Ich begab mich völlig in den Schutz des Sehers.

Da krachte es.

Der Schwarze Tod hatte in seiner Wut sämtliche Kräfte mobilisiert, die jetzt die Erde aufwühlten und die Berge zum Explodieren brachten. Das erste Krachen hörte ich noch, dann konnte ich nur zusehen.

Am Himmel entstand eine gewaltige Feuerwolke, der Krater fiel in sich zusammen, Tausende Tonnen von Gestein gerieten in Bewegung, die die Kugel zerschmettern mussten, doch das geschah nicht, denn wir hatten bereits die dritte Dimension verlassen.

Der Mahlstrom der Zeiten hatte die Kugel und auch die magischen Steine aufgenommen.

Ein allerletzter Blick gelang mir noch.

Wir schwebten inmitten des sterbenden Kontinents. Riesige Erdstücke brachen wie tauendes Eis. Das Meer wurde zu einer gigantischen Wasserwand, als die Massen hineinstürzten. Eine Wand, die alles vernichtete, unter sich begrub und nie mehr freigeben würde. Sämtliche Vulkane brachen auseinander. So weit das Auge reichte – nur eine einzige flammende und lodernde Hölle.

Hier konnte niemand überleben.

Und über allem leuchtete das Gesicht des Schwarzen Tods, diese grausame Fratze, in der der Mund weit offen stand und ein lautloses Gelächter ausstieß.

Hier hatte er gewonnen.

Atlantis versank – es starb.

Aber in der Gegenwart, da hatte ich ihn besiegt. Und das gab mir immer wieder die Kraft.

Im nächsten Augenblick verblasste das Bild. Ich

hörte noch eine Stimme, die sagte: *Leb wohl, John Sinclair …*

Dann war alles anders.

Kühle Luft drang in meine Lungen. Überrascht richtete ich mich auf. Ich befand mich dort, wo der atlantische Verräter Myxin und mich eingeschlossen hatte.

Nur – von Myxin sah ich nichts. Nur die leeren Stühle. Aber ich hörte seine Stimme.

»Wir sind wieder zurück, John. Bis später, ich muss mich um Kara kümmern …«

Weg war er.

Ich aber machte mich daran, diesen Keller zu verlassen. Die Tür war kein Hindernis, und als ich auf die Uhr schaute, stellte ich fest, dass nicht einmal eine Stunde vergangen war.

Ich fand meinen Bentley dort, wo ich ihn abgestellt hatte, setzte mich in den Wagen und dachte nach.

Hatte ich das Abenteuer wirklich erlebt?

Ja, ich brauchte mir nur meine Kleidung anzuschauen. Der Albtraum in Atlantis war Wirklichkeit gewesen …

In der Tiefgarage traf ich Suko und Shao. Die beiden kamen von einer kleinen Feier zurück, die einer von Sukos zahlreichen Cousins gegeben hatte.

Überrascht blieben sie stehen.

»Wo kommst du denn her?«, fragten sie wie aus einem Munde.

Mein Grinsen fiel etwas verzerrt aus.

»Direkt aus Atlantis«, erwiderte ich wahrheitsgemäß.

Dass die beiden mich nach dieser Antwort für geistesgestört hielten, konnte ich ihnen nicht einmal verübeln …

ENDE

DES SATANS TÄTOWIERER

Atlantis lebte!

Das wussten wir, das wussten auch andere, daran war nichts zu ändern. Sein Erbe existierte im Verborgenen. Es lauerte auf einen günstigen Zeitpunkt und streckte immer dann tastend seine Fühler aus, wenn es glaubte, etwas erreichen zu können.

Wir erlebten es auf eine schaurige Weise.

Und uns wurden unsere Grenzen gesteckt.

Doch nicht nur ich und Suko wurden wieder einmal von der schrecklichen Vergangenheit eingeholt, sondern auch Myxin und Kara …

Der Tritt sprengte mit ungeheurer Wucht die Tür aus dem Schloss, schleuderte sie zurück und schmetterte sie gegen die Wand, von der sie abprallte und von einem hochgestellten Fuß gestoppt wurde.

Graues Dämmerlicht sickerte in den Raum, wo ein Mann vom Boden her in die Höhe schoss, seine Decke zur Seite schleuderte und nach seinem Revolver griff.

Es waren Reflexbewegungen, hundert Mal eingeübt und einstudiert. Die Waffe deutete auf das Ziel und damit auf einen breitschultrigen Mann, der auf der Schwelle stand.

Er war waffenlos. Und er trug nur eine lange Hose und ein paar Schuhe. Sein Oberkörper war nackt.

Der Mann mit der Waffe schoss nicht. Er wartete lauernd ab und stützte sein rechtes Handgelenk. Bisher hatte er keinen Mord auf seinem Konto stehen, und für die Raubüberfälle auf die beiden Banken würde man ihn nicht lebenslänglich einbuchten. Zudem glaubte er, dass der andere kein Polizist war, denn die Bullen traten nicht mit bloßem Oberkörper auf, sondern stürmten in ihrer Berufskleidung heran.

»Bleib ja stehen«, zischte Zack Ival, »und rühr dich nicht vom Fleck! Ich habe hier einen Bullenkiller auf dich gerichtet. Eine Kugel haut dich für immer von den Beinen!«

Der Ankömmling rührte sich nicht. Er bewegte nicht einmal die Augenbrauen. Breitbeinig stand er da, starrte in das Zimmer hinein und schien ins Leere zu blicken.

Zack Ival huschte einen Schritt zur Seite. Dann bückte er sich und raffte mit der freien Hand den Plastiksack in die Höhe. Das war seine wichtigste Beute, sie sollte ihm für die nächste Zeit ein sorgenfreies Leben verschaffen. 78 000 Pfund waren schließlich nicht zu verachten. Trotz dieser Bewegung hatte er den Eindringling nicht aus den Augen gelassen. Die Mündung zielte nach wie vor auf die nackte Brust, und als Ival genauer hinschaute, glaubte er in deren Mitte einen seltsamen Fleck zu erkennen.

Er dachte nicht weiter darüber nach. Wichtiger war seine Flucht, denn er hatte nicht damit gerechnet, dass man das Versteck so rasch entdecken würde.

Zack Ival gelang es, den Beutel an seinem Griffende um das Handgelenk zu wickeln. So hatte er einen sicheren Halt, und er bewegte blitzschnell die Waffe.

»Los, geh zur Seite!«

Der andere rührte sich nicht.

»Weg von der Tür, verdammt!«

Jetzt erst gehorchte der Eindringling. Er wandte sich nach rechts, musste dann stehen bleiben und sich umdrehen.

»Ich mache es jetzt wie die Bullen!«, flüsterte Zack Ival. »Einen Schritt zurück, die Arme hoch, und dann kannst du dich fallen lassen. Stütz dich an der Wand ab!«

Der Mann gehorchte. Überhaupt tat er alles, was ihm Zack Ival befahl. Bei dem Bankräuber verschwand allmählich die Angst. Er schalt seinen ungebetenen

Besucher sogar innerlich einen Trottel. Wie kam der Typ überhaupt auf die Idee, einfach in dieses Versteck einzudringen? Vielleicht suchte er selbst eines.

Als Zack daran dachte, begann er zu kichern. Ja, so musste es sein. Danach bewegte er sich mit schleichenden Schritten auf den Rücken des Mannes zu.

In die Augen des Bankräubers trat ein kaltes Leuchten. Was jetzt kam, musste sein. Daran führte kein Weg vorbei. Einen Schritt hinter dem Mann stoppte er und bedeutete ihm noch einmal, sich nicht zu rühren. »Was jetzt folgt, wird wahrscheinlich wehtun, Meister, aber du hast es dir selbst zuzuschreiben!«

Während dieser Worte hatte er seinen rechten Arm angehoben, um mit dem Waffenlauf zuzuschlagen. Er wollte den anderen ins Reich der Träume schicken.

Der Hieb kam.

Sogar ein pfeifendes Geräusch war zu vernehmen. Danach erfolgte ein dumpfer Schlag, als hätte jemand mit der Hand in eine weiche Knetmasse geschlagen.

Zack Ival sprang zurück. Er wollte sehen, wie der andere umkippte. Und er riss die Augen auf, als das nicht geschah.

Der Kerl mit dem blanken Oberkörper blieb stehen. Trotz des fürchterlichen Treffers.

Zack Ivals Gesicht verzerrte sich. Unglaube stahl sich in seine Augen. Er schüttelte den Kopf, als hätte er selbst einen Schlag erhalten. Das war doch nicht möglich, das durfte es nicht geben, konnte einfach nicht wahr sein!

Ival war durcheinander. Der Kerl vor ihm stand wie ein Baum. Vorgebeugt, die Hände gegen die Wand gelehnt. Er fiel einfach nicht um.

Zack überlegte, ob er er einen zweiten Versuch wagen sollte. Es gab ja Typen, die konnten unheimlich viel einstecken, und noch bevor der Gedanke richtig Gestalt angenommen hatte, warf sich der Mann schon vor und hämmerte zu.

Diesmal von der Seite.

Wieder traf er genau.

Abermals hatte er das Gefühl, gegen eine Wand aus Gummi geschlagen zu haben. Der Typ wurde zwar durchgeschüttelt, er fiel jedoch nicht von den Beinen.

Zack hätte vor Wut heulen können. Er stierte auf den Waffenlauf, in seinem Kopf überschlugen sich die Gedanken, und plötzlich wurde ihm klar, dass er es bei dem Typen nicht mit einem normalen Menschen zu tun haben konnte.

Das war ein Roboter oder ein ähnliches Geschöpf. Man hörte und las ja schon so viel von einer Robot-Generation. Vielleicht hatte er hier einen Spezi vor sich.

Der Bankräuber hatte angenommen, sich den Eindringling vom Hals schaffen zu können. Nun war der umgekehrte Fall eingetreten. Ival war der Verlierer, der Geschockte.

Und er wollte weg!

Plötzlich zitterten seine Knie. Er merkte es, als er sich zurückzog. Auch die Hand mit der Waffe blieb nicht mehr ruhig. Ival empfand es als ein Wunder, dass sich der Schuss noch nicht gelöst hatte, wo er doch so bebte.

Er ging auf die Tür zu.

Der andere stand weiterhin an der Wand, ohne sich zu rühren. Seine vorgestreckten Hände schienen mit ihr verwachsen zu sein. Wie es aussah, würde ihn niemand da wegkriegen.

Selbst mit einer Kugel nicht.

Roboter konnte man damit nicht umlegen.

Kaum hatte Zack den Raum verlassen, als er sich über die verbarrikadierten Türen ärgerte. Bei seiner Ankunft hatte er das Versteck noch als ideal empfunden, nun fühlte er sich wie in einer Rattenfalle. Er musste den gleichen Weg zurück, auf dem er hier eingedrungen war.

Über das Dach.

Das lag zwei Etagen höher. Es war ein Flachdach. Eine rostige Feuerleiter führte von seiner Kante an der Nordseite bis zu einem alten Schuppen hinunter, den Ival springend erreichen konnte.

Er hastete durch das Treppenhaus. Überall zeigte sich der Verfall. Auf den Stufen, an den Wänden. Die Decke war mit Rissen und Spalten übersät, Mauerwerk lag herum und bildete Stolperfallen. In wenigen Wochen wollten die Abrisskommandos das Haus platt machen. Es war einmal besetzt gewesen. Polizei hatte es räumen müssen.

In der letzten Etage stolperte er fast über das Becken einer Toilette. Man hatte es aus einer kleinen Kammer herausgeschleudert, wie auch das runde Handwaschbecken.

Noch ein Treppenabsatz.

Zack Ival keuchte. Er warf manchmal einen Blick zurück, doch der andere verfolgte ihn nicht.

Das war gut.

Er sah das Dach. Und gleichzeitig auch die Leiter, die bis zu der offenen Luke reichte. Man hatte die Decke kurzerhand mit einer Hacke eingeschlagen und somit eine Öffnung geschaffen.

Die Leiter hielt sein Gewicht. Mit einer Hand nur konnte sich der Bankräuber festhalten, da er mit der anderen die wertvolle Beute an seinen Körper presste.

Hauptsache, sie erwischten ihn nicht. Wenn er das hier hinter sich hatte, konnte er aufs Land fliehen und sich in irgendeiner Hütte für eine Woche verstecken.

Sein Kopf stieß durch die Öffnung. Er schaute erst gar nicht in die Runde. Nur weg aus diesem verdammten

Haus, wo ihm seiner Ansicht nach das Grauen begegnet war.

Dann kletterte er über den Rand, warf sich erschöpft zu Boden, blieb für einen Moment liegen und stützte sich erst dann hoch.

Gleichzeitig hob er den Kopf.

Zack Ival sah die beiden Säulen schräg vor sich.

Zuerst glaubte er wenigstens an Säulen, bis er sie als die Beine eines Mannes identifizierte. Sein Blick wanderte höher, er sah einen nackten Oberkörper und auch ein Gesicht, das er sich noch vor Minuten genau angeschaut hatte.

Ein Eissplitter schien sich in seine Brust zu bohren. Der Mann vor ihm war derselbe wie aus dem Zimmer!

Wahnsinn, irre, verrückt!

Diese Begriffe schossen durch Zack Ivals Kopf. Das konnte nicht möglich sein. Er hatte bewusst auf Verfolger geachtet und keine gesehen. Und jetzt stand er vor ihm.

Spuk? Eine Geistererscheinung? Halluzination?

Ival konnte es nicht sagen. Er dachte nicht mehr an seinen Revolver, sondern bewegte sich zur Seite, um von diesem schrecklichen Kerl wegzukriechen.

Der ließ Zack in Ruhe.

Der Typ stand breitbeinig wie eine Gestalt, die in schlimmer Kälte eingefroren war. Nichts rührte sich bei ihm, nur der Wind spielte mit dem Stoff der Hosenbeine.

Jedenfalls traf der andere keinerlei Anstalten, Zack Ival anzugreifen, und das empfand der Bankräuber als günstig. Über die näheren Umstände wollte er erst gar nicht nachdenken. Gründe hätte er sowieso nicht benennen können, er nahm die Gestalt einfach hin und kroch vorsichtig zur Seite.

Auf dem Dach war es dunkel. Der Widerschein hoher Industrieleuchten reichte nicht einmal mit seinen Ausläufern bis an dieses Gebäude, sodass dieses Hausdach wie eine düstere Insel wirkte.

Zack Ival kroch weiter. Er selbst verursachte kaum ein Geräusch, dafür der Plastiksack mit der Beute, den er über das Dach schleifte. Der Bankräuber beobachtete die Gestalt mit dem nackten Oberkörper aus den Augenwinkeln.

Noch immer stand sie auf dem Fleck. Sie ähnelte tatsächlich dem Kerl, den Zack innerhalb des Hauses gesehen hatte. Vielleicht waren die beiden sogar identisch, obwohl er sich bei aller Liebe nicht vorstellen konnte, wie der Typ aus dem Zimmer auf das Dach gelangt sein sollte. Da hätte er schon an der Hauswand hochklettern müssen. Auch das traute Zack ihm mittlerweile zu. Wenn jemand Schläge mit einem Revolverlauf vertrug, war eigentlich nichts unmöglich.

Nach etwa zwei Körperlängen riskierte der Bankräuber es und richtete sich auf.

Es kostete ihn Nerven, die Bewegungen langsam durchzuführen und nichts zu überstürzen. Sehr vorsichtig ging er zu Werke, erhob sich und zog wieder seinen Revolver, den er vorhin weggesteckt hatte. Die Mündung richtete er auf den Mann.

Der andere drehte sich um.

Zack kümmerte sich nicht darum. Solange ihm der Kerl vom Hals blieb und nicht angriff, war ihm das egal. Der Gangster schlich rückwärts. Er hatte sich die Stelle mit der Feuerleiter ungefähr gemerkt. Dort würde er wieder nach unten klettern, und sämtliche Vorzeichen wiesen darauf hin, dass der Typ mit dem bloßen Oberkörper nichts dagegen hatte.

Zwei Schritte weit ließ er Zack kommen, als er die beiden Worte aussprach. »Bleib stehen!«

Zack Ival zuckte zusammen, als hätte er einen Schlag mit der Peitsche erhalten. Im ersten Augenblick wollte er einfach wegrennen. Leider war die Entfernung zum Dachrand zu groß, der andere hätte ihn sicherlich eingeholt.

So gehorchte er.

Aber er hatte den Revolver. Darauf verließ er sich.

Er würde schießen, wenn er keine andere Möglichkeit mehr sah. Das hatte er sich fest vorgenommen.

Der Blick des Mannes brannte in Ivals Gesicht. Die Augen schienen zu Lanzen zu werden, die ihn durchbohren wollten. Dann sprach der Mann. Seine Stimme klang kalt, ohne Gefühl, als er sagte: »Du hast keine Chance, überhaupt keine …«

Zack holte ein paar Mal tief Atem. »Was willst du überhaupt?«, flüsterte er. »Verdammt, lass mich in Ruhe!«

»Komm her!«

»Nein!«

Der andere lachte leise. Es war ein gefährliches Lachen, es durchdrang die Stille und hörte sich gespenstisch an.

Zack Ival konnte nicht vermeiden, dass ihm eine Gänsehaut über den Rücken kroch. Er fühlte so etwas wie Angst vor der eigenen Courage, sein Mund bewegte sich, die Lippen hatte er zurückgezogen, und er musste mit ansehen, wie sich der andere in seine Richtung wandte und in Bewegung setzte.

»Ich schieße, wenn du nicht stehen bleibst!«

Der Mann mit dem bloßen Oberkörper kümmerte sich nicht darum. Nichts hielt ihn auf.

Ival war so konsterniert, dass er einen Schritt zurückging, auch noch einen nächsten, sodass die Distanz zwischen ihnen gleich groß blieb, dann jedoch stehen blieb und mit seinem Revolver auf die breite, bloße Brust des anderen zielte.

»Wenn du noch einen Schritt machst, schieße ich!«, drohte er. Seine Stimme klang krächzend. Ein Beweis, dass er sich nicht sicher fühlte.

»Du kannst es versuchen!«

»Willst du sterben?«

»Versuch es!«

Der Kerl ist lebensmüde, dachte Zack. Aber war er das wirklich? Seine Stimme hatte so sicher geklungen, als würde ihm das alles nichts ausmachen.

Zack wurde nervös.

Er schaute sich um, obwohl es nichts zu sehen gab. Es war einfach die Folge seiner überreizten Nerven.

Okay, er hatte Banken ausgeraubt, aber einen Mord hatte er nicht auf dem Gewissen, das war ihm immer zu brisant gewesen.

Hier blieb ihm wohl nichts anderes übrig. Diesen Kerl musste er mit einer Kugel erledigen. Zudem gab es weit und breit keine Zeugen. Wenn er den Typ erschossen hatte, konnte er verschwinden. Eine letzte Warnung wollte er ihm noch zurufen.

»Geh nicht mehr weiter!«

Der andere schüttelte nur den Kopf. Er tat genau das Gegenteil. Jetzt gab es für Zack Ival kein Halten mehr. Für einen Moment verzerrten sich seine Gesichtszüge, in den Augen flammte es auf, und er drückte ab.

Die nächsten Sekunden erlebte er wie im Traum. Es war allerdings ein böser, unbegreiflicher Traum, und zwei Ereignisse liefen innerhalb von Sekundenbruchteilen zusammen.

Als Zack Ival abdrückte, veränderte sich die breite Brust des Kerls vor ihm. Auch bei diesem Typ war Zack der seltsame Fleck auf dem Oberkörper ins Auge gestochen. Der leuchtete auf einmal blau auf. Genau auf diese Stelle hatte er gezielt. Er traf.

Trotz des Knalls vernahm Zack Ival ein singendes Geräusch, als das Geschoss ins Ziel schlug. Den abgeprallten Querschläger konnte er nicht mehr erkennen, er sah nur, dass der andere nicht zu Boden fiel, sondern auf den Beinen blieb.

Er stand wie eine Eins!

Nur das Leuchten blieb. Es verstärkte sich sogar noch, und Zacks Blick wurde von diesem Fleck auf der Brust magisch angezogen. Er schaute sehr genau hin und erkannte die Umrisse eines Gesichts.

Nein, das war schon eine Fratze. Widerlich anzusehen. Alle Bosheit ausströmend, die es überhaupt gab, und Zack wurde plötzlich klar, dass er gegen diesen Gegner den Kürzeren ziehen würde. Der war selbst gegen Kugeln immun.

Zack spürte, dass seine Knie weich wurden. Er sackte ein wenig ein, zielte noch einmal und schoss abermals.

Wieder traf er genau. Das Geschoss hieb in das Zentrum, aber es zerstörte nicht, sondern jagte als Querschläger davon.

Jetzt drehte Zack durch. In einem Anfall von Raserei begann er zu brüllen und schleuderte dem Kerl den seiner Ansicht nach wertlos gewordenen Revolver entgegen.

Er traf die Schulter genau in dem Augenblick, als sich der andere in Bewegung setzte.

Er wollte Zack Ival!

Wer zwei Revolverkugeln widerstand, der konnte auch nicht mit bloßen Fäusten besiegt werden. Das stand fest. Für Zack galt es nun, sein Leben zu retten, auch die Beute, wenn es ging. Noch rannte der andere nicht. Zack musste es einfach packen! Zudem hatte er einen Vorsprung, und bis zum Dachrand war es nicht mehr weit.

Er startete.

Große Schritte brachten ihn voran. Er lief federnd, zudem vibrierte die Unterlage unter seinen Füßen, und die Feuchtigkeit lag wie ein leicht glitschiger Schleier auf dem Dach.

All das störte den Mann nicht. Zack Ival wollte nur weg und diesem Schrecken entfliehen.

Gefährlich nahe tauchte der Dachrand vor ihm auf. Jetzt musste er stoppen, sonst würde er in die Tiefe fallen.

Ival warf seinen Körper zurück. Er hatte Mühe mit dem Gleichgewicht, riss die Arme hoch, breitete seine Beine aus und fand die entsprechende Standfestigkeit.

Er hielt sich.

Aber wo war die Leiter?

Sein Blick flog nach rechts und links. Durch die hastige und überstürzte Lauferei hatte er das eigentlichen Ziel verpasst, erreichte dann die Stelle und wunderte sich erst jetzt, dass er keine Schritte hinter sich gehört hatte.

In gebückter Haltung drehte er den Kopf. Trotz der Angst war Zack Ival neugierig genug, um sehen zu wollen, was der andere tat und weshalb er ihn nicht verfolgte.

Der Mann mit dem bloßen Oberkörper hatte sich tatsächlich nicht gerührt.

Doch er reagierte!

Von einem Augenblick zum anderen schien seine Brust in Flammen gehüllt zu sein.

Blaues Feuer!

Zack riss weit die Augen auf. Er glaubte, verrückt zu werden, schüttelte den Kopf und merkte, dass er unter einem schrecklichen Bann stand. Er schien innerlich zu brennen. Das blaue Feuer, das der andere ausströmte, erfasste ihn.

Wenn auch nicht sichtbar.

Noch nicht, musste man sagen.

Einen Lidschlag später verlor Zack Ival, der Bankräuber, fast den Verstand, als er sah, wie aus seiner Kleidung kleine Flämmchen schlugen.

Es waren bläuliche Finger, die sich in zuckender Bewegung befanden, auf jedem Flecken des Körpers einen wilden Tanz aufführten und ihn von Kopf bis Fuß einhüllten.

Zack Ival verbrannte in einem blauen Feuer!

Erst jetzt löste sich sein Schrei!

Das Gefühl des Schmerzes, der Überraschung und des Grauens vermischten sich, und dieser Schrei jagte in den dunklen Nachthimmel. Wie eine Puppe stand er am Rand des Daches, hob die beiden von winzigen Flammen umloderten Arme und sah seine Umgebung durch den glosenden Schleier, der alle Perspektiven verzerrte.

Dem Bankräuber wurde in diesen Augenblicken klar, dass er sein Ende gefunden hatte.

Er schrie!

Es waren wahnsinnige Schreie, weit zu hören, und er warf sich in wilder Panik vor, wobei er zwangsläufig ins Leere trat, da er dicht am Dachrand stand.

Dann fiel er.

Ein von kleinen, blauen Flammen eingehüllter Mensch, der nicht einmal die Hitze des Feuers gespürt hatte, und als er zu Boden schlug, war er schon tot.

Aus, vorbei …

Es gab keinen lebenden Zack Ival mehr …

Dem Bankräuber war bei seinem letzten Überfall ein Missgeschick unterlaufen, er hatte seine Fingerabdrücke hinterlassen. Als Vorbestrafter war er natürlich registriert, und die Polizei hatte keine Mühe, herauszufinden, wer für den Überfall verantwortlich war.

Die Fahndung lief.

Man hatte Routine. Es war keine Großfahndung, sondern eine stille. Schnell fanden die Verantwortlichen heraus, in welcher Gegend sich Zack Ival herumtrieb.

Eine Polizeistreife erkannte ihn. Leider so spät, dass sie nicht mehr eingreifen konnte, aber sie schlug Alarm. Bald war durch die weiten Nachforschungen Zack Ivals Versteck bekannt.

Das war natürlich Wasser auf die Mühlen der Häscher. Sie sorgten dafür, dass man das Haus umstellte, und der Ring wurde sehr eng gezogen, sodass Zack Ival keine Chance mehr hatte, sich abzusetzen.

Er hörte nichts, er sah nichts. Die Polizisten glitten lautlos näher. Der Einsatz wurde zentral geleitet.

Zehn Männer hielten das alte Abrisshaus umstellt. Sie griffen noch nicht ein, denn sie wollten die Sache möglichst unblutig beenden. Ival würde bestimmt um sich schießen, wenn er sich in die Enge getrieben fühlte, und Tote wollte man vermeiden.

Der Einsatzleiter war ein Mann der Praxis und einer mit Nerven.

»Den machen wir psychisch fertig«, hatte er gesagt, und sein Gesicht verzog sich dabei in die Breite. Er hieß Nick Preston und galt als Haudegen.

»Sollen wir die Bude stürmen?«, fragte sein Assistent.

»Noch nicht.«

»Sie geben das Kommando?«

»Klar.« Preston grinste. »Außerdem ist Zack ein alter Freund von mir. Der wird sich freuen, wenn ich neben ihm stehe.«

»Das glaube ich auch.«

Die Beamten hatten die umliegenden Dächer nicht besetzt. Bei einem Mann wie Zack Ival hielten sie das nicht für nötig. Außerdem waren es keine Flachdächer, außer dem Haus, das von dem flüchtigen Bankräuber besetzt war.

Preston starrte durch die Dunkelheit. Es war unangenehmes Aprilwetter. Nasskalt, neblig, regnerisch. Da blieb man lieber zu Hause, als sich mit Typen wie Ival herumzuschlagen.

Preston schaute auf seine Uhr. Er nickte. Ja, die Zeit war gut. In den Stunden nach Mitternacht ließ die Wachsamkeit eines Menschen zumeist nach, da konnte man was riskieren.

Über Walkie-Talkie informierte er seine Mitarbeiter. »In einer Minute gebe ich den Einsatzbefehl.«

Die Okays erfolgten prompt.

Nick Preston grinste. Er konnte sich auf seine Crew verlassen.

Die Minute war noch nicht verstrichen, als sich sein Gerät meldete. Einer seiner Leute berichtete, dass sich auf dem Dach etwas tat.

»Was genau?«

»Kann ich nicht sagen, Sir.«

»All right, Jim, ich schaue selbst nach.«

Preston gab seinem Assistenten Anweisung, die Stellung zu halten. Danach verließ er seine Deckung und huschte geduckt zu den Männern in vorderster Linie.

Sie saßen am dichtesten am Zielobjekt.

»Haben Sie was erkennen können, Jim?«, fragte Nick Preston.

»Nein, Sir, nicht mehr.«

»Was war es denn überhaupt?«

»Ein Schatten, glaube ich.«

»Glauben ist nicht wissen.«

»Klar, Sir, aber auch eine Stimme, und eine zweite, die ...«

Er sprach nicht mehr weiter, denn auf dem Dach wurde plötzlich geschossen.

Ein Schuss fiel nur.

»Das war ein Revolver«, sagte Preston, der alte Praktiker. Er lauschte dem Echo nach, das über die Hausdächer rollte und in der Ferne verklang.

»Sollen wir stürmen?«

Preston schüttelte den Kopf und peilte zum Dachrand hoch. »Nicht so hastig, mein Junge.«

»Aber ...«

»Es ist nur ein Schuss gefallen. Auch für den muss es einen Grund geben. Da Zack Ival nicht auf sich selbst schießt, können wir damit rechnen, dass zumindest ein zweiter Mann dort oben lauert. Und ich will nicht wie ein Halbblinder in die Falle rennen. Ist das klar?«

»Sicher.«

Das Sprechgerät meldete sich. Auch die anderen warteten auf den Einsatzbefehl, doch Preston hielt sie zurück.

Und ein zweiter Schuss peitschte auf.

Wieder zuckten die Männer zusammen. Preston wollte nicht länger warten. Er gab den Leuten Anweisung, sich bereitzuhalten. Die Okays kamen durch. Ein jeder, der günstig stand, sah plötzlich die Gestalt des Mannes am Dachrand erscheinen.

Das war Zack Ival.

Als Schattenriss zeichnete er sich ab. Besser zu erkennen war der Plastiksack mit der Beute, und es sah aus, als wollte Ival über die Feuerleiter absteigen.

»Die Suppe versalzen wir ihm!«, flüsterte Preston und verzog sein Gesicht zu einem Grinsen.

Dann geschah es. Jeder Beamte wurde davon nicht nur überrascht, sondern auch schockiert.

Zack stand in Flammen.

Das ging blitzschnell. Innerhalb eines Atemzugs umtanzten blaue Flämmchen seinen Körper, hüllten ihn ein wie einen Mantel, wobei sich die Gestalt deutlich abhob.

Dann erklangen die Schreie.

Grauenhaft, markerschütternd, schrecklich. Keiner der Polizisten hatte je in seinem Leben einen Menschen so schreien gehört.

Die Leute waren gebannt. Sie konnten nichts für den Mann tun, der am Dachrand einen so makabren Tanz aufführte. Es kam, wie es kommen musste. Ein falscher Tritt, der Schritt ins Leere, dann der Fall nach unten.

Ein von Flammen Umloderter jagte dem Hinterhof entgegen, wo er hart aufschlug.

Die Beamten hörten das Geräusch. Sie zuckten zusammen, es schnitt ihnen durch Mark und Bein, und ihre Blicke richteten sich auf den Punkt, wo Zack Ival lag.

Die Flammen waren nicht erloschen. Wie winzige blaue Zungen huschten sie über seinen Körper, und sie wollten einfach nicht verlöschen. Die Männer standen startbereit. Einer hatte sogar eine Decke besorgt, aber Preston hielt sie zurück.

Normalerweise wäre er selbst längst vorgesprungen und hätte etwas unternommen, aber diese kleinen Flammen waren ihm nicht geheuer. Das konnte kein normales Feuer sein, nein, es sah anders aus.

Preston hatte die Verantwortung für den Einsatz, und er war bereit, diese Verantwortung zu übernehmen. Vor allen Dingen wollte er nicht das Leben seiner Männer aufs Spiel setzen, deshalb näherte er sich allein dem Mann.

Als er sich nur noch einen Schritt von dem Zielobjekt entfernt befand, stutzte er.

Normalerweise hätte er Hitze spüren müssen. Dies allerdings war nicht der Fall. Nicht die Spur eines wärmenden Hauchs streifte seine Haut.

Und das irritierte ihn.

Nick Preston drehte sich um. Er winkte dem Mann mit der Decke, ließ sich den Gegenstand geben und breitete ihn über den am Boden liegenden Körper aus.

Dabei hoffte er stark, dass die Flammen ersticken würden, und er wartete ab.

Eine halbe Minute kann sehr langsam vergehen, das merkte auch Nick Preston. Er sah keine Flammen aus der Decke springen und tanzen. Schließlich bückte er sich und hob die Decke an.

Zack Ival brannte nicht mehr.

Eine Leiche lag vor dem Mann.

Aber was für eine!

Geschrumpft, verkohlt und zusammengekrümmt. Der Polizist musste sich überwinden, um den Toten auf den Rücken zu drehen, damit er in dessen Gesicht schauen konnte.

Er tat schon lange Jahre Dienst, hatte Brandopfer gesehen, aber so etwas wie hier hatte er noch nicht erlebt.

Das Gesicht des Toten und die Haut zeigten keine Spuren von normalen Verbrennungen. Im Gegenteil, die Haut war glatt geblieben, allerdings hatte sich ihre Farbe verändert.

Sie schimmerte in einem kalten Blau!

Es war nicht dunkel und auch nicht hellblau, sondern ein Zwischenton. Auf Preston wirkte das Gesicht wie eine angestrichene Maske, in der die Augen weiß leuchteten.

Nick Preston schüttelte den Kopf. So etwas hatte er noch nie in seinem Leben gesehen. Er schluckte ein paar Mal und spürte, wie sich Schweiß auf seiner Stirn ausbreitete. In einer hilflos wirkenden Geste hob er beide Schultern.

Das begriff er nicht.

Obwohl der Tote stark geschrumpft war, hatte sich die Haut nur in der Farbe verändert.

Die anderen Beamten traten näher. Auch sie waren sprachlos und schockiert. Eine Erklärung konnte niemand geben, zudem fragte Preston nicht danach.

Sein Blick glitt an der hinteren Wand des Abbruchhauses in die Höhe. Als Zack Ival noch gelebt hatte, da war zweimal auf dem Dach geschossen worden.

Grundlos ballerte niemand in der Gegend herum. Welchen Grund konnte der Bankräuber gehabt haben?

Das wusste Preston nicht. Er wollte es jedoch herausfinden und gab den Befehl, das Haus zu stürmen. Zwei Leute blieben als Wachen bei dem entstellten Toten zurück.

Die Türen mussten erst aufgebrochen werden. Das schafften die Polizisten mit ihren Äxten und Brecheisen. Bretter brachen aus dem Mauerwerk, und die Männer stürmten das Haus und durchsuchten es vom feuchten, rattenverseuchten Keller bis hoch zum Dach.

Unrat fanden sie. Abfall, Müll. Herausgerissene Toiletten, aber keinen Menschen, vor allen Dingen kein Ziel, auf das der Bankräuber hätte schießen können.

Nick Preston war überfordert. Er stand auf dem Dach, zündete sich ein Zigarillo an und sagte zu seinem Assistenten: »Wissen Sie was, Jim? Das ist mir zu hoch.«

»Wieso?«

»Ich verfolge den Fall nicht mehr weiter. Soll sich Scotland Yard deswegen die Köpfe zerbrechen, ich habe die Nase voll.«

»Wie Sie meinen, Sir.«

Irgendwie fühlte ich mich nicht wohl, und große Lust, irgendetwas zu tun, hatte ich nicht.

Im Büro war niemand. Suko hatte sich einen Tag Urlaub genommen. Glenda war ebenfalls nicht zu sehen. Auf meinem Schreibtisch lagen einige Unterlagen, und ein Blatt Papier stach mir besonders ins Auge.

Ich erkannte Glendas Schrift. Sie hatte mir eine Kurznachricht hinterlassen. Eine Telefonnummer war ebenfalls angegeben.

Was dieser Mann von mir wollte, hatte Glenda nicht notiert. Den Hörer hielt ich bereits in der Hand, als Glenda die Tür aufstieß und mit der Kaffeekanne erschien. Sie hatte Wasser geholt.

Ich legte den Hörer wieder hin und winkte ihr zu. Glenda setzte in ihrem Büro die Kanne auf die heiße Platte und kam zu mir.

Ich erhob mich und legte meine Hände auf ihre Schultern. Unter dem dünnen Angora-Pullover fühlte ich die warme Haut. Glendas Gesicht sah ich dicht vor mir, ihr Mund lächelte mich an, und ich nutzte die Gelegenheit, sie kurz zu umarmen. Mit Glenda verband mich ein besonderes Verhältnis. Wir waren intim geworden, es hatte sich halt so ergeben, und beide wollten wir es gern wiederholen.

Glenda hatte gegen meine Umarmung nichts einzuwenden. Sie bewegte sich leicht, ich spürte deutlich die Rundungen ihres Körpers, und sie flüsterte an meinem Ohr: »Wann hast du denn mal wieder Zeit?«

»Das darfst du mich nicht fragen.«

»Wen dann?«

»Die Dämonen.«

Sie löste sich von mir und strich durch ihre schwarzen Locken. »Hör auf, John. Immer bist du auch nicht beschäftigt.«

»Das nicht …«

»Aber?«

Ich schaute sie an. »Es ist so, Glenda. Wenn wir zu oft zusammen sind, wird das irgendwann auffallen. Bisher haben wir es noch geheim halten können. Ich möchte nicht, dass man sich im Yard die Mäuler über uns zerreißt.«

Glenda nickte. »Dies ist sogar verständlich. Einen anderen Grund hätte ich auch nicht eingesehen. Nur …« Sie hob die Schultern. »Ich bin auch ein Mensch, weißt du.«

Ich schüttelte den Kopf. »Nein.«

»Mach's mir doch nicht so schwer, John. Auch ich habe Bedürfnisse.«

Ich nickte heftig. »Jetzt ist mir alles klar. Du willst nicht mehr so allein sein.«

»Genau, John.«

Ich senkte den Kopf. Das war ein Problem, für das ich keine Lösung hatte. Glendas Reaktion war für mich verständlich, andererseits konnte ich nicht aus meiner Haut, und der Job ließ mir für die Liebe oft keine Zeit. Damit musste ich mich leider abfinden.

Sie wechselte das Thema. »Ich habe dir übrigens eine Nachricht hinterlassen, John. Da ist ein Sergeant Preston, der um deinen Anruf bittet.«

»Worum geht es?«

»Keine Ahnung, wirklich nicht.«

»Wir werden sehen.« Ich nahm wieder Platz. »Bringst du mir einen Kaffee?«

Sie nickte, drehte sich schnell um und ging hinaus. Ich glaubte sogar, sie weinen zu sehen.

Wie ich Dämonen und andere Wesen der Finsternis zu bekämpfen hatte, das wusste ich, aber bei enttäuschten Frauen war ich hilflos.

Mit diesem Gedanken ergriff ich den Hörer.

Diesmal kam ich dazu, mir die aufgeschriebene Nummer einzutippen. Schnell wurde abgehoben.

Sergeant Preston war nicht am Apparat, sondern ein Kollege. Ich sagte meinen Namen. Der Mann wusste Bescheid und verband mich sofort weiter.

»Ja, hier Preston.«

»Sinclair.«

Der Sergeant lachte. »Sind Sie der Geisterjäger, von dem man hin und wieder etwas hört?«

»Da haben Sie nicht unrecht.«

»All right, Mr Sinclair. Ich habe hier wahrscheinlich einen Fall für Sie.«

»Worum geht es?«

»Um einen Toten.«

»Wo kann ich ihn finden?«

»Ich habe ihn in ein Schauhaus bringen lassen.« Er fügte die Adresse hinzu.

»Das ist ziemlich weit im Norden.«

»Wir sind nun mal in Islington. Kennen Sie das Royal Free Hospital?«

»Ja.«

»Dann finden Sie auch das Schauhaus. Es liegt zwischen dem Krankenhaus und der Camden Passage, wo es die zahlreichen Antiquitäten-Läden gibt.«

»Okay, ich komme.«

»Gut, ich erwarte Sie.«

Eigentlich hätte ich noch ein paar Fragen stellen müssen, aber der Sergeant hatte mir am Telefon einen sehr sachlichen Eindruck gemacht. Ich glaubte nicht daran, dass er ein Spinner war.

Glenda brachte den Kaffee. Die Tasse jetzt nicht zu leeren wäre schon einer Majestätsbeleidigung gleichgekommen. Deshalb trank ich die Tasse rasch leer, was bei Glenda wiederum Missbilligung auslöste, denn sie verzog das Gesicht.

»Tut mir leid, Glenda, aber ich habe es schrecklich eilig.«

»Das sehe ich.«

Ich nahm den letzten Schluck im Stehen. »Ich bin dann weg«, erklärte ich ihr.

»Und wo kann man dich erreichen?«

»Ach ja, stimmt.« Ich nannte ihr die Adresse. »Auf jeden Fall über Sergeant Preston.«

»Gut, viel Spaß.«

»Ob das ein Spaß wird, weiß ich nicht.«

Minuten später wühlte ich mich durch den Londoner Verkehr. Er war heute besonders dicht. In den Nachrichten hatte ich erfahren, dass man mitten in London noch eine nicht entschärfte Bombe aus dem Zweiten Weltkrieg gefunden hatte. Straßenzüge waren gesperrt worden, der Verkehr wurde umgeleitet, ich blieb mehrmals stecken, und erst auf der Roseberry Avenue ging es besser.

Anschließend bog ich in kleinere Straßen ab und erreichte bald die Noel Road, wo mich der Sergeant erwarten wollte. Man merkte hier die Nähe des gewaltigen Antik-Centers. Fast in jedem Laden wurden alte Dinge angeboten.

Das Leichenschauhaus lag in einem grauen Gebäude. Davor parkte ein Streifenwagen. Hinter ihm gab es eine Lücke, in die ich meinen Bentley lenkte.

Ich hatte kaum angehalten, als ein blondhaariger, ziemlich hochgewachsener Mann den Wagen verließ und auf mich zukam.

»Ich bin Sergeant Preston«, sagte er und begrüßte mich mit Handschlag.

»John Sinclair.«

»Schon allerhand von Ihnen gehört«, meinte er, als wir nebeneinander die Stufen zur Eingangstür hochschritten und der Sergeant klingelte.

»Hoffentlich nur Gutes.«

Er grinste. »Immer.«

Es wurde geöffnet. Ein bebrilltes Männchen schaute uns entgegen. Er trug einen grauen Kittel und roch nach irgendwelchen Desinfektionsmitteln.

»Da sind Sie ja«, sagte er und ließ uns eintreten.

Die Halle war kühl. Unter der Decke brannte eine Lampe. Die sah aus wie ein heller Kreis. Ihr Licht reichte völlig aus, um die Halle auszuleuchten.

Ich sah mehrere Türen. Sie sahen alle gleich aus. Das Holz war dunkelbraun gestrichen.

»Liegt der Tote noch unten?«, fragte Preston.

»Der blaue?«

»Ja.«

»Klar, den fasst doch keiner an.«

Ich war stutzig geworden. Was hatte der Knabe da gesagt? Der Blaue? Wie kam er denn darauf?

Preston sah mir an, dass ich mir über die Antwort Gedanken machte. Er grinste schief. »Sie werden ihn gleich sehen, Sir. Dann wissen Sie, weshalb ich Sie angerufen habe.«

»Bin gespannt.«

Mit einem Lift fuhren wir nach unten. Es war ein Transportfahrstuhl, breit und geräumig. Er ruckte ein paar Mal, bevor er im Keller anhielt.

Als wir ausstiegen, fröstelte ich. Hier unten war es ziemlich kalt. Wir mussten uns nach rechts wenden und schritten durch einen gekachelten Gang.

Der kleine Mann im grauen Kittel eilte vor uns her. Er redete mit sich selbst, erreichte eine große Tür, die in der oberen Hälfte einen schmalen Glaseinsatz aufwies, öffnete sie, ging einen Schritt und begann fürchterlich zu schreien.

Im nächsten Augenblick stand er in Flammen!

Die Frisur des alten Mannes sah aus wie die eines Punkers. Vielleicht war er früher mal blond gewesen, jetzt allerdings schimmerten seine Haare in einem gelblichen Farbton und standen wirr vom Kopf ab.

Darum kümmerte sich niemand, und ihm selbst war es völlig egal, wie ein Mensch aussah. Ihn interessierten andere Dinge bei den zweibeinigen Geschöpfen.

Der Mann lebte schon seit Jahren in London. Er war ein Niemand. Tagsüber sah ihn kaum jemand. Wenn er sein altes Hausboot an der Themse verließ, geschah dies in der Nacht.

Dann allerdings suchte er Opfer.

Und er hatte sie gefunden. Die Zwillinge Basil und Lester Bean!

Normale Menschen, bis sie in die Klauen dieses Mannes gerieten. Von diesem Zeitpunkt an hatte sich ihr Leben völlig verändert. Der Alte bestimmte ihr Sein, er sorgte dafür, dass sie seiner Kontrolle nicht mehr entgleiten konnten.

Das Versteck war gut gewählt. Wen interessierte schon das alte Hausboot am Ufer der Themse? Keinen. Es sei denn, ein paar Halbstarke wollten hier übernachten. Sie wurden sehr schnell verscheucht, denn der Alte war rabiat.

Selbst am Tage hatte er die Luken und kleinen Fenster verhängt, sodass nur graues Dämmerlicht in die Kajüten sickerte.

Auf dem Deck sah es schlimm aus. Ein Wirbelstum schien dort gewütet zu haben. Vom Ruderhaus stand nur noch ein Teil, ein Mast war umgeknickt, Bohlen gebrochen.

In Ordnung war nur der Steg. Er verband das Boot mit dem Ufer. Der alte Mann trug natürlich einen Namen, doch der war nur wenigen Menschen bekannt. Auch die Zwillinge wussten nicht, wer er tatsächlich war. Das spielte auch keine Rolle. Irgendwann einmal würden es die Menschen sowieso erfahren, sie mussten es sogar, daran glaubte er fest.

Auf sein Äußeres legte er wie gesagt keinen Wert. Er schien nur einen alten Anzug zu besitzen, denn alle hatten ihn immer nur in der schwarzen Jacke und der dunklen Hose gesehen. Darunter trug er oft schmutzige Hemden, aus deren Manschetten seine Hände wie die Krallen von Geiern hervorlugten, während die dünnen, beweglichen Finger fast dem Vergleich mit Spinnenbeinen standhielten.

Einen ersten Erfolg hatte Gregg errungen. Die Zwillinge waren von ihm losgeschickt worden. Jetzt wartete er auf ihre Rückkehr. Sie mussten bald da sein, denn er stand mit ihnen in einer telepathischen Verbindung und wusste, dass der Plan geklappt hatte.

Die Magie des Stifts funktionierte noch.

Der Stift allein war das A und O.

Ihn trug er immer in der Tasche seines alten abgetragenen Anzugs. Dieser Stift verlieh Macht, war magisch aufgeladen und stammte aus einer Zeit, die längst finstere Vergangenheit war.

Gregg kicherte, als seine Hand in die Tasche fuhr und den kleinen Stift umklammerte. Niemand wusste, dass er ihn besaß. Niemand ahnte, dass es ihn überhaupt noch gab, aber er hatte Nachforschungen angestellt und ihn schließlich gefunden.

Oder auch nicht …

Denn wie er in seinen Besitz gelangt war, konnte er nicht so recht sagen. Auf jeden Fall war es in der Nacht gewesen, da hatte er die Veränderung verspürt …

Noch deutlich erinnerte er sich an das blaue Licht, das auf dem Wasser des Flusses schwebte, sich näherte und das am Ufer dümpelnde Hausboot erfasste.

Von diesem Moment an war alles anders gewesen. Sein Leben hatte sich verändert, und zwar schlagartig. Dennoch fand sich Gregg nicht zurecht. Er hatte kaum eine Erinnerung, irgendwie jedoch war ihm klar geworden, dass er eine Doppelexistenz führte. In seiner Brust oder in seinem Körper lebten zwei Seelen.

Nur wusste er von seinen beiden Leben relativ wenig. Sein Erinnerungsvermögen war jeweils um die Hälfte gekürzt worden.

Sehr seltsam …

Aber Gregg gehörte zu den Typen, die sich mit neuen Situationen rasch abfanden. Irgendwie gefiel ihm die Existenz sogar, deshalb ließ er sich auch durch einige Ungereimtheiten nicht aus der Ruhe bringen. Er fasste es als Schicksal auf und sah dies durchaus positiv.

Besonders eine Fähigkeit war bei ihm wieder voll ausgebrochen. Gelernt hatte er in seiner Jugend eigentlich nichts, bis auf eine Sache.

Das Tätowieren!

Schon als Kind hatte er sich dafür interessiert und überall seine Spuren hinterlassen. Später funktionierte er diese Begabung dann zu einem Beruf um und konnte davon einigermaßen leben.

Schließlich kam eine Zeit, wo das Tätowieren nicht mehr »in« war. Die Geschäfte gingen schlechter, und Gregg musste seinen Laden schließen.

Jahre vergingen. Mehr schlecht als recht hielt er sich über Wasser, verkroch sich in seinem Hausboot, das er einmal im Spiel gewonnen hatte, und stieg auch nicht mehr ins Geschäft ein, als es bei gewissen Schichten wieder zur Mode gehörte, tätowiert herumzulaufen.

Bis zu dem Zeitpunkt, als er den Stift fand. Da war es über ihn gekommen, und zeitlich fiel dieser Fund genau mit dem Sichten des blauen Lichts zusammen, das über der Themse schwebte.

Dieses Licht hatte bei ihm wie eine Initialzündung gewirkt. Plötzlich wollte er wieder arbeiten. Nur ging dieser Wille nicht von ihm selbst aus, sondern wurde ihm eingeimpft. Da war eine andere Stimme, die ihm sagte, was er zu tun hatte.

Und Gregg gehorchte.

Wie auch jetzt, als er den Stift aus der Tasche holte. Es war ein dünner Stab.

Gregg trat ans Fenster, schob den alten Lappen von Gardine ein wenig zur Seite, sodass Licht auf seine Hand und auf den Stift fiel.

Er konnte die graue Farbe erkennen, die bei genauerem Hinsehen einen türkisfarbenen Einschlag hatte.

Ja, dieser Stift war etwas Besonderes. Manchmal hatte Gregg das Gefühl, als würde er nicht einmal von dieser Welt stammen.

Er hustete trocken und sah, dass seine rechte Hand zuckte, ohne dass er sie selbst bewegte.

Abermals hatte das Fremde in ihm die Regie übernommen. Seine dürre, hagere Gestalt straffte sich, ein Strom schien durch seine Adern zu fließen, der ihn aufblähte.

Und gleichzeitig begann das Messer zu leuchten. Nicht das Metall an der Spitze, sondern der Griff des Stifts. Die eingeschossenen türkisfarbenen Schlieren übernahmen das Kommando und überdeckten alles andere.

Ein Zeichen?

Gregg stand still da. Er wusste, dass etwas passiert war. Mit jeder Faser seines Körpers spürte er dies, und plötzlich hatte er das Gefühl, als würde ihn die Kraft wegtragen.

Er schwebte im leeren Raum. Die Innenwände des

Schiffes verschwanden vor seinen Augen, eine völlig andere Umgebung erschien: Flammen, Licht, Kälte.

Dann der Schrei!

Mein Gott, damit hatte ich nicht gerechnet!

Der Angestellte des Schauhauses stand nur zwei Schritte von mir entfernt. Die kleinen blauen Flammen führten wie dünne, gespenstische Finger einen makabren Tanz um seine Gestalt aus. Seine Gesichtszüge konnte ich wie durch einen Schleier erkennen. Sie wirkten auf eine seltsame und sehr blasse Weise verzerrt.

Nick Preston sah ich neben mir. Er war zusammengezuckt, schüttelte den Kopf und flüsterte: »Wie bei Zack Ival. Verdammt, die gleichen Anzeichen. Auch er hat gebrannt!«

Die Worte verstand ich zwar, aber ich reagierte nicht darauf. Der brennende Mann war jetzt wichtiger, denn ich musste unter allen Umständen versuchen, ihn zu retten.

Zwar wollte mich Preston aufhalten, doch ich stürzte vor, riss die magische Kreide aus der Tasche und zeichnete gedankenschnell um den brennenden Mann einen Kreis.

In ihn hinein legte ich mein Kreuz.

Gleichzeitig aktivierte ich es mit dem Spruch, den man mir beigebracht hatte.

»Terra pestem teneto – salus hic maneto!«

Zwei Magien vereinigten sich. Die des Kreuzes und die der magischen Kreide.

Wurden sie auch Verbündete?

Auf einmal brachen die Flammen zusammen. Sie verschwanden vom Körper des Mannes wie die ausgeschalteten Gasflammen eines Herdes. Normal stand er vor uns.

Er schaute uns an, wir blickten ihm ins Gesicht, und wir sahen seine veränderte Haut. Verbrannt war nichts. Nur die Haut hatte einen dunkleren Farbton angenommen. Sie schimmerte bläulich und hatte einen starken türkisfarbenen Stich.

Preston wollte vorlaufen. Er war schon fast an mir vorbei, als ich ihn zu fassen bekam und zurückriss.

»Nicht berühren!«, zischte ich.

Er blieb stehen. Sein Gesicht zeigte Fassungslosigkeit, während ich vorschritt.

Behutsam näherte ich mich dem magischen Kreis. Er bestand noch immer, das Feuer hatte ihn nicht auslöschen können. Mein Kreuz lag in der Mitte. Als ich mit der ausgestreckten Hand über die Kreisgrenze reichte, erfasste die magische Strahlung meine Finger. Ich spürte ein Kribbeln wie bei einer Gänsehaut.

Ich griff nach dem Kreuz, holte es aus dem Kreis hervor und sprach den Mann erst danach an.

»Kommen Sie vor!«

Er bewegte sich nicht.

»Na los, machen Sie schon! Ihnen passiert nichts.«

Er öffnete den Mund. Ich rechnete damit, dass er mir etwas sagen wollte, doch da irrte ich mich. Zwischen seinen Lippen drang nur ein Seufzen hervor. Im nächsten Augenblick verdrehte er die Augen und brach zusammen.

Halb im Kreis blieb er liegen. Die Beine lagen im Innern, der Oberkörper außerhalb.

Preston und ich sahen, wie sich seine Haut auf seltsame Weise veränderte. Sie wurde dunkler, das Blau blieb, nahm jedoch einen stählernen Farbton an.

Sein Körper bewegte sich.

Als würde er von unsichtbaren Händen berührt, so krümmte er sich. Er wurde kleiner, und Sekunden später rührte er sich nicht mehr.

Ich fasste ihn an.

Er war kühl. Zwar nicht starr, dennoch auf schaurige Art temperiert, sodass ich mich schüttelte. Es war nur eine Routinekontrolle, dass ich nach seinem Puls fühlte.

Das Herz schlug nicht mehr.

Der Mann war tot.

Wenigstens auf den ersten Blick.

Langsam erhob ich mich. Neben mir stand ein fassungsloser Nick Preston.

»Haben Sie eine Erklärung, Sir?«, fragte er mich mit einer Stimme, die vor Heiserkeit kaum zu verstehen war.

»Nein«, erwiderte ich. »Tut mir leid. Ich kann Ihnen noch nichts sagen.«

»Das ist alles so unwahrscheinlich.«

»Da sagen Sie was. Aber bleiben Sie hier, Sergeant. Ich werde mir diesen Bankräuber mal anschauen.«

Preston nickte.

Man hatte den Körper auf einen Tisch gelegt und mit einem grauen Tuch zugedeckt. Neben dem Holztisch blieb ich stehen und runzelte die Stirn. An der Haltung des Tuchs war mir etwas aufgefallen. Normalerweise zeichnen sich unter diesen Decken immer die Umrisse eines Körpers ab. Das war hier nicht der Fall.

Hier präsentierte sich die Decke eingedrückt, als hätte jemand ein paar Mal mit der flachen Hand darauf geschlagen.

Ein seltsames Gefühl erfasste mich, als ich mit einer Hand einen Deckenzipfel fasste und das Tuch mit einem heftigen Ruck zur Seite schlug.

Da lag er vor mir.

Oder zumindest das, was von ihm übrig geblieben war.

Ich erstarrte. Eine dunkle, leicht glänzende Masse. In der Form eines Ovals.

Der Rest eines Menschen!

Keine Augen, keine Nase, kein Mund und keine Ohren. Das hatte mir der Sergeant sicherlich nicht zeigen wollen. Ich glaubte fest daran, dass die Verwandlung erst in den letzten Minuten oder Sekunden eingetreten war.

Hart musste ich schlucken.

Der andere Mann hatte plötzlich in Flammen gestanden. Dieser hier, der Bankräuber, war verkohlt. Wie passte das alles zusammen? Wie konnte ich die Teilchen des Mosaiks zusammensetzen? Irgendein Motiv musste es geben, denn es geschah nichts ohne Grund, auch nicht bei dämonischen Aktivitäten.

Meine Sorgen wurden keinesfalls geringer. Wir hatten es hier mit einem unheimlichen Gegner zu tun, der sich geschickt zurückhielt.

Aber wer konnte dahinterstecken?

Ich hätte natürlich raten können. Es gab zahlreiche Dämonen und Feinde des Lichts, die gern so einen Anschlag provozierten. Aber geraten hatte ich nie gern, ich hielt mich lieber an Tatsachen.

Nick Preston trat näher.

»Sieht verdammt mies aus, nicht wahr?«, sagte er leise.

»Da haben Sie recht.«

»Und?«

»Keine Ahnung«, erwiderte ich wahrheitsgemäß. »Ich stehe ebenfalls vor einem Rätsel.« Noch einmal hob ich die Decke an. »Hat er so ausgesehen?«

Nick Preston erschrak. Er schluckte dabei. Sein Gesicht versteinerte regelrecht. »Nein, nie!«

»Dann ist es geschehen, als der Angestellte brannte.«

»Wieso konnte das passieren?«

»Das werde ich zu klären versuchen«, sagte ich und nickte.

Für mich war der andere Tote von Interesse. So wie er aussah, hatte dieser Zack Ival ausgesehen. Konnten wir vielleicht davon ausgehen, dass mit dem anderen das Gleiche geschehen würde?

Ich ging wieder zu ihm.

Noch immer lag er verkrümmt und regungslos. Türkisfarben schimmerte seine Haut.

Diese Farbe bei einem Toten war mir nicht neu. Ich hatte sie schon einmal gesehen. Und zwar bei den Totenpriestern aus Atlantis, die damals in Los Angeles von sich reden gemacht hatten. Und dies auf schaurige Art und Weise.

Deren Gesichter hatten ebenso geglänzt wie das der vor mir liegenden Leiche.

Gab es Parallelen?

Es war ein sehr hypothetischer Gedanke, das gab ich zu, aber in meinem Job musste ich oft über Dimensionen hinwegdenken, sonst konnte ich gleich einpacken.

Neben mir stand Nick Preston. »Aus dem kriegen Sie nichts mehr heraus, Sir!«

Diese Worte waren ein Zeichen. Als hätte der Tote sie ebenfalls gehört und um den Polizisten zu widerlegen, zuckten auf einmal seine Lippen. Zuerst war es nur ein leichtes Zittern, dann öffnete er den Mund, und auch die Lider klappten auf.

Er starrte uns an.

Es waren zwei blaue Kugeln, die wir statt der Pupillen sahen. Aus seinem Mund drang plötzlich eine Stimme. Ich hatte sie noch nie gehört, achtete jedoch auf jedes Wort.

»Hütet euch vor Arkonada! Er ist nicht tot. Er kommt zurück. Der Magier ist zu mächtig. Er wird seine Nadel führen und euch die Zeichen einstechen, euch allen …«

Nach diesen Worten bäumte sich der Körper noch

einmal in die Höhe, sodass ich erschreckt zur Seite zuckte. Dann fiel er zusammen und blieb starr liegen.

Das endgültige Aus!

Ich schüttelte mich, denn ich musste mit ansehen, wie sich die Haut veränderte. Da verschwand die blaue Farbe. Das Schwarze, ölig Glänzende ergriff davon Besitz, und ich sah fast den gleichen Körper vor mir wie bei der Leiche auf dem Tisch.

»Jetzt ist der Geist aus seinem Körper gefahren«, murmelte ich während des Aufstehens.

Der blass gewordene Sergeant Preston fragte flüsternd: »Welcher?«

»Haben Sie den Namen nicht gehört? Arkonada!«

»Den kenne ich nicht. Sie?«

»Ich auch nicht.«

Preston schlug sich gegen die Stirn.

»Verdammt noch mal!«, rief er. »In welch einem Irrenhaus bin ich hier gelandet?«

»In einem gefährlichen.«

»Ja, das merke ich. Und was geschieht mit den Toten?«

»Begraben Sie die Männer. Es ist das Beste.«

»Und was tun Sie?«

Ich lächelte schief. »Haben Sie den Namen Arkonada nicht gehört? Den werde ich suchen.«

»Wie wollen Sie das denn anstellen?«

»Keine Ahnung, aber er war hier, auch wenn wir ihn nicht gesehen haben. Sein gefährlicher Geist hat den Raum und die Toten regelrecht ausgefüllt. Zudem hat er sich gemeldet. Der Angestellte des Leichenschauhauses sprach mit einer fremden Stimme.«

»Und Sie meinen, dass es die Stimme dieses Arkonada gewesen war?«, hakte Preston nach.

»Ganz bestimmt.«

»Ich komme da nicht mit. Ehrlich nicht.« Er schüttelte den Kopf. »Nur gut, dass ich Sie eingeschaltet habe, so kann ich mich um andere Dinge kümmern.«

Ich nickte.

»Haben Sie hier ein Telefon in der Nähe?«, fragte ich ihn.

»Ja, kommen Sie mit.«

In einem kleinen Büro fand ich den Apparat. Sukos Nummer kannte ich auswendig. Obwohl der Inspektor Urlaub hatte, wollte ich ihn dabeihaben.

Manchmal steht auch mir das Glück zur Seite. Suko war nicht nur im Haus, er hob auch selbst ab.

»Rate mal, wer dran ist«, sagte ich.

Ich hörte sein Knurren, dann fragte er: »Sag bloß, du willst meine Ruhe stören?«

»Und wie!«

»Was ist denn los?«

»Vielleicht die Hölle«, erwiderte ich und meinte es nicht einmal im Scherz …

Es war vollbracht. Die Zeugen lebten nicht mehr. Gregg, alias Arkonada, war zufrieden.

Und die Umgebung war ihm vertraut. Plötzlich war wieder alles vorhanden. Der düstere Raum unter dem Schiff, die Decken vor den Fenstern, in der Ecke der Tisch, die beiden Stühle, es war alles noch da. Nichts hatte sich verändert.

Und Gregg gab es ebenfalls.

Ein alter Mann, voller Hass und Rache im Herzen, mit diesen gelblichen Haaren, gebückt dastehend, den Mund offen und pfeifend Atem holend, wobei er noch lachte.

Er hatte gewonnen.

Die Spuren waren verwischt.

Dann drehte er seinen Kopf nach rechts und schaute nach unten auf seine rechte Hand.

Die Finger umklammerten noch immer den Stift. Hart lagen sie um den Griff, der seine türkisähnliche Farbe verloren hatte und wieder völlig normal aussah.

Er war so normal wie Gregg.

Keine Spur von Arkonada.

Der alte Mann ließ sich auf einen Stuhl fallen. Den Oberkörper beugte er vor, der Kopf machte diese Bewegung zwangsläufig mit, und er richtete seinen Blick starr auf den Stift.

»Dir«, flüsterte er, »dir habe ich alles zu verdanken. Nur dir …«

Nach diesen Worten schwieg er, lauschte gleichzeitig und schien auf eine Antwort zu hoffen.

Der Dolch blieb stumm, und auch der seltsame Geist des Arkonada meldete sich nicht mehr.

Er hatte seine Pflicht getan.

Gregg atmete tief durch. Völlig befreit fühlte er sich allerdings nicht, denn da gab es noch ein Problem.

Die Zwillinge Basil und Lester Bean!

Es waren seine Versuchskaninchen. Er hatte sie ausgeschickt, um das Grauen zu verbreiten. Sie hatten gehorcht, doch dann waren sie entdeckt worden.

Er schüttelte den Kopf. Nein, nicht sie hatte man entdeckt, sondern ihre Opfer.

Wo befanden sich die Zwillinge nun?

Er stand auf und lauschte in die Stille. Für ihn jedenfalls war es Stille, da er nur die auslaufenden Wellen gegen die Bordwand klatschen hörte. Andere Geräusche waren nicht zu hören.

Gregg/Arkonada reckte sich. Er hätte gern gewusst, was es genau mit seiner Doppelexistenz auf sich hatte. Wie war es gekommen, dass sich ein seltsames Wesen für seine Person interessierte? Ein Wesen, das aus einer fremden Umgebung, einer anderen Zeit kam, die sehr, sehr lange zurücklag.

Plötzlich hörte er Schritte.

Es waren mehrere Personen, die da über den Steg auf sein Boot zuliefen.

Mindestens zwei.

Sollten die Zwillinge den Weg zu ihm zurückgefunden haben? Gregg schlich zum Ausgang. Eine neue starke Tür hatte er selbst eingebaut, und die öffnete er nun.

Sie schwang lautlos zurück. Mit einer Hand hielt er seine Tätowiernadel umklammert, denn das gab ihm Sicherheit. Er wusste von Arkonada, dass er sich auf die Nadel voll und ganz verlassen konnte.

Unter Deck gab es einen Gang. Es stank nach Öl und abgestandenem Wasser.

Am Ende des Ganges fiel von oben her ein heller Fleck nach unten. Dort verwischten die Konturen, wurden wenig später schärfer, als eine Gestalt von Deck her nach unten kletterte.

Gregg verzog das faltige Gesicht zu einem breiten Grinsen. Er hatte einen der Zwillinge erkannt, wusste jedoch nicht, wen er vor sich hatte. Die Entfernung war zu groß.

Die beiden überragten ihn um Haupteslänge. Deshalb mussten sie die Köpfe einziehen, als sie durch den Gang schritten, um mit den Haaren nicht an der Decke entlangzustreifen.

Gregg huschte wieder zurück. Er erwartete die beiden in seiner Kabine. Hintereinander traten die Zwillinge ein. Als der erste seinen Fuß über die Schwelle setzte, hörte er bereits das Schaben eines Zündholzes auf einer Reibfläche. Die Flamme flackerte auf und fand Nahrung am Docht einer Petroleumlampe, deren Flamme Gregg rasch höherstellte, sodass ein Teil des Raumes ausgeleuchtet wurde.

Die Zwillinge blieben nebeneinander stehen und blickten sich um. Sie hatten harte, kantige Gesichter. Die dunkelblonden Haare waren ein wenig nach hinten gekämmt, sodass die hohen Stirnen noch mehr zur Geltung kamen.

Farblos wirkten ihre Augen. Wie Knöpfe, tot, ohne jegliches Leben, doch nicht nur die beiden wussten, dass sich das blitzschnell ändern konnte. Auch Gregg war es klar. Schließlich trug er für die beiden die Verantwortung.

»Setzt euch«, sagte er.

Die Zwillinge gehorchten willig. Sie nahmen auf den beiden Stühlen Platz, drückten ihre Rücken gegen die Lehnen und legten beide Hände auf die Oberschenkel.

Gregg blieb vor ihnen stehen. Jetzt fühlte er sich besser, denn er konnte auf sie hinabschauen. Seine Unterlippe war vorgeschoben, die Augen zu Sicheln verengt.

»Ihr habt es geschafft, nicht?« Es war mehr eine Frage.

Beide nickten.

Gregg war zufrieden. Wenn er daran dachte, wie mäßig er früher gewesen und welche Macht ihm jetzt in die Hände gegeben war, konnte er nur noch über das Gestern lachen.

Sein Blick wechselte zwischen den beiden. Er musste genau hinschauen, um sie unterscheiden zu können. Welcher war nun Basil, und wer war Lester Bean?

Es war schwer, dies festzustellen, und er musste fast raten.

Lester hatte an der rechten Unterlippe eine kleine Narbe. Sie schimmerte weißlich. Nur daran konnte man die beiden Männer unterscheiden.

»Wie seid ihr entkommen?«, wollte er wissen.

»Durch die Fenster.«

Über Basils Antwort war Gregg beruhigt. »Und man hat euch wirklich nicht gesehen?«, hakte er sicherheitshalber nach, wobei er lauernd stehen blieb.

»Nein.«

»Das ist gut, meine Freunde, das ist sogar sehr gut!« Er nickte heftig. Dann atmete er tief ein und zog blitzschnell die Nadel aus der Tasche.

»Und doch ist uns ein Fehler unterlaufen«, flüsterte er, während er seinen Arm vorschob und die Spitze der Nadel gegen den Hals des Lester Bean drückte. »Ein böser Fehler sogar …«

Gregg schüttelte den Kopf. Die Hand nahm er nicht zurück. Er sah jetzt aus wie ein kleiner, alter böser Teufel, dessen Augen hasserfüllt leuchteten. »Ihr wisst genau, dass ihr für größere Aufgaben vorbereitet werden sollt. Da dürfen wir uns keine Fehler erlauben. Habt ihr das verstanden?«

»Ja.«

»Ihr solltet üben. Das habt ihr getan, aber man durfte euch nicht erwischen. Wie konnte das geschehen?«

»Das wissen wir nicht«, erklärte Lester.

»Redet!«

»Nein, wir konnten ihn nur töten. Die Flammen haben ihn vernichtet. Dann waren plötzlich die Polizisten da. Wir hatten sie zuvor nicht gesehen, es war unser Pech.« Diese Worte sprach Basil, und sein Zwillingsbruder nickte heftig.

»Können Sie uns auf der Spur sein?« Gregg murmelte die Worte. Er richtete sie mehr an sich selbst und legte seine Stirn dabei in starke Falten. Angst verspürte er zwar nicht, dennoch ein drückendes Gefühl. Bisher war alles glattgegangen, und dies sollte so bleiben. Er durfte sich auf keinerlei Experimente einlassen. Den Fehler hatte er ausradieren können. Die Spuren, die auf ihn hingedeutet hätten, waren gelöscht.

Dank seiner Doppelexistenz.

Aber – man wusste jetzt von ihm. Das gefiel ihm überhaupt nicht, denn die große Aufgabe sollte erst noch in Angriff genommen werden. Nun galt es, den Zeitplan einzuhalten.

»Zieht die Hemden aus!«, befahl Gregg.

Die Zwillinge schauten ihn an und nickten. Sie gehorchten widerstandslos. Nie wäre es ihnen eingefallen, diesem Mann zu widersprechen, denn sie befanden sich in seiner Gewalt. Sie knöpften die karierten Hemden auf und streiften sie ab. Achtlos ließen sie den Stoff neben sich zu Boden flattern.

Gregg nickte zufrieden. Das Licht der Lampe fiel so, dass es die Brust der Männer berühren konnte. Und es strich deutlich das Wichtigste hervor, das die Männer besaßen.

Greggs Zeichen.

Oder Arkonadas Male!

Es spielte keine Rolle, um was es sich genau handelte, aber die tätowierte Fratze auf ihrer Brust musste vorhanden sein. Sie gab den Männern die Kraft, die sie brauchten, um ihre Aufgaben zu erfüllen.

Gregg ging in die Knie. Er verzog seinen Mund und schaute genau nach. Dabei schüttelte er den Kopf, denn etwas gefiel ihm nicht an diesen Männern.

»Ihr habt verloren«, sagte er mit leiser Stimme. »Ihr habt einfach zu viel verloren.«

»Was?«

»An Kraft und Energie. Das Zeichen ist bei euch schwächer geworden. Ich muss es stärken.«

»Nein, nicht ...« Basil wollte aufbegehren, doch Gregg

stoppte ihn mit der Nadel, indem er sie ihm genau vor die Kehle hielt. Der Mann rührte sich nicht mehr.

»Ja, ihr seid nicht mehr so stark wie zu Beginn«, flüsterte der Mann. »Ich muss nachhelfen. Bleibt ruhig sitzen, ihr beiden, denn jetzt kommt eure große Stunde.«

»Aber wir können ihn doch töten.«

»Nein!« Gregg schüttelte den Kopf und schaute auf die Nadel, deren Spitze zu glühen anfing. »Nein, ihr schafft es nicht.«

»Wir haben es bewiesen. Wir …«

»Er ist gefährlich.«

»Sag uns den Namen!«, schrie jetzt Lester.

»Gut, ihr sollt ihn wissen.« Gregg atmete noch einmal tief durch, und mit der fremden Stimme des Arkonada gab er die Antwort, in der Hass mitschwang. »Es ist Myxin, der Magier …«

Es war bedrückend. Da lief jemand in London herum, der sich auf uns, auf Menschen fixiert hatte. Er wollte sie töten oder auf grausame Weise in seinen Bann ziehen, und er tat es mit einer eiskalten Präzision.

Und mithilfe der Hölle!

Arkonada!

Wir hatten eine Spur, einen Namen. Arkonada, der Magier. Ein Wesen mit einer Nadel, mit der er Zeichen oder Symbole einritzen wollte.

In was einritzen?

In Baumrinde, in Stein, in Hauswände?

Wir wussten es nicht. Und wenn ich wir sage, dann meine ich auch Suko, mit dem ich mich in unserem gemeinsamen Büro getroffen hatte.

Arkonada, ein Magier.

»Und das blaue Licht könnte auf Atlantis hindeuten«,

meinte auch mein Freund. »Erinnere dich nur an den Schlüssel zur Leichenstadt, John. Auch bei diesem Kristall haben wir das seltsame Licht gesehen.«

»Oder bei den Totenpriestern.«

»Genau.«

Ich schlug mit der flachen Hand auf den Schreibtisch. »Da wir nicht weiterwissen, müsste uns eigentlich Myxin helfen können. Wenn einer über Atlantis Bescheid weiß, dann er.«

»Hol ihn doch.« Mein Freund grinste ein wenig spöttisch. Das zu Recht, denn wir wussten nicht, wo sich Myxin aufhielt. Er war meist unterwegs. Zusammen mit Kara, seiner Gefährtin.

»Sonst haben wir keine Spuren, nicht?«

Ich schüttelte den Kopf. »Nein, Suko, nur verbrannte.« Ich stützte mein Kinn in die Hand. »Irgendwie habe ich das Gefühl, dass diese Nadel, die der Sterbende erwähnte, eine ganz besondere ist.«

»Also Zeichen setzen?«

»Genau.«

»Und wo setzt man Zeichen?«

Ich schaute Suko an.

»In Holz, auf Wände, in Baumrinde, man unterschreibt auf Papier. Man …«

»Kann auch woanders sein Zeichen hinterlassen«, sagte mein Freund plötzlich.

»Wie meinst du das?«

Er legte die Stirn in Falten. »Denk mal nach, John. Wenn ich eine Nadel habe und du mir deine Hand gibst, ist es doch möglich, dass ich dir mein Monogramm in die Haut ritze.«

Ich pfiff durch die Zähne. »Du sprichst von einer Tätowierung?«

»Ja. Von einem magischen Zeichen, einem Sigill.«

Da hatte mein Freund gar nicht mal unrecht.

Eine magische Tätowierung konnte durchaus die Lösung sein, und damit war es auch möglich, andere in einen gewissen Bann zu ziehen und Zeichen zu setzen.

»Kennst du solche Typen?«, fragte mich der Chinese.

»Nein.«

»Wie viele wird es davon in London geben?«

Ich lachte auf. »Das geht sicherlich in die Hunderte.«

»Die wir fragen müssten.«

Ich wurde blass. »Himmel, das wird eine Arbeit. Fragt sich nur, ob wir so viel Zeit haben. Aber«, ich erhob meine Stimme, »alles ist ja in unserem Staat geordnet. Es ist möglich, dass sich die Tätowierer unter einem Dachverband zusammengeschlossen haben. So etwas gibt es für viele Gruppen. Für Sänger, Zauberer und so weiter.«

Suko stand auf und holte die Telefonbücher herbei. »Das kriegen wir raus.«

Für uns begann die große Sucherei. Das heißt, so groß wurde sie nicht, denn wir fanden sehr schnell, dass es tatsächlich so etwas wie einen Dachverband der Tätowierer gab. In England existierten eben sehr viele Clubs, Vereinigungen und Vereine.

Ich rief sofort an, erhielt auch eine Verbindung und erkundigte mich danach, wie viele Tätowierer es in London gab.

»Sir, das ist eine sehr schwierige Frage«, erklärte mir die Frau am Telefon. »Täglich kommen neue hinzu, andere verschwinden wieder, welche lassen sich überhaupt nicht registrieren …«

»Ich brauche nur die ungefähre Zahl.«

»Die kann ich Ihnen geben. Wenn Sie sich einen Moment gedulden würden?«

»Natürlich.«

Ich hockte auf der Schreibtischkante und wartete. Dabei schaute ich zum Fenster hin. Es war freundlicher geworden. Wind hatte die dunklen Wolken weggetrieben. Blauer Himmel über London. Der Frühling ließ sich nicht mehr aufhalten, und das Wetter steigerte auch meine Laune, trotz der Bedrohung, die von Arkonada ausging und unsichtbar über unseren Köpfen schwebte.

»Sind Sie noch dran, Sir?«

»Immer.«

»Ich habe jetzt die ungefähre Anzahl der Tätowierer herausgefunden. Es sind etwas mehr als achtzig.«

»Mehr nicht?«, fragte ich. Und diese Frage war nicht einmal spöttisch gemeint.

»Nein.«

»Dann hätte ich noch eine Frage. Sie haben bestimmt eine Liste der Personen. Könnten Sie mal nachschauen, ob Sie einen Mann mit dem Namen Arkonada finden?«

»Das wird etwas dauern.«

»Ich habe Zeit.«

Es dauerte nicht sehr lange. Dafür war das Ergebnis dann auch negativ. Ein Tätowierer mit dem Namen Arkonada war der Frau nicht bekannt.

»Das ist Pech«, murmelte ich.

Die freundliche Dame versuchte mich zu trösten. »Wissen Sie, Sir, es ist so: Wir haben ja nicht alle erfasst. Sicherlich kann es einen Tätowierer mit dem Namen Arkonada geben. Aber er ist bei uns leider nicht registriert.«

»Wo könnten wir ihn finden, wenn es ihn gibt?«

»Vielleicht fragen Sie mal in den Hafenkneipen nach. Aber auch im vornehmen Londoner Westend gibt es zahlreiche Tätowierer. Im Augenblick ist es modern geworden, sich ein Mal auf den Körper ritzen zu lassen.« Sie kicherte plötzlich. »Ich habe auch eins.«

»Wo?«

Das Kichern wurde lauter. »Sir, das sage ich Ihnen nicht. Nein, auf keinen Fall.«

»Vielleicht komme ich mal vorbei und suche es«, erwiderte ich. »Wenn ich Zeit habe.«

»Sie würden sich wundern.«

»Wieso?«

»Mein Mann ist Boxer. Ich trage sein Bild immer bei mir. Verstehen Sie, Sir?«

»Dann will ich nichts gesagt haben. Und vielen Dank noch.«

»Bitte sehr.«

Ich legte auf, rutschte von der Schreibtischkante, hob die Schultern und sagte: »Pleite auf der ganzen Linie. Sie kennt keinen Tätowierer namens Arkonada.«

»Was nicht heißen muss, dass es ihn nicht gibt«, fügte Suko hinzu.

»Das meine ich auch.«

»Was tun wir also?«

»Hafenkneipen, hat sie gesagt. Dort müsste man uns mehr sagen können. Wir fragen mal die Kollegen von der Fahndung, die sich da auskennen. Sie haben sicherlich Material und werden uns weiterhelfen können. Es muss doch Kneipen geben, wo sich die Tätowierer treffen. Das ist wie bei den Taubenzüchtern und Bingospielern.«

Suko nickte. »Ich bewundere deine Aktivitäten.«

»Ja, daran ist der Frühling schuld, mein Lieber. Nur der Frühling …«

Arkonada!

Welch ein Name, welch eine Gestalt! Welch eine Umgebung, welch eine Vergangenheit!

Unerforscht, rätselhaft, geheimnisvoll und eingeprägt in den Kreislauf einer nicht fassbaren Magie.

Arkonada!

Jahrtausende hatte man nichts von ihm gehört, war er verschwunden in den Tunnels der Zeiten, weil seine Welt zerstört worden war.

Atlantis starb, aber Arkonada lebte.

Nicht umsonst hatte er den unheilvollen Göttern gedient, wusste umzugehen mit Begriffen wie Leben, Sterben, schwarze und weiße Magie. Oft hatte er sein Zeichen hinterlassen, denn wer einmal unter seinen magischen Einfluss geriet, kam nicht mehr davon los.

Im Mittelalter der Menschheit war er zurückgekehrt, hatte ein kurzes Gastspiel auf der Erde gegeben, war jedoch mit dem Teufel in Konflikt geraten und wieder verschwunden.

Sein Geist kehrte in die Dimensionen des Schreckens zurück, wo er sehr lange wartete und nach einer neuen Anlaufmöglichkeit suchte. Er selbst war behindert, denn seine vollen Kräfte hatte er nicht zurückgewonnen. Er musste sich stets einen Gastkörper suchen, damit er seine finsteren Pläne auch durchführen konnte.

Und er fand den Körper.

Gregg, der Tätowierer, war genau der Richtige. Ihn konnte er leiten und für seine Pläne ausnutzen. Gregg gehorchte ihm, denn er hatte dessen Willen ausgeschaltet.

Und Arkonada hatte mit der neuen Zeit Glück. Als er vor einigen Jahrhunderten auf die Erde zurückgekehrt war, da hatte es seinen alten Feind noch nicht gegeben. Da hatte er noch in einem tiefen magischen Schlaf am Grunde des Meeres gelegen.

Inzwischen jedoch war er erwacht. Und er hatte seine Spuren hinterlassen, denn Myxin, den Magier, konnte man einfach nicht übersehen. Zudem war es ihm gelungen, sich auf eine andere Seite zu stellen. Er diente jetzt den

Kräften des Lichts, und das nahm ihm Arkonada übel. Sie waren schon früher Rivalen gewesen. In der heutigen Zeit zählte Arkonada den Magier mit der grünlich schillernden Haut zu seinen Todfeinden, die es zu vernichten galt.

Er hatte genügend Informationen gesammelt und wusste genau, dass Myxin nicht allein stand.

Kara war bei ihm. Die Schöne aus dem Totenreich und die Tochter des großen Delios, der einst in Atlantis ein Gegner aller Schwarzblüter gewesen war.

Sie musste ebenfalls ausgeschaltet werden, wie auch die Menschen, die sich zu den Freunden des kleinen Magiers zählten. Da gab es einen Mann namens John Sinclair. Er nannte sich Geisterjäger, war sehr gefährlich, aber eben nur ein Mensch.

Darüber lächelte Arkonada, wenn er daran dachte, welche Macht er besaß. Menschen kamen da nicht mit. Die träumten höchstens davon, einmal so mächtig zu sein.

Deshalb war Arkonada ja so optimistisch.

Und doch ließ er eine gewisse Vorsicht walten. Er hatte viel über Myxin gehört, kannte jedoch nicht dessen genaue Stärke. Direkt wollte er sich ihm nicht nähern, sondern über einen Mittelsmann, den er in Gregg gefunden hatte.

Er war ebenfalls ein Tätowierer und dem Bösen sehr zugetan. Bei ihm hatte der mächtige Arkonada leichtes Spiel gehabt. Gregg befand sich voll unter seiner Kontrolle. Arkonada hatte ihm das Wichtigste gegeben, das er zu vergeben hatte: den magischen Stift. Die Nadel für die Haut.

Dieser Stift trug seine Handschrift. Er gehörte ihm, war von seinem Geist beseelt, und er würde dafür sorgen, dass alles klappte.

Wenn Arkonada richtig darüber nachdachte, hatte er

allen Grund, optimistisch in die Zukunft zu schauen, wobei er hoffte, dass er bald einen großen Sieg erringen würde.

Gab es Myxin nicht mehr, war die Bahn für ihn frei …

Gregg / Arkonada stand vor den Zwillingen und schüttelte den hageren Schädel. Nein, das passte ihm überhaupt nicht. Die Tätowierung auf den nackten Oberkörpern der beiden war verblasst. Um den großen Auftrag jedoch erfüllen zu können, mussten sie stark sein. So stark wie nie. Stärker als alle Gegner, mit denen sie es zwangsläufig zu tun bekommen würden.

»Jaaa!«, sagte er und ging dabei vorsichtig in die Knie, wobei seine alten Knochen hässlich knackten. »Ich muss es tun, ihr seid zu schwach. Zu viel Energie habt ihr verloren, und aus diesem Grunde werde ich euch wieder auffrischen und auffüllen.« Er lachte dumpf und strich dabei mit der freien linken Hand über sein blank gescheuertes Hosenbein.

Die Zwillinge saßen wie zwei Steinfiguren vor ihm. Sie zuckten mit keiner Wimper. Auch dann nicht, als sich Gregg vorbeugte, den Arm ausstreckte und die Spitze der Tätowiernadel in die Nähe der Brust von Basil Bean brachte.

Der senkte seinen Blick. Von oben herab starrte er auf die Nadel. Sein Mund öffnete sich ein wenig. Ein Zischen war zu hören, als er scharf den Atem ausstieß, denn im Gegensatz zu den Zombies atmete er, ebenso wie sein Bruder.

»Es tut gar nicht weh!«, hechelte Gregg, beugte sich noch näher, wobei sein scharf geschnittenes Gesicht vom Schein der Petroleumleuchte erhellt wurde und einen rötlichen Anstrich erhielt. Auch die nach oben stehenden

Haare änderten ihre Farbe. Sie sahen aus, als hätte man sie mit verdünntem Blut angestrichen.

Niemand sprach mehr.

Die Atmosphäre innerhalb des alten Schiffes hatte sich verdichtet. Ein unseliger Geist schwebte in dem Raum, und er hielt alle Anwesenden in seinen Klauen.

Das Irdische war nur noch eine äußere Hülle. Arkonada hatte das Boot besetzt.

Nur schwach waren die ersten Tätowierungen auf den beiden bloßen Oberkörpern zu sehen. Das jedoch würde sich bald ändern, denn Gregg setzte seine Nadel an.

Er stach in die Haut. Für einen winzigen Moment zuckte Basil zusammen. Er zitterte, dann hatte er sich wieder beruhigt, seine Schultern fielen nach unten, und er ließ alles über sich ergehen.

Gregg atmete hechelnd.

»Ja!«, hauchte er. »Ja, das ist okay, das ist wunderbar. Wir schaffen es. Arkonada und ich bringen euch dorthin, wo wir euch haben wollen. Ihr werdet uns immer gehorchen.«

Und er zeichnete während dieser Worte. Tief stach er in die Haut, während der Griff der Nadel dabei aufleuchtete, seine Magie abgab und sie auf den anderen übertrug.

Ein Gesicht entstand. Ein Zerrbild – aber die Züge wiesen trotzdem eine frappierende Ähnlichkeit mit denen des Tätowierers Gregg auf. Sie wirkten wie eine hässliche Karrikatur, doch es würde wohl kaum jemand geben, der über dieses Gesicht lachen konnte.

Zu bösartig war es auf die Brust des Mannes gezeichnet worden.

»Na?«, flüsterte Gregg heiser, »spürst du es schon? Bemerkst du die Magie des alten Atlantis?«

»Ja!«, ächzte Basil.

»Dann nimm das!« Gregg schrie die Worte, zog den Stift zurück und drückte ihn zweimal vor.

Jetzt hatte er die Augen nachgezogen.

Basil Bean begann zu schreien. Er schüttelte sich. Schmerz und Grauen kamen über ihn. Plötzlich zeigte er Gefühle, seine Haut nahm die bläuliche Farbe an, dann sackte er auf dem Stuhl zusammen, während sich die Tätowierung deutlich von seiner Brust abhob. Sie hatte jetzt wieder die richtige Stärke.

Gregg rieb sich die Hände. Er konnte zufrieden sein, zog den Arm mit der Nadel zurück und drehte seine rechte Hand so, dass er sich die Spitze anschauen konnte.

Dort schimmerte ein blauer Tropfen. Während des Tätowiervorgangs wurde die Farbe in die frische Wunde gedrückt. Woher sie kam, war Gregg schleierhaft.

Er gönnte Basil Bean noch einen knappen Blick. Viel war mit dem Mann nicht mehr los, aber er würde sich erholen, das stand fest. Nach einigen Minuten war er wieder so fit, dass er mit neuer Kraft in den Kampf ziehen konnte.

Ruckartig drehte der den Kopf, um Lester Bean anzublicken.

»Jetzt bist du dran!«, flüsterte Gregg, beugte sich vor und zielte mit der Nadel auf die Brust des zweiten Mannes. »Keiner bleibt verschont!«, zischelte er. »Keiner! Und ich hoffe, dass ihr die anderen auch nicht verschont, denn sie müssen sterben!«

»Ja!«, ächzte Lester. »Sterben – wir werden ihn töten …«

Nach diesen Worten war Gregg, alias Arkonada, fest davon überzeugt, dass die Lebensuhr des Magiers Myxin allmählich ablief …

Erst raschelte es, dann wurde Papier zur Seite geschoben, und im nächsten Moment erschien eine gichtkrumme Hand, die mich an die Klaue eines Zombies erinnerte.

Es war kein Zombie, sondern ein Mensch, den wir sprechen wollten. Nur hatte er sich einen besonderen Platz ausgesucht. Er lag nämlich auf einer Parkbank.

Nach zwei Prügeleien in finsteren Hafenkneipen und drei weiteren Fragestunden hatten wir das lauschige Plätzchen endlich gefunden. Auf dieser Bank nächtigte Hump Huxley, ein King unter den Arbeitsscheuen, aber ein Mann, der ausgezeichnet informiert war und praktisch über jeden im Hafen Bescheid wusste.

Wir wollten ihn nach den Tätowierern fragen.

Die Finger winkten uns zu. Wir sahen die breiten Trauerränder unter den Nägeln und hörten im nächsten Augenblick seine kehlige Stimme irgendwo unter dem Zeitungspapier, mit dem er sich zugedeckt hatte.

»Wer wagt es, mich zu stören?«

»Die Polizei«, erwiderte ich.

»Bin nicht zu Hause.«

Ich lupfte die Zeitung an.

»Kuckuck«, sagte ich und flötete zudem. »Du müsstest deine Mauern stabiler bauen, Hump.«

Huxley verzog das Gesicht.

»Sinclair«, brachte er mühsam hervor, »dann ist dieser Chinese auch nicht mehr weit.«

»In der Tat«, sagte Suko.

Jetzt kam Huxley in die Höhe und schüttelte sein fast schulterlanges Haar. Wir gingen vorsichtshalber zwei Schritte zurück. Was da aus den Zotteln flog, war nicht gerade angenehm. Unter dem Busch sahen wir ein noch relativ junges Gesicht mit wachen, klaren Augen.

Huxley nickte. »Womit habe ich das verdient, ihr beiden?«

»Wir wollen nur etwas von dir wissen.«

»Keine Ahnung.«

»Hump, reiß dich zusammen«, sagte ich. »Du kennst uns und weißt, dass wir nicht lockerlassen.«

»Ja, das weiß ich.« Er nickte betrübt. »Aber ich kenne nun mal keine Dämonen.«

»Darüber wollen wir von dir auch nichts wissen«, beruhigte ich ihn.

»Wunderbar. Dann kann ich ja verschwinden.«

Er schwang schon die Beine von der Bank, stemmte sich hoch und blieb in Sukos Griff hängen. Mein Freund lächelte freundlich, während Hump das Gesicht verzog, als hätte er Essig geschluckt.

Ich bohrte die Hände in die Taschen. »Du machst erst die große Flatter, wenn wir es sagen.«

»Ich beuge mich der Gewalt.«

»O je, Gewalt, wenn ich das schon höre. Nein, mein Lieber, das ist keine Gewalt, die haben wir hinter uns, als wir nach dir fragten. Jetzt komm mal zur Sache. Wo finden wir einen Tätowierer, der sehr gut ist, aber nicht bekannt werden will? Das heißt, er hält sich zurück.«

Hump Huxley schüttelte wieder seinen Kopf. »Also, damit dürfen Sie mir nicht kommen.«

»Wieso?«

»Was habe ich mit Tätowierern zu tun?«

»Du kennst dich aus.«

Er winkte ab, kletterte auf seinen »Schlafplatz« und setzte sich auf die Lehne. »Die Jungs, die euch sagten, wo ihr mich finden könnt, haben mich überschätzt.«

»Du bist doch hier der King, Hump!«

»Nein.«

»Also, raus mit der Sprache. Wir haben nicht viel Zeit. Wir wollen wissen, wer hier der große Tätowierer ist und wo er lebt.«

»Da gibt es viele.«

Suko nickte. »Das wissen wir. Aber wir meinen einen bestimmten, der sich Arkonada nennt.«

»Hä?«

Suko wiederholte den Namen.

»No, Sir, den kenne ich nicht. Komischer Name. Nadel-Willy kenne ich, dann den bunten Paul, aber Arkonada habe ich nie gehört.«

»Es kann ein Zweitname sein.«

»Dann weiß ich ihn nicht.«

»Du hast noch gar nicht richtig überlegt«, hielt ich ihm vor. »Denk nach, Hump.«

»Ihr macht mich wahnsinnig, Mensch.«

»Es ist immer besser, wenn man Freunde bei der Polizei hat.«

»Darauf kann ich verzichten, ehrlich.«

»Würde ich nicht so sehen.«

Er wühlte mit beiden Händen in seinen Haaren herum, murmelte mehrmals den Namen und schüttelte den Kopf. »Ihr seid bei mir auf dem falschen Eimer, ehrlich.«

»Hat sich in letzter Zeit jemand aus dem Geschäft zurückgezogen?«

»Da gibt es viele.«

»Ich meine einen Besonderen. Einen richtigen Künstler, wenn du verstehst, Hump.«

Jetzt dachte er nach und senkte dabei den Kopf. Er schaute auf seine schmutzigen Treter und lachte plötzlich auf.

»Ist dir die Erleuchtung gekommen?«, wollte ich wissen.

»Wahrscheinlich. Ich würde vorschlagen, dass ihr euch mal um Gregg kümmert.«

»Wohnt der in der Nähe?«

»Er hat ein altes Boot. Da haust er, seit er sich vom Geschäft zurückgezogen hat.«

»Ist das weit von hier?«

»Nein. Geht dahin, wo die abgewrackten Schiffe liegen.«

»Davon gibt es viele. Wie erkennen wir den Kahn?«

»Ganz einfach. An Deck ist nichts mehr heil. Da liegen nur noch Trümmer.«

»Ich danke dir«, sagte ich und schlug ihm so kräftig auf die Schulter, dass Staub aus dem Stoff quoll. »Du hast uns wirklich einen großen Dienst erwiesen.«

»Ach, geht zum Teufel.«

»Dann nehmen wir dich mit.«

Mit diesen Worten ließen wir ihn stehen und gingen davon.

Vorbei an Rohstofflagern und großen Tankkesseln, näherten wir uns dem Platz, wo der Bentley stand.

»Glaubst du ihm?«, fragte Suko.

»Ich muss ja.«

»Wir könnten zu Fuß dorthin gehen«, schlug mein Partner vor.

Die Idee war nicht schlecht. Hier stand unser Bentley eigentlich ganz gut. Er wurde von mehreren Tanklastzügen gedeckt. Wer konnte schon wissen, wie es weiter unten am Fluss aussah.

»Ich nehme aber noch meinen Bumerang mit«, sagte ich und öffnete bereits den Kofferraum.

»Glaubst du, dass es rundgeht?«

»Möglich.« Ich schlug die Haube wieder zu und nickte. »Komm, lass uns verschwinden!«

Es war ein Weg, der eine nichts als Trostlosigkeit zu bieten hatte. Wir sahen keine schöne Landschaft. Hier wurde gearbeitet oder standen die Ruinen von Gebäuden, die nicht mehr benötigt wurden.

Die Hausboote, das wusste ich, liegen nicht direkt am Ufer der Themse, sondern in kleinen Seitenkanälen, die vom Fluss her abzweigen. Da uns Hump den Weg ziemlich gut beschrieben hatte, würden wir die Stelle auch finden.

Die Boote lagen nicht alle im Wasser. Einige standen kieloben am Ufer. Wir sahen die Löcher im Rumpf und den Rost. Um diese Kähne kümmerte sich niemand.

Zum Wasser war es nicht weit. Einige Schritte nur. Das Klatschen der Wellen begleitete uns. Manchmal liefen wir über feuchte Uferwiesen und sahen dann die ersten Boote.

Sie schaukelten auf den Wellen.

Die meisten waren durch Stege mit dem Ufer verbunden. Bei anderen Booten konnte man direkt von der Bordwand aufs Trockene springen. Menschen sahen wir kaum, hörten allerdings Kindergeschrei und entdeckten einmal eine Frau, die auf einem Hausboot eine längs über das Deck gespannte Leine mit Wäsche bestückte.

Den Fluss hörten wir nur. Eine schmale, mit Bäumen bewachsene Insel verwehrte uns den Blick darauf.

Trotz der vom Himmel herabscheinenden Frühlingssonne wirkte die Gegend grau und mies. Ebenso schlimm sahen die Boote aus. Manche waren wirklich nur Wracks.

Wir erkannten dies deshalb so gut, weil wir uns dicht am Ufer aufhielten.

Suko entdeckte den Kahn zuerst. Er streckte seine Hand aus und zeigte auf ein Boot, auf dessen Deck wirklich alles kreuz und quer herumlag.

»Das muss der Kahn sein.«

Ich blieb stehen. Auf dem Schiff rührte sich nichts. Es sah tot aus, verlassen und verkommen. Ein Steg verband es mit dem Ufer, sodass wir es trockenen Fußes betreten konnten.

»Er scheint nicht da zu sein«, murmelte ich.

»Warte es ab.« Suko schaute aus leicht verengten Augen zum Kahn hin. Er atmete nur durch die Nase, sein Blick war lauernd, seine Zungenspitze fuhr leicht über die Lippen.

Ich krauste die Stirn.

»Hast du was?«

»Vielleicht ist Gregg nicht allein«, vermutete ich. »Kann ja sein, dass er Helfer hat.«

»Und was bedeutet das für uns?«

»Dass wir mit allem rechnen müssen«, erwiderte ich. »Los, ich will hier nicht festwachsen.«

Ich hatte es wirklich eilig. Die Gefahr, die uns bedrohte, war mehr als unheimlich. Bisher hatte ich sie nur in ihren Auswirkungen erlebt, und sobald etwas in unser Leben eingriff, das unmittelbar mit Atlantis zu tun hatte, wurde ich vorsichtig.

Wir hatten da die größten Überraschungen erlebt. Das Erbe dieses versunkenen Kontinents war so gefährlich, dass es oft genug kaum Gegenmittel gab.

Wenn wir das ferne Grauen nicht im Keim erstickten, konnten wir es anschließend kaum mehr unter Kontrolle bringen.

Ich erreichte als Erster den Steg und setzte meinen Fuß auf die Planken.

Wenn jetzt jemand vom Schiff herschaute, konnte er mich deutlich sehen, denn meine Umrisse hoben sich klar und scharf vom dunkleren Holz des Stegs ab.

Wie auf dem Präsentierteller kam ich mir vor und fühlte mich als langsam vorangehende Zielscheibe überhaupt nicht wohl. Aber es ging alles glatt.

Ich sprang an Bord und wäre fast über eine quer liegende Bohle gestolpert, aber es ging alles glatt. Auch Suko hatte keinerlei Schwierigkeiten, an Deck zu springen.

Er blieb neben mir stehen und schaute sich um.

»Jetzt müssen wir ihn nur noch finden.«

»Erst einmal den Niedergang.«

»Stimmt.«

Das Chaos an Deck konnte man wirklich als vollkommen bezeichnen. Es gelang uns nicht, einen normalen Schritt zu tun, ohne dass wir über irgendetwas stolperten.

Wenn sich jemand unter Deck aufhielt, würde er unsere Schritte hören, die als dumpfes Echo nach unten klangen. Das gefiel uns überhaupt nicht.

Wo befand sich der Niedergang?

Ich entdeckte ihn schließlich.

Hinter vergammelten, zusammengerollten und mit grünweißem Schimmel bedeckten Taurollen befand sich die Klappe, die den Eingang in den Bauch des Schiffes bildete.

Da mussten wir runter.

Während Suko sich hochhievte, stand ich mit gezogener Beretta neben ihm und zielte mit der Mündung auf die Öffnung.

Die Scharniere quietschten und ächzten, als der Inspektor die Klappe nach oben bog. Staub rieselte in die Luke, und ein feuchtmuffiger Geruch strömte uns entgegen.

»Da scheinen Lumpen zu vergammeln und zu verschimmeln«, sagte ich, wobei ich mich hütete, meine kleine Lampe einzusetzen. Das durch die Luke fallende Licht reichte aus, um ein helles Viereck auf den Schiffsboden zu zeichnen.

Ich ging in die Knie, streckte ein Bein aus und stellte den Absatz auf die oberste Sprosse der nach unten führenden Leiter.

Sie hielt mein Gewicht, und ich konnte es wagen, in den Schiffsbauch zu steigen.

Suko wartete oben, um mir Rückendeckung zu geben.

Am Leiterende landete ich in einer Wasserpfütze, die sich in einer kleinen Mulde im Holz gesammelt hatte.

Ein schneller Blick nach vorn zeigte mir, dass ich nicht erwartet wurde.

Licht sah ich nicht. Nach ungefähr zwei Yards verschwanden die Konturen in der Dunkelheit.

Ich schnippte mit den Fingern. Für Suko war es das Zeichen, mir zu folgen.

Der Inspektor kletterte geschmeidig die Leiter zu mir herunter und atmete auf, als er neben mir stand.

Wir fühlten uns wie zwei Wachhunde, die irgendetwas entdeckt hatten, aber nicht wussten, was es war.

Mir gefiel das Schiff nicht. Meine warnenden Instinkte und Gefühle hatten sich im Laufe der Zeit gut entwickelt. Und jetzt klingelte es bei mir leise Alarm.

»Merkwürdig«, hauchte auch mein Freund, als wir vorgingen.

Der dunkle Bauch des Schiffes schluckte uns.

Zum Glück liefen wir nicht mehr durch Wasser. Das Platschen hätte uns leicht verraten können.

Ein Schiffsbauch enthält Lagerräume. Sie sind im Normalfall mit Schotten oder Luken miteinander verbunden. Hier suchten wir so etwas vergebens, erreichten allerdings eine Tür. Als wir sie uns näher anschauten, stellten wir fest, dass sie nachträglich eingebaut worden war.

»Sieht stabil aus«, flüsterte Suko, als er seine Finger über das Holz gleiten ließ.

»Das ist sie sicherlich auch.«

Suko suchte nach der Klinke, fand einen Knauf und konnte ihn herumdrehen.

»Das Ding ist offen«, wisperte er.

»Dann mal rein.«

Ich hielt meine Taschenlampe bereit. Aber nicht nur sie, auch die Beretta.

Sukos Waffe lag ebenfalls in seiner Rechten. Er trat über die Schwelle, und wir schauten beide in einen Lagerraum, der zum Wohnraum umfunktioniert worden war.

Nur schwach waren die Umrisse zweier Stühle zu erkennen. Das Gleiche galt auch für einen Tisch. Graue Flecken hoben sich rechts von uns an der Wand ab.

Verhängte Fenster oder Luken.

Und Menschen?

Aus der Dunkelheit vor uns hörten wir eine höhnische Stimme. »Kommt ruhig näher, wir haben euch schon erwartet ...«

Damit hatten wir nicht gerechnet, reagierten aber wie abgesprochen.

Blitzschnell huschte Suko nach rechts weg, ich nach links. Die Mündungen der Pistolen zielten in das graue Dämmerlicht hinein, wo wir leider keine Ziele sahen.

Aber die Stimme blieb.

»Ich bin Gregg, des Satans Tätowierer«, hörten wir ihn reden. »Und ich werde dafür sorgen, dass ihr die Hölle erlebt und nie mehr zurückkehrt.«

Versprechungen, die ich kannte und deshalb auch nicht so ernst nahm.

»Zeig dich, wenn du Mut hast, Gregg!«

»Sicher!«

Wir warteten.

Noch tat sich nichts. Alles blieb düster. Wir sahen den Sprecher nicht. Er musste meiner Ansicht nach irgendwo am Boden kauern, denn im Dämmerlicht hob sich seine Gestalt nicht ab.

»Schaut genau zu«, vernahmen wir wieder die Stimme des Unsichtbaren. »Ihr wolltet mich sehen, das könnt ihr jetzt. Aufgepasst!«

Wir rechneten damit, dass sich eine Gestalt aus der Dunkelheit erheben würde.

Dies geschah nicht.

Stattdessen sahen wir vor uns einen seltsamen blauen Schein, der einen Stich ins Grünliche hatte.

Der Schein war erst nur ein schwaches Leuchten, nicht viel größer als ein Rad, wobei es an den Enden flimmerte. Doch er wurde von Sekunde zu Sekunde größer, hatte plötzlich die Hälfte des Raumes ausgefüllt und ihn auf eine merkwürdige Art erhellt, denn wir konnten endlich unseren Gegner erkennen.

Einen Gegner?

Nein, das war nicht nur einer, das waren zwei Gestalten, die da vor uns standen.

Unheimlich anzusehen. Beide wirkten sie geisterhaft, sie konnten einem Angst einjagen.

Da war einmal der Alte, der geduckt dastand, den Kopf geierartig vorgereckt. Sein Gesicht war zu einem grausamen Grinsen verzogen. Die Hände waren gekrümmt, die Finger wirkten wie die Krallen eines Vogels, so mager waren sie. Mit spitzen Nägeln, und sie zitterten ebenso wie die Gestalt des Alten.

Ja, das war des Satans Tätowierer.

Die zweite Gestalt entdeckten wir ebenfalls. Sie war nur ein Schemen und schwebte hinter ihm.

Ein Geist?

Vielleicht. Ebenfalls bläulich schimmernd, leicht durchsichtig, in den Umrissen eine menschliche Gestalt zeigend mit einem Kopf und langen Haaren.

Gregg und Arkonada!

Ja, ich war mir plötzlich sicher, beide vor mir zu sehen. Wobei Gregg von Arkonada beschützt wurde.

Ich wollte mein Kreuz hervorholen. Vielleicht konnte ich damit die Magie bekämpfen und stoppen.

Aber so weit kam es nicht.

Plötzlich war das Licht da.

Wie eine gewaltige Decke und blitzschnell war es über uns. Es erfasste unsere Körper. Wir wollten wohl beide etwas dagegen tun, schafften es aber nicht und erlebten, wie Kräfte aus einer uralten und unheimlichen Welt uns zu Spielbällen degradierten …

Basil und Lester Bean hatten einen klaren Auftrag erhalten. Sie sollten Myxin, den Magier, vernichten!

Durch die Kraft der neuesten Tätowierung fühlten sie sich ungemein stark. Aufhalten konnte sie nichts mehr.

Sie dachten nicht mehr menschlich, denn in ihnen steckte der Geist einer uralten Zeit, als es noch keine Technik, noch keine Flugzeuge oder Autos gab. Dafür jedoch etwas anderes.

Schwarze Magie!

Und diese war stark. Sie stemmte sich gegen die Naturgesetze und hob, wenn sie wollte, diese Regeln auf. Beide Männer waren durch diesen Geist beseelt.

Er spornte sie an, und er hatte ihnen das Ziel klar eingegeben.

Während Gregg, alias Arkonada, zurückblieb, gingen die Zwillinge ihren Weg.

Sie kannten das Ziel, und sie wussten, dass der unheimliche, aber ungemein starke Geist sie dorthin schaffen würde.

Das Ziel waren die Flammenden Steine!

Flaming Stones!

Ein Gebiet irgendwo in England. Uralt, geheimnisumwittert. Vielleicht sogar unheimlicher als die bekannten

Steine von Stonehenge. Eingebettet von bewaldeten Hügeln standen sie als stumme Wächter einer Zeit, die längst vergangen war.

Aber die Steine lebten. Sie waren mächtig, sie glichen empfindlichen Sensoren, die magische Störungen auffingen. Ihre Kraft glich der einer sprudelnden und nie versiegenden Quelle, und sie gehörten zu denen, die ebenfalls aus einer anderen Zeit stammten.

Myxin und Kara!

Die Flammenden Steine waren ihr Gebiet. Ihre Heimat und gleichzeitig ihre Forschungsstätte. Die Steine sagten ihnen oft genug, wann Gefahr im Verzug war. Sie warnten vor schlimmen Dingen, und sie waren gleichzeitig die Wegweiser in andere Welten.

Der kleine Magier und die Schöne aus dem Totenreich hielten sich oft bei den *flaming stones* auf. Wenn sie ihr Geheimnis enträtselten, hatten sie viel gewonnen.

Beide, Myxin und Kara, wussten von den Großen Alten, diesen Urgötzen oder Urdämonen, die vor Äonen existiert und das Grauen verbreitet hatten.

Sie wollten zurückkehren und dort ansetzen, wo sie nach dem Untergang des Kontinents gestoppt worden waren.

Es gab zahlreiche Stellen auf der Welt, die auf die Großen Alten hindeuteten. Man musste sie nur finden. Wobei diese Urgötzen selbst oft Menschen fanden, die sich in ihre Dienste stellten.

Wie viele Diener es damals gegeben hatte, die den Großen Alten Tribut zollten, wusste selbst Myxin nicht, obwohl er in Atlantis ebenfalls zu den schwarzen Magieren gehört hatte.

Myxin und Kara hatten unter den Menschen Freunde, die sich gegen die gefährliche Magie aus der Vergangenheit stemmten. Da stand ein Mann wie John Sinclair mit an der Spitze, dennoch hatte es Myxin nicht so gern, wenn er sich um Fälle kümmerte, die die Großen Alten berührten. John hatte genug mit der Hölle und deren Abgesandten zu tun. Die anderen Dinge sollte er ruhig Myxin und Kara überlassen.

Im Laufe der Zeit war der kleine Magier wieder erstarkt. Er stand nicht mehr hinter Kara zurück, die beiden ergänzten sich großartig. Myxin beherrschte vor allen Dingen wieder seine geistigen Kräfte. So waren Telepathie, Telekinse und Teleportation kein Problem für ihn.

All diese Kräfte aktivierte er zwischen den Flammenden Steinen, wo er sich zumeist aufhielt.

Es war ein sonderbarer Platz. Er lag irgendwo in England. Eine magische Zone, von äußeren Einflüssen relativ unabhängig und für Menschen unsichtbar. Irgendetwas leitete sie immer daran vorbei, sodass Kara und Myxin ungestört blieben.

An diesem Tage war der kleine Magier allein bei den Steinen. Er hatte sich über Kara gewundert. Die Schöne aus dem Totenreich spürte bereits die gesamte Zeit über eine gewisse Unruhe, für die sie keinerlei Erklärung hatte.

Sie war schließlich gegangen und hatte Myxin allein zurückgelassen.

Auch der kleine Magier merkte, dass etwas nicht stimmte. Er stand zwischen den Steinen und wirkte inmitten der hoch aufragenden Felsklötze fast winzig. Aber das täuschte. Myxin war von der Körpergröße her nicht so groß wie ein normaler Mensch, doch unterschätzen durfte man den Magier in seinem langen Mantel und der stets leicht grünlich schimmernden Gesichtshaut beileibe nicht.

Er konnte kämpfen und hatte manch mächtigen Dämon das Fürchten gelehrt. An mächtige Dämonen dachte er in diesen Augenblicken auch. Myxin wunderte sich darüber, dass er so seltsam fühlte. Es waren Zeichen, Vorboten, dass irgendetwas in der Luft lag, von dem er nichts Genaues sagen konnte.

Er wollte es noch nicht als Gefahr bezeichnen, aber da existierten Kräfte, die ihre Fühler ausstreckten und auch die Flammenden Steine nicht verschonten.

Myxin drehte sich und schaute zum Himmel. Er sah die blasse Aprilsonne, deren Strahlen auf die bewaldeten Hügel in der unmittelbaren Umgebung tupften. Er hörte das Murmeln des Bachs – eine insgesamt sehr friedliche Stimmung, und auch das Zwitschern der Vögel trug dazu bei. Trotzdem traute er der Ruhe nicht.

Etwas war da …

Eine Gefahr!

Myxin stand immer auf der Lauer. Seine aus alter Zeit stammenden mächtigen Gegner schliefen nicht. Diese unheimlich starke Magie hatte ebenso überlebt wie er, und sie war dabei, sich auf der Erde einen Stützpunkt aufzubauen.

Wenn sie das schaffte, mussten Hindernisse aus dem Weg geräumt werden. Diese Hindernisse waren nicht nur Menschen, sondern auch andere Dinge, zum Beispiel die Flammenden Steine.

Zahlreiche mächtige Dämonen aus der alten Zeit würden viel dafür geben, wenn die Steine nicht mehr existierten. Das wusste der kleine Magier, und deshalb war er so wachsam.

Es gefiel ihm nicht, dass Kara verschwunden war. Zu zweit waren sie mächtiger. Er versuchte, sich zu konzentrieren, um mit der Schönen aus dem Totenreich in geistigen Kontakt zu treten. Wenn er ihre Gedanken empfing, konnte sie ihm auf telepathischem Wege mitteilen, wo sie sich befand.

Genau in der Mitte zwischen den Steinen sank der kleine Magier zusammen. Er setzte sich auf den weichen Grasboden, seinen Kopf senkte er nach vorn. Er schaltete völlig ab und konzentrierte sich auf Kara.

Im Normalfall war dies für ihn kein Problem. Die beiden standen stetig in einer gewissen Verbindung. Kara würde ihn hören, sie musste ihn hören.

Aber sie rührte sich nicht.

Myxin kam nicht durch!

Es war eine schlimme Tatsache. Irgendwo gab es da eine Barriere, die seinen Gedankenfluss stoppte oder zurückschleuderte wie ein Spiegel das Licht, sodass er einfach keine Chance hatte, Kara zu erreichen.

Man konnte den kleinen Magier nicht als ein ängstliches Wesen bezeichnen, in diesem Falle jedoch verspürte er Furcht.

Wenn es um Kara ging, reagierte Myxin sehr sensibel. Zudem wusste er nicht, wo sie steckte, und auch jetzt bekam er keinen Kontakt.

Was war mit ihr geschehen?

Verzweifelt stellte sich der kleine Magier diese bange Frage …

Auch Kara dachte an Myxin. Allerdings trafen bei ihr die gleichen Bedingungen zu. Es gelang ihr einfach nicht, eine geistige Brücke zu dem kleinen Magier herzustellen.

Irgendwo war eine Sperre.

Kara hatte die *flaming stones* verlassen, weil sie spürte, dass sich etwas tat. Allerdings konnte sie darüber nichts Konkretes sagen, deshalb hatte sie Myxin nicht eingeweiht und war allein gegangen.

Das Gebiet der Flammenden Steine lag jetzt hinter ihr.

Der Wald hatte sie geschluckt. Kara ging davon aus, dass sich die Gefahr dem Zentrum erst noch nähern würde und sich zwangsläufig erst einmal irgendwo konzentrieren musste.

Das konnte durchaus der die Flammenden Steine umgebende dichte Wald sein. Aus diesem Grunde war sie in ihn eingetaucht und bewegte sich vorsichtig über die auch tagsüber düster wirkenden schmalen Wildpfade. Hin und wieder schimmerte die Sonne durch. Dann warf Kara einen Blick in die Höhe, schaute durch das Filigran der Äste und sah zum Greifen nah die doch so weit von der Erde entfernte weiße Scheibe, die am blassblauen Himmel schwebte.

Sonne gibt Wärme. Sonne bedeutet Leben. Doch das spürte Kara in diesen Augenblicken nicht.

Sie meinte sogar, eine gewisse Kälte zu empfinden, die jedoch keinen normalen Ursprung hatte.

Auf einer kleinen Lichtung blieb sie stehen. Von hier aus konnte sie die Steine nicht mehr sehen. Zu dicht war der Wald, der den Hang bedeckte.

Das blauschwarze lange Haar schleuderte Kara zurück. Sie blieb in dieser Haltung stehen und legte ihre rechte Hand auf den Griff des Schwerts mit der goldenen Klinge.

Diese Waffe war ungemein wichtig für sie. Ihr Vater hatte sie der Schönen aus dem Totenreich vererbt. Kara konnte mit dem Schwert nicht nur kämpfen, es diente gleichzeitig als Katalysator für andere Welten. Und wenn sie jetzt noch den Trank des Vergessens gehabt hätte, wäre sie zufrieden gewesen. Aber den besaß der Spuk, und der würde ihn auf keinen Fall herausgeben.

Auch ohne Trunk wusste sich Kara zu wehren. Sie hatte sich eben darauf eingestellt, und da war es besonders das Schwert mit der goldenen Klinge, das ihr die großen Dienste erwies.

Angespannt war ihre Haltung. Nichts regte sich in dem schmalen Gesicht mit den beiden hochstehenden Wangenknochen. Sie glich in diesen Augenblicken einem witternden Waldwesen, das sich auf eine allmählich heranschleichende Gefahr einstellen will.

Die Stille fiel ihr auf.

Eine Ruhe, die es eigentlich nur in der Nacht gab. Für den Tag war sie mehr als ungewöhnlich, wobei sich Kara den Grund nicht erklären konnte.

Noch nicht …

Sie war allerdings sicher, dass sie mit ihrer inneren Unruhe zusammenhing, die plötzlich so stark in ihr geworden waren, als sie das Gebiet der magischen Steine ohne große Erklärung verlassen hatte. Es war sicherlich nicht richtig gewesen. Myxin machte sich sicherlich Sorgen.

Sie spürte auf einmal ein heftiges Rauschen im Kopf, das sich schnell wieder auflöste und sich als zahlreiche Stiche verteilte.

Kara wankte.

Für einen Moment nur hatte sie diesen seltsamen Schmerz gespürt. Sie streckte den Arm aus und hielt sich an einem Baumstamm fest, wobei sie darüber nachdachte, was dieses Phänomen zu bedeuten hatte.

Ihr fiel die Lösung nicht ein. Ihr Gehirn wollte nicht mehr arbeiten. Kara verspürte eine eigenartige Leere.

Es ging vorbei.

Sie schüttelte den Kopf und stellte fest, dass sie nun wieder klar denken konnte. Auch die Umgebung nahm sie besser auf, und sie bemerkte, dass sich der Wald noch mehr verdunkelt hatte.

Da die Sonne noch längst nicht gesunken war, musste dies einen anderen Grund haben. Kara, sehr misstrauisch, begann, nach dem Grund zu forschen.

Ihre Blicke ertasteten und durchstreiften die nähere Umgebung, und sie stellte fest, dass die sie umgebende Dunkelheit nicht normal war.

Da waren Schatten entstanden. Seltsame, lange, dunkle Dinger, die nicht nur über den Boden huschten, sondern auch an den Stämmen hochkletterten, bis sie den Wirrwarr aus Zweigen und Ästen erreicht hatten, wo sie an einigen Stellen das Sonnenlicht verdunkelten.

Die Schöne aus dem Totenreich konzentrierte sich auf die Schatten. Normal waren sie nicht. Die stammten weder von den Bäumen noch von irgendwelchen Büschen. Ihre Quelle lag woanders.

Leider konnte Kara sie nicht orten.

Und war es nicht auch kälter geworden?

Über ihren Rücken rann eine Gänsehaut. Die Lippen zuckten, denn sie spürte die Kälte genau, und sie war fest davon überzeugt, es nicht mit einem normalen Temperatursturz zu tun zu haben.

Dahinter steckte etwas anderes!

Kara war eine sensible Person. Sie spürte Veränderungen der unmittelbaren Umgebung sehr schnell, und sie streckte wie ein Insekt ihre Fühler aus.

Wo hockten sie?

Kara schluckte. Ihre Hände bewegten sich. Manchmal schlossen sie sich zu Fäusten, die Fingernägel berührten das Fleisch der Handballen, und sie stachen in die Haut wie kleine Messer.

Die Schatten bewegten sich.

Plötzlich begannen sie zu tanzen, warfen ein zuckendes Muster auf den Boden, und Kara, die sehr genau hinschaute, erkannte, dass sie nicht schwarz waren, sondern violett.

Ja, eine Mischung zwischen violett und blau.

Seltsam, diese Farbe …

Über ihren Körper rann es weiterhin kalt. Sie stand im

Wald, Äste und Zweige der Bäume bildeten ein schützendes Dach über ihr.

Aber schützte es wirklich?

Darauf wollte sich Kara nicht verlassen. Es konnte auch ein Gefängnis sein, das sie nicht mehr freilassen würde. Dieser Wald war von irgendetwas magisch beeinflusst worden, und als ein Schatten langsam auf sie zukroch, da blieb sie einfach stehen.

Bis der Schatten sie berührte!

Kara durchzuckte es, als habe ihr jemand einen Schlag mit der Peitsche versetzt. Sie schüttelte sich, ihre Haare begannen zu knistern, und hastig sprang sie zurück.

Die Schatten waren gefährlich!

Durch die Berührung hatte die Schöne aus dem Totenreich den Beweis erhalten, dass es in diesem Wald nicht mit rechten Dingen zuging. Hier lauerten andere Kräfte, Gegenkräfte, und sie hielten das Gebiet besetzt.

Kara wich zurück. Dabei warf sie einen Blick über die Schulter. Auch hinter sich entdeckte sie die langen Finger der blauvioletten Schatten, die immer näher krochen und sie umfangen wollten.

Kara sah sich eingekreist.

Auf keinen Fall durfte sie noch länger an dieser Stelle verweilen. Sie musste so rasch wie möglich weg und das Schutzgebiet der Flammenden Steine erreichen.

Kara stieß sich ab.

Ihr Sprung war gewaltig, sie schnellte über den vor ihr zitternden Schatten hinweg und befand sich noch in der Luft, als sie bereits den Schlag verspürte.

Heftig war er geführt worden. Er schüttelte sie durch. Kara schrie, obwohl sie es nicht wollte, ihr Gesicht verzerrte sich dabei, sie fühlte für den Bruchteil einer Sekunde den Schatten wie gierige Hände, die ihren Körper streiften.

Dann hatte sie es geschafft!

Mit beiden Füßen erreichte sie den Boden, fand Laub und Moos unter ihren Sohlen, und die Schmerzen vergingen. Ein wenig rutschte sie noch vor, hielt sich an einem tief hängenden Ast fest und zog sich an diesem wieder in die Höhe.

Endlich stand sie – und hatte die Schatten hinter sich gelassen.

Ein anderer wäre geflohen, nicht Kara. Sie blieb stehen und zog ihr Schwert.

Die Schöne aus dem Totenreich wollte kämpfen. Obwohl sie wusste, dass ihre Chancen nicht gut standen, denn gegen die Schatten würde sie kaum bestehen können. Wie sollte sie einen Gegner vernichten, der sich nicht körperlich zeigte?

Aber Kara wollte nicht aufgeben. Und eine Flucht wäre wie eine Kapitulation gewesen.

Sie suchte die Schatten!

Momentan entdeckte sie sie nicht. Sie hielten sich irgendwo verborgen, auf dem Boden versteckt, gut gedeckt durch dicht wachsendes Unterholz.

Dann huschte der Erste heran.

Er war schnell. Mit normalen Blicken kaum zu verfolgen, und er war so rasch bei Kara, dass es ihr kaum gelang, ihn abzuwehren. Trotzdem riss sie ihr Schwert in die Höhe und führte einen Streich, der einen Halbbogen von oben nach unten schnitt, mit der spitzen Klinge den Schatten berührte und ihn durchtrennte.

In der Tat wurde er geteilt, und Kara, die schon lächeln wollte, unterdrückte ihr Triumphgefühl, denn sie spürte den jähen Schmerz, der sie urplötzlich packte.

Da sie den Blick dabei gesenkt hielt, konnte sie genau erkennen, was geschehen war.

Der Schatten griff das Schwert an!

Er war nicht weitergewandert, sondern von der Klinge aufgesaugt worden. Ihr goldener Schimmer veränderte sich plötzlich, wurde dunkel und zeigte ein tiefes Blau-Violett.

Das brachte die Schöne aus dem Totenreich völlig aus der Fassung. Das hatte sie noch nie erlebt. Bisher war es der goldenen Klinge gelungen, allen Gefahren zu trotzen, nun aber wurde das Schwert selbst in Mitleidenschaft gezogen, und es ging auf die angreifende schwarze Magie ein.

Als Kara sich von dem ersten Schrecken erholt hatte und mit der Schwertspitze eine Furche in den Waldboden zog, da merkte sie, wie weich das Metall geworden war.

Es hatte sich tatsächlich verändert.

Kara schluckte. Sie taumelte zurück und warf sich dann herum, um zu fliehen.

Kara durfte nicht mehr in diesem Wald bleiben. Er war ihr unheimlich geworden. In ihm steckten Kräfte, denen sie selbst mit dem Schwert nichts entgegensetzen konnte, und sie rannte weg, als wären Furien hinter ihr her.

Kara floh nicht allein aus Furcht. Sie dachte an die Flammenden Steine, denn sie hatte plötzlich das Gefühl, dass dieser Angriff nicht nur ihr galt, sondern auch den Steinen. Sie war in die Ausläufer der Attacke hineingeraten und musste nun zusehen, wie sie da wieder herauskam.

Das warnende Gefühl hatte schon seine Richtigkeit gehabt. Die anderen Kräfte lauerten nicht nur, sie schlugen bereits zu.

Während sie rannte, waren ihre Gedanken nicht nur bei der sie bedrohenden Gefahr, sondern auch bei ihrem Partner Myxin, den sie allein bei den *flaming stones* zurückgelassen hatte.

Wenn ihre Gegner angriffen, wollten sie nicht nur einen vernichten, sondern beide.

Konnte sich Myxin wehren?

Kara beschleunigte ihre Schritte. Es war für sie nicht einfach, durch den dichten Wald zu laufen. Sie musste oft genug tief hängenden Zweigen, Ästen oder ganzen Bäumen ausweichen, lief einen Zickzackkurs, wobei ihre Füße manchmal tief im weichen Boden versanken.

Die Angst stachelte Kara an.

So etwas war ihr selten passiert. Sie hatte den Kopf in den Nacken geworfen, schaute in die Höhe und sah über sich das Netz der Zweige, hinter dem die Sonne als glühender Ball stand.

Dieses schwarze, vor der Sonne stehende Muster aus Zweigen begann zu tanzen. Es bewegte sich im Rhythmus ihrer Schritte, wischte einmal nach links, dann nach rechts, hob und senkte sich und verwandelte sich manchmal in eine regelrechte Spirale.

Ihre Beine behielten das Tempo bei, zudem senkte sich das Gelände jetzt, sodass Kara Mühe hatte, überhaupt auf den Füßen zu bleiben. Wenn sie stürzte, war sie verloren, das wusste sie genau.

Deshalb konnte sie das Tempo nicht beibehalten. Sie stemmte sich manchmal dagegen an, drehte ihren Körper zur Seite, um die Geschwindigkeit zu verringern, und hatte das Pech, in ein unter altem Laub verborgenes Loch zu treten.

Diesen Fehltritt konnte sie nicht ausgleichen. Ihre eigene Geschwindigkeit schleuderte sie nach vorn und zu Boden.

Jetzt erwies sich das Schwert als hinderlich. Sie kantete es noch herum, die Spitze raste dem Boden entgegen, drang ein, doch als Stütze war es trotzdem nicht zu gebrauchen.

Kara stürzte zur Seite und blieb liegen.

Sie war erschöpft. Unter sich fühlte sie den kühlen Grund. Eine Wohltat, wie sie zugeben musste, und sie war so weit, dass sie einfach liegen bleiben wollte.

Das gestattete man ihr nicht, denn die Schatten waren da!

Und wie!

Kara hatte kaum den Kopf ein wenig zur Seite gedreht und angehoben, als sie von den langen, düsteren Armen erreicht wurde. Plötzlich verdunkelte sich ihr Gesichtsfeld, sie wälzte sich jetzt auf den Rücken und sah sich eingehüllt.

Jetzt konnte sie sich nicht mehr bewegen. Steif lag die Schöne aus dem Totenreich auf dem Boden. Sie erlebte eine Hölle, obwohl sie keine Schmerzen verspürte, aber ihre Gedanken waren nach wie vor klar.

Noch immer hielt sie den Schwertgriff fest. Durch die Drehung hatte sich die Waffe verkantet. Zum Griff hin bildete Karas Arm eine schiefe Ebene. Längst war ihr Blickfeld getrübt durch den violetten Schein, sah sie die Bäume nur noch verschwommen. Vergeblich versuchte sie, ihre Kräfte zu mobilisieren. Vielleicht hätte ihr gerade jetzt der Trank des Vergessens helfen können, den allerdings besaß sie nicht.

Wer war der Gegner?

Trotz der magischen Lähmung, die Kara umfangen hielt, musste sie daran denken, und sie erinnerte sich wieder an den Spuk, denn er stand ebenfalls nicht auf ihrer Seite.

Hatte er vielleicht die Schatten geschickt? Oder war er es selbst, der sich ihr näherte?

Nein, die Schatten des Spuks waren dunkler. Sie vermittelten einen noch gefährlicheren Eindruck. Aber das täuschte. Die andere Kraft, die sie hier umfangen hielt, war ebenso schlimm.

Dann sah sie die Bewegung.

Vor ihr, genau zwischen zwei dicken Bäumen, deren Astwerk ineinander überging, zitterte etwas.

Der Gegner!

Vielleicht doch der Spuk?

Ein Irrtum! Da stand ein anderer, und Karas Augen wurden weit vor Entsetzen …

Der Kontakt zu Kara war abgerissen!

Myxin konnte es drehen und wenden, nach Erklärungen und Ausreden suchen. Es war eine unumstößliche Tatsache: Er hatte keinerlei Verbindung mehr zu seiner Partnerin.

Schluss …

Es gab zwei Möglichkeiten für den kleinen Magier. Er konnte gehen und Kara suchen, dann musste er das unmittelbare Gebiet der *flaming stones* verlassen. Doch das wollte er nicht, denn wenn es eine Rettung gab oder geben konnte, dann vielleicht nur durch die Flammenden Steine. Über sie wollte er Kontakt aufnehmen.

Bisher war es so gewesen, dass es Kara zumeist gelang, die Steine zu aktivieren. Wenn sie, ihr Schwert und die Steine eine Dreieck-Verbindung eingingen, wurde ein magisches Kraftfeld heraufbeschworen, das von den Schwarzblütern so gefürchtet war.

Aber Myxin stand allein.

Abermals versuchte er, Kontakt zu Kara herzustellen. Er konzentrierte sich auf sie. Sein Gesicht schien dabei einzufrieren. Myxin sammelte seine Para-Kräfte, ließ ihnen freien Lauf und suchte die Verbindung. Kara musste sich rühren! Und wenn es nur ein winziger Kontakt war.

Da existierte eine Mauer!

Eine magische Sperre, die Myxin nicht überwand. Sie reflektierte seine Kräfte zu stark, schleuderte sie auf ihn zurück, sodass ihm der Kontakt mit der Schönen aus dem Totenreich versagt blieb.

Der kleine Magier ächzte.

Wenn er nicht wusste, wo sich Kara befand, konnte er sich auch nicht zu ihr teleportieren. Aus diesem Grunde war es zwecklos, weiterhin seine Kräfte zu mobilisieren, er würde immer nur ins Leere stoßen.

Myxins schmale Schultern sanken noch mehr zusammen. Für einen Moment wirkte es so, als könne er sich nicht mehr auf den Füßen halten, dann ging ein Ruck durch seine Gestalt.

Nein, er würde es weiter versuchen. So schnell gab er nicht auf …

Seine Gedanken stockten. Plötzlich dachte er nicht mehr an sein Vorhaben, denn etwas geschah um ihn herum.

Die Steine meldeten sich.

Hatten sie ihren Namen *flaming stones* wegen ihrer flammenden roten Farbe erhalten, so straften sie in dem nächsten Augenblick diesen Begriff Lügen.

Die Steine veränderten sich nicht zu roten Feuersäulen, blieben auch nicht grau, sondern nahmen eine andere Farbe an. Aus den Tiefen des Gesteins drang etwas hervor und erreichte die Oberfläche der vier nach oben stoßenden Blöcke.

Myxin stand wie festgenagelt auf dem Fleck. Er konnte sich die Veränderung der Steine nicht erklären und war Zuschauer bei einem unheimlichen Prozess.

Etwas Dunkles war im Innern der Steine aufgeflammt, es breitete sich wie ein Tuch aus, und es drang gleichzeitig so weit vor, dass es auch an der Oberfläche zu sehen war.

Nein, das war kein rotes Schimmern, kein geheimnisvolles Glühen wie sonst, sondern eine kalte, violette Farbe, die einen seltsamen Stich ins Blaue hatte.

Myxin war fasziniert und gleichzeitig erregt. So etwas hatte er noch nie erlebt. Er hätte es kaum für möglich gehalten, dass sich die Steine nicht in seinem Sinne veränderten. Sie standen gegen ihn, denn wenn er sie aktivierte, wurden sie nicht blau.

In der Farbintensität war dies zu vergleichen mit dem Rot, der sonstigen Aktivierung. Und sie sandten magische Strahlen aus. Unsichtbare Wellen liefen von ihnen aus, um Myxin zu erreichen. Sie tasteten sich vor, berührten ihn, drangen in seinen Körper ein und versuchten, Myxins Geist zu beeinflussen.

Fremde Gedanken schwirrten in seinem Kopf herum. Und er identifizierte sie trotz des gewaltigen Durcheinanders. Diese Gedanken stammten nicht von dieser Welt, auch nicht aus dieser Zeit, sondern aus einer, die weit zurücklag.

Atlantis!

Wieder griff der unheimliche Zauber dieses längst versunkenen Kontinents hart in die Gegenwart hinein, um das Grauen zu erwecken. Die Vergangenheit wollte auferstehen, sie kroch durch die Steine heran und benutzte diese als Katalysator.

Wenn sie das schaffte, mussten die Flammenden Steine aus Atlantis stammen. Dann waren sie ein Rest dieser gefährlichen Zeit, die für zahlreiche Menschen im Dunkeln lag.

Myxin schaute zu.

Fassungslos, wie er sich selbst eingestand, und er sah, dass die vier Steine durchsichtig wurden, obwohl das kalte blaue Licht in ihrem Innern blieb.

Ein kaum zu erklärender Vorgang. Die Steine erinnerten Myxin jetzt an gläserne Denkmäler.

Der kleine Magier ging zurück. Er setzte nur zwei kleine Schritte, zitterte dabei und blieb schließlich so stehen, dass er alle vier Steine beobachten konnte.

Wie blau leuchtende, gläserne, kalte Stempel sahen sie aus. Unheimliche Wächter, die ein quadratisch angelegtes Gebiet abgrenzten und bestrahlten.

Wie bei der normalen Aktivierung der roten Strahlen von den Steinen Magie abgegeben wurde, so geschah dies auch mit den blauen. Von den Unterkanten der Steine aus liefen breite Streifen aufeinander zu und trafen sich in der Mitte, wo sie ein Zentrum der Magie bildeten.

Die erste Phase war erreicht.

Nun folgte der zweite Teil.

Myxin wollte seinen Augen nicht trauen, als er innerhalb des durchsichtigen Gesteins Bewegungen sah. Zuerst glaubte er an schlierenförmige Einschlüsse, wurde sehr schnell eines Besseren belehrt, denn die angeblichen Einschlüsse nahmen Gestalt an.

Und es waren Menschen, die in den Steinen standen. Zwei Unbekannte, die jedoch gleich aussahen, sodass Myxin an Zwillinge dachte.

Und zwei weitere Männer hielten sich in den Steinen auf.

Die kannte der kleine Magier sehr gut.

John Sinclair und Suko!

Auch wir hatten uns gegen diese fremde, unheimliche Magie nicht wehren können. Das Boot verschwamm vor unseren Augen. Wir sahen keine inneren Bordwände mehr, hörten nicht das Klatschen des Wassers, und auch Gregg verschwand. Zeit und Raum nahmen uns auf. Andere Dimensionen wurden für uns der Aufenthaltsort.

Ich fiel in einen Schacht.

Er war von einem tiefen Blau erfüllt, sodass ich das Gefühl hatte, mich in einem gewaltigen Tintenfass zu befinden. Der Schacht schien bodenlos zu sein, denn ich fiel und fiel, konnte nichts dagegen tun und mich nicht einmal bewegen. Das andere war stärker.

Zu Beginn hielt mich das heiße Gefühl der Angst in den Klauen. Eine schlimme Sache, denn man glaubte bei diesen Gelegenheiten immer, das letzte Stündlein habe geschlagen. Wenn dieses Gefühl vorbei ist und die Reise weitergeht, kann man sich auf sie konzentrieren, so gespenstisch und unheimlich sich dies auch anhört.

Ich konzentrierte mich.

Dass ich so etwas wie eine Dimensionsreise unternahm, war mir längst klar geworden. Nur das Ziel kannte ich nicht, sollte es aber sehr bald kennen lernen, denn ich spürte nicht nur Widerstand unter meinen Füßen, auch die Umgebung veränderte sich.

Sie wurde heller!

Das Blau blieb zwar nach wie vor, doch mein Blick öffnete sich, und ich schaute in ein Gebiet hinein, das ich kannte.

Es war das Quadrat der *flaming stones!*

Im ersten Augenblick hätte ich lachen können, denn hier fühlte ich mich sicher. Das Quadrat zwischen den Steinen gab mir ein Gefühl der Geborgenheit, was im nächsten Moment radikal zerstört wurde.

Als ich die Hand ausstreckte, fühlte ich Widerstand an meinen Fingern und stellte fest, dass ich ein Gefangener war.

Aber wo?

Ich schaute nach vorn, sah einen blauen Schein auf dem Boden flimmern, der sich mit anderen Strahlen traf, bevor er weiter auf sein eigentliches Ziel hin wanderte.

Und das war die viereckige Steinsäule mir genau gegenüber!

Sie sah seltsam aus. Ich hatte sie größer in Erinnerung, auch nicht so scharf konturiert. Über dieses Phänomen dachte ich nach und gelangte zu dem Schluss, dass ich selbst die Welt wie durch eine Linse betrachtete. Demnach musste der Stein seinen Zustand verändert haben.

Bestand er jetzt aus Glas?

Atmen konnte ich, ich hörte auch meinen Herzschlag als dumpfes Klopfen. Organisch war also alles okay, deshalb konnte ich mich auch auf die Umgebung konzentrieren.

Der mir gegenüberstehende Stein war ebenfalls besetzt. Suko hatte ich erwartet, jedoch sah ich eine andere Person innerhalb des Steins.

Einen Mann ungefähr so groß wie ich. Trotz des eingeengten Sichtfeldes fiel mir auf, dass der Mann mit bloßem Oberkörper umherlief, jedoch auf seiner Brust etwas eingebrannt hatte.

Eine Tätowierung!

Genau das war es!

Dieser Mensch war tätowiert worden! Da hatte ich bereits den Beweis der Verbindung zu Gregg und Arkonada.

Sie und die Flammenden Steine hingen irgendwie zusammen. Mein Blick wanderte nach rechts zu dem zweiten vor mir stehenden Stein. Er war ebenfalls nicht leer. In ihm befand sich das genaue Abbild des Mannes, den ich zuerst gesehen hatte.

Ein Zwillingspaar!

Das waren meine ersten Eindrücke. Schon des Öfteren hatte ich das Gebiet hier betreten. Es war zu einer Art Heimat geworden, jedoch nicht für mich, sondern für meine beiden Freunde Myxin und Kara. Sie wollte ich suchen, denn sie mussten einfach da sein und gemerkt haben, was hier vorging.

Kara sah ich nicht, so sehr ich mich auch bemühte. Als ich mich zur Seite drehte, um sie rechts von mir zu suchen, erkannte ich innerhalb des vierten Steins meinen Freund Suko eingeschlossen.

Er hatte im selben Augenblick zu mir hingeschaut. Unsere Blicke trafen sich.

Optimistisch waren sie nicht gerade. Suko hob sogar die Schultern. Eine resignierende Geste.

Ich drehte mich wieder und sah in diesem Augenblick Myxin. Der kleine Magier stand außerhalb des Quadrats, hielt die Arme halb erhoben und die Hände gespreizt.

War er machtlos?

In dieser Haltung hatte ich ihn bereits öfter gesehen. Wenn ich ihn mir allerdings jetzt anschaute und erlebte, dass nichts geschah, musste ich zu der Überzeugung gelangen, dass Myxin mit dieser Magie nicht fertig wurde.

Meine Hoffnungen setzte ich auf Kara. Die allerdings war überhaupt nicht zu sehen. Sollte sie ausgeschaltet worden sein? Hatte es sie bereits erwischt?

Ich wusste es nicht.

Mir blieb nur die Hoffnung, dieses Gefängnis wieder verlassen zu können. Deshalb streckte ich meine Arme aus, aber der Widerstand war einfach zu groß.

Ich kam nicht hindurch.

Die Steine waren für Suko und mich zu Gefängnissen geworden. Für die anderen beiden allerdings nicht, denn sie konnten völlig normal aus den Steinen hervortreten.

Wie Tänzer bewegten sie sich. Zuerst drehten sie ihre Schultern vor. Dies geschah geschmeidig, zu vergleichen mit den Bewegungen einer Schlange, gleichzeitig setzte der Erste sein rechtes Bein vor und konnte dem veränderten Stein entsteigen.

Daran hinderte ihn niemand. Dass Myxin ebenfalls zuschaute, bewies mir, dass er wirklich machtlos war. Der kleine Magier musste auf seinem ureigensten Gebiet eine Niederlage einstecken.

Bisher waren die *flaming stones* – von einigen Ausnahmen mal abgesehen – ein Refugium weißer Magie gewesen. Nun aber zerstörte jemand diesen Nimbus, degradierte den eigentlichen Herrscher zum Statisten, und ich konnte mir ungefähr vorstellen, wie es im Innern des kleinen Magiers aussah.

Der Mann stieg aus dem Stein.

Zwei Schritte davor blieb er stehen, drehte den Kopf und schaute auf seinen Partner oder Bruder, der ebenfalls Anstalten traf, sein Gefängnis zu verlassen.

Auch ihm bereitete dies keinerlei Schwierigkeiten. Er stieg aus dem Stein, als wäre er überhaupt nicht vorhanden, und wandte sich nach links, seinem Bruder zu.

Die beiden schauten einander an.

Wir aber mussten zusehen.

Ich ahnte, dass Arkonada oder Gregg die beiden nicht umsonst hergeschafft hatte. Sie hatten eine Aufgabe zu erfüllen, und ich dachte mit Schrecken daran, dass es sich letztendlich um die Vernichtung der *flaming stones* handeln konnte.

Und damit auch um das endgültige Ausschalten von Myxin und Kara!

Ein schlimmer Gedanke, den ich momentan nicht weiterspinnen wollte. Ich fragte mich fieberhaft, ob wirklich dieser geheimnisvolle Arkonada dahintersteckte.

Eine Antwort konnte ich mir selbst geben. Mehr als ein Raten war es aber nicht.

Tatsache blieb, dass wir gefangen waren!

Suko und ich steckten in den Steinen und sahen keine Möglichkeit, sie zu verlassen.

Wenn man von außen hinschaute und meine Bewegungen verfolgte, musste ein Betrachter uns für Tiere in einem Käfig halten.

Ich suchte nach einer porösen Stelle im Gestein, doch meine Hände glitten nur über glatte Wände. Schwachstellen gab es nicht.

Was konnte mir helfen?

Meine Waffen hatte man mir gelassen. Ich dachte natürlich an das Kreuz, drehte mich ein wenig und holte es hervor.

Wenn ich es aktivierte, würde es dann den Stein sprengen oder die Magie aufheben?

»Terra pestem teneto – salus hic maneto!«

Die Worte flossen über meine Lippen. Ich hatte mich inzwischen daran gewöhnt, und ich sah auch die Reaktion.

Ein Strom der Kraft fuhr aus dem Kreuz. Er entlud sich in grünlichblau schimmernden Blitzen, und von meiner Hand aus jagten sie in die verschiedensten Stellen der Steinwand.

Klappte es?

Mein Herzschlag trommelte. Ich hatte plötzlich das Gefühl, es trotz allem zu schaffen, denn ein Knirschen drang an meine Ohren.

Meine Hoffnung kehrte sich im nächsten Augenblick genau ins Gegenteil um.

Nicht der Stein wurde aufgerissen oder zerstört, nein, eine andere Veränderung begann.

In meinem Gefängnis veränderten sich die Stellen, die von den Strahlen getroffen worden waren.

Zwei Magien waren aufeinandergeprallt. Beide ungemein stark. Wie Säure und Lauge.

Bei diesen beiden so gegensätzlichen Chemikalien bilden sich Salze. Hier jedoch entstanden keine Salze im direkten Sinne, sondern lange, scharfe Kristalle, deren Wuchs nicht zu stoppen war.

Ich begriff schnell.

Durch meine Aktivitäten hatten sich die rasch wachsenden Kristalle gebildet. Und es war nur eine Frage der Zeit, wann sie das Innere des Steins vollends ausfüllten …

Niemand kann das Rad der Zeit zurückdrehen. Auch Kara nicht. Sie konnte zwar durch magische Einflüsse in die Vergangenheit hineingerissen werden, aber das war bei ihr momentan nicht der Fall. Sie befand sich nach wie vor in der Gegenwart, obwohl sie die Vergangenheit erlebte.

Eine Erinnerung aus der weit entfernten Vergangenheit. Die konnte ihr keiner nehmen.

Kara erinnerte sich.

Trotz der Starre, in der sie lag, arbeiteten ihre Gedanken vorzüglich. Sie starrte dabei auf die Gestalt, die sich allmählich aus dem Wald löste und von einem blauen Lichtschein umgeben war.

Dieses türkisfarbene Schimmern huschte über den Boden. Es kroch an Bäumen, Sträuchern und Unterholz hoch, deckte alles ab und wurde größer, je näher die Gestalt kam.

Sie schritt lautlos.

Es war kein Geräusch zu hören. Sie verbreitete eine Atmosphäre der Beklemmung und etwas von einem unheimlichen Erbe, das sie aus der Vergangenheit mit in die Gegenwart gebracht hatte.

Es traf Kara wie ein Blitzstrahl. Plötzlich wusste sie Bescheid, da war ihr klar, wer diese Gestalt war.

Ein Dämon.

Arkonada!

Ihr Herz raste plötzlich, als sie daran dachte. Selbst ihr Vater Delios, der sich mit den Kräften weißer und schwarzer Magie auskannte, hatte vor Arkonada immer gewarnt. Und nicht nur das. Kara erinnerte sich, dass er auch seine Angst zugegeben hatte.

Nie hatte er diesen Dämon besiegen können, denn Arkonada war in Atlantis ein finsterer Magier gewesen, der seine Stärke auf andere übertragen konnte.

Denn er besaß die magische Nadel!

Eine gefürchtete Waffe. Nicht allein wegen seiner scharfen und äußerst spitzen Nadel, nein, dieses Werkzeug hatte die Kraft einer unheimlichen Welt, es konnte, wenn Arkonada einmal die Tätowierungen bei Menschen vorgenommen hatte, diese verändern. Durch die Tätowierung wurden sie zu anderen Menschen, zu Robotern, zu Puppen, die in den Händen ihres Meisters Wachs waren.

Das war in der Vergangenheit so gewesen, und es hatte sich in der Gegenwart sicherlich nicht geändert.

Mit jedem lautlosen Schritt, der Arkonada näher an Kara heranbrachte, steigerte sich die Angst der Schönen aus dem Totenreich. Auf sie kroch das lautlose Grauen zu, das Gestalt angenommen hatte.

Arkonada befand sich im Zentrum des bläulichen Scheins. Seine Gestalt hob sich deutlich ab, sogar die Umrisse traten scharf und klar hervor.

Er war ein Wesen mit menschlicher Gestalt. In dem türkisfarbenen Licht schien er aufzugehen, denn es umgab ihn wie ein schützender Mantel.

Auf der Köperfläche konnte Kara kaum Konturen sehen. Es gab zwar welche, doch die verschwammen zumeist, als würde jemand mit einem großen Radiergummi über die Gestalt streichen.

Und er veränderte sich plötzlich.

Bevor Kara es richtig erfasste, war der Spuk aus Atlantis vergangen.

Stattdessen kam ein anderer auf sie zu.

Ein alter Mann mit wirrem Haarschopf. Er ging gebückt, hielt den Kopf vorgebeugt und hatte den rechten Arm ausgestreckt. Seine langen, knochigen Finger umklammerten den Griff eines Stiftes.

Als Kara diesen Stift sah, da begann ihr Atem zu stocken, denn es war genau die Nadel, von der ihr Vater damals in Atlantis schon berichtet hatte.

Sie hatte sie nie gesehen. Heute wurde sie ihr zum ersten Mal präsentiert, und sie konnte sich vorstellen, was der andere mit der Nadel und zwangsläufig auch mit ihr vorhatte.

Auch der alte Mann wurde von dem seltsamen blauen Licht umgeben. Es wirkte wie eine Wolke, die seine Figur umschmeichelte, während er Schritt für Schritt auf Kara zutrat und sie aus seinen kalten Augen fixierte. Er suchte jeden Zoll ihres Körpers ab, seine Augen glichen Sensoren. Als er nickte, bewegten sich die nach oben stehenden Haare wie ein Hahnenkamm.

Ja, er konnte zufrieden sein.

Kara lag bewegungslos. Die Schatten hielten sie wie Fesseln. Sie sah keine Chance, dem Unheil zu entrinnen, verdrehte die Augen und warf einen verzweifelten Blick auf die Schwertklinge, die nach wie vor schräg im Boden steckte.

Seltsam fahl sah die goldene Klinge aus. Sie hatte sich zu Karas Schrecken verändert und wirkte nun wie ein leicht gebogenes Stahlband, das die Verbindung zwischen Erde und Hand darstellte.

Vor ihr blieb der Alte stehen. Er blickte aus seinen kalten Augen auf sie nieder und flüsterte: »Ich bin Gregg!«

Kara konnte mit diesem Namen nichts anfangen. Dennoch wunderte sie sich: »Nicht Arkonada?«

»Auch das.«

»Ich verstehe nicht ...«

»Das brauchst du auch nicht, Mädchen. Ich und meine beiden Helfer haben von Arkonada den Auftrag erhalten, euch auszuschalten. Für alle Zeiten zu vernichten, euch hineinzustoßen in das absolute Nichts, in die Unendlichkeit der dämonischen Dimension, wo ihr als Schwarzblüter über euer vorheriges Leben nachdenken könnt. Eure Körper werden vernichtet. Diese Nadel hier ...«, seine Hand zuckte plötzlich vor, und Kara sah die Spitze dicht vor ihren Augen, »... macht es möglich. Die magische Nadel des Arkonada, aus einer fernen Zeit stammend, aber von seiner Wirkung hat es nichts verloren.«

Wenn Kara gekonnt hätte, sie hätte ihm den Stift aus der Hand geschlagen.

So aber musste sie mit ansehen, wie die freie Hand des Alten vorschoss, den Stoff ihrer dunklen Bluse fasste und dann mit der Nadel gedankenschnell zustach.

Er hatte es so raffiniert angestellt, dass im Stoff eine große Lücke klaffte, als er ihn wieder fallen ließ.

Kara schämte sich vor dem gierigen Blicken des alten Mannes. Das Leuchten in seinen Augen sagte ihr genug, und sie presste so hart die vollen Lippen aufeinander, dass sie blass vor Blutleere wirkten.

»Du hast einen schönen Körper«, flüsterte der Alte. »Einen wirklich schönen Körper. Ich habe schon viele in meinem Leben gesehen. Die von Frauen und die von Männern. Deiner gehört zur Spitzenklasse, und es soll eine Ehre für ihn sein, wenn ich ihm das Zeichen des Arkonada einritze.«

Nach diesen Worten veränderte Gregg/Arkonada seine

Stellung ein wenig und stützte sich mit der linken Hand neben dem Körper der Frau ab.

Die andere senkte er ebenfalls, ließ die Spitze der gefährlichen Nadel noch für die Länge eines Lidschlags über dem weiß schimmernden Dekolletee schweben und stach in die Haut hinein …

Myxin fühlte sich leer, ausgebrannt. Er fühlte sich wie eine Hülle, der man die Luft entnommen hatte. Seine Energie war weg, verschwunden, die magischen Steine standen nicht mehr auf seiner Seite. Sie gehorchten ihm nicht.

Und dennoch gab es für ihn eine Hoffnung.

John Sinclair und Suko. Er sah sie vor sich. Als normale Menschen. Gefangen in den Steinen und sicherer als im besten Gefängnis der ganzen Welt.

Sie kamen nicht mehr raus.

Dafür die anderen. Beinahe lässig wirkte es auf den kleinen Magier, wie sie Arme und Beine bewegten, um ihre Gefängnisse mit den gläsern wirkenden Mauern zu verlassen.

Auch John Sinclair und Suko versuchten es. Beide gaben sich große Mühe, doch umsonst. Sie konnten die Steine einfach nicht verlassen.

Eingeschlossen …

Myxin wusste damit, dass er nicht auf Hilfe rechnen konnte. Er musste sich allein gegen die beiden Männer verteidigen. Sie glichen sich wie ein Ei dem anderen, und auf ihren nackten Oberkörpern leuchtete jeweils ein Zeichen.

Das Gesicht war eingebrannt, eintätowiert, und so fratzenhaft sah nur einer aus.

Arkonada!

Jetzt, wo Myxin die Männer aus der Nähe sah, erkannte er den Dämon. Sein Gesicht gehörte zu den Dingen, die selbst einem Magier wie Myxin Albträume verursachten.

Er schüttelte sich wie ein Mensch, der Fieber hat. Seine Augen glühten, die Gefahr wuchs mit jedem Schritt, den die beiden zurücklegten, denn sie hatten sich ihn als Ziel ausgesucht.

Noch waren sie nicht so nahe, dass für Myxin akute Lebensgefahr bestand. Er konnte sich weiterhin auf John Sinclair und dessen Freund Suko konzentrieren.

John versuchte es mit dem Kreuz. An den Bewegungen seines Mundes merkte Myxin, dass er die magische Formel rief, um die Kräfte des Kreuzes zu befreien.

Das silbriggrüne Leuchten des Kreuzes ging innerhalb des Gesteins unter. Da wurden Blitze ausgeschickt, die wuchtig in die Innenwände hieben.

Die magischen Entladungen sprengten sie nicht.

Myxin stellte dies mit Entsetzen fest. Die beiden starken, fremden Magien prallten aufeinander, wobei sie sich nicht aufhoben, sondern etwas Neues, Schreckliches bildeten, das Myxin nicht genau erkennen konnte.

Jedenfalls war die äußere Hülle des Steins, in dem John Sinclair steckte, nicht mehr so durchsichtig wie das Gefängnis des Chinesen Suko. Ein milchiger Schleier schien sich vor das Glas an der Innenwand gelegt zu haben, und Myxin sah, dass sich die Kristalle ausbreiteten und das Innere des Steins sehr schnell ausfüllen würden.

John war verloren!

Erst war Kara verschwunden, Suko gefangen, John Sinclair auf dem Weg in einen schrecklichen Tod, und er, Myxin, war so gut wie wehrlos.

Es war verdammt viel, was Myxin in den letzten Stunden zu verkraften hatte.

Für seine Freunde konnte er nichts tun, er musste zusehen, dass er sich die Zwillinge vom Hals hielt.

Sie sahen nicht nur gefährlich aus, sie waren es auch. Nur allmählich näherten sie sich, durchmaßen den auf dem Boden liegenden blauen Schein und ließen sich Zeit.

Starr waren ihre Gesichter. Die Augen wirkten leblos wie Steine, die Blicke frostig. Unter der Haut an den Oberarmen spielten Muskeln. Ein Beweis dafür, dass die Männer auch mit körperlicher Kraft ausgestattet waren, nicht nur mit magischer.

Sie wollten sich offenbar links und rechts von Myxin aufbauen, um ihn zwischen sich zu haben. Je näher sie kamen, umso stärker spürte der kleine Magier ihre Kraft.

Sie ging allein von den Fratzen auf ihren Oberkörpern aus. Arkonada hatte dort sein Zeichen hinterlassen, es in die Haut hineingeätzt, und er würde diese Menschen für immer und ewig unter seiner Kontrolle halten.

Mit normalen Waffen konnte Myxin sie nicht bekämpfen. Er musste es mit Magie versuchen, und dazu brauchte er seine alten, wiedererstarkten Kräfte.

Kaum hatte er sich auf die beiden konzentriert, als der erste Angriff erfolgte. Das Leuchten auf der Brust des Basil Bean nahm für einen Moment zu, bevor der Strahl in Myxins Richtung zielte.

Der kleine Magier war schneller.

Sein Körper löste sich noch in derselben Sekunde auf und entstand an anderer Stelle neu.

Der Strahl verfehlte Myxin. Er jagte an einem Felsen vorbei, traf weiter hinten einen Baum und sorgte dafür, dass das Gewächs zu einer schwarzen, klumpigen Masse wurde.

Myxin stand in Deckung eines Steins. Er hatte sich

natürlich nicht aufgelöst, auch wenn es so ausgesehen hatte, aber die Teleportation ging so rasant vor sich, dass ein Betrachter tatsächlich das Gefühl haben konnte.

Hinter dem hohen Stein wartete Myxin ab.

Er konnte hindurchschauen, sah seine Gegner seltsam verzerrt und spürte die Ausstrahlung des Steins. Das war eine Magie, die ihm überhaupt nicht behagte, und er hatte dasselbe Gefühl wie damals in Atlantis, als er Arkonada gegenübergestanden hatte.

Zu einer direkten Auseinandersetzung war es nie gekommen. Arkonada hatte ein anderes Gebiet besetzt, und beide standen schließlich auf der schwarzmagischen Seite.

Hier jedoch und auf der Erde sahen die Verhältnisse völlig anders aus. Myxin hatte die Seite gewechselt. Arkonada wusste das und wollte ihn vernichten.

Allerdings hatte er erst einmal seine Diener vorgeschickt.

Wieder huschte Myxin davon, als er einen Strahl auf sich zurasen sah. Diesmal hieb der Strahl in den bläulich leuchtenden Stein und wurde von ihm absorbiert.

Dem nächsten und übernächsten Angriff konnte er ebenfalls entgehen, indem er sich wegteleportierte. Myxin musste wissen, was mit Kara geschehen war. Um sie machte er sich die größten Sorgen.

Myxin fühlte sich nicht mehr so deprimiert wie zu Beginn. Er hatte Erfolge errungen, seinen Gegnern war es nicht gelungen, ihn in die Falle zu locken und zu vernichten.

Vielleicht konnte er jetzt zum Gegenangriff übergehen.

Der kleine Magier ließ sich auf die Knie fallen. Ein Zittern durchlief seine Gestalt, er schien in den nächsten Sekunden ein anderer zu werden.

So wie jetzt hatte er sich seit Langem nicht angestrengt. In seinem Körper spalteten sich Kräfte ab, die im alten Atlantis geboren waren, danach in der Versenkung schlummerten und jetzt wieder hervorgeholt wurden.

Myxin wurde zu einer magischen Bombe!

Und sie schlug in das Quadrat der Flammenden Steine ein. Plötzlich wurde der blaue Schein durch Blitze gespalten. An den verschiedensten Stellen riss er auf, und zwischen den Steinen sowie über den Köpfen der beiden Brüder tobte ein lautloser, erbarmungslos geführter Kampf zweier uralter Magien.

Myxin gab nicht auf. Als Bündel magischer Energie hockte er auf dem Boden, strengte sich an. Die Wellen liefen in alle Richtungen davon, suchten, tasteten, denn Myxin wollte auch Arkonada haben.

Und er fand Kontakt.

Ein gedanklicher Schrei erreichte ihn.

Nicht Arkonada hatte ihn ausgestoßen.

Jemand anders.

Kara!

Im nächsten Moment war Myxin verschwunden …

Ich aber kämpfte innerhalb meines Gefängnisses ums nackte Leben!

Mein Kreuz hatte ich aktiviert, es hatte auch reagiert, aber sollte dieses Wissen um das Geheimnis des Kreuzes jetzt zu einem Bumerang für mich werden?

Was mit Myxin und den Zwillingen geschah, sah ich nicht, weil ich viel zu sehr mit mir selbst beschäftigt war.

Die seltsamen Kristalle wuchsen von innen auf mich zu. Sie erinnerten mich an grünblau schimmernde lange Schwerter, und sie wurden von Sekunde zu Sekunde größer.

Der Stein war zwar hoch, seine Breite jedoch ließ einiges zu wünschen übrig. Viel Platz zum Ausweichen hatte ich nicht. Ich wusste aber nicht, was geschah, wenn mich diese Kristalle berührten, jedenfalls wollte ich es nicht darauf ankommen lassen.

Die Sicht nach draußen war mir versperrt, da die äußere Hülle eine starke Trübung angenommen hatte. Deshalb konnte ich auch nicht sehen, was Suko trieb.

Dem ersten spitzen Kristallarm wich ich aus. Ich drehte mich zur Seite, und er wuchs an mir vorbei. Gleichzeitig knisterte und knackte es unter meinen Füßen. Dort war der Strahl aus dem Kreuz auch hingefahren und hatte die Umgebung verändert.

Als ich einen Blick nach unten warf und dabei heftig erschrak, weil meine Füße auf einmal nicht mehr zu sehen waren, hörte ich plötzlich die Geräusche über meinem Kopf.

Angst schoss in mir hoch!

Wenn der Stein von innen immer mehr zuwuchs, würde ich irgendwann nicht mehr atmen können, was bisher immer noch gut geklappt hatte.

Der Stein würde mich nicht nur erdrücken, ich würde auch elendig ersticken.

Noch konnte ich mich bewegen und versuchte alles, um diesem grausamen Gefängnis zu entrinnen.

Jetzt zählte jede Sekunde.

Ich zog meinen Dolch aus der Scheide. Die Klinge war sehr spitz, zudem beidseitig geschliffen. Vielleicht würde es mir mit ihr gelingen, das Gestein aufzuhacken.

Weit konnte ich nicht ausholen, denn ich spürte einen Druck, der sich sehr schnell verstärkte.

Aus diesem Grunde musste ich eine krumme Haltung einnehmen. So stand ich halb gebückt da und hatte meinen Körper nach rechts gedrängt.

Mit dem Dolch hackte ich zu.

Wenn jemand mit seinem Pickel in Eis schlägt, entstehen ähnliche Geräusche, wie ich sie hörte. Immer wieder rammte ich die Spitze vor, drückte sie gegen das gläsern wirkende Gestein und versuchte so, eine Lücke zu schaffen.

Der Dolch verbog sich nicht, das Silber war hart genug, aber ich erzielte auch keinen Erfolg.

Die Wand hielt!

Da konnte ich zustoßen, so oft ich wollte, nichts half mir gegen diese verfluchten Wände. Es war zum Verzweifeln. Nur Kratzer ritzte ich hinein.

Und die Kristalle wuchsen weiter.

Von innen drangen immer mehr kristallene Arme gegen mich vor. Sie entstanden an den vier Wänden und versuchten, eine Verbindung zwischen sich herzustellen.

Ich steckte den Dolch wieder weg. Nein, so schaffte ich es nicht. Mittlerweile war mir der Schweiß ausgebrochen. Mein Atem ging keuchend. Verzerrt war mein Gesicht.

Die Angst nahm zu.

Trotz dieses Gefängnisses bemerkte ich, dass draußen ebenfalls eine Auseinandersetzung tobte.

Ich schaute durch eine freie Fläche im Gestein und sah das Aufzucken der Blitze. Da wurde heiß gekämpft. Magische Entladungen fanden statt. Hin und wieder huschte jemand vorbei. Anhand des Schattens glaubte ich, Myxin, den kleinen Magier, zu erkennen. Er hatte seine Kräfte zurückerhalten und ging gegen die beiden tätowierten Gegner vor.

Mir nutzte das nichts. Ich saß in meinem Gefängnis, das zwar von den Blitzen getroffen wurde, aber hielt.

Es wankte nicht einmal, die Wände verschmorten nicht, und für mich wurde die Zeit immer knapper.

Sollte Arkonada es tatsächlich schaffen?

Wieder dachte ich an das Kreuz. Himmel, es war eine starke Waffe. Ich hatte es schon oft genug eingesetzt, auch aktiviert, und es hatte mir geholfen.

Wieso hier nicht?

Die vier Buchstaben an den Seiten rührten sich nicht. Die Insignien der Erzengel blieben stumm. Gegen diese Magie kamen auch sie nicht an.

Inzwischen war das Innere des Steins schon so weit zugewachsen, dass ich mich kaum noch bewegen konnte. Die Luft wurde mit jeder Sekunde knapper. Ich lehnte mich nach hinten, hatte den Mund weit aufgerissen, mein Gesicht war verzerrt, und ich spürte plötzlich die Erschütterungen, die den Stein trafen.

Es waren die Blitze, die Myxin absandte. Er versuchte, mit seiner Magie die Steine zu zerstören.

Etwas Unglaubliches, denn sie waren schließlich das Refugium für ihn und Kara!

Die Erschütterungen pflanzten sich fort. Ich bekam sie ebenfalls zu spüren. Manchmal hatte ich das Gefühl, als würden die Steine anfangen zu schwanken. Vielleicht kippten sie auch und dann …

Nein, ich durfte mich nicht aufgeben. Noch lebte ich, und deshalb wollte ich nicht anderen meine Befreiung überlassen, solange noch ein Funken Energie in mir steckte.

Eine alte, nicht christliche Mythologie war die Basis, aus der diese Magie entstanden war. Mit dem Kreuz direkt konnte ich sie nicht bekämpfen. Aber in ihm waren Zeichen eingraviert, die mit der christlichen Mythologie nur bedingt zu tun hatten.

Ich wusste, dass die alten Ägypter einiges von der atlantischen Magie unbewusst übernommen hatten. Zudem dachte ich an einige Fälle, als mir das Allsehende Auge geholfen hatte.

Konnte es mich auch hier retten?

Es war mühsam für mich, die magische Kreide aus der Tasche zu holen. Ich trug sie zum Glück immer bei mir, brachte auch den Arm hoch und streckte die Hand vor, um mit der Kreide an die Innenwände des Steins das Zeichen zu malen.

Meine Hand zitterte. Das Allsehende Auge wollte nicht so recht gelingen, mir fehlte die Luft und die nötige Konzentration, aber ich durfte jetzt nicht aufgeben.

Mit zittriger Hand zeichnete ich es mithilfe der magischen Kreide auf die Innenwand des Steins.

Dieses Allsehende Auge, das später von der christlichen Mythologie übernommen wurde, bedeutete das Leben.

Mehr wollte ich nicht.

Wieder nahm ich mein Kreuz.

Keuchend drang der Aktivierungsspruch über meine Lippen. Ich musste dabei Pausen einlegen.

Die Chancen standen 50 zu 50!

Das Kreuz würde reagieren und vielleicht den Kristallisierungsprozess im Innern des Steins noch beschleunigen. Aber …

Weiter dachte ich nicht, sondern schaute zu.

Blitze umgaben mich.

Lautlose Explosionen fanden statt. Das Kreuz kämpfte gegen die andere Magie, es strahlte ab, fand seine Ziele, und es war auch das Allsehende Auge dabei.

Kontakt.

Die Brücke stand!

Diesmal blendete mich das Rot. Es füllte das Dreieck um das Allsehende Auge völlig aus, während das Auge selbst dieselbe Farbe angenommen hatte wie die übrige Umgebung.

Ein Türkis bis ins Blau hineingehendes Violett. Kaum zu beschreiben dieser Farbwirrwarr.

Im nächsten Augenblick war ich nicht mehr Herr meiner Sinne. Andere Kräfte übernahmen die Kontrolle. Sie machten mit mir, was sie wollten.

Ich wurde geschüttelt, spürte Stiche durch meinen Körper tanzen, der Druck löste sich, und irgendetwas explodierte um mich herum, wobei ich nicht wusste, was es war.

Ich umklammerte mein Kreuz wie einen Rettungsbalken. Beide Hände hatte ich um dieses wertvolle Kleinod geschlungen, während sich um mich herum alles veränderte.

Ich kam frei!

Dabei konnte ich im Gegensatz zu den Zwillingen nicht normal gehen. Nein, mich packte eine nicht erklärbare Kraft und drückte mich nach vorn. Gleichzeitig wurden meine Füße leicht angehoben, und im nächsten Augenblick schleuderte es mich nach draußen.

Wie ein Stuntman die Scheibe eines Fensters durchbricht, so ähnlich wurde ich aus dem Innern des Steins katapultiert. Ich vernahm ein gewaltiges Knirschen, hörte das splitternde und knackende Geräusch, als die Umgebung zerbrach. Mir flogen die Brocken buchstäblich um die Ohren, und im nächsten Augenblick befand ich mich im Freien.

Ich merkte es zuerst an der frischen Luft, dann erhielt ich einen heftigen Schlag, als ich zu Boden prallte und mich ein paar Mal um die eigene Achse drehte.

Luft!

Verzweifelt versuchte ich zu atmen. Schwindel packte mich, ich rollte mich einfach weiter, hielt mein Kreuz fest, und die Welt um mich herum verschwamm in türkisfarbenen Explosionen.

Ich befand mich im Zentrum einer starken Magie. Einer Magie, die mich vernichten, aber auch retten konnte.

Irgendwann kam ich zur Ruhe.

Dabei stellte ich fest, dass ich auf dem Rücken lag.

Die Augen hatte ich weit aufgerissen. Über mir sah ich den Himmel. Klar und sauber. Nicht durch irgendwelches Glas gebrochen.

Mein Gott, ich lebte!

Ich konnte wieder atmen, mich frei bewegen und auch kämpfen. Gerade der letzte Gedanke gab mir den nötigen Mut, mich wieder auf die Füße zu erheben.

Durch die Magie des Kreuzes hatte ich mein Gefängnis zerstört. Zusammen mit einer anderen war sie doppelt so stark geworden, sodass ihnen auch Mauern nicht widerstehen konnten.

Ich hatte es geschafft.

Auf die rechte Seite rollte ich mich, stemmte mich hoch und stand wieder auf den Beinen.

Fast wäre ich noch eingesackt, denn ein Schwächeanfall packte mich. Aufgeben wollte ich nicht, nicht jetzt, wo die Gefahr noch längst nicht gebannt war.

Beim zweiten Anlauf klappte es richtig. Ich stand wieder fest auf den Beinen und drehte mich um.

Ich befand mich genau zwischen den Flammenden Steinen. Drei Steine waren leer. Sie leuchteten nach wie vor in dieser seltsamen türkisartigen Farbe. Die Magie hatten sie nicht abgegeben. Das Andere, Fremde steckte nach wie vor in ihnen, und ich stellte fest, dass ein Stein noch immer besetzt war.

Suko hatte sich nicht befreien können.

Er winkte mir zu. Ich lief zu ihm, konnte sogar sein Gesicht sehen und erkannte darin den erschreckten und warnenden Ausdruck.

Gleichzeitig hörte ich hinter mir dumpfe Schritte.

Suko musste warten. Ich fuhr herum und sah einen der Brüder auf mich zuhetzen.

Er kam schräg von der Seite. Auf seiner Brust leuchtete die hässliche Fratze, die im nächsten Moment zu explodieren schien, als sie ihren grünblauen magischen Strahl ausschickte, um mich zu vernichten.

Wegtauchen konnte ich nicht mehr. Mir blieb nur noch die Chance, den Strahl mit meinem Kreuz abzuwehren.

Das riss ich in die Höhe.

Treffer!

Er schüttelte mich durch. Für eine mir schrecklich lang erscheinende Zeitspanne glaubte ich, in ein Stromfeld geraten zu sein, das meinen Körper auflöste. Hätte ich mein Kreuz nicht gehabt, das noch immer ein Bollwerk gegen die Kräfte der anderen Magie bildete, wäre alles verloren gewesen.

So aber blieb ich stehen.

Breitbeinig hatte ich mich aufgebaut. Ich wollte dem Ansturm trotzen, denn der magisch beeinflusste Mensch griff mich weiterhin an.

In diesem Augenblick wuchtete ich meine rechte Faust vor und damit auch das Kreuz in meiner Hand.

Beides traf.

Ich hörte einen Schrei. Ein Hitzeschleier fuhr über meinen Handrücken. Für mich ein Zeichen, dass ich ins Zentrum getroffen hatte, und ich sah, wie mein Gegner zu einem wirbelnden Kreisel wurde.

Die Fratze auf seiner Brust leuchtete auf. Sie sprühte gleichzeitig. Der Beginn der Auflösung.

Das Kreuz war stärker gewesen.

Basil Bean taumelte zurück. Er bewegte seine Beine rhythmisch nach hinten. Ich wollte ihn nicht in Ruhe lassen, verfolgte ihn und hämmerte noch einmal zu.

Er nahm den Hieb voll. Dabei wurde er so weit zurückgeschleudert, dass er genau gegen den Stein krachte, in dem mein Freund Suko gefangen wurde.

Plötzlich passierte etwas Unfassbares.

Die Magie erlosch!

Der Stein, in dem Suko stand, wurde binnen einer Sekunde blasser, verlor die grünblaue Farbe, ich sah das natürliche Grau hervortreten und entdeckte noch mehr.

Den rosafarbenen Streifen, der von unten nach oben wanderte, und den Stein blitzschnell in seinen Besitz nahm.

Flaming stones!

Sie hatten einige Zeit diesen Namen nicht verdient gehabt. Nun bewiesen sie, wozu sie wirklich geschaffen waren, und es reagierte nicht nur einer, sondern alle vier.

Rot leuchteten sie. Eine grelle Farbe blendete uns.

Die Flammenden Steine!

Hier zeigten sie, wozu sie fähig waren. Mir kam es vor, als würden sie sogar mit einer doppelten Intensität leuchten, um all das gutzumachen, was sie verpatzt hatten.

Meine Augen strahlten.

Ein Lächeln lag plötzlich auf meinen Lippen. Ja, ich konnte wieder lächeln. In den letzten Stunden hatte ich es buchstäblich verlernt.

Es waren Steine. Schwere Brocken, wahrscheinlich aus der Urzeit, und Steine sollten sie bleiben. Sie brauchten kein Lebewesen in ihrem Innern.

Erst recht keinen Menschen!

Suko merkte ebenfalls die Veränderung. Ich sah, dass sich mein Partner bewegte, und plötzlich ging er vor.

Kaum wollte ich meinen Augen trauen, als der Inspektor den Stein verließ.

»Geschafft«, sagte er nur, während seine Augen leuchteten.

Fragen stellten wir beide nicht. Dazu war nicht die Zeit, denn wir hatten nach wie vor einen Gegner.

Einer jedoch verging.

Es war der, gegen den ich gekämpft hatte. Er war voll in diese veränderte Lage hineingeraten und wurde jetzt von den wahren Kräften der Steine erfasst.

Sie vernichteten ihn.

Dies geschah auf eine schreckliche Art. Obwohl wir keine Hitze spürten, merkte sie der andere, denn er löste sich auf. Vor unseren Augen zog sich seine Gestalt zusammen, wurde dunkel, fast schwarz und erinnerte zum Schluss an das, was ich im Schauhaus des Polizeireviers gesehen hatte.

Suko und ich schauten uns an. Auf unseren Gesichtern lag nicht nur eine Gänsehaut, sondern auch der Widerschein der feurigen Scheine. Sie waren beide mit einem roten Schleier überzogen worden.

»Das war's dann wohl«, flüsterte Suko.

»Es gibt noch einen Zweiten.« Ich dämpfte mit dieser Antwort seinen Optimismus ein wenig.

»Und auch Myxin.«

»Sowie Kara«, fügte ich hinzu.

»Weißt du, wo sie sind?«

Ich schüttelte den Kopf.

»Myxin hat gekämpft wie ein Berserker«, erklärte Suko. »Ich konnte ihm zuschauen, konnte jedoch mein verfluchtes Gefängnis nicht verlassen.«

»Wo ist er denn hin?«

»Weiß ich nicht. Er war einfach weg. Verstehst du? Verschwunden.«

»Kara habe ich bisher nicht gesehen«, fügte ich hinzu und zog ein nachdenkliches Gesicht. »Ob Myxin zu ihr wollte?«

»Das nehme ich an.«

»Dann suchen wir sie doch!«

Kaum hatte ich den Vorschlag ausgesprochen, als ich

zwischen den Steinen und nahe am Bach eine Bewegung wahrnahm.

Da war jemand!

Ich machte Suko darauf aufmerksam, und beide huschten wir auf die Stelle zu.

Wir waren schnell, jedoch nicht schnell genug. Der andere hatte uns kommen sehen.

Wie ein Irrwisch huschte er weg. Für einen winzigen Moment sahen wir seinen nackten Oberkörper und wussten nun, dass wir es bei ihm mit dem zweiten Tätowierten zu tun hatten. Wie ich ihn einschätzte, würde er versuchen, die Scharte wieder auszuwetzen.

»Du rechts, ich links«, sagte Suko.

So rasch es ging, drangen wir in den Wald ein und hörten beide den wilden Schrei.

Er war vor uns aufgeklungen. Wir hoben unsere Köpfe und sahen über den Bäumen ein blaues Licht schimmern.

»Da sind sie!«, schrie Suko.

Der Stich war grausam!

Gregg / Arkonada dachte überhaupt nicht daran, die Stelle, die er tätowieren wollte, zu vereisen. Er kannte bei Kara keinen Pardon. Für ihn zählte allein der Erfolg.

»Du wirst eine Dienerin des Arkonada!«, zischte er. »Es gibt keinen Ausweg mehr. Ich brenne dir sein Zeichen ein!«

Seine Augen leuchteten wild, die Finger der rechten Hand umklammerten den Griff der magischen Nadel, und er stach damit zu.

Wie tot lag Kara vor ihm. Noch immer umklammerte sie den Schwertgriff, aber die Waffe konnte ihr in dieser Situation nicht helfen. Niemand konnte es.

Sie dachte daran, dass sie einmal fast einen Mord begangen hätte. Sie wollte einen Freund mit dem Schwert töten, doch da hatte sich ihr längst verstorbener Vater gemeldet. Sein Geist, der in der Unendlichkeit des Raumes schwebte, hatte mit ihr Kontakt aufgenommen und sie von diesem Mord abgebracht.

Hier blieb ihr Vater stumm. Er konnte ihr nicht helfen. Gegen die Magie des Arkonada konnte auch er nichts ausrichten. Die Sperre war zu dicht. Zudem, was hätte er tun können?

Nichts! Er lebte nicht mehr. Nur sein Geist schwebte dort, wo alles wieder vereinigt wird.

»Auf dich hat Arkonada gewartet«, sagte Gregg voller Überzeugung. »So etwas wollte ich schon immer haben!« Bei diesem Satz wechselte er die Stimme, und Kara wurde klar, dass nicht Gregg zu ihr gesprochen hatte, sondern der andere Teil seiner Existenz, Arkonada!

Es war seltsam. Sie nahm alles wahr, was um sie herum vorging. Und doch konnte sie sich nicht bewegen, sie war diesem Unhold hilflos ausgeliefert.

Er bewegte seine Nadel mit den geschickten Händen eines wahren Künstlers. Die seltsam geformte Spitze stach in die Haut. Wo sie ihren Weg bereits gefunden hatte, hinterließ sie ein blaues Zeichen, eingedrückt in die Haut, aus der allerdings nicht ein Tropfen Blut strömte.

Die Umrisse des Gesichts hatte Gregg fertig gezeichnet. Er musste nur noch die beiden Hälften verbinden.

Ziemlich weit hatte er sich vorgebeugt. Sein Mund stand offen. Auf seiner vorgeschobenen Unterlippe hatte sich Speichel gesammelt, der tropfte manchmal nach unten, wobei er Karas Kinn und Hals nässte.

Sie rechnete nicht mehr mit Hilfe. Kara hatte sich in ihr Schicksal ergeben. Myxin musste ebenfalls ausgeschaltet worden sein, sonst wäre er längst erschienen. Wahrscheinlich war ihm das gleiche Schicksal schon vorher widerfahren.

Eine Niederlage auf der ganzen Linie.

Damit hätte Kara nicht gerechnet. Nicht die Großen Alten hatten sie geschafft, sondern dieser alte Mann, dessen Gesicht dicht über ihr schwebte.

Er würde sie zu einer Dienerin eines finsteren Magiers machen, und sie würde all das bekämpfen, was ihr zuvor heilig gewesen war.

Auch die Freunde.

John Sinclair, Suko.

Wenn Myxin lebte, sicherlich auch ihn …

»Jetzt brauche ich nur noch die beiden Hälften zu schließen«, erklärte Gregg mit rauer Stimme, »und das Gesicht ist fertig.« Er fügte ein zufriedenes Nicken hinzu.

»Das glaube ich kaum«, sagte plötzlich eine Stimme dicht hinter ihm.

Mit einem überraschten Schrei fuhr Gregg in die Höhe.

Er wirbelte herum und sah Myxin, den Magier, vor sich …

Wäre es Kara möglich gewesen, zu sprechen, bei Gott, sie hätte den Namen des kleinen Magiers geschrien. So aber lag sie auf dem Waldboden, hielt ihr Schwert und starrte an Gregg vorbei, um einen Teil der Gestalt des kleinen Magiers zu erkennen.

Er war nicht vernichtet, nicht tot, er lebte, und er würde sie retten.

Aber reichte seine Kraft aus, um gegen Arkonada zu bestehen?

Kara befürchtete das Gegenteil. Ihre Angst wuchs noch, denn die um Myxin kam hinzu.

»Du bist nicht erledigt«, stellte Gregg nickend fest.

»Nein, deine Diener waren zu schwach, Arkonada!«

Gregg lachte. »Arkonada sagst du?«

»Ja, bist du das nicht?«

»Doch, das bin ich.« Gregg nickte.

Myxins Gesicht blieb unbewegt, als er seinen Feind anschaute. Er fühlte sich wieder um eine lange Zeitspanne zurückversetzt. Um mehr als 10 000 Jahre. Es spielte jetzt keine Rolle, ob sie sich in Atlantis gegenüberstanden oder hier.

Feinde waren sie sowieso!

»Du hast eine Wandlung durchgemacht!« Die tiefe, leicht grollende Stimme des Magiers Arkonada drang aus dem Mund des Alten. »Damit hätte ich nie gerechnet.«

»Ja, ich sah ein, dass es keinen Sinn hat, die Menschen zu bekämpfen. Als man mich aus meinem tiefen Schlaf holte, den ich dem Schwarzen Tod zu verdanken hatte, wurde mir klar, dass ich mich entscheiden musste. Ich habe mich entschieden.«

»Gegen uns, nicht?«

»Ja, gegen euch. Ich sah ein, dass der Schwarze Tod nur Elend über die Menschheit gebracht hatte. Atlantis ist nicht umsonst untergegangen. Es gab damals einfach zu viele von deiner und seiner Sorte, die mit Kräften gespielt haben, die sie lieber hätten in Ruhe lassen sollen. Vielleicht hätte es noch heute diesen Kontinent gegeben, aber die Zeiten haben sich geändert. Ich weiß auch, dass viele überlebt haben, doch ich werde alles tun, damit sie nicht da fortfahren können, wo sie einmal aufgehört haben. Hast du mich verstanden?«

»Du hast laut genug gesprochen!«

»Dann richte dich danach, Arkonada!«

»Wir sind also Feinde?«

»Natürlich. Zudem hast du versucht, Kara in deinen Bann zu ziehen. Das kann ich nicht zulassen. Sie gehört zu mir, sie steht auf meiner Seite und hilft mir im Kampf gegen Kreaturen wie dich!«

Der alte Gregg öffnete den Mund. Er lachte mit der Stimme des Arkonada.

»Denk lieber zurück, Myxin. Du hast es damals schon nicht geschafft, und du wirst es auch heute nicht schaffen, das schwöre ich dir. Wir hatten unsere Gebiete abgegrenzt. Niemand kam dem anderen in die Quere. Willst du dich nicht auch heute daran halten?«

»Wobei du eines vergißt«, gab Myxin zur Antwort. »Erinnere dich daran, dass du mich angegriffen hast. Du wolltest Kara und mich vernichten, die Steine, unser Refugium, zerstören. Es ist dir nicht gelungen.«

»Aber es wird mir gelingen!«, zischte Gregg. »Damals haben wir uns nicht gegenübergestanden. Es mussten erst 10 000 Jahre vergehen, um das nachzuholen. Ich werde dafür sorgen, dass du es nicht schaffst, Myxin. Nie und nimmer. Du hast dich entschieden, ich ebenfalls. Wir sind Todfeinde. Merke dir das! Ich lasse mir meinen Plan nicht zerstören. Lange genug habe ich nach einem entsprechenden Körper gesucht. In diesem hier, in Gregg, habe ich ihn gefunden. Er führt die Nadel geschickt und wird mir zahlreiche Diener bringen.«

Myxin wusste genau, dass Arkonada kein Sprücheklopfer war. Schon in vergangenen Zeiten hatte er durch Taten bewiesen, wie sehr er sein Gebiet beherrschte. Über einen Gegenzauber hatte Myxin damals nicht nachgedacht, sie hatten ja einen Burgfrieden geschlossen, keiner kam dem anderen in die Quere. Nun aber musste er sich damit abfinden, dass sie Feinde waren. Einer nur würde überleben.

Ähnliche Gedanken hatte auch Gregg.

Er ging sogar einen Schritt zurück und verwandelte sich dabei innerhalb eines Sekundenbruchteils.

Myxin schaute nur in das blaue, türkisfarben schimmernde Licht und reagierte ebenfalls.

Bevor sich sein Gegner versah, drang aus Myxins Mund ein gewaltiger Schrei. Dann sprang er vor, huschte an Arkonada vorbei und hielt einen Augenblick später Karas Schwert in der rechten Hand.

»Jetzt stell dich!«, schrie er …

Die Wälder um das Gebiet der *flaming stones* waren ziemlich dicht. Eine Orientierung fiel uns auch bei Tageslicht schwer.

Wir mussten uns durch die intakte Natur kämpfen, einen anderen Weg gab es nicht.

Suko ging vor. Getrennt hatten wir uns nicht mehr. Es lauerten noch Gefahren, und denen wollten wir uns gemeinsam entgegenstemmen. Als Einzelpersonen waren wir zwar ebenfalls nicht schwach, dennoch nicht stark genug, um die andere Seite zu stoppen.

Die atlantische Magie war ungeheuer gefährlich, das wussten wir nicht erst seit heute.

Obwohl wir es eilig hatten, ließen wir uns Zeit. Dann blieben wir stehen und lauschten. Die Kampfgeräusche wiederholten sich bestimmt. Jetzt, wo wir näher am Schauplatz waren, würden wir sie auch deutlicher hören, wenn sie aufklangen.

Sie blieben stumm.

Auch von dem Tätowierten sahen und hörten wir nichts. Wenn er weiter floh, musste er sich lautlos wie eine Schlange bewegen, sonst hätten wir etwas vernommen.

Der Wald war mir unheimlich. Ich musste daran denken, dass ich hier schon gegen Asmodina und die Mordliga gekämpft hatte. Es lag einige Zeit zurück, als man Myxin entführen wollte.

Wir hatten es verhindern können.

Die Zweige über unseren Köpfen zeigten ein vielfältiges Muster. Manche Baumkronen waren miteinander verwachsen. Es sickerte nicht sehr viel Licht durch. Nur ab und zu sahen wir hellere Inseln.

Und hörten das Knacken.

Über uns.

Nach rechts und links fegten wir weg. Ich landete im Unterholz und hatte Pech, dass die Zweige Dornen hatten, sodass ich mich mit meiner Kleidung darin verfing.

Suko erging es besser. Er konnte sich gut abrollen, außerdem wandte sich der Tätowierte nicht ihm zu, sondern mir.

Ich hatte Mühe, mich zu befreien, rechnete mit dem Schlimmsten, als Suko seine Kräfte einsetzte.

Der rechte Fuß des Chinesen schnellte hoch, und er traf den Nacken des Tätowierten.

Diesem Tritt hatte er nichts entgegenzusetzen. Der Treffer wuchtete ihn nach vorn. Er konnte sich nicht auf den Beinen halten. Er krachte zu Boden, wollte sich wieder herumdrehen, doch da war Suko bereits über ihm, drehte ihn auf den Rücken und feuerte genau in das Mal auf seiner Brust.

Ich hörte das helle Singen, als Sukos Silbergeschoss von der Brust abprallte. Ich vernahm auch das Lachen unseres Gegners und konnte erkennen, dass sich die Fratze zwar verfärbte, aber nicht verblasste.

Suko sprang zurück.

Dabei zog er die Dämonenpeitsche, schlug einmal einen Kreis über den Boden, und die drei Riemen rutschten hervor.

Ich war inzwischen so weit, dass ich an meine Waffen herankonnte. Ein Risiko wollte ich nicht mehr eingehen, deshalb schleuderte ich den Bumerang.

Er war schneller als die Riemen der Peitsche, und er traf den Tätowierten voll.

Plötzlich kippte sein Kopf weg. Es hatte ihn in der Drehung erwischt, sodass der Schädel zur rechten, der Torso aber zur linken Seite fiel. Beides blieb auf dem Waldboden liegen.

Und beides veränderte sich.

Die Magie des Bumerangs hatte dafür gesorgt. Wieder wurde aus dem Menschen eine schwarze Masse, und wir wandten uns ab.

Einen Großteil der Gefahr hatten wir bereinigen können, das Finale stand uns noch bevor …

Myxin kämpfte mit Karas Schwert.

Eigentlich zum ersten Mal, seit die beiden sich kannten, geschah dies. Sie hatten sich sonst immer auf ihre unterschiedlichen Waffen verlassen, nun aber musste Myxin seinen Gegner mit der goldenen Klinge attackieren. Eine Klinge, die ebenfalls das Erbe des versunkenen Kontinents in sich trug und als eine besondere Waffe für die Bekämpfung dämonischer Wesen galt.

Arkonada selbst tat nichts, um den kleinen Magier zu stoppen. Er hatte wohl gesehen, dass sich Myxin bewaffnete, aber es interessierte ihn nicht.

Seine Gestalt hüllte er in die blaue Wolke ein, die hochstieg und die Kronen der Bäumen erreichte.

Myxin sah seinen Gegner nicht, denn Arkonada hielt sich innerhalb des seltsamen Schleiers versteckt. Einen Schleier, den er auch schon im alten Atlantis getragen hatte, denn dafür war er berühmt gewesen.

»Zeig dich, Arkonada!«, forderte der Magier. »Los, komm aus deinem Versteck, damit du mich besiegen kannst!«

Der Dämon dachte überhaupt nicht daran, Myxins Aufforderung Folge zu leisten. Er spielte sein eigenes Spiel, und es gelang ihm, die Wolke noch weiter auszubreiten.

Der kleine Magier blieb stehen.

Mit dem Schwert in der rechten Hand stellte er sich seinem Feind, wobei er dessen Gedanken spürte, die durch die Wolke in sein Gehirn drangen.

»Atlantis ist weit, Myxin, ich aber bin nahe. Sehr nahe sogar, und auch du wirst es spüren ...«

Kaum waren die Worte verklungen, als es im Zentrum der blauen Wolke aufleuchtete.

Arkonadas Fratze entstand!

Ein widerliches, ein verzerrtes, grausames Höllengesicht. Mit scharfen Falten, Runzeln und Linien, die wie festgebrannt in der Fratze standen.

Das Gesicht zeigte keine normale Größe. Es war übergroß, flächig und gleichzeitig tief, umwirbelt von den Schatten der blauen bis türkisfarbenen Zentrumswolke.

Wie Spiralnebel umkreisten die Schatten das Gesicht. Sie verzerrten es, zogen es in die Länge, dann in die Breite, sodass es immer andere Formen annahm.

Myxin wollte nicht mehr warten. Es war die reine Todesverachtung, mit der er vorstürmte und sich in die Wolke hineinwarf, wobei er auf das Zentrum zielte.

Er musste das Gesicht zerstören!

Myxin glaubte, sich in einem tiefen Schacht zu befinden. Etwas presste seinen Körper zusammen, und im nächsten Augenblick rammte er mit voller Wucht die goldene Klinge nach vorn.

Er traf.

Ein Schrei!

Grell, markerschütternd. Dieses Geräusch trieb den kleinen Magier zurück. Seine Augen leuchteten.

Hatte er es geschafft? War es ihm gelungen, Arkonada bereits mit dem ersten Streich zu vernichten?

Fast wollte er es nicht glauben, als er innerhalb des blauen Zentrums eine Bewegung wahrnahm.

Jemand tauchte hervor.

Arkonada?

Nein. Gregg war es!

Doch wie sah er aus?

Nicht Arkonada war von der Schwertklinge erwischt worden, sondern Gregg. Voll ins Schwarze war sie gestoßen, und Myxin sah auf der rechten Brustseite des Tätowierers einen dunklen Fleck.

Blut!

Gregg hatte die Arme halb erhoben. Auf seinem Gesicht spiegelten sich Schmerz und Schrecken wider. Der Mund stand offen, die Augen waren weit aufgerissen, und hinter ihm erklang das Lachen des Dämons Arkonada.

»Du wolltest mich treffen, Myxin!«, rief er lauthals in das Lachen hinein. »Du hast dir den Falschen ausgesucht. Ich bin von dir nicht zu töten. Ich war es in Atlantis nicht und werde es auch jetzt nicht sein. Du kannst zuschlagen, wann immer du willst, aber mich packst du nicht. Ein Wesen wie Arkonada ist unsterblich, Myxin, das solltest du dir merken.«

Verzweifelt versuchte der kleine Magier, den blauen Wirbel mit seinen Blicken zu durchdringen. Er wollte ein Ziel haben, einen Punkt, den er angreifen konnte, aber er sah nur die Wirbel. Arkonada selbst hielt sich zurück.

Gregg taumelte weiter. Tot war er nicht. Er wollte kämpfen, hob eine Hand und presste sie auf seine Verletzung.

Erst jetzt entdeckte Myxin in seiner anderen Hand den Stift. Er gehörte Arkonada, das wusste Myxin, und er sprang vor, um die magische Nadel an sich zu reißen.

Im selben Augenblick warf sich der schwer verletzte Gregg zurück. Myxin griff ins Leere, aber er hätte den anderen auch so nicht erwischt, denn die Kraft des alten

Magiers aus Atlantis riss ihn in den kreiselnden blauen Wirbel hinein. Gregg wurde verschluckt.

Myxin sah ihn nicht mehr. Er schaute nur in den Strudel hinein und hörte die fürchterlichen Schreie. Der kleine Magier erlebte, was Arkonada mit dem anstellte, der ihm nicht mehr gehorchte oder seiner nicht würdig war.

Er vernichtete ihn. Etwas anderes konnten die Schreie nicht zu bedeuten haben, das war Myxin klar.

Sekunden später sah er seine Annahme bestätigt. Während er noch immer unschlüssig in den rasenden Wirbel starrte, sank die Geschwindigkeit, dafür jedoch begann es zu brodeln und zu kochen. Blauer Dampf wölkte Myxin entgegen, und im nächsten Augenblick flog ein dunkler Gegenstand aus dem sich bewegenden Schacht.

Ein Mensch!

Oder das, was von einem Menschen übrig geblieben war.

Dass es sich dabei um Gregg handelte, konnte Myxin noch an dem Rest der seltsamen hellen Haare erkennen, alles andere war nur noch ein verkohlter Klumpen.

Arkonada hatte sich schrecklich gerächt!

Fast wäre Myxin noch getroffen worden. Die Masse verfehlte ihn nur knapp, prallte hinter ihm zu Boden, und als sich Myxin umdrehte, da verschwand auch das blaue Licht.

Im selben Augenblick betraten zwei ziemlich abgehetzt wirkende Männer die kleine Waldlichtung …

Die Männer waren wir!

Obwohl wir uns beeilt hatten, war es unmöglich gewesen, schneller zu sein.

Als wir Myxin erkannten, verschwand das Licht. Es ging so schnell, dass man es kaum mit den Blicken verfolgen konnte. Als würde es in der Erde versickern und gleichzeitig entgegengesetzt nach oben stieben. Auf jeden Fall war von dem blauen Licht im Nu nichts mehr vorhanden. Nur die Bäume mit ihren frisch erblühten Zweigen sowie das Gras wirkten verbrannt. Nur noch verkohlte Flecke.

»Myxin!«, sprach ich den Freund an, der nicht hörte, sondern neben seiner Kara kniete und auf sie schaute.

Auch wir riskierten einen Blick.

Kara lächelte. Wir schauten auf ihre bloße Brust. Kein Zeichen zu sehen, sie sah völlig normal aus. Mit Arkonadas Verschwinden war auch dieser Bann gebrochen.

»Ich glaube, Freund, dass ich diesmal Glück hatte«, sagte Kara, während wir ihr auf die Füße halfen.

»Das kannst du laut sagen«, erwiderte ich. »Glück ist gar kein Ausdruck. Aber mach dir nichts draus, es kommen auch bessere Zeiten.«

Der Scherz kam weder bei Kara noch bei Myxin an.

Der Magier schaute ziemlich deprimiert.

»Ich hätte nie gedacht, dass er überlebt«, murmelte er. »Aber wir müssen uns damit abfinden.«

»Wie gefährlich ist er?«, wollte Suko wissen.

Myxin lachte auf. »So gefährlich, dass er die Steine unter seine Kontrolle bringen kann. Reicht das?«

Und ob das reichte. Wir hatten schließlich erlebt, was geschehen konnte, wenn so etwas eintrat.

Ich atmete tief ein.

»Sag jetzt nichts, John«, murmelte Myxin. »Ich kann keinen Trost gebrauchen und würde sowieso nicht auf ihn hören. Aber die Probleme werden für Kara und mich nicht weniger. Das ist wie bei Suko und dir.«

Da hatte Myxin recht. Verdammt recht sogar, wie ich meine ...

ENDE

KARAS REICH

Was für mich wie ein Zufall aussah, gehörte tatsächlich zu einem heimtückischen und teuflischen Plan, der mich und einige andere Personen in ein Chaos stürzen sollte.

Dabei war alles völlig normal gelaufen.

Ich hatte Jane Collins bei Sarah Goldwyn abgesetzt und war nicht mehr mit ins Haus gegangen, weil ich mich in dieser Nacht zu müde fühlte.

Jane und ich hatten bei einem Chinesen gegessen und waren sehr zufrieden gewesen. Wir hatten wieder mal richtig geklönt und von alten Zeiten gesprochen. Ja, wir hatten es uns gut gehen lassen. So etwas musste ja auch mal sein.

Ich befand mich auf dem Heimweg.

Sarah Goldwyn, die Horror-Oma, wohnte in einer sehr ruhigen Straße, in der sich auch tagsüber der Verkehr in Grenzen hielt.

Man hatte die großen Bäume auf den Gehsteigen glücklicherweise noch nicht gefällt und würde sie auch nicht schlagen, weil die Menschen allmählich anfingen, über die Natur nachzudenken.

Kühle und feuchte Nachtluft umgab den Rover. Wie ein dicker Schwamm lag die Nacht über London. Der Himmel war nicht klar, sondern eine weite Ebene aus Dunst, der einen Blick auf die Gestirne nicht zuließ. Es ging auf Mitternacht zu, allmählich legte sich auch eine Stadt wie London zur Ruhe, zumindest klangen die Geräusche nicht mehr so laut wie am Tage, wo der Mensch von einer ständigen Kulisse umweht wurde.

Doch die wenigen Geräusche konnte ich jetzt intensiver wahrnehmen. So hörte ich das Wimmern einer Polizeisirene in der Ferne, ich vernahm den überlauten Motor eines Feuerstuhls, dessen Klang nur allmählich verschwand, und ich hörte sogar den nicht gerade leisen Schrei eines Menschen, der mich aus meiner ruhigen Stimmung riss.

Sofort war ich hellwach.

Ging vom Gas …

Langsam rollte ich weiter. An einer Kreuzung blieb ich stehen. Ich musste nach rechts, in eine ebenfalls wenig befahrene Straße, an deren linker Seite die alten Fassaden der Häuser dicht an dicht standen. Auf der rechten Seite hatte die Dunkelheit eine bestimmte Form angenommen. Da zeigte sie gewisse Wellen, zudem unterschiedlich hoch, und all das wirkte wie eingefroren.

Es war einer der zahlreichen kleinen rechteckigen Parks, ein sogenannter Square.

Ich dachte noch immer an den Schrei, als ich die Kurve nahm. Das Blinklicht warf schleierhafte, gelbe Lichtintervalle auf die feuchte Fahrbahndecke, als wollte sie es mit dem Asphalt verschmelzen.

Der Schrei hatte sich nicht wiederholt. Ich aber ging davon aus, dass ich mich nicht getäuscht hatte, zudem hatte ich auch die Seitenscheibe ein wenig herabgekurbelt, weil ich während der Fahrt frische Luft haben wollte, um die Müdigkeit in Grenzen zu halten.

Ich wusste aber, dass ich mich nicht getäuscht hatte. Diesen Schrei hatte es gegeben.

Ein Wagen kam mir entgegen. Seine Scheinwerfer waren nicht korrekt eingestellt. Die Lichtlanzen blendeten furchtbar.

Das Auto passierte mich. Ich fuhr weiter.

Langsam, den Blick ständig zwischen den beiden Straßenseiten wechselnd. Ich war davon überzeugt, dass sich dieser Schrei wiederholen würde oder dass noch etwas anderes passierte.

Einen Schrei hörte ich nicht mehr. Dafür sah ich den Mann.

Er löste sich von der anderen Seite und huschte mit langen Schritten über die Straße. Sein Ziel war die Parkseite. Ob er den Schrei ausgestoßen hatte, konnte ich nicht sagen, jedenfalls stand der Mann, als er auf den Gehsteig sprang, für einen Moment still und schaute in meine Richtung.

Obwohl ihn das Licht der Scheinwerfer erfasste, lief er nicht weg. Ich bekam die Gelegenheit, mir seinen Anblick einzuprägen.

Er sah nicht aus wie ein Straßenräuber. Der Mann trug helle Kleidung und hatte sich etwas über den Kopf gezogen. Er hatte sich geduckt, als ihn der Lichtschein erwischte, bewegte seinen Arm, und in Höhe der Hand sah ich etwas blitzen, das mich fatal an die Klinge eines Messers erinnerte.

Der Sichtkontakt glich nur einer Momentaufnahme, dann war der Knabe weg.

Blitzartig jagte er auf den Buschgürtel am Rand des Parks zu und tauchte darin ein.

Mein Rover machte einen Satz nach vorn, als ich Gas gab. Das Messer hatte mir überhaupt nicht gefallen. Dieser Hundesohn hatte etwas vor, und ich dachte an Menschen, die sich in Gefahr befanden.

Mein Wagen schoss weiter und wurde dort abgebremst, wo der Kerl im Park verschwunden war. An dieser Stelle durfte ich nicht halten, was aber in diesem Fall unwichtig war.

Ich wollte ihn stellen!

Zu hören war er nicht. Nur ich verursachte Geräusche, als ich mich durch die Büsche drückte und aus den Augenwinkeln den Müll wahrnahm, den gewissenlose Menschen hier abgeladen hatten.

Sehr schnell fand ich einen Trampelpfad. Ich kam normal weiter.

Aber wo steckte der Messerheld?

Ich hörte ihn nicht einmal, ging trotzdem vor und

bewegte mich schon bald unter den winterlich kahlen Ästen der Bäume entlang, die ein natürliches Dach über mir bildeten.

Es hatte vor einigen Stunden geregnet. Tropfen hingen noch immer an den Zweigen und fielen schillernd nach unten, wenn ich dagegenstieß.

Ich war sehr vorsichtig. Büsche umstanden mich wie starre Gespenster. Der leichte Wind wehte mir ins Gesicht. Die nächtlichen Geräusche waren verstummt.

Der Park war nicht sehr groß. Wenn sich eine Lücke auftat, konnte ich die Lichter an der anderen Seite sehen.

Dort befanden sich ebenfalls Häuser. Der Messermann hatte sie bestimmt schon erreicht.

Der Weg führte auf eine Kreuzung zu. In der Mitte war ein Ruheplatz eingerichtet worden. Vier Bänke, im Boden einbetoniert, bildeten ein Karree und standen mit dem Rücken zueinander.

Bei schönem Wetter waren sie besetzt. Zu dieser Zeit präsentierten sie sich leer, und auf dem Holz hatten die Regentropfen ein schillerndes Muster gebildet.

Ich blieb stehen.

Nichts war zu sehen. Ich hörte keine Schritte, kein Atmen und hätte eigentlich umkehren müssen, wenn da nicht das Gefühl in mir hochgestiegen wäre, es noch einmal zu versuchen und nachzuschauen. Dieser Unbekannte hielt sich gar nicht mal weit von mir entfernt auf und beobachtete mich aus sicherer Deckung.

Das Wissen, dass er sein Messer aus diesem Schutz hervorschleudern konnte, machte es mir nicht gerade leicht und ließ die Gänsehaut auf meinem Rücken dichter werden. Ich ging zwei kleine Schritte vor.

Neben einer Bank blieb ich stehen. Es war still. Irgendwo fielen die Tropfen zu Boden.

Sekunden vergingen.

Allmählich entspannte ich mich, ohne allerdings an Wachsamkeit zu verlieren.

Ich hörte ein Geräusch. Rechts von mir. Ein leises Knacken und Schaben, als würde sich jemand davonschleichen.

Ich drehte den Kopf. Meine Hand lag auf dem Griff der Beretta. In diesem Fall musste ich bereit sein.

Das Licht zuckte auf.

Es war kein normales Licht, ein grünliches Flimmern mit einem knallgelben Zentrum, das plötzlich explodierte und mich blendete. Ich hörte noch etwas knacken.

Ich sprang zurück.

Einen Moment später löste sich die Bank aus der Verankerung. Sie wurde wie von unsichtbaren Händen gepackt und in die Höhe gestemmt. Da brach selbst das Betonfundament. Wer so etwas schaffte, musste übermenschliche Kräfte haben, und mir fehlte die Erklärung. Ich stand einfach nur da und staunte.

Die Bank drehte sich. Dann wirbelte sie vor, und ich sah mit Schrecken, dass sie mich als Ziel ausgesucht hatte.

Ich rannte geduckt nach rechts, damit rechnend, dass das schwere Ding noch auf meinen Rücken krachte. Wenig später atmete ich auf, denn ich hörte, wie es mit einem donnernden Laut zu Boden schlug und noch ein Stück weiterrutschte.

Ich drehte mich um. Die Bank lag auf der Seite. Sie hätte mich beinahe erschlagen. Dies hier war nichts anderes als ein raffinier-ter Mordversuch gewesen.

Man hatte es auf mich abgesehen!

Ich tauchte zurück, fand neben einem Baum Deckung und sorgte erst einmal für eine innere Ruhe. So leicht war ich nicht aus dem Konzept zu bringen, aber mit fliegenden Bänken hatte ich bisher noch keine Erfahrungen machen können.

Dieser Angriff war nicht das Werk irgendeines Menschen gewesen, das stand für mich fest.

Dahinter steckte jemand anderer. Einer meiner zahlreichen Feinde aus der Schattenwelt. Dieser Typ mit dem Messer hatte mich nur in eine Falle locken sollen, was ihm auch gelungen war, denn er kannte meine Neugierde.

Nur war die Falle nicht zugeschnappt, ich hatte schneller reagiert. War das auch einkalkuliert worden?

Aber wer war dafür verantwortlich?

Ich wartete ab.

Zeit verstrich. Nach etwa einer halben Minute bewegte ich mich und schaute dorthin, wo die Bank lag.

Ich war sicher, dass der andere, den ich nur kurz gesehen hatte, sich noch in der Nähe befand. Nur stellte er es raffiniert an und ließ mich erst einmal warten.

Mir standen zwei Alternativen zur Verfügung. Ich konnte verschwinden, aber auch dem Vorfall auf den Grund gehen. Jeder, der mich ein wenig kannte, wusste, für welche Möglichkeit ich mich entscheiden würde. Ein Rückzug kam nicht infrage.

Ich wollte neben dem Baum auch nicht anwachsen und schob mich wieder vor.

In jedem Park leuchteten Laternen, vorausgesetzt, irgendwelche Chaoten hatten die Glaskuppeln nicht zerschlagen. Auch hier schimmerte Licht. Aber nicht in meiner Nähe, sondern ein Stück entfernt, wo die nassen Gewächse von einem bläulichen Schimmer getroffen wurden.

Ich ging dorthin. Die Leuchte stand günstig in einem eventuellen Fluchtweg des Kerls.

Spuren fand ich keine. Ich sah ihn auch nicht und hatte das Gefühl, mich allein in diesem Park zu bewegen.

Und doch lag etwas in der Luft.

Das Gefühl, belauert zu werden, wollte einfach nicht weichen. Ich fühlte mich gezwungen, den Weg fortzusetzen.

Meine Schritte setzte ich so leise wie möglich, deshalb konnte ich die anderen hören. Dem Klang der Tritte nach zu urteilen lief der Kerl auf einem normalen Weg. Er nahm auch keine Rücksicht darauf, dass ich ihn hören konnte, er war sich unheimlich sicher, dass alles so ablief, wie er es sich vorgestellt hatte.

Ich dachte an die durch die Luft geflogene Bank und blieb vorsichtig, versuchte dennoch, mich dem Unbekannten zu nähern. Jedenfalls huschte ich nahe an einem Wegrand entlang und wurde deshalb auch von zahlreichen Zweigen gestreift, die gegen meine Jacke schlugen.

Ich fluchte innerlich und dachte daran, dass der Park doch gar nicht so breit sein konnte. Er musste irgendwann ein Ende haben, zum Teufel!

Ich erreichte eine Linkskurve, deren Außenseite von dichten Büschen flankiert wurde.

Etwas rasselte heran.

Es war ein unheimliches Geräusch, und es sorgte dafür, dass ich meinen Lauf unterbrach. Ich rutschte auf den Hacken weiter, bevor ich endlich Halt gefunden hatte.

Das Geräusch blieb.

Es war ein leises Rasseln oder Klappern, aber ich sah kein Licht auf mich zukommen. Dafür den Müll.

Wie von Geisterhänden bewegt, trieb all das Zeug, das die Menschen weggeworfen hatten, auf mich zu. Es war so, als wollte es sich bei mir für die Umweltsünden rächen, die andere begangen hatten.

Büchsen, Kartons, Papier, alte Eimer, sogar Teile eines Kühlschranks fanden den Weg zu mir.

Ich musste weg.

Mit einem Satz warf ich mich zur Seite, hinein in das Buschwerk, dessen Zweige mich zunächst auffingen und dann unter mir zusammensanken, sodass ich auf dem feuchten Boden liegen blieb.

Das Zeug wirbelte vorbei. Ich hörte noch die knackenden und kratzenden Laute, die irgendwann verklangen, als das Zeug endlich zum Stillstand gekommen war.

Allmählich wurde mir mulmig zumute. Jetzt war ich zweimal attackiert worden, und ich konnte mir vorstellen, dass dies nicht ohne Grund geschehen war. Dahinter steckte Methode.

Aber wer machte Jagd auf mich? Wer verfügte über die Macht, der Natur ein derartiges Schnippchen zu schlagen?

Natürlich hatte ich viele Gegner, ich hätte jetzt auch raten können, aber das brachte nichts. Es hatte keinen Sinn, sich darüber Gedanken zu machen. Mir musste es einfach gelingen, den Mann mit dem Messer zu stellen.

Der kleine Park umgab mich mit seiner Stille. Gerade diese Leere empfand ich als bedrückend.

Mein unheimlicher Feind zeigte sich nicht.

Ich ging weiter.

Irgendwo musste ich aus diesem Park herauskommen. Dieses kleines Viereck, das mir jetzt vorkam wie eine andere Welt inmitten Londons.

Ich war auf der Hut und schaute nicht nur nach vorn oder zur Seite, sondern auch zurück und in die Höhe, denn die Gefahr konnte überall lauem. Sie konzentrierte sich nicht nur auf einen Platz.

Nichts zu sehen …

Ich entspannte mich allmählich. Zudem war ich es gewohnt, mit der Gefahr zu leben. So leicht brachte sie mich nicht um, und sie schockierte mich auch nicht.

Was ich allerdings hinter mir hatte, war schon mehr als

seltsam gewesen. Man machte Jagd auf mich. So konnte ich es auf eine einfache Formel bringen. Zwar hatte ich meinen Gegner gesehen, doch ich wusste nicht, zu welcher Kategorie von Schwarzblütern er zählte. Oder gehörte er zu den Menschen, die mit besonders starken Geisteskräften ausgerüstet waren? Mit ihnen hatte ich auch so meine Erfahrungen gemacht.

Wie dem auch sei, ich war trotz allem überrascht, als ich die zweite Laterne sah. Ich hatte aus dem Park herausgefunden.

Jenseits der angrenzenden Straße wurden neue, hohe Häuser errichtet. Die Rohbauten hatte man schon fertiggestellt. Die beiden Klötze wurden von einer großen Fläche umgeben, auf der allerlei Geräte standen. Ein Kran, eine Mischmaschine, ein Aufzug, der Material in die oberen Etagen transportierte, und viele andere Werkzeuge und Maschinen.

Eine normale Ruine, und doch nicht so normal für mich, denn sie jagte mir einen Schauer ein, als ich sie betrachtete. Sie kam mir irgendwie schaurig vor, wahrscheinlich, weil ich an meine Erlebnisse dachte und auch daran, dass sie sich gut als Versteck eignen würde.

Die Fassaden waren auf keinen Fall dunkel oder geschwärzt. In dieser Nacht kamen sie mir vor, als hätte sie ein riesiger Dämon mit schwarzer Farbe getüncht.

Die Umgebung der beiden Rohbauten präsentierte sich menschenleer. Nicht einmal ein Tier huschte durch mein Blickfeld, aber ich traute dem Frieden nicht, und meine Neugier war noch nicht verschwunden.

Ich wollte diesen Kerl finden, der es schaffte, mir einen derartigen Schrecken einzujagen. Dabei wurde ich den Eindruck nicht los, dass er sich auf dem Grundstück verbarg, das ja zahlreiche Versteckmöglichkeiten bot.

Also blieb mir nichts anderes übrig, als die Fahrbahn

zu überqueren. Ich ließ zwei Autos passieren, die ihre Scheinwerferteppiche vor sich herschoben und dann mit schmatzenden Reifen an mir vorbeirollten.

Ich warf noch einen Blick auf das Grundstück. Es war leer.

Aber ich sah das Licht.

Und das stammte von einer Lampe, glaube ich zumindest. Ich ging los …

Nicht nur in London war Nacht, sondern auch bei den *flaming stones*, diesem mystischen Refugium irgendwo in Mittelengland, das sich drei ebenfalls mystische Personen als Heimat, Fluchtburg und Einsatzzentrale ausgesucht hatte.

Myxin, der kleine Magier, der Eiserne Engel und Kara, die Schöne aus dem Totenreich.

Drei Personen, die von einem Kontinent stammten, der vor mehr als zehntausend Jahren während einer gewaltigen Katastrophe vom Meer verschlungen worden war und trotzdem bis in die heutige Zeit nichts von seiner Faszination verloren hatte.

Atlantis!

Wer dieses Wort aussprach, der bekam eine Gänsehaut, nickte nachdenklich oder wissend, schaute auch mal zweifelnd, hob die Schultern, aber es war niemand da, der seine Existenz direkt und sehr entschieden abstritt. Auch bei den Gegnern blieb stets ein Gefühl zurück, dass es Atlantis gegeben haben könnte und sich gewisse Dinge bis in die Gegenwart hinübergerettet hatten, wo sie sogar versuchten, etwas Neues aufzubauen und sich zu finden.

Atlantisches Erbe.

Dazu gehörten die Drei, aber auch andere hatten die

Zeiten überdauert. Gefährliche Kräfte, Dämonen, Götzen und Götter, die von den Bewohnern der Flammenden Steine bekämpft wurden.

Vier Steine bildeten ein Quadrat. Uralte Monolithen, grau und kantig, nicht glatt geschliffen, sondern mit den Zeichen eines langen Daseins behaftet.

Vier Steine, die die Grenzen eines magischen Zentrums bildeten und die durch zwei Diagonalen miteinander verbunden waren, um die Magie in die Steine transportieren zu können, die dann in einem düsteren, aber dennoch kräftigen Rot aufleuchteten, als befände sich in ihrem Innern ein Feuer.

Wenn das geschah, war die Physik der Menschen ausgeschaltet. Dann verschmolzen die Zeiten miteinander. Da konnte die Vergangenheit zur Gegenwart werden, da wurde Atlantis wieder wach. Man konnte das erleben, was längst geschehen war, ohne selbst entscheidend eingreifen zu können.

Das wussten Kara, Myxin und der Eiserne Engel. Obwohl ihre Heimat längst untergegangen war, standen sie noch immer durch die *flaming stones* mit ihr in Verbindung, und sie hatten es schon oft genug erlebt, wie es durch sie zu einer Konfrontation mit alten Zeiten und deren Bewohnern gekommen war.

Die Steine waren die Indikatoren, auf die sie hörten, denn sie schafften es immer wieder, eine fremde Magie aufzufangen und Warnungen auszusenden.

So, wie in den letzten Nächten diese Botschaften und Warnungen nur einer Person gegolten hatten. Kara, der Schönen aus dem Totenreich.

Die Frau mit den dunklen Haaren hatte versucht, Vergleiche zu finden, was ihr am Anfang ziemlich schwergefallen war. Da war sie sich wie eine Gefangene in einem tiefen See vorgekommen, aus dem sie nur allmählich an die Oberfläche stieg. Ähnlich wie jemand, der auf breiten Schwingen saß und getragen wurde.

Hinein in die andere Welt, hinaus aus der Dunkelheit, die so absolut war. Dafür ein Hineingleiten in die graue Szenerie der Träume, wo alles verschwommen war und sie erst keinen klaren Gedanken fassen konnte. Sie sah sich ausschließlich umgeben von Bildern und Szenen, eingetaucht in tiefdunkle Farben, die sich nicht auflösten.

In der zweiten Nacht hatte sie wieder denselben Traum. Zuerst das Fallen in die Tiefe eines schwarzen Meeres, wo sie das Gefühl hatte, sich aufzulösen. Danach abermals das seltsame Schwingen und das gleichzeitige Hochsteigen bis hinein in die Gräue, wo sich dann wieder die Bilder zeigten.

Noch immer von dunklen Farben überschattet, aber jetzt besser zu erkennen, denn jenseits der Farben tat sich eine geheimnisvolle Welt auf. Ein Land …

Weit und doch bebaut.

Wälder, Seen, kleine Orte, Menschen …

Doch all dies, obwohl mit Leben erfüllt, glitt an ihr vorbei wie ein Schatten. Sie hörte nichts, aber sie empfand diese stummen Botschaften, die ihr zugesandt wurden und davon sprachen, dass es auch anders kommen würde.

Die nächste Nacht.

Wieder derselbe Traum, doch diesmal intensiver. Die dunklen Farben waren plötzlich nicht mehr vorhanden, das graue Licht verschwand, aber es erschien keine Sonne über dem Reich. Es blieb eingetaucht in eine trübe Helligkeit, wobei Kara keine Mühe hatte, Einzelheiten zu erkennen.

Die Täler, die Berge, die wenigen Wälder, die kleinen Städte, in denen sich Menschen bewegten, deren Kleidung an die der alten Griechen erinnerte.

Auch die Bauten waren zumeist groß und mächtig. Da stützten gewaltige Säulen die Dächer domartiger Gebäude. Es waren breite Treppen vorhanden, auf denen Menschen saßen und miteinander sprachen. Es gab Schulen, in denen gelehrt wurde, und aus zahlreichen Brunnen, die auf mit Steinen gepflasterten Straßen standen, sprudelten helle Wasserfontänen.

Und doch waren die Bewohner dieser Welt nicht glücklich. Sie liefen mit nahezu stoischen Gesichtern herum, schauten mehr als einmal innerhalb weniger Minuten zu den fernen Bergen hin oder auch gegen den Himmel, als würden sie von dort etwas erwarten, wobei sie sich nicht entscheiden konnten, ob es nun gut oder schlecht war.

Möglicherweise beides, denn zu einer normalen Welt gehörte eben das Gute und das Schlechte.

Abwarten …

Weitergleiten – denn genauso erlebte Kara ihren Traum. Sie glitt tiefer in dieses Reich hinein, und es kam ihr so wahnsinnig bekannt vor. Sie wusste von dieser Welt auf dem Kontinent Atlantis. Die Beziehung zu ihr war sehr innig.

Sie liebte diese Welt!

Kara überlegte in ihren Träumen, ob sie die Welt auch kannte, doch darauf fand sie keine Antwort. Sie wusste nur, dass sie das geheimnisvolle Reich mochte, dass es ihr nicht egal war, und sie spürte, dass sie dazugehörte.

Ja, sie gehörte nicht nur dazu, sondern dahin!

Es war ihr Reich!

Aber es war nicht nur gut, denn die Menschen bewegten sich nicht grundlos so vorsichtig durch die Landschaften und Orte. Sie waren bedrückt, sie hatten Angst, sie fürchteten sich, aber sie wussten nicht wovor, das spürte selbst Kara in ihren Träumen.

Warteten sie …?

Das konnte natürlich stimmen. Sie warteten auf einen Menschen, der sie aus dem Joch der Unterdrückung hervorholte, der sie von den Schatten und schrecklichen Gedanken befreite.

Und Kara spürte die Botschaft.

Sie drang tief in sie hinein, sie merkte, dass im Schlaf etwas mit ihr geschah.

Sie musste etwas tun. Sie musste suchen. Sie musste finden!

Das Reich, das Land musste von ihr gefunden werden, denn es war ungemein wichtig. Sie spürte eine nie gekannte Affinität zu diesem Gebilde aus Bergen, Tälern, Orten und Menschen.

Es war ein Land für sich, eine Insel inmitten eines gewaltigen Kontinents, aber Kara konnte sich nicht vorstellen, weshalb es gerade sie getroffen hatte und keine andere Person.

Warum sie?

In Atlantis gab es zahlreiche Menschen, auch mächtige Menschen, weiße und schwarze Magie, gute und schlechte Magie, doch sie war ausgewählt worden. Das musste einen Grund haben.

Nach der dritten Nacht erinnerte sie sich dermaßen intensiv an diesen Traum, dass sie beinahe glaubte, ihn gelebt zu haben.

Sie war ein Teil dieses Traumes gewesen.

Erst jetzt sprach sie mit Myxin, dem kleinen Magier, darüber. Auch der Eiserne Engel, der einst in Atlantis Herr der Vogelmenschen gewesen war, hörte gespannt zu, und beide wussten sich keinen Rat, obwohl Kara ihren Traum detailliert beschrieben hatte.

»Nein«, sagte Myxin, »dieses Reich kenne ich nicht. Das habe ich noch nie gesehen.«

»Was ist mit dir?«

Der Eiserne schüttelte nur den Kopf. »Wirklich nicht?«, fragte Kara. »Nein.«

Sie ließ nicht locker. »Aber du bist doch herumgekommen. Du hast das Land überflogen. Dir ist es gelungen, Dinge zu sehen, die anderen verborgen bleiben. Du müsstest doch eigentlich jeden Flecken des alten Kontinents kennen.«

»Leider nicht.«

Kara schloss die Augen. Sie fühlte sich plötzlich sehr allein und fragte flüsternd: »Was soll ich denn tun?«

»Wir werden dir helfen«, sagte Myxin.

Sie öffnete die Augen wieder. »Wobei?«

»Bei der Suche nach deinem Reich!«

»Wie bitte?« Kara schüttelte den Kopf, als wollte sie die Antwort nicht akzeptieren. »Was hast du da gesagt?«

»Bitte, Kara, reg dich nicht auf.« Dem Magier war ihre veränderte Stimmung nicht entgangen. »Wer so heftig davon geträumt hat, der muss eine gewisse Beziehung dazu haben. Davon gehe ich aus, das sagt mir mein Verstand.«

»Davon bin ich nicht überzeugt.«

»Warum nicht?«

»Ich hätte es doch gewusst, wenn das mein Reich oder mein Land gewesen wäre.«

»Bist du da sicher?«

»Ja!«

Myxin hatte seine Zweifel. »Kannst du dich denn an alles erinnern, was in deiner Vergangenheit geschehen ist? In dem Leben, das du in Atlantis geführt hast?«

»Davon gehe ich aus. Was willst du eigentlich? Wenn mir das Reich gehören würde, hätte ich davon gewusst.«

»Ja, das kann stimmen.«

»Und warum erfahre ich erst jetzt davon?«

Der Eiserne gab die Antwort. »Weil erst jetzt die Zeit reif ist und man sich möglicherweise an dich erinnert hat. Bisher lag vieles im Schoß der Vergangenheit und des Vergessens begraben, nun aber steigt es wieder hervor, wenn auch bisher nur in deinen intensiven Träumen, Kara. So sehe ich es.«

Die Schöne aus dem Totenreich überlegte. Gedankenverloren streifte sie mit der Handfläche über den Griff des Schwerts mit der goldenen Klinge. Diese Waffe hatte sie von ihrem Vater erhalten, ebenso den Trank des Vergessens, der sich leider nicht mehr in ihrem Besitz befand, sondern in den Händen des Spuks, dem Letzten der Großen Alten.

»Tut mir leid, wenn ich euch enttäuschen muss. Ich finde keine Erklärung.«

»Du musst sie aber finden.« Myxin schaute sie ernst an. »Sonst wirst du keine Ruhe mehr haben.«

Kara bewegte ihre Augen. »Schön gesagt. Kannst du mir einen Ratschlag geben, wie ich das anfangen soll?«

»Durch die Steine.«

Kara brauchte nicht lange, um diesen Vorschlag zu begreifen. »Du meinst also, dass ich mithilfe der Steine in die Vergangenheit reisen soll? Wolltest du darauf hinaus?«

»Ja.«

Sie atmete schwer, schaute in das Gesicht des Engels, doch auch die mächtige Gestalt stand auf Myxins Seite, denn sie nickte ihr einige Male zu.

»Das ist nicht einfach.«

»Stimmt«, bestätigte Myxin, »aber es ist die einzige Chance. Sonst wird es dich weiter quälen. Deine Träume werden schlimmer werden, du wirst bestimmt irgendwann an einen Punkt gelangen, wo du verzweifelst. Noch hast du die Chance, das zu erleben, was dir deine Träume gezeigt haben. Tu es, versuch es! Nimm den Platz zwischen den Steinen ein, du wirst es sicher nicht bereuen. Ich will dir zwar nicht mein Wort darauf verpfänden, doch ich glaube sehr wohl an diese Möglichkeit. Mach dich bereit!«

Kara räusperte sich. Sie schluckte, dann schaute sie zu Boden, als würde sich dort eine Lösung abzeichnen. Schließlich hob sie Schultern.

»Ich weiß ja, dass ihr es gut mit mir meint und ihr mich nicht grundlos Gefahren aussetzen wollt, denn eines muss ich feststellen: Es wird gefährlich für mich werden. Ich habe die Menschen in meinem Reich gesehen, und ich bin zu der Überzeugung gelangt, dass sie nicht glücklich waren. Ihre Gesichter sprachen Bände. Sie schauten sich immer wieder furchtsam um, als wären böse Geister hinter ihnen her, als würden sie unter einem gewaltigen uralten Fluch zu leiden haben.«

»Vielleicht ist das so«, meinte der Eiserne.

»Und dann?«

»Erwarten sie dich als Retterin.«

»Wovor? Atlantis ist versunken.«

»Nicht alles«, widersprach der Eiserne.

Kara lächelte dünn. »Ihr habt wirklich eine besondere Art, mir keine Chance zur Flucht zu lassen und mich zu zwingen, eurem Vorschlag zu folgen. Also gut, ich werde mich den Problemen stellen.«

»Deinen Problemen, Kara.«

»Warum?«

»Es ist dein Reich«, erklärte Myxin.

Sie schnaufte, schüttelte den Kopf und ärgerte sich über die Bemerkung. »Du tust so, Myxin, als hättest du die drei Träume in den drei Nächten erlebt, nicht ich.«

»Das stimmt nicht, Kara, und du weißt es genau. Wir alle aber wissen auch, dass Atlantis zwar versunken, aber noch längst nicht vergessen ist, dass es für uns immer wieder die wundersamsten und auch gefährlichsten Überraschungen bereithält. Damit solltest auch du dich längst abgefunden haben.«

»Danke für die Belehrung.« Abrupt drehte sie sich zur Seite. Sie hielt die Lippen zusammengepresst, ärgerte sich über die beiden Freunde, aber noch stärker ärgerte sie sich über sich selbst, weil sie keine Lösung sah.

Ihr Reich?

In die dunklen Augen der Frau trat ein nachdenklicher Ausdruck. Sie konnte dies nicht nachvollziehen. Wenn es tatsächlich ihr Reich gewesen wäre, hätte sie davon gewusst. Dann hätte ihr Vater sie auch eingeweiht, aber dazu war es nicht gekommen.

Er hatte ihr vieles gesagt, nur eben nichts über ein Land, das ihr gehörte.

Dabei war ihr Vater Delios ein mächtiger Mann gewesen. Er gehörte zu den Weisen in Atlantis, bei ihm suchten die Menschen Rat, und er verstand es, magische Kräfte unter Kontrolle zu halten, denn er selbst sah sich als Magier an.

Und jetzt passierte dies.

Es hatte sie getroffen wie ein Blitz aus heiterem Himmel. Obwohl sie aus Atlantis stammte und schon sehr lange existierte, waren ihr die rein menschlichen Gefühle und Reaktionen nicht abhanden gekommen. Auf dem Weg zu den Flammenden Steinen merkte sie sehr wohl, dass sie zu schwitzen anfing. Sie spürte auch ihr Herz, das schneller klopfte als gewöhnlich, sodass ihr jeder Schlag mehr Unbehagen einjagte.

Kara schaute nicht zurück, obgleich sie wusste, dass die Blicke der anderen auf ihren Rücken gerichtet waren.

Das Gebiet der *flaming stones* war ein kleines magisches Paradies. Durch geheimnisvolle Kräfte geschützt vor den

Blicken der Außenwelt lag es in England und erlebte einen ewigen Frühling. Es gab keine direkten Jahreszeiten, die Temperaturschwankungen hielten sich in Grenzen.

Nichts sollte die geheimnisvolle Ruhe stören, in der Menschen lebten, die zum Kampf gegen die Schatten der Vergangenheit angetreten waren, die immer wieder bis in die Gegenwart hineinreichten.

Sie blieb genau zwischen zwei Steinen stehen, lauschte dem Plätschern des Bachs, der in der Nähe vorbeifloss. Noch einmal drehte sie sich um.

Myxin und der Eiserne schauten sich an.

Sie lächelten nicht. Sie wirkten in diesem Augenblick weder wie Freunde noch wie Feinde.

Sie standen Kara neutral gegenüber …

Man ließ sie gehen.

Schlimm …

Für einen Moment durchtoste sie das Gefühl, nicht mehr zu ihnen zu gehören, sondern außen vorzustehen. Es behagte ihr nicht. Die Gänsehaut auf ihrem Rücken verstärkte sich. Fragen überschwemmten die Frau, nur traute sie sich nicht, auch nur eine davon zu stellen, weil sie fürchtete, ausgelacht zu werden.

Kara drehte sich wieder um.

Ihr Blick glitt hinein in das Gebiet zwischen den Steinen. Der Erdboden war nicht dunkel. Wie ein Teppich mit dichtem Flaum wuchs dort ein sattgrüner Rasen, von dem sich die grauen, kantigen Steine als starre Monumente abhoben.

Sie hatten ihnen allen schon viel ermöglicht, ihnen gewaltige Chancen gegeben, aber sie hatten sich auch schon gegen sie gestellt und gefährliche Feinde aus der Vergangenheit in das Refugium gebracht, weil auch andere von den Feinden wussten.

Sie betrat das Rechteck.

In der Mitte blieb sie stehen, unter ihren Füßen den weichen Rasen.

Sie legte den Kopf zurück, schloss die Augen und berührte mit beiden Händen den Schwertgriff. Dann konzentrierte sie sich.

Kara schickte ihre Gedanken gegen die Steine, um diese zu aktivieren. Es waren Ströme und Schwingungen, die sich auf die Vergangenheit bezogen. Und die Steine nahmen ihre Botschaft auf, denn sie begannen sich zu verändern und bewiesen, weshalb sie die *flaming stones* genannt wurden. Das Glühen fing dicht über dem Boden an und erfasste zunächst nur das erste Drittel der Steine. Dann aber kroch es höher, als wäre jemand dabei, aus dem Unsichtbaren hervor die grauen Steine mit einer dunkelroten Farbe zu bestreichen.

Das Glühen ließ sich nicht aufhalten. Es sandte selbst gewisse Schwingungen ab, die sich mit denen der dunkelhaarigen Frau im Zentrum des Refugiums trafen.

Kara spürte, wie sie von einer ungewöhnlichen und kaum erklärbaren Kraft erfüllt wurde. Durch ihren Körper lief ein Kribbeln.

Dann packten die Kräfte zu.

Kara verschwand.

Aufgelöst – weg. Hineingedrängt in eine andere Zeit, in die tiefe Vergangenheit …

Ich überquerte die Straße.

Nicht schnell, nicht rennend, aber durchaus zügig und auch entsprechend vorsichtig.

Dabei musste ich mit allem rechnen, denn die Attacken aus dem Nichts hatte ich nicht vergessen.

Es passierte nichts mehr. Weder flog ein Auto heran, noch wurde vor mir die Straße aufgerissen, um einem

Ungeheuer freie Bahn zu verschaffen. Ich erreichte unangefochten die andere Seite, blieb auf dem Gehsteig stehen und atmete zunächst tief durch. Das war geschafft.

Ich schaute zurück.

Harmlos und eingetaucht in die Dunkelheit der Nacht lag der Park, aus dem ich gekommen war, hinter mir. Nichts wies auf eine Gefahr hin. Alles war so natürlich.

Der Wind strich über die Bäume hinweg, löste einige Tropfen aus dem Astwerk oder spielte mit den Büschen an den Seiten.

Vor mir lag die Baustelle. Groß und wenig übersichtlich. Es war nur zu erkennen, dass zwei Häuser mit mehreren Stockwerken errichtet werden sollten, und ihre Rohbauten ragten bereits wie Skelette in den dunklen Wolkenhimmel.

Noch zögerte ich, weil ich nicht genau wusste, wo dieser Mann steckte.

Okay, ich hatte das Licht gesehen, das aber hätte auch eine Spiegelung sein können. Die Baumaschinen boten sich dafür ja an.

Ich betrat das Gelände. Es gab zwar eine Absperrung, die im Prinzip jedoch keine war. Der Zaun aus Maschendraht war an einigen Stellen nach unten gedrückt und konnte leicht überklettert werden. Dahinter versanken meine Schuhe im weichen Sandboden.

Nach den ersten Schritten erreichte ich eine kleine Baubude. An der Schmalseite blieb ich stehen. Wenn ich an der Mischmaschine vorbeischaute, fiel mein Blick auf die Fassade mit den zahlreichen Fensterlöchern und auch auf den breiten Eingang, der nicht einmal eine Nottür aus Eisen hatte.

Gerüste waren nicht mehr vorhanden. Wer in die oberen Etagen wollte, musste zuerst in den Bau hinein. Das wollte ich mir für später aufheben.

Zwei große Mischmaschinen warfen zackige Schatten auf den Boden.

Ich entdeckte auch große, dabei ziemlich flache Wannen, die mit einer erstarrten, kalkig riechenden Masse gefüllt waren.

Ich sah den großen Kran, dessen Schatten auf die Hauswand fiel und dort aussah wie der Arm eines Riesen.

Ich ging weiter.

Die Luft roch hier anders. Zwar war sie noch kalt, aber der Geruch von Steinen, Mörtel und Kalk war permanent vorhanden.

Neben dem gewaltigen Kran blieb ich stehen. Allmählich stellte ich mir die Frage, ob ich mir nicht selbst etwas vormachte. Vielleicht hatte es dem anderen gereicht, mich auf eine derartige Weise zu erschrecken. Gut, das lag im Bereich des Möglichen, andererseits fragte ich mich, welcher Grund dafür vorlag, so etwas zu tun. Da musste es ein Motiv geben, und ich gehörte nun mal zu den Personen, die für derartige Motive prädestiniert waren.

Ich hatte zahlreiche Feinde, die sich immer etwas Neues einfallen ließen, um mich in eine Falle zu locken. Hier auch?

Ich hütete mich davor, den Bau als völlig normal anzusehen, denn hier lauerte etwas.

Es dauerte etwas, bis ich den mächtigen Kran hinter mich gebracht hatte. Mein nächstes Ziel war der Materialaufzug, der aus einer breiten Plattform mit einem Schutzgitter bestand. Es reichte ungefähr bis zur Höhe meiner Oberschenkel.

Der den Motor antreibende Generator stand ebenfalls in der Nähe, und ich sah auch den Hebel, mit dem der Aufzug in Bewegung gesetzt werden konnte.

Damit gelangte man bis zum Dach.

Vor der Plattform blieb ich stehen und legte meine

Hände auf den Rand des Gitters. Ich überlegte, ob ich diesen Weg nehmen sollte, um dann von oben hinabzugehen.

Irgendwo knackte etwas. Ich schaute nach links, sah allerdings nichts.

Der Wind strich durch das Gelände. Manchmal erwischte er die Planen an ihren losen Stellen und hob sie an. Ich erschrak dabei regelmäßig.

Gefahr!

Mein sechster Sinn meldete mir dies. Sie war da, und sie war nah.

Ich löste meine Hände vom Gitterrand und drehte mich blitzschnell um. Das hätte ich schon vorher tun sollen, da hätte ich dem fliegenden Kantholz noch entgehen können.

So aber war es schon zu nahe. Ich kam gerade noch dazu, mich wegzuducken, aber es streifte über meinen Kopf hinweg wie ein Kamm mit glühenden Zinken.

Ich verlor die Orientierung. Ich schwankte, sah nicht mehr richtig, wusste aber, dass ich der Plattform und ihrem Gitter den Rücken zugedreht hatte.

Dann hörte ich das Lachen.

Verdammt dicht vor mir.

Im nächsten Augenblick erwischte mich der Stoß an der Brust. Nicht einmal hart geführt, vielleicht sogar mit der flachen Hand, aber der Treffer reichte aus, um mich aus dem Gleichgewicht zu bringen. Ich fiel nach hinten.

Da half mir auch kein Gitter mehr. Es war nicht hoch genug für mich.

Dass ich mit dem Rücken auf die harte Fläche schlug, spürte ich so gut wie nicht, weil ich den Kopftreffer immer noch nicht verdaut hatte. Ich lag auf diesem verdammten Aufzug und hatte es nicht freiwillig getan.

Ich wälzte mich zur Seite. Ein zuckender Schmerz jagte durch meinen Kopf.

Ich kämpfte mit der Übersicht. Ich war nicht so hart getroffen worden, dass ich das Bewusstsein verloren hätte, aber ich fand mich nicht mehr zurecht.

Ich wälzte mich auf den Bauch. Die Arme anziehen, die Hände gegen den Boden stemmen, dann sich erheben.

Das Flüstern der Stimmen in meiner Nähe hörte sich an, als würden sich Geister unterhalten. Die einzelnen Sätze waren im Befehlston gesprochen worden, das bekam ich mit, ebenso wie das plötzliche Rattern, als würde jemand neben mir stehen, der mit dem Stock immer wieder gegen den Untergrund schlug.

Ich wusste, was dieses Geräusch zu bedeuten hatte. Jemand hatte den Motor angestellt, und der Aufzug würde an der Hauswand in die Höhe fahren. Noch befand ich mich in Bodenhöhe.

Ich verdoppelte meine Anstrengungen.

Mein Pech, dass sich ausgerechnet jetzt der Aufzug in Bewegung setzte, und dies geschah mit einem heftigen Ruck, der meine Bemühungen schon im Keim erstickte. Ich war halb auf die Knie gelangt, als der Ruck mich wieder zur Seite schleuderte. Der Boden unter mir war feucht.

Der Aufzug fuhr.

Für mich hörte sich sein Rattern an, als wären Geister dabei, mich mit kehligen und harten Klapperstimmen auszulachen.

Er glitt nicht so glatt in die Höhe wie ein Lift in einem Luxushotel. Er schwankte einige Male hin und her und bockte auch, als wäre er mit seiner neuen Last überhaupt nicht einverstanden. Die Fahrt aber ging weiter. Und ich fragte mich, was mich an ihrem Ende erwartete. Dabei war ich Realist genug, um mit dem Schlimmsten zu rechnen.

Auf dem Bauch liegend rutschte ich ein Stück zurück,

bis ich an meinen Fußsohlen den Widerstand des Gitters spürte. Das gab mir ein wenig Sicherheit.

Ich musste zusehen, dass ich so schnell wie möglich auf die Beine gelangte und festen Halt hatte, wenn der Aufzug stoppte.

Ich kroch noch immer über den feuchten Boden. Es war schwer, das Gleichgewicht auf der ratternden Fläche zu halten, weil mich jede abrupte Bewegung in eine nicht voraussehbare Richtung schleuderte. Einmal rollte ich bis an das Gitter heran und umklammerte die kalten Metallstangen.

Daran hielt ich mich fest und schaute in die Höhe.

Viel war nicht zu sehen.

Zu beiden Seiten der Führungsschiene glitt die graudunkle Hauswand entlang, hin und wieder unterbrochen von den Glotzaugen der leeren Fensterhöhlen.

Wieder veränderte ich meine Haltung, und es gelang mir, mich hinzusetzen.

Damit hatte ich noch nichts gewonnen, nur meine Lage war bequemer geworden.

Ich fuhr auf der zitternden Fläche höher und klammerte mich fest, denn die Vorstellung, aus dieser Höhe abzustürzen, war nicht eben erhebend.

Der Wind nahm in dieser Höhe zu. Ich hörte ihn singen und dazwischen auch das leise Heulen.

Ich hob den Kopf an, weil ich sehen wollte, wie weit sich der Aufzug noch vom Dach entfernt befand.

Nicht mehr weit.

Zwei Drittel der Strecke mussten bereits hinter mir liegen. Ich erkannte schon den Dachrand, der noch nicht mit einer Mauer versehen war, sondern mit einem primitiv zusammengenagelten Holzzaun, der mir ziemlich schief aussah.

Auch das noch …

Der Aufzug ratterte weiter.

Ich blieb hocken, aber ich zog meine Beretta, um für einen Empfang gerüstet zu sein.

Die letzten Yards …

Ich schaute hoch.

Der Wind hatte sich noch mehr verstärkt.

Ich hielt mich nicht mehr fest, sondern hielt die Beretta mit beiden Händen, das war mir sicherer.

Noch ein kurzes Stück.

Dann bremste der Aufzug.

Es quietschte, die gesamte Plattform vibrierte, und sie schüttelte mich durch.

Der Aufzug stand.

Ich blieb sitzen, hatte die Arme vorgestreckt, hielt die Pistole mit den beiden Händen und zielte dorthin, wo sich der Dachrand befand.

Wenn sie oben waren, mussten sie sich zeigen.

Sie kamen nicht.

Nach ungefähr dreißig Sekunden hatte sich noch immer nichts getan, und ich war es einfach leid.

Ich wechselte die Beretta in die Linke und stützte mich mit der Rechten ab.

Da der Aufzug stand, brauchte ich keine große Mühe darauf zu verwenden, auf die Beine zu gelangen. Mit meinem Kopf aber war das schon ein Problem. Wieder hämmerten zahlreichen Zwerge darin herum.

Ich verzog das Gesicht. Holte tief Luft. Kämpfte mich in die Senkrechte. Biss die Zähne zusammen.

Dann stand ich.

Der Wind umheulte mich, als wollte er mir persönlich eine schaurige Arie singen.

Die Plattform schloss mit dem Rand des Dachs ab. Wenn ich das Dach betreten wollte, musste ich nur den primitiven Holzzaun übersteigen.

Ich ging nach vorn. Mein Blick glitt hinaus aufs Dach und wahrscheinlich auch darüber hinweg, so genau konnte ich das nicht erkennen.

Ich erreichte das mir gegenüberliegende Gitter der Plattform. Der Blick besserte sich.

Es war niemand zu sehen, was allerdings nichts besagte, denn auf dem Flachdach des Hochhauses gab es genügend Möglichkeiten, um in Deckung zu gehen.

Es gab Steinhaufen, die mit Planen abgedeckt worden waren. Die Enden dieser Decke lagen auf dem Dach und waren mit Steinen beschwert worden, damit der Wind sie nicht wegwehte.

Wo steckten meine Feinde?

Sie ließen sich Zeit. Ich ebenfalls, aber ich konnte nicht bis zum Einbruch der Morgendämmerung auf der Plattform stehen bleiben.

Ungefähr in der Dachmitte befand sich eine viereckige Öffnung, die nicht gesichert war. Ich ging davon aus, dass direkt unter ihr die Treppenstufen begannen. Würde mein Feind aus diesem Loch hervorsteigen?

Darauf wollte und konnte ich nicht warten und bereitete mich darauf vor, das Dach zu betreten. Ich strich über meine Stirn, mehr eine Geste der Verlegenheit, denn den pochenden Schmerz vertrieb ich damit nicht.

Der Wind peitschte gegen mich. In einer Hand hielt ich die Waffe, mit der anderen stützte ich mich am Zaun ab.

Ich betrat das Dach und machte mich auf den Weg zum Loch, das sich in der Dachmitte befand.

Ich blieb auch jetzt allein.

Niemand hielt mich auf, nur die Stimmen des Windes umsäuselten mich, spielten mit den Planenrändern, ließen sie knattern.

Der Boden war nicht eben. Ich musste achtgeben, nicht

auf Eisenträgern auszurutschen oder über sie zu stolpern.

Nach drei weiteren Schritten stand ich so weit von der viereckigen Öffnung entfernt, dass ich einen ersten Blick hineinwerfen konnte.

Wie ich es schon angenommen hatte, es gab eine Treppe, natürlich noch ohne Geländer, und nicht einmal eine Absicherung war vorhanden, sondern nur die grauen, gegossenen Betonstufen.

Sie waren leer.

Ein schwaches Licht war zu sehen.

Dann hörte ich ein Kratzen.

Nicht von unten, es war auf dem Dach erklungen, und zwar nicht weit entfernt und schräg vor mir. Genau dort stand der Stapel mit den Steinen. Hatte sich durch einen Windhauch die Plane bewegt? War deshalb dieses Geräusch entstanden?

Das glaubte ich nichtschrieben, denn eine über den Boden rutschende Plane hörte sich anders an.

Ich hielt den Atem an. Meine Kehle fühlte sich rau an. In meinem Kopf hämmerten noch immer die kleinen, bösen Finsterlinge. Diesmal allerdings ließen sich die Schmerzen ertragen. Ich schaffte es zudem, sie durch meine Konzentration zu verdrängen.

Noch immer wusste ich nicht, wer mich belauerte und wer überhaupt etwas von mir wollte. Ich wurde an einer langen Leine geführt und war wie ein Trottel in die Falle gelaufen.

Noch einmal schaute ich in die Tiefe. Nichts zu sehen.

Dann ging ich auf den Stapel zu. Der Wind zerrte an mir.

Neben dem Steinstapel war er nicht mehr so stark. Die Öffnung lag jetzt hinter mir. Ich dachte wieder an das seltsame Geräusch. Wenn ich recht darüber nachdachte, dann war es durchaus möglich, dass zwei oder mehrere Steine sich bewegt und dieses Geräusch erzeugt hatten.

Wieder scheuerte die Plane über den Boden. Gleichzeitig erklang das hässliche Kratzen.

Ich sprang zurück.

Die Plane flog weg.

Und im nächsten Augenblick wirbelten mehr als ein Dutzend Steine in die Höhe.

Es war unerklärlich für mich.

Aber es stand auch fest, dass sie für mich tödlich wie Kugeln werden konnten …

Kara hatte es hinter sich!

Sie befand sich nicht mehr in ihrem Refugium bei den Flammenden Steinen. Deren Magie und ihre geheimnisvollen Kräfte hatten es ihr ermöglicht, die weite Reise anzutreten und einzudringen in eine Zeit, die längst zur Vergangenheit zählte, hin zu einem Kontinent, den Kara als Heimat ansehen musste, denn in Atlantis war sie geboren, hier hatte sie ihre Kindheit und Jugend verbracht, hier war ihr außerordentlich gutes Verhältnis zu ihrem Vater entstanden, und hier hatte sie auch den Untergang er- und überlebt.

Atlantis!

Welch ein Land, welch ein Kontinent. Wie herrlich und wunderbar anzusehen und zu erleben.

Erinnerungen durchzuckten ihren Kopf, als die geheimnisvolle Teleportation hinter ihr lag. Weit zurückversetzt hatte sich ihr Körper neu gebildet, und er war wieder dort entstanden, wohin sie das Schicksal bewusst geführt hatte.

Ein Wunder …

Dass sie sich in Atlantis befand, stand für sie fest. Allerdings wusste sie nicht, an welchem Fleck der Insel sie sich wieder manifestiert hatte, denn ihre unmittelbare Umgebung ließ ein direktes Erkennen nicht zu.

Sie stand auf einem Hof. Er war von hohen Mauern umgeben, die sie kaum würde überklettern können. Sie blickte in die Höhe und sah den Himmel von Atlantis über sich.

Trotz des nur kleinen Ausschnitts kam er ihr so unsagbar weit vor, und er war erfüllt von einer seidigen Bläue, die so leicht und luftig wirkte.

Sie strich sich das schwarze Haar aus der Stirn und gestattete sich ein feines Lächeln. Dann holte sie tief Luft, als wollte sie die Bläue trinken, drehte sich um und ging weg.

Die hohen Mauern waren kein Gefängnis. An einer Stelle waren sie offen. Da befand sich ein Tor. Es war offen und gab den Blick nach außen frei, auf eine Straße und auf die Häuser an der gegenüberliegenden Seite.

Ein staubiger Weg führte vor dem Tor vorbei, und als sich Kara in Bewegung setzte, um den Hinterhof zu verlassen, hörte sie ein Geräusch, das sich dem Tor näherte.

Sie blieb stehen und versuchte, das Geräusch einzuordnen. Es kam ihr bekannt vor. Dann wusste sie es plötzlich. So hörte es sich an, wenn mit Eisenringen beschlagene Räder über den Boden rollten.

Sie ging einen Schritt zur Seite und stellte sich in den toten Winkel. Das beigefarbene Gestein der Mauer spürte sie in ihrem Rücken.

Kara konnte nicht sagen, weshalb sie diese Spannung erfasst hatte. Sie dachte, etwas Wichtiges zu verpassen, wenn sie den schmalen Hof jetzt verließ.

Deshalb blieb sie …

Nicht nur das Rollen war zu hören, auch die Schritte

eines Mannes, der das Fahrzeug zog. Kara sah seinen und den Schatten des Fahrzeuges, als er den Hof betrat.

Der Mann keuchte.

Er ging gebückt. Sein Oberkörper war nackt. Muskelstränge zeichneten die Schulterpartien, seine Arme und auch die Beine an den Oberschenkeln und Waden nach. Das Haar lag auf seinem Kopf wie eine flache schwarze Matte. Seine Haut war von der Sonne gebräunt. Er trug eine Hose, die ihm bis zu den Waden reichte, und Sandalen. Die wiederum wurden mit Riemen an seinen Beinen gehalten.

Der Mann sah Kara nicht und passierte sie. Mit beiden Händen hielt er den Griff einer Stange fest, die die Fortsetzung einer Deichsel bildete. So zog er einen Wagen hinter sich her. Er war beladen, die Seiten bestanden aus Stäben, aber von der Ladung konnte Kara nichts sehen, weil die mit einer grauen Plane bedeckt war.

Kara schaute jetzt auf seinen Rücken, als der Mann den Wagen bis zum anderen Ende des Hofes zog. An ihn schloss sich die Rückwand eines Baus an. Er war höher als die Mauer. Durch eine Tür konnte man ihn betreten.

Der Mann war offenbar froh, es geschafft zu haben und am Ziel zu sein. Kara hörte ihn stöhnen, sie sah auch, wie er sich mit dem Handrücken den Schweiß vom Gesicht abwischte.

Er schaute nicht zurück, hatte sie demnach noch nicht gesehen, und sie hoffte, dass es auch so bleiben würde. Es interessierte sie schon, welche Ladung sich unter der Plane verbarg, aber der Mann tat ihr nicht den Gefallen, die Plane anzuheben.

Dafür klopfte er viermal gegen die Tür. Wenig später wurde sie aufgezogen.

Kara sah die zweite Person nicht, weil der andere sie mit seinem Körper verdeckte.

Die beiden sprachen nur wenige Worte. Dann trat der Zweite zur Seite und gab den Weg frei.

Mann und Wagen verschwanden in der Düsternis eines Baus, aus dem ein Geruch drang, der Kara überhaupt nicht gefiel. Es war das Aroma von Tod und Verderben. Sie spürte plötzlich den Schrecken, ohne ihn jedoch fassen zu können.

Irgendetwas befand sich in diesem Bau, das nicht als normal angesehen werden konnte.

Die Schöne aus dem Totenreich wartete darauf, dass einer der Männer wieder zurückkehrte. Dann hätte sie ihm die entsprechenden Fragen gestellt. Doch sie blieben verschwunden.

Kara wollte wissen, was hinter der Tür geschah. Auch musste sie mit jemandem reden, um herauszufinden, in welchem Teil des Landes sie sich befand.

Hinzu kam, dass sie noch immer über den Geruch nachdachte. Für sie war es der Gestank der Toten. Nach verfaultem Fleisch, nach Moder und alten Maden.

Einfach widerlich …

Kara hatte weder hören noch erkennen können, ob die Tür abgeschlossen worden war. Sie war innerhalb der Hauswand auch kaum zu erkennen, da sie sich von der Farbe her nicht vom Gestein abhob.

Bevor sie auf ihr neues Ziel zuging, schaute sie kurz durch das offene Tor auf den Weg zurück. Sie wollte nicht überrascht werden. Aber die Schöne aus dem Totenreich bekam keinen Menschen zu Gesicht.

Sie war beruhigt. Kara gehörte zu den Personen, die es nicht mochten, wenn Zeugen in der Nähe waren, die sie eventuell hätten beobachten können. Sie fühlte sich mehr als Einzelkämpferin und auch als Einzelgängerin. Zudem war sie sehr neugierig, und auch jetzt fragte sie sich, was sie wohl hinter dieser Tür erwarten würde. Sie rechnete nicht damit, dass es eine freudige Überraschung war. Dagegen sprach einfach ihr Gefühl.

Niemand beobachtete sie. Es gab auch keine Fenster oder Luken, hinter denen sich Gesichter gezeigt hätten.

Trotz des hellen Tageslichts und des seidigblauen Himmels hatte sie den Eindruck, dass die Nacht bevorstand. Keine normale Dunkelheit, wie sie den Tag ablöste, es war mehr eine seelische Nacht, eine Finsternis, die ihr die Freude nahm und die jetzt schon damit begann, ihr Innerstes zu erfüllen. Sie merkte deutlich, dass Schrecken und Grauen nicht mehr lange auf sich warten lassen würden.

Sie blieb zunächst vor der Tür stehen, um zu lauschen, ob sich etwas dahinter tat. Schreie, Gespräche, andere Geräusche.

Vergebens. Das Holz war sehr dick, es ließ keinen Laut durch. Vielleicht war es dort auch still.

Ein klobiges Stück Holz, vom Anfassen schon glatt geschliffen, diente als Türgriff. Kara stemmte sich gegen die Tür, um sie zu öffnen.

Sie wusste, dass sich ihre Gestalt in dem hellen Spalt deutlich abzeichnen würde, aber das musste sie in Kauf nehmen, wenn sie weiterkommen wollte.

Der Geruch wurde stärker. Es roch nach altem Fleisch, es roch aber auch leicht verbrannt und nach irgendwelchen Essenzen und Ölen, die als Geruchsregulatoren eingesetzt wurden, ohne den anderen Gestank völlig überlagern zu können.

Ein leichter Schweißfilm hatte sich auf ihren Nacken gelegt.

Kara zögerte keine Sekunde länger als nötig. Leicht geduckt schob sie sich durch den Spalt.

Sofort schloss sie die Tür hinter sich wieder.

Sie hatte erwartet, in die Dunkelheit zu treten, was nicht der Fall war. Das Innere dieses Hauses war von einem ungewöhnlich dunklen Licht erfüllt. Öllampen gaben es ab. Sie waren an verschiedenen Stellen aufgestellt worden, sodass ihr Licht möglichst den ganzen Raum erhellte. Er glich schon einer Halle, aber mit relativ niedriger Decke, die einen hellen Fleck zeigte. Dort befand sich eine Öffnung wie ein Rauchfang, wo auch Tageslicht einfallen konnte.

Kara ging davon aus, dass man sie bisher noch nicht entdeckt hatte. Jedenfalls war sie nicht angesprochen worden. Man hatte sie auch nicht angegriffen, obwohl sich die beiden Männer nicht weit entfernt aufhielten, denn Kara hörte ihre Stimmen.

Sie unterhielten sich halblaut.

Was sie miteinander sprachen, entzog sich Karas Kenntnis. Es war kein positives Gespräch, denn keiner von ihnen lachte auch nur einmal.

Sie ging auf die Stimmen zu.

In dem Raum, der schon mehr einer Höhle glich, klangen sie dumpf und zischelnd. Die Öllichter brannten ruhig. Sie gaben einen geheimnisvollen Schein ab.

Kara bemühte sich, so leise wie möglich aufzutreten. Nur keine unnötigen Geräusche. Noch immer hatte das Moment der Überraschung den meisten Erfolg gebracht, und das würde auch hier nicht anders sein.

Sie kam näher an die beiden heran. Wo sie waren, zeigte das Licht einen helleren Schein. Dort standen die Lampen dichter beieinander und bildeten eine Gruppe.

Kara erkannte den kleinen Leiterwagen und auch die Umrisse der beiden Männer. Im Licht wirkten sie wie Schattengestalten.

Kara ging davon aus, dass diese Männer ein schreckliches Geheimnis verbargen. Sie konnte nicht genau sagen, um was es sich dabei handelte, aber es gab einfach keine andere Möglichkeit. Und zu diesen Dingen zählte sie auch den Leiterwagen, von dessen Ladung sie bisher nichts gesehen hatte.

Die beiden Männer umstanden ihn. Noch immer flüsterten sie miteinander und hatte keinen Blick für ihre Umgebung. Dies kam Kara sehr gelegen, denn sie wollte so spät wie möglich entdeckt werden. Sie hielt sich auch außerhalb des Lichtscheins und war nicht mehr als ein huschender Schatten.

Etwa vier Schritte von den beiden Männern entfernt blieb sie stehen. Es geschah deshalb, weil sie hier den Geruch noch intensiver wahrgenommen hatte.

Und wenn sie nicht alles täuschte, quoll er an der Stelle auf, wo der Leiterwagen stand.

Kara ging auf Zehenspitzen näher an ihn heran. Die Plane war inzwischen weggezogen worden, sie hatte freies Blickfeld und glaubte, ihren Augen nicht trauen zu können, wobei gleichzeitig ihr Herz vereiste.

Sie sah die Fracht.

Menschliche Fracht.

Leichen!

Für mich wurden die Steine plötzlich zu einem lebensgefährlichen Problem. Welche Kraft sie auch immer aus ihrem Verbund gerissen haben mochte, sie war mir überlegen.

Das Erlebnis, zu sehen, wie sich plötzlich eine tödliche Gefahr vor mir aufbaute, ließ mich schaudern. Mein Herzschlag hatte sich beschleunigt, ich suchte nach einem Ausweg, dachte an die Luke mit der Treppe darunter, aber es schien, als hätten die Steine meine Gedanken lesen können, denn einige von ihnen bewegten sich in die entsprechende Richtung und blieben dort in der Luft stehen, Wächtern gleich, die auf der Lauer lagen.

Der Weg war mir versperrt.

Andere Steine warteten noch ab. Wie böse, kantige Killerfäuste standen sie vor und über mir, belauerten mich und schienen jede meiner Bewegungen kontrollieren zu wollen.

Aber wer kontrollierte mich tatsächlich? Wer besaß die Macht, die Steine in Bewegung zu setzen? Es konnte nur dieser Unbekannte aus dem Park sein, doch der hielt sich zurück.

Die fliegenden Steine nicht. Sie griffen an!

Ich hatte ja schon fliegende Grabsteine und Särge erlebt, aber Steine noch nicht. Gewaltige Brocken, die mich mit einem Treffer zertrümmern konnten.

Wie sollte ich ihnen entgehen?

Ich drehte mich zur Seite und lief den Weg zurück. Nicht bis an die Luke heran, denn dort lauerten sie nach wie vor.

Der Boden zwang mich dazu, immer mal wieder in die Höhe zu springen. Ich musste diesen Hindernissen ausweichen, aber ich würde zu langsam sein, außerdem sind zu viele Hunde des Hasen Tod. In diesem Fall waren es Steine.

Trotz des unebenen Bodens, auf den ich mich konzentrieren musste, riskierte ich einen Blick über die Schulter und erkannte, dass sie mir auf den Fersen waren.

Vier, fünf oder auch mehr dicke Steine jagten mich. Sie bewegten sich in unterschiedlicher Höhe, aber nie so hoch, als dass sie über mich hätten hinwegfliegen können.

Ich schlug in meiner Verzweiflung Haken, gleichzeitig wissend, dass es mir nichts einbrachte. In der von schwarzer Magie beherrschten Umgebung hatte ich nicht den Hauch einer Chance, trotz meines Kreuzes.

Hinzu kam der Wind. Er erwischte mich von mehreren Seiten und es schien mir, als wollte er mich schlagen.

Immer wieder hieb er gegen mich, brachte mich manchmal aus der Richtung, sodass ich Mühe hatte, nicht die Orientierung zu verlieren.

Der Dachrand rückte näher.

Ich lachte plötzlich auf, weil ich daran dachte, dass ich mich auch anders vom Leben in den Tod befördern konnte. Ich brauchte nur weiter in diese eine Richtung zu laufen und meinen Körper über den Rand zu katapultieren.

Noch einmal der Blick zurück!

Die kantigen, hellen Blöcke hatten aufgeholt.

Ich schlug den Haken deshalb, weil mir einfiel, dass es da noch den Aufzug gab, mit dem man mich aufs Dach geschafft hatte. Die Idee blitzte auf und verlosch wieder wie ein kurzer Funken, denn in diesem Augenblick hörte ich das ratternde Geräusch des Aufzugs. Da er nicht mehr höher fahren konnte, blieb nur noch die Möglichkeit, nach unten zu gleiten.

Jetzt war ich richtig gefangen.

Die Blöcke kamen näher. Ich konnte ihren Geruch bereits wahrnehmen. Scharf und staubig zugleich wehte er in meine Nase.

Noch einmal riskierte ich einen Blick. Da erwischte es mich.

Nicht am Kopf, im Nacken oder an den Schultern, der Brocken segelte von hinten gegen meine Beine und brachte mich augenblicklich aus dem Tritt.

Ich geriet ins Stolpern und fiel über meine eigenen Füße.

Der Boden raste auf mich zu.

Zum Glück war ich trainiert und rollte mich noch in der Luft zusammen, sodass ich mit der rechten Schulter aufprallte, über die ich mich dann abdrehen konnte, ohne dass ich ernstlich verletzt wurde.

Damit war auch meine letzte Chance vertan. Ich wartete darauf, dass mir die Steine den Körper und auch den Schädel zerschmetterten, rechnete folglich damit, dass die letzten Sekunden meines Lebens angebrochen waren und ich auf so unwürdige Weise ein Ende fand. Die Arme hatte ich angewinkelt und über meinen Kopf gelegt, damit ich einen geringen Schutz hatte, obwohl der auch nicht viel helfen würde.

Doch es geschah nichts. Die Zeit verging.

Ich lag noch immer bewegungslos auf dem Boden. Ich roch den feuchten Beton. In meiner unmittelbaren Gesichtsnähe lag ein Stück des rostbraunen Eisengitters, das sich aus dem Beton hervorgeschoben hatte.

Wann endlich fielen die Steine herab? Wann machten sie ein Ende?

Der Wind umheulte das Dach.

Noch immer fiel kein Stein.

Ich bewegte mich, drehte mich auf die rechte Seite.

So konnte ich nach oben schauen.

Die Steine schwebten über mir und rührten sich nicht. Manche hatten eine gekantete Position eingenommen. Wenn sie fielen, würden sie mit einer spitzen Ecke meinen Kopf treffen und mich töten.

Sie bewegten sich nicht.

Ich spürte das Ziehen in meinem Magen, holte flach Luft, kroch ein Stück vor, und die Steine reagierten wie Hunde, die nur darauf gelauert hatten, dass sich ihre Beute bewegte.

Dann eben nicht.

Natürlich stellte ich es mir schrecklich vor, hier die ganze Nacht über zu liegen. Ich wünschte mir schon, dass jemand kam und mich in Sicherheit brachte.

Den Kerl aus dem Park hatte ich nicht vergessen und auch nicht seinen Helfershelfer.

Sie kamen.

Ich hörte ihre Schritte, wie sie über den Boden schleiften. Sie waren in der Nähe, doch sie kamen von zwei verschiedenen Seiten, weil sie mich in die Zange nehmen wollten.

Ich schaute auf die Steine.

Zwei davon huschten zur Seite.

Eine Lücke entstand.

Groß genug, um hindurchschauen zu können. Sogar in verschiedene Richtungen.

Sie waren tatsächlich zu zweit. Ihre Kleidung bestand aus dunklem Leder, das wie eine Ölhaut schimmerte. Die Kragen ihrer Jacken hatten sie hochgestellt.

Ich konzentrierte mich auf ihre Gesichter. Ich wusste nicht einmal, ob ich sie als Gesichter ansehen sollte, denn sie waren bleich, sehr bleich sogar, fast formlos, doch eines fiel in ihnen auf.

Es waren die dunklen, leeren Augenhöhlen, sodass sie mir vorkamen wie zwei Tote, die aus irgendwelchen Gräbern gestiegen waren, um sich an den Lebenden zu rächen.

Verdammte aus dem Jenseits.

Mir war dieses bleiche Gesicht im Park nicht aufgefallen. Da war es auch zu dunkel gewesen, und alles war einfach zu schnell abgelaufen. Hier sah ich sie besser, hier sah ich, wie sie sich bewegten, wie sie plötzlich kamen, über mir waren, bevor ich mich noch wehren konnte.

Sie fassten zu.

Ich spürte ihre Hände wie Zangen. Etwas blitzte in meinem Kopf auf, und einen Moment später fraß mich die Schwärze wie ein gewaltiger Tunnel.

Ich wurde bewusstlos …

Im selben Augenblick wurde Kara entdeckt. Es war der Größere der beiden Männer, der sie sah, denn er drehte sich um. Diese Bewegung war noch fließend gewesen, doch als er Kara entdeckte, erstarrte er zur Salzsäule.

Keiner redete.

Auch der zweite Mann nicht. Er war kleiner als der Wagenzieher und ging leicht gebeugt. Der zweite Mann stöhnte nur auf, ansonsten sagte er nichts. Er trug eine Kleidung, die den Namen Lumpen verdiente. Sein Haar war schwarz und fiel bis weit über die Ohren.

Kara wusste im ersten Moment nicht, wie sie sich verhalten sollte. Die beiden Männer griffen sie nicht an, das hätte sie erwartet, aber sie ließ ihre Hände übereinander gelegt auf dem Griff des Schwertes ruhen.

Dann fiel ihr Blick wieder auf die Leichen.

Man hatte die Toten auf den Wagen gelegt. Es waren fünf Leichen. Kara konnte nicht erkennen, ob sie auf gewaltsame Weise ums Leben gekommen waren. Es war einfach zu düster, um Verletzungen zu sehen.

Die Leichen allein konnten diesen Geruch nicht abgeben, der Kara störte. Er drang zudem aus der Tiefe dieses Hauses an ihre Nase. Kara musste sich zusammenreißen, um sich nicht zu schütteln. Sie wollte möglichst gelassen bleiben.

Mittlerweile hatten sich ihre Augen an das Dämmerlicht gewöhnt. Sie erkannte die beiden Männer besser und stellte fest, dass sie auch jetzt nicht den Eindruck machten, als wollten sie angreifen. Sie wunderte sich über den Ausdruck in ihren Augen. Er war nicht feindselig, eher schauten die beiden sie ängstlich und voller Ehrfurcht an.

Kara trat auf die beiden Männer zu.

Sie warteten und sahen aus, als wollten sie etwas sagen.

Als Kara noch näher an die Männer herantrat, kam endlich Bewegung in sie. Zugleich flüsterten sie.

Kara blieb stehen, als sich die beiden vor ihr verbeugten. Einen tiefen Bückling machten sie, als wollten sie den Boden küssen. Dann kamen sie wieder hoch, blieben in einer ängstlichen Haltung vor ihr stehen und schauten ihr beinahe bittend in die Augen.

»Was ist los mit euch?«, fragte Kara verwundert. Schon längst lagen ihre Hände nicht mehr auf dem Griff der Waffe.

»Sei gegrüßt, Königin ...«

Kara bewegte ihre Augenbrauen. Sie dachte plötzlich an ihre Träume. Da war sie über ein Land geflogen und hatte die Menschen gesehen, in deren Gesichtern das Unglück wie festgeschrieben lag.

Träume sind keine Schäume. Wenigstens nicht in ihrem Fall. Sie hatten ihr gezeigt, wie sie den Weg finden konnte, und sie war ihn mithilfe der Flammenden Steine gegangen.

Sie hatte auch ein Ziel erreicht, ein Land, genau das Land, das sie in ihren Träumen gesehen hatte. In dem die Menschen mit den traurigen Gesichtern lebten, ohne Hoffnung, ohne eine Chance auf eine gute Zukunft.

Sie schaute auf die beiden. Gehörten sie auch dazu? Sie waren es, die Kara so ehrfurchtsvoll als ihre Königin begrüßt hatten. Dann musste sie, wenn alles stimmte, die Königin oder Herrscherin in diesem gewaltigen Reich sein.

Das brachte sie durcheinander. Sie schaute auf die beiden Männer und erwartete Erklärungen. Mitglieder aus dem Volk sollten ihre eigene Königin aufklären, aber das war so gut wie unmöglich. Das gab es einfach nicht. Dazu waren sie nicht würdig genug, und deshalb musste Kara sie durch Fragen aus der Reserve locken.

Es war sowieso ein Irrsinn, was sie hier erlebte. Sie konnte sich nicht daran erinnern, in Atlantis eine Königin gewesen zu sein. Ihr Vater war zwar ein mächtiger Mann gewesen, doch ein Reich hatte er ihr nicht hinterlassen.

Warum dann Königin?

Gab es eine Zeitspanne in der langen Existenz des Kontinents, die ihr nicht geläufig war? Hatte sie gelebt, ohne dass es ihr richtig bewusst geworden war? Gab es einen Teil ihrer Existenz, der im tiefen Dunkel lag? Sie hätte die Männer gern danach gefragt, nur sahen die beiden nicht so aus, als wären sie in der Lage, ihr eine Antwort zu geben.

Sie lächelte.

Es tat den Männern gut, denn sie lächelten zurück. Sehr scheu und verhalten allerdings.

Kara näherte sich dem Wagen mit seiner schrecklichen Ladung. Auch dafür interessierte sie sich, aber sie wollte die beiden nicht erschrecken und ließ dieses Thema zunächst einmal. Stattdessen wollte sie mit leiser Stimme wissen, weshalb sie von ihnen als die Königin angesehen wurde.

Der Größere sagte: »Ich bin Gallas. Wir sind nur unwürdige Helfer. Ich und Kruti.«

So musste der Kleine mit dem krummen Rücken heißen. Er nickte, als er seinen Namen hörte.

»Ob unwürdig oder nicht. Ich möchte von euch erfahren, weshalb ihr mich so angeredet habt.«

Die beiden schauten sich an. Kruti verzog die feuchten Lippen.

»Bitte.«

»Du bist doch unsere Königin.«

»Das sagst du, Gallas. Nur daran kann ich mich nicht erinnern. Tut mir leid.«

»Nicht?«

»Nein.«

»Aber du bist es doch«, sagte Gallas und schaute Kara ins Gesicht. »Ja, du bist es.«

»Wenn ich mich nicht daran erinnern kann, wie kommt es, dass ihr es schafft?«

»Aber ...«

»Sie soll mit uns gehen!«, zischte Kruti.

»Meinst du?«

»Ja.«

»Wohin soll ich gehen?« Kara unterbrach das Gespräch der beiden Atlanter.

»Weg, nach hinten. Wir – wir werden dir etwas zeigen. Du musst mit uns kommen.«

Er sprach glücklicherweise nicht mehr so unterwürfig, sondern beinahe normal, worüber Kara froh war.

»Bitte«, sagte sie, »wenn ihr wollt, lasst uns gehen.« Sie rechnete damit, dass sie den hallenartigen Raum durch denselben Eingang verlassen würden, durch den sie eingetreten waren, aber sie irrte sich. Die beiden Männer trafen keinerlei Anstalten, diese Richtung einzuschlagen.

Kruti reckte sich und holte eine Fackel aus der Halterung. Er hatte sehr lange Arme, die im Missverhältnis zu seiner Körpergröße standen. Als er die Fackel hielt und sie ausstreckte, wirkte er wie ein nicht ganz ausgewachsener Gorilla.

Gallas lächelte Kara scheu zu und deutete durch ein Nicken an, dass sie Kruti folgen möge. Sie tat es auch, und Gallas blieb dabei an ihrer Seite, aber stets einen halben Schritt hinter ihr, sodass er wie ein Beschützer wirkte, der ihr Rückendeckung gab.

Sie gingen tiefer in diesen Raum hinein, und Kara konnte sich nur wundern, wie groß er war. Sie erinnerte sich daran, dass dieser Ort von Bergen umgeben war, so konnte es durchaus sein, dass der Raum in einen Tunnel mündete, der in einen der Berghänge hineinführte.

Sie ließ sich überraschen.

Angst verspürte sie nicht. Kruti und Gallas behandelten sie mit großem Respekt, wie er eben einer Königin gebührte. Nur ihre Schritte waren zu hören, zusammen mit dem leichten Fauchen der Flamme.

Kruti hielt die Fackel ziemlich hoch. Ihr Widerschein huschte als Muster über die Decke hinweg.

Je tiefer sie in den Stollen hineingingen, umso bedrückender wurde die Luft. Der Geruch der Leichen war zurückgeblieben. Jetzt umwehte sie ein anderer Gestank.

Es roch nach alten Steinen, nach Feuchtigkeit und auch nach brackigen Wasserpfützen. Über die Wände huschten kleine Tiere, wenn das Licht sie aus ihren Verstecken riss.

Kara lagen zahlreiche Fragen auf der Zunge, die sie allerdings verschluckte, weil sie den Eindruck hatte, dass ihr die beiden Männer etwas Bestimmtes zeigen würden. Sie würde zu einem Ort geführt werden, wo sie Aufklärung über bestimmte Dinge erhielt, die sie persönlich angingen.

Und sie hatte den Eindruck, als müssten sich die beiden Männer verstecken. Sie bewegten sich auch jetzt wie Personen, die um ihr Leben fürchteten, die immer damit rechnen mussten, von einem Feind erwischt zu werden.

Kara dachte weiter. Sie spekulierte über den Grund dieses Verhaltens und fragte sich, ob die Männer deshalb so reagierten, weil sie zu ihr, der Königin, standen?

Eine Theorie, durch nicht zu beweisen. Tief in ihrem Innern glaubte Kara daran, dass sie damit so falsch nicht lag.

Man würde sehen.

Sie gingen weiter.

Der Tunnel schluckte sie.

Kara wusste nicht, wie viele Schritte bereits hinter

ihnen lagen, aber dann war es so weit. Sie näherten sich dem Ziel und hatten es wenige Schritte später erreicht.

Kruti war vorgegangen. Nicht weil er nicht bei ihnen sein wollte, er hatte eine bestimmte Aufgabe zu erfüllen. Das Licht der einsamen Fackel enthüllte einige breite Stufen, die hoch zu einem Podest führten, wo ein durch ein Tuch verhängter Gegenstand seinen Platz gefunden hatte.

Unter dem Tuch schauten zwei schräg stehende Holzbeine hervor, die zu einem Ständer zu gehören schienen.

Gallas gab Kara durch eine Geste zu verstehen, stehen zu bleiben.

Kara hielt sich daran.

Kruti wartete noch immer, eine Hand um den Tuchstoff gekrallt. Gallas sollte das Zeichen geben.

Er nickte.

Kruti zerrte das Tuch nach unten.

Es flatterte zu Boden wie ein Riesenvogel. Und es gab einen Gegenstand frei, den Kara hier nie und nimmer vermutet hätte.

Es war ein Gemälde, ein Bild.

Ihr Bild!

Kruti hielt die Fackel so, dass ihr Schein gegen das Gemälde zuckte, es aus dem düsteren Schatten der Finsternis hervorriss, damit Kara jede Einzelheit erkennen konnte.

Sie sagte nichts. Die Schöne aus dem Totenreich, in dem sie mehr als zehntausend Jahre nach dem Untergang gelebt hatte, glaubte, ihren Augen nicht trauen zu können.

Das Bild zeigte ein Porträt.

Es zeigte sie.

Kara, die Königin!

Schweigen. Bedrückend, lastend. Nur das leise Fauchen der Flamme war zu hören.

Sie überlegte. Gedanken jagten durch ihren Kopf, die sich mit der Vergangenheit beschäftigten. Dieses Bild musste zu der Zeit gemalt worden sein, als es den Kontinent Atlantis noch gab. Natürlich war eine gewaltige Zeitspanne vergangen, doch Kara sah um keinen Deut älter aus als auf dem Bild.

Ein leichtes Schwindelgefühl erfasste sie. Als es wieder vorbei war, trat sie näher an das Gemälde heran, weil sie Einzelheiten erkennen wollte.

Wer sie gemalt hatte, musste ein Meister seines Fachs gewesen sein. Das schmale Gesicht, die dunklen Brauen, die ebenfalls dunklen, geheimnisvollen Augen, der Mund mit den vollen Lippen, darüber die gerade Nase, das leichte Rot an den Wangen, ein schmales Kinn, der schmale Hals. Und all dies war von der dunklen Haarflut umrahmt, die über der Stirnmitte den Ansatz eines Scheitels zeigte.

Ihr Blick glitt tiefer. Kara sah, dass diese Person auf dem Bild einen weißen Mantel trug, der allerdings nur in Höhe der Schultern normal zu sehen war und später verlief.

Der Hintergrund war in einem fahlen Weiß gezeichnet. Man konnte ihn als Schnee ansehen, der in großen Flecken irgendeinen Hang bedeckte.

Etwas stimmte mit dem Original nicht überein. Zuerst hatte es Kara nicht gesehen, weil sie das Gesicht einfach zu sehr angezogen hatte. Nun, beim zweiten Hinsehen, konzentrierte sie sich auf Einzelheiten. Unter dem langen Haar schaute goldener Schmuck hervor. Er gehörte zu sehr langen Ohrringen, die in großen, goldenen Tropfen ausliefen. Diese wiederum waren mit grünen Steinen oder Perlen verziert. Das gleiche Grün entdeckte sie auf dem Halsschmuck, der die Form eines Ankers hatte und sicherlich schwer war.

Sie atmete tief durch.

Noch hatte sie ihre Überraschung nicht überwunden, als sie bereits begann, sich mit diesem Gemälde abzufinden. Kara wusste nicht, wer es gemalt hatte, doch Kruti und Gallas hatten es in Ehren gehalten und zudem noch versteckt. Ein Zeichen, dass sie Kara als ihre Königin die ganze Zeit über verehrt hatten.

Das Bild der Königin, ihr Bild …

Demnach war sie es auch, die über ein Reich herrschte, in dem die Toten auf einem kleinen Wagen durch die Straßen gekarrt wurden. Und das genau passte nicht zu ihr, nicht zu ihrer Herrschaft. Das hätte sie als Königin nie zugelassen. Es musste also noch etwas anderes geben, das im Hintergrund lauerte.

Etwas sehr Böses, ein mächtiger Feind, denn dieses Bild war versteckt worden.

Sie drehte den Kopf und schaute Gallas an, der nicht wusste, wie er sich verhalten sollte. Er gab sich verlegen. Er lächelte und bewegte zuckend seine Augen.

»Warum?«, fragte Kara nur.

»Das bist du, Königin.«

»Ja, das sehe ich. Aber …

»Du kannst dich nicht erinnern?«

»Nein, das kann ich nicht.«

Gallas hob die kräftigen Schultern. »Wir haben dich nie gesehen, nur der Maler sah dich. Er hat dieses Bild gebracht und uns erklärt, dass du unsere Königin bist und die Herrschaft an dich reißen wirst, wenn die Zeit gekommen ist. Nun bist du erschienen. Die Zeit ist reif. Du wirst uns helfen.«

Kara schüttelte den Kopf. Es war verrückt, es war unmöglich, und das musste sie ihnen begreiflich machen.

Sie musste ihnen sagen, dass es Atlantis nicht mehr gab, dass der Kontinent im Meer versunken war und sie aus der Zukunft hergereist war. Soweit sie sich erinnern konnte, hatte sie als Erbin des großen Delios nie ein Reich regiert. So sah es aus, und sie konnte sich auch nicht vorstellen, es jetzt zu übernehmen. Sie wollte keine Regentschaft, aber wie sagte sie das den Vertretern ihres Volkes?

Volkes …?

Abermals musste sie an ihre Träume denken und daran, was ihr gezeigt worden war.

Berge, Täler, Wälder, gewaltige Ebenen, ein großer, weiter Himmel, ein schönes Land, das stand fest.

Aber nun …?

Ja, die Menschen. Sie hatte die Menschen gesehen und die Angst bemerkt, mit der sie sich durch das Land bewegten. Auf ihren Zügen war sie wie eingefroren gewesen. Die Menschen hatten ausgesehen, als wären sie von etwas Unheimlichem verfolgt worden, das irgendwann brutal zuschlagen würde.

Es gab einen Feind!

Sie selbst wusste nichts davon, doch neben ihr stand Gallas, der konnte ihr einiges sagen.

Zudem gab es da noch das Problem der Toten …

Kara nickte, aber sie war keineswegs zufrieden, als sie sich an Gallas wandte. »Ich danke dir, dass du mir das Bild gezeigt hast. Aber ich wusste nicht, dass es dieses Gemälde gibt.«

Gallas zeigte sich irritiert. Er schüttelte den Kopf und flüsterte: »Du hast es nicht gewusst?«

»Nein, woher auch?«

»Aber ich …«

»Bitte, mein Freund. Ich bin – nun, sagen wir neu hier. Ich brauche Erklärungen. Ich habe dieses Bild gesehen, ich finde es wunderbar, aber ich möchte wissen, weshalb ihr es versteckt habt, wo ich doch eure Königin bin.«

»Es ist dein Reich.«

»Eben.«

Kruti senkte den Arm mit der Fackel. Kara, die auf das Bild schaute, hatte den Eindruck, als würde sich ein Schatten auf ihren Körper senken, und er kam ihr vor wie eine finstere Vorahnung, die sich erst in der Zukunft erfüllen würde.

Kara lächelte Gallas aufmunternd zu, obwohl ihr danach nicht zumute war.

»Du musst mir viel erklären, mein Freund.«

»Was soll ich meiner Königin denn sagen?«

»Mehr über ihr Reich, das sie nicht kennt. Ja, du wirst es kaum glauben, aber es ist mir unbekannt. Ich sehe es zum ersten Mal. Wer immer mich gemalt hat, er muss mehr gewusst haben. Woher wusstet ihr überhaupt von mir?«

»Die Weisen sagten es. Sie haben es in ihrem magischen Feuer gelesen, dass du zurückkehren würdest.«

»Und dann …?«

Gallas hob die Schultern.

»Mehr konnten sie aus den Flammen nicht erkennen. Alles andere verschwamm in der Düsternis des Schicksals. Aber alle hier haben auf dich gewartet, Hoheit. Es hieß, wenn du erscheinst, wird die Pein ein Ende haben.«

Kara musste lächeln, obgleich die Situation ernst war. Diese Worte hatten sich angehört, als hätte Gallas ihr ein Märchen erzählt, und etwas Märchenhaftes hatte die Szenerie auch an sich. Deshalb fragte sie: »Von welcher Pein redest du?«

»Von der Unterdrückung.«

»Durch wen?«

»Es ist der Schwarze Tod mit seinen mächtigen Dienern. Sie müssen verhindern, dass du erscheinst und dein Reich übernimmst. Sie wollen es für sich haben, verstehst du? Der Schwarze Tod und seine fliegenden Skelette schauen immer wieder nach, ob sich etwas verändert hat. Sie kommen als Stoßtrupps des Grauens und hinterlassen Blut und Leichen.«

Kara fing an zu begreifen. »Denkst du dabei auch an die Toten, die du hergeschafft hast?«

Gallas senkte den Kopf. Es sah so aus, als wollte er anfangen zu weinen.

Seine mächtigen Schultern zuckten. Er holte rasselnd Luft, hob den Kopf wieder an, vermied es dabei jedoch, Kara anzuschauen. Dann gab er die Antwort mit stockender Stimme.

»Ja, Königin, du irrst dich nicht. Du hast völlig recht. Ich denke dabei an die zahlreichen Toten, die sein schreckliches Erbe sind.«

»Was haben die Männer getan?«

»Ich weiß es nicht, Hoheit. Vielleicht haben sie nicht gehorcht. Jedenfalls mussten sie sterben.«

»Das habe ich gesehen«, murmelte Kara. »Aber sag mir nur, weshalb du sie hergebracht hast. Was bedeutet das?«

»Wir wollen sie in dieser Höhle begraben. Hier ist dein Bild, hier befindet sich das Zentrum, das der Schwarze Tod und seine Vasallen bisher noch nicht entdeckt haben. Hier werden deine Diener die ewige Ruhe finden.«

Kara musste schlucken. Die Verehrung der Menschen passte ihr überhaupt nicht. Sie fühlte sich nicht zur Königin geboren und schon gar nicht, wo sie Atlantis längst hinter sich hatte und ja aus der Zukunft gekommen war.

»Dann habt ihr mein Bild verehrt, nicht mich. Das kann ich nicht gutheißen. So etwas ist Götzenverehrung.«

»Nein, nein, wir beteten es nicht an. Wir haben uns nur selbst durch dein Bild Hoffnung gegeben. Wir wussten ja, dass du eines Tages erscheinen würdest. Jetzt bist du da. Du bist Kara, die Königin, und du besitzt das Schwert mit der goldenen Klinge, das die Feinde vernichten wird, damit du den Thron besteigen kannst. Es wird sich sehr schnell herumsprechen, dass die Zeiten der Hoffnung begonnen haben. Ich werde Boten losschicken und ihnen erklären, dass sich das Volk freuen kann. Die Tage der Düsternis sind vorbei.«

»Ich glaube, du handelst voreilig, Gallas. Ich bin nicht davon überzeugt, dass die Düsternis beendet ist. Ich glaube nicht, dass es mir möglich ist, hier etwas zu verändern. Ich bin nur gekommen, weil ich dem Ruf meiner Träume folgte.«

Gallas lächelte. »Dann hat dir das Schicksal einen Wink gegeben, den du nicht übersehen solltest. Der Traum war der Bote. Er hat dir mitgeteilt, was du zu tun hast.«

»Ich kann hier nicht regieren«, flüsterte Kara. »Es – es ist einfach nicht möglich.« Als sie die Enttäuschung in Gallas' Augen sah, bereute sie die Worte beinahe, und sie wollte ihm eine Erklärung geben. Sie legte Gallas eine Hand auf die Schulter, und er zuckte unter dieser Berührung zusammen, als hätte ihn glühendes Eisen berührt. Anscheinend konnte er sich nicht vorstellen, dass eine Königin einen Untergebenen derart vertraulich berührte.

»Du brauchst keine Angst zu haben«, sprach Kara weiter. »Was ich dir vorhin gesagt habe, war keine Ausrede. Dabei bleibe ich. Ich kann nicht regieren. Ich lebe nicht mehr in Atlantis. Ich lebe in einer anderen Zeit, denn mir ist es gelungen, dem Untergang zu entgehen. Mir und vielen anderen. Aber ich konnte durch die Zeit wieder zurückreisen. Verstehst du das?«

Gallas schaute sie an. War er enttäuscht über ihre Worte? Sie wusste es nicht, aber sie spürte deutlich, wie sich Unsicherheit in seine Gedankenwelt einschlich.

»Nimm es hin«, sagte sie nur.

Bisher hatte sich Kruti zurückgehalten. Jetzt begann er zu sprechen, und er stellte dabei nur eine Frage: »Aber du bist es doch wirklich, nicht wahr? Du bist unsere Königin. Kein Bild kann so lügen.«

»Ja, ich bin es.«

»Dann hatten die Propheten recht, die von einer Frau sprachen. Sie haben dich malen lassen, sie wollten uns mit dem Bild Hoffnung geben, und wir haben es gut versteckt. Es sollte nicht gefunden werden, denn der Schwarze Tod und seine Schergen wollten es vernichten. Sie können es nicht zulassen, dass jemand anderer regiert. Fünf Tote haben sie uns hinterlassen, und unsere Angst wird größer, dass sie plötzlich hier stehen und alles vernichten.«

»Was sollen sie denn vernichten?«

»Alles. Sie werden töten wollen. Sie werden dem schwarzen Skelett folgen und nur das tun, was es von ihnen verlangt. Sie sind furchtbar und grausam. Und sie werden sich an der Angst der Menschen weiden. Die fünf Toten sind ein furchtbares Zeichen. Sie gehörten zu den Wächtern in der Nähe. Sie wussten, wo sich das Bild befindet, und ich sage dir, dass es nicht mehr sicher ist.«

Kara hatte begriffen. Sie schaute den beiden Männern in die Augen und sah die Angst darin. »Wollt ihr damit sagen, dass der Schwarze Tod und seine Vasallen einen Überfall planen?«

»Damit muss man rechnen. Wir wissen nicht, ob es Verräter gegeben hat. Aber er wird irgendwann hier erscheinen und das Bild zerstören. Vielleicht bist du gerade rechtzeitig gekommen. Vielleicht haben dir deine Träume den Weg gewiesen. Es wird bald dunkel werden. Die Dämmerung ist seine Zeit. Sie gehört ihm ebenso wie die Finsternis. Da fühlen er und seine Vasallen sich am wohlsten.«

»Ja, du hast recht.«

»Und was wirst du tun?«

»Ich weiß es nicht«, erwiderte Kara. »Ich möchte nur, dass die Toten begraben werden, denn sie sind für mich gestorben, wenn ich euch richtig verstanden habe.«

»Das hast du.«

»Dann lasst mich dabei sein.«

Gallas und Kruti nickten.

Bevor sie gingen, drehte sich Kara noch einmal um und warf einen letzten Blick auf das Bild.

Es war so echt, so naturgetreu, und sie konnte nichts dagegen tun, dass ihr ein kalter Schauer über den Rücken rann …

Als Kara vor dem Wagen mit der schaurigen Fracht stand, stieg es heiß aus ihrem Magen in die Höhe. Sie war innerlich sehr erregt und umkrampfte den Griff ihrer Waffe wieder mit beiden Händen. Sie spürte den Hass auf den Schwarzen Tod, der sich nie mit seinem Reich zufriedengeben wollte und immer wieder Vorstöße in andere Regionen machte, um auch sie unter seine Knute zu zwingen.

Er war ein Geschöpf der Finsternis, des Grauens, entstiegen aus einem menschenfeindlichen Sumpf. Ausgestattet mit einer beinahe schon grenzenlosen Macht, sah er nicht nur in den normalen Bewohnern des Landes seine Feinde, sondern auch unter den Schwarzblütern, denen er nichts gönnte. Er hasste alles, was sich gegen ihn stellte, und er sorgte mit unsagbarer Grausamkeit dafür, dass diese Feinde auch verschwanden. Im Töten und Vernichten war er ein wahrer Meister.

Aber er war nicht unsterblich gewesen. In der normalen Zeit traf er dann auf Gegner, die ihn stoppten. Nicht zuletzt war es John Sinclair und seinem silbernen Bumerang zu verdanken gewesen, dass der Schwarze Tod nicht hatte überleben können. Es gab ihn nicht mehr, es war vorbei.

Und doch lebte er.

Nur in der Vergangenheit. Und die Personen, die in diese Zeit zurückreisen konnten, trafen dann zwangsläufig auf ihn. Das war auch schon John Sinclair passiert, der ihn in der Gegenwart vernichtet hatte. Bei Zeitreisen allerdings war er wieder auf diesen Erzfeind gestoßen, und so würde es auch Kara ergehen.

Sie schüttelte sich, wenn sie daran dachte. Es war nicht einfach, sich damit anzufreunden, aber sie ging davon aus, dass eine Konfrontation unvermeidlich war.

Gallas hatte sich wieder zum Wagen begeben. Er strengte sich an, um ihn aus der ruhenden Position herauszubringen, hielt ihn mit beiden Händen fest, keuchte, und Kruti musste schieben.

Kara hatte sich die Toten anschauen können. Aus der Nähe hatte sie sehr wohl die zahlreichen Verletzungen gesehen. Tiefe Wunden, zum Teil schon geschlossen, also waren die Männer schon länger tot. Man hatte sie nur erst später gefunden.

Der Wagen rollte in einen anderen Teil dieses höhlenartigen Raumes. Kara folgte dem Knirschen der Räder und hatte das Gefühl, einen Grabgesang zu erleben.

Die Fackel bewegte sich in der dichten Finsternis und schuf eine tanzende Insel aus glühendem Licht. Kara fragte sich, wo diese fünf Leichen wohl bestattet werden würden, und sie dachte daran, dass sie aus ihrer Zeit in Atlantis noch die Felsengräber kannte, in die die Toten hineingeschoben wurden.

Hier war es ähnlich. Sie erreichten eine Querwand. Man hatte flache Öffnungen hineingeschlagen, gerade so groß, dass ein starrer Körper darin Platz fand.

Einige waren belegt. Etwa die Hälfte. Als Kara sich vorstellte, dass sie alle ihretwegen gestorben waren, überlief sie ein Schauer, und sie spürte einen irrsinnigen Zorn auf den Schwarzen Tod.

Kruti und Gallas begannen mit ihrer Arbeit.

Kara schaute zu.

Sie konnte nicht sprechen. Sie stand da wie ein Denkmal, war innerlich aber aufgewühlt, und manchmal hatte sie das Gefühl, ersticken zu müssen. Auf ihrem Rücken lag der kalte Schweiß. Es gelang ihr kaum, richtig Luft zu holen, und hinter ihren Augen lag ein so mächtiger Druck, als wollte er die Pupillen nach vorn drücken.

Sie litt …

Kruti und Gallas redeten kein Wort. Sie arbeiteten stumm, und es war nur das Schaben der Körper zu hören, wenn sie über den rauen Stein glitten.

Kara konnte nichts tun, als ausschließlich zu schauen und sich vorzunehmen, dass so etwas nicht mehr geschah.

Dann aber würde sie gegen den Schwarzen Tod und seine Vasallen kämpfen müssen.

Sie dachte an das Bild.

Bisher hatte sie davon nichts gewusst. Es war auch gut vorstellbar, dass sich der Schwarze Tod danach sehnte, es in seine Klauen zu bekommen, um es zerstören zu können. Wenn das tatsächlich so eintrat, weshalb hatte das Schicksal Kara dann wieder zurück in die Vergangenheit geführt? Das hätte doch keinen Sinn gehabt.

Nein, so einfach war es nicht. Sie konnte sich durchaus vorstellen, dass noch etwas anderes geschehen würde, und zwar sehr bald.

Gallas und Kruti hatten ihre Arbeit beendet. Kruti zog den leeren Wagen.

Sie näherten sich Kara. In der Düsternis sahen ihre Gesichter aus, als hätte die Haut einen Metallbelag bekommen.

»Hier ruhen die, die im Kampf gegen das Grauen und gegen die Tyrannei gestorben sind.«

Kara nickte.

»Für mich gestorben?«, presste sie hervor.

»Ja, Königin.«

Es ging ihr unter die Haut, wenn sie so angesprochen wurde. Sie wollte es nicht, und sie drehte sich um, damit sie den Weg wieder zurückgehen konnte. Nun hatte sie die Führung übernommen, was ihr vorkam wie ein Sinnbild.

Hinter sich hörte sie das Knirschen der Räder und hin und wieder die flüsternden Stimmen der beiden Männer. Sie wusste nicht, wie es weiterging, sie würde die beiden fragen, doch erst später, wenn sie die furchtbare Luft nicht mehr zu atmen brauchten.

Es dauerte lange, bis sie den Bereich des Eingangs wieder erreicht hatten und dort stehen blieben. Beide Männer machten einen ratlosen Eindruck, sie erhofften sich von ihrer Königin einen Vorschlag, aber Kara war noch ratloser.

»Gibt es schon einen Plan, in dem steht, wie sich die Dinge entwickeln werden, wenn die Königin eingetroffen ist?«

»Ja«, sagte Gallas. »Es werden Boten ausgeschickt werden, die den Menschen mitteilen, was sich verändert hat.«

»Wann?«

»Jetzt!«

Kara schüttelte den Kopf.

»Nein«, sagte sie. »Ich will nicht, dass so etwas geschieht. Ich bin davon überzeugt, dass der Schwarze Tod schon gemerkt hat, wer hier erschienen ist, und deshalb rechne ich damit, dass er bald kommen wird.«

»Warum?«

»Um mein Reich zu übernehmen!«

In den Augen der beiden Männer blitzte es auf.

»Nein!«, rief Gallas voller Überzeugung. »Das wird nicht geschehen. Du bist bei uns, du wirst ihn vernichten.«

Kara schüttelte den Kopf. Es war eine traurige Geste, was auch die Männer bemerkten.

»Es tut mir wirklich leid, aber da täuscht ihr euch. Ich werde es nicht sein, der den Schwarzen Tod besiegt.«

»Besiegt er dich?«

»Auch nicht.«

Sie waren ratlos. »Was wird dann geschehen?«

Kara lächelte.

»Ich möchte euch nicht zu sehr verwirren«, sagte sie. »Aber glaubt mir, das Schicksal hat die Karten anders gemischt, als ihr es euch vorstellen könnt. Ich weiß auch nicht, was mit dem Bild geschieht, aber ich habe das Gefühl, dass es noch eine große Rolle in meinem Leben spielen wird. Mehr kann ich euch nicht sagen.«

Sie waren sehr nachdenklich geworden und trauten sich erst nach einer Weile, eine Frage zu stellen.

»Willst du dich dann überhaupt deinem Volk zeigen? Soll es jemals wissen, dass du zurückgekehrt bist?«

Kara lächelte etwas verlegen.

»Dazu wird es nicht kommen, glaube ich. Das Schicksal

hat etwas anderes vor. In diesem Fall ist es der Schwarze Tod. Ich will euch ehrlich sagen, dass ich seinen Angriff erwarte. Ich werde mich ihm stellen müssen, und ich weiß nicht, wie der Kampf ausgehen wird. Deshalb wäre es besser, die Menschen würden in ihren Häusern bleiben und nicht an mich denken.«

Gallas und Kruti schauten zu Boden. Bisher hatten sie noch gehofft. Die letzten Worte aber hatten eine Welt in ihnen zusammenbrechen lassen, und sie wussten nicht mehr, was sie sagen sollten.

Sie waren treu, sie hatten auf diesen Augenblick gewartet.

Kara streichelte ihre Wangen.

Es war Gallas, der ihre Hand festhielt und ihr in die Augen blickte.

»Wenn alles so eintreffen wird, wie du es dir vorgestellt hast, dann werde ich etwas anderes tun. Ich spüre genau, dass ich für diese Aufgabe gelebt habe.«

»Was willst du tun?«

»Ich werde nicht zulassen, dass sich die Mächte der Finsternis an deinem Bild vergreifen. Ich werde es nehmen und in Sicherheit bringen. Das muss ich tun.«

Er hatte so entschlossen gesprochen, dass Kara es nicht wagte, ihn von seinem Plan abzubringen.

»Wo willst du es hinbringen?«, erkundigte sie sich.

»Ich suche noch ein Versteck«, sagte er leise und schaute sich immer wieder um, als könnte er hier eines entdecken. »Es soll überleben, Hoheit. Ich will nicht, dass dieses Kunstwerk in die Hände der Schwarzmagischen fällt. Es ist das Einzige, was ich noch tun kann. Ich will mir immer selbst in die Augen schauen können, und ich will dir sagen, dass ich es – dass ich es …«, seine Stimme versagte. Er nahm Karas Hände. »Ich – ich hätte nie gedacht, dass ich die Königin noch einmal sehen könnte, auch wenn es nicht mehr so sein wird, wie ich es mir immer vorgestellt habe. Ich werde jetzt gehen.«

Er ließ Karas Hände los und wandte sich ab.

Kruti wollte mit, doch Gallas war dagegen. Er befahl ihm, an Karas Seite zu bleiben, um ihr beizustehen, wenn es nötig war, denn er kannte das Reich besser.

»Gut«, sagte er.

Dann lief Gallas weg, als wollte er vor den beiden flüchten.

Kara schaute ihm nach. Sie sprach Kruti nicht an, denn andere Gedanken durchwirbelten ihren Kopf.

Sie hatte den Eindruck, vor einer großen Entscheidung zu stehen. Und sie würde sich diesem Kampf stellen, auch wenn es der Schwarze Tod war und sie ihn nicht endgültig vernichten konnte. Vielleicht gelang es ihr, ihm eine Teilniederlage beizubringen. Das hätte auch den Menschen gezeigt, dass der Schwarze Tod nicht so mächtig war, wie sie es sich vorstellten.

»Sollen wir gehen?«, fragte Kruti. Er hatte die Fackel weggestellt und schaute in Richtung Ausgang.

»Ja.«

Kara ging hinter dem kleinen Mann mit dem mutigen Herzen her.

Kruti öffnete die Tür.

Kara empfand es als seltsam, dass sie sich nicht einmal darüber freuen konnte, die Dunkelheit dieser Stätte zu verlassen. Sie ahnte bereits, dass sie draußen weit schlimmere Dinge erwarteten und es zu einem erbarmungslosen Kampf kommen würde …

Gallas verschmolz mit der Finsternis des Stollens. Er hatte keine Fackel mitgenommen. In dieser Finsternis bewegte er sich dennoch so sicher wie am hellen Tag. Er hatte Kara bewusst nicht gesagt, wohin er ihr Bild bringen würde. Sie wäre dann von ihrer anderen Aufgabe abgelenkt worden, die sie als Königin erfüllen musste.

Gallas erreichte das Gemälde. Er streckte beide Hände aus und fasste nach der Kante an der linken Bildseite.

Tief atmete er durch.

Dann hob er das Bild ab.

Im ersten Augenblick wunderte er sich darüber, wie leicht es war. Er ging wieder tiefer in die Finsternis hinein, stoppte aber schon nach wenigen Schritten.

Dunkelheit wie in einem Grab umgab ihn. Gallas war nicht zu sehen, höchstens zu riechen, denn sein Körper war mit einer Schicht aus Schweiß bedeckt.

Er setzte das Gemälde vorsichtig ab, streckte den Arm aus und klopfte gegen die Tür.

Ein dumpfes Geräusch erklang.

Viermal hatte er gegen die Tür in der Felswand geschlagen. Er wusste, dass sein Zeichen verstanden werden würde.

Noch tat sich nichts.

Er musste warten.

Dann hörte er das kratzende Geräusch. In der tiefen Finsternis trat Gallas zurück. Noch rechtzeitig genug, denn die alte Tür wurde nach außen gedrückt. Es entstand ein Gänsehaut erzeugendes Kratzen, das einem Fremden Furcht eingejagt hätte, ihm aber nicht, denn er war daran gewöhnt.

Licht sickerte ihm entgegen, ein rötlich gelber Schein, der von Öllampen stammte, die die versteckte Höhle ausleuchteten.

Inmitten des geheimnisvollen Lichtscheins hob sich eine Gestalt ab, ein uralter Mann, der gebeugt ging, den Kopf mit seinem faltigen Gesicht vorgestreckt hatte und dessen weißes Haar ebenfalls einen rötlichen Schimmer bekommen hatte.

Als Gallas das Gemälde hochhob, verschärfte sich der Blick des Alten. Er fragte: »Ist sie gekommen?«

»Ja, sie ist da.«

»Dann komm.«

Gallas ging. Er brauchte nicht zu fragen, er wollte es auch nicht, denn der alte Mann wusste mehr, viel mehr.

Noch einmal stellte Gallas das Gemälde ab, bevor er die Tür hinter sich zuzerrte. Dann ging er den Weg durch den Stollen hinein in die Höhle, wo die Öllichter brannten, die von einem frischen Luftzug bewegt wurden. Nur so konnte das Muster aus geheimnisvollen Lichtern und Schatten entstehen, das sich wie eine düstere Botschaft an den Wänden der Höhle abzeichnete.

Der Alte lebte hier. Ein einfaches Lager befand sich in der Nähe. Es waren auch Krüge und Töpfe vorhanden. Kannen für die Aufnahme von Wasser standen ebenfalls bereit. Holz lag in der Ecke.

Im Hintergrund verengte sich die Höhle. Wenn Gallas genau hinschaute, erkannte er die unregelmäßig geschlagenen Stufen einer Treppe, die nach oben und aus dem Berg hinaus führte.

Es war ein Fluchtweg, den nur wenige Vertraute kannten. Gallas gehörte zu ihnen.

Er stellte das Bild so auf, dass es von der Helligkeit des Feuers erfasst wurde. Der Alte warf noch einige Holzstücke in die Flammen und fachte sie wieder an.

Rauch quoll auf. Er stieg der Decke und der Treppe entgegen, wo ihn der Luftzug wegwehte.

Der alte Mann betrachtete das Bild.

Gallas wagte es nicht zu sprechen. Er stand nur wenige Schritte entfernt von ihm und hatte eine ehrfürchtige Haltung eingenommen.

Von der Seite her konnte er in das Gesicht des Alten schauen. Es schien nur aus Falten und Runzeln zu bestehen. Der Mund war so gut wie nicht zu sehen, aber die Augen konnte Gallas erkennen. Sie sahen aus wie zwei helle Wassertropfen, und da wusste Gallas, dass der Weise leise weinte.

Er hatte es prophezeit. Er war derjenige, der in den Flammen hatte lesen können. Auch jetzt warf er Staub hinein, und das Feuer fing an zu funkeln. Dann sagte er: »Ich habe die Wahrheit erkannt, ich habe sie dir auch gesagt. Sie ist eingetroffen, du hast die Königin gesehen, aber ich habe dir nicht die ganze Wahrheit mitgeteilt. Ich sagte dir nicht, dass sie ihr Reich zwar sehen, aber nicht übernehmen wird. Das schafft sie einfach nicht. Das Reich bleibt ihr verschlossen. Es wird für sie zu einer Erinnerung werden, zu mehr nicht. Sie hat nun erfahren, was es hätte geben können, aber das Schicksal hat anders entschieden, und mir ist es nicht vergönnt, einzugreifen. Ich habe die Gabe des Sehens, aber ich kann nichts beeinflussen. Ich wusste auch, dass du kommen würdest, das las ich ebenfalls aus dem Feuer, denn es gehört zu einem Teil des Plans. Wenn Kara nicht die Herrschaft über ihr Reich antreten kann, so soll wenigstens eine Erinnerung an sie bleiben. Und das ist dieses Bild. Dieses wunderbare Gemälde, das uns die Königin in all ihrer Schönheit zeigt. Es soll die Zeiten überleben, es soll nicht verschwinden, und es soll auch nicht zerstört werden, wenn es zu der großen Katastrophe kommt.«

Bei dem letzten Satz war Gallas zusammengeschreckt. Er musste sich fangen, um überhaupt sprechen zu können.

»Die – die große Katastrophe«, flüsterte er. »Davon höre ich nicht zum ersten Mal. Auch die Königin hat davon gesprochen.«

»Ja, sie weiß viel, sehr viel sogar. Auch sie gehört zu den Auserwählten, die die große Katastrophe überleben werden. Es gibt keinen Kontinent, der so vielschichtig und voller Geheimnisse steckt wie Atlantis. Hier haben sich Götter, Dämonen und Menschen austoben können, hier haben sie zum ersten Mal das ausgetragen, was sich in anderen Zeiten wiederholen wird, nur eben anders und nicht so direkt. Aber Atlantis kann nicht vergehen. Äußerlich schon, innerlich nicht, und so ist es auch mit diesem Bild. Es wird überleben.«

»Bei dir?«, fragte Gallas.

Der Alte schüttelte den Kopf. »Nein, nicht hier.«

»Wo dann?«

»Deshalb bist du hier. Jetzt ist der Zeitpunkt gekommen, wo ich dir den Weg zeigen werde. Du wirst es nehmen und auf ein Schiff bringen. Du wirst mit diesem Schiff so weit fortsegeln, bis du eine andere Küste erreichst, eine andere Welt. Du wirst auf eine Insel treffen und es dort verstecken. Damit ist deine Pflicht getan.«

»Soll ich dann wieder zurückkehren?« Gallas hatte genau zugehört. Sein Blick hatte einen glänzenden Ausdruck angenommen, als wollte er ein inneres Fieber wiedergeben.

»Das bleibt dir überlassen. Du kannst in der Heimat sterben oder in der Fremde.«

»Beim Untergang?«

Da hob der Alte die Schultern. »Niemand weiß, wann es so weit sein wird. Viele spüren es, dass sich die Zeit neigt, der Albtraum wird beginnen, und ich kann den Menschen nur raten, dass sie sich darauf vorbereiten. Das ist alles.«

»Danke.«

Der Alte streckte Gallas die Hände entgegen.

»Hilf mir hoch, meine Knochen sind etwas schwach.«

Gallas tat es.

Vor ihm blieb der Weise stehen.

»Du bist ein guter Mensch«, sagte er, »und ich habe die richtige Wahl getroffen. Lass dich jetzt nicht aufhalten, Gallas. Nimm das Bild und schaffe es auf das Schiff. Versuche alles, um es in Sicherheit zu bringen.« Die Augen des Sprechers nahmen einen seltsamen Ausdruck an. Er schien in Welten zu schauen, die ausschließlich ihm bekannt waren. »Irgendwann«, flüsterte er, »irgendwann in einer fernen Zeit, an die wir nicht einmal zu denken wagen, wird dieses Bild wieder im Mittelpunkt stehen …«

»Wieso? Was kannst du sehen?«

»Nichts, Gallas, nichts. Es ist verschwommen. Es wird aber mit Kara zu tun haben und einem Mann, der sie gut kennt. Schicksalsfäden sind miteinander verbunden und bilden ein geheimnisvolles Netz, das immer wieder zusammenwächst, wenn man es an bestimmten Stellen zerstört. Es ist das Netz des Lebens, des Schicksals, dem keiner entrinnen kann. Nicht die Götter, nicht die Menschen …«

»Siehst du denn sonst nichts? Kann ich der Königin nichts sagen, wenn ich sie treffe?«

»Nein, es ist alles gesagt. Sie wird ihre Herrschaft über dieses Reich nicht antreten können. Das Netz des Schicksals hat sich eben anders verwoben, es tut mir leid.«

»Ja, schon gut.« Gallas senkte den Kopf. Wieder kam er sich so klein und unscheinbar vor. Er nahm es nicht gern hin, aber er musste sich den mächtigen Tatsachen beugen.

»Geh, noch kannst du es schaffen!«

Gallas stellte keine Frage mehr. Er drehte sich um und wandte sich dem Bild zu. Bis zur Küste und zum Hafen war es ein weiter Weg. Er würde das Ziel mitten in der Nacht erreichen. Dort kannte er Fischer, die mit ihm auslaufen würden.

Wegsegeln. Andere Welten.

Keine Angst, kein Tod …

Gallas hob das Bild an und schaute dem Alten noch einmal von oben her in das faltige Gesicht.

Der Weise lächelte.

»Es ist ein Abschied, mein junger Freund. Du wirst mich nicht mehr lebend wiedersehen. Meine Zeit ist vorbei. Ich werde aber mit gutem Gewissen sterben, denn ich weiß, dass die Erinnerung an Karas Reich überleben und in einer fernen Zeit wieder aufblühen wird. Die neuen Menschen werden noch einmal lernen müssen zu leben. Ob ihr Leben aber besser sein wird als das unsrige, das wage ich zu bezweifeln.«

Als der alte Mann verstummte und den Kopf drehte, wusste Gallas, dass auch für ihn die Zeit gekommen war. Er nickte, fasste das Bild fester und ging davon.

Er schaute nicht zurück. Er wollte nicht, dass der alte Mann seine Tränen sah.

Aber so war das Leben. Es gab Freude und Schmerz, Liebe und Hass, Geburt und Abschied. So würde das Leben immer sein, da konnten Jahrtausende vergehen. Die Menschen veränderten sich nicht, aber ihr Umgebung wurde eine andere.

Gallas ging die holprigen Stufen hoch. Er musste achtgeben, um nicht zu fallen. Wenn das Bild zerstört wurde, würde er sich vor Scham und Gram selbst töten.

Schräg aus der Höhe sickerte normales Licht auf ihn. Jede Stufe sah er als düstergrauen Schatten, den er leicht übersprang. Er konnte sich schon nach wenige Schritten voll und ganz darauf einstellen, und als er beinahe das Ende dieser Treppe erreicht hatte, da war ihm klar geworden, dass er es schaffen würde.

Wieder glänzten seine Augen.

Diesmal war es das innere Feuer, das Wissen, das ihn

weiter vorantrieb. Am Ende der Treppe musste er unter einer Luke stehen bleiben. Auch hier klopfte er an.

Das Zeichen wurde verstanden.

Knarrend öffnete sich über ihm die Luke. Ein Frauengesicht schaute auf ihn nieder.

Die Frau nickte.

Gallas kletterte den Rest der Stufen hoch.

Die Frau war informiert worden. Sie hatte schon alles bereitgelegt. So wickelte Gallas das Bild in eine Decke und verstaute es dann in einer alten Truhe, die er mit alter Kleidung vollstopfte.

Dann verließ er das Haus.

An der Rückseite wartete der Esel. Er knabberte an einigen Zweigen und hob den Kopf, als Gallas neben ihm stehen blieb und die Truhe auf seinem Rücken verstaute. Er band sie fest und ließ so viel Platz, dass er sich auch noch auf dem Rücken des Tieres schwingen konnte.

Als er anritt, erschien die Frau in der Hintertür. Sie schaute ihm nach und winkte.

Es war eine Geste des Abschieds und gleichzeitig der Hoffnung.

Sie ließ den Arm erst sinken, als der einsame Reiter im Schatten der schmalen Gasse verschwand …

Kruti war vorgegangen und blieb nach drei Schritten stehen, um sich umzuschauen. Sein Gesicht zeigte einen Schimmer der Furcht, denn schon der erste Blick hatte ihn erkennen lassen, dass etwas auf Karas Reich zukommen würde.

Kara gab sich gelassen. Sie schloss erst das Tor hinter sich und betrat dann den Hof.

Der Wind war stärker geworden. Er fiel von den Mauern herab, er wirbelte den Staub in die Höhe, er drehte ihn zu Spiralen, bevor er sie wieder zusammensinken ließ. In manchen Ecken erzeugte er ungewöhnliche Geräusche, als würde er dürres Gestrüpp vor sich herschieben.

Sie schaute zum Himmel.

Auch er hatte sich verändert. Graue Wolken bildeten ein breites Band. Da sie unterschiedlich dick waren, sah es so aus, als würden sie aus mehreren Schichten bestehen. Der Wind hatte sich zum Sturm gemausert und spielte mit den Wolkenbergen. Lässig trieb er sie vor sich her, riss sie auseinander, zerfetzte ihre Formationen, setzte sie an anderer Stelle wieder zusammen und verteilte sie über Karas Reich.

Kruti hob die Schultern. Sein dunkles Gesicht hatte sich verzogen, er stand noch geduckter als sonst.

»Ich habe es befürchtet, Königin«, flüsterte er. »Der Wind.«

»Ist der nicht normal?«

»Er bläst so stark. Er bringt das Unheil. So war es eigentlich immer, bevor er kam.«

»Du meinst natürlich den Schwarzen Tod?«

»Ja, ihn, nur ihn, Königin. Darf ich dich anfassen?«

»Natürlich, sicher.«

Er nahm ihre rechte Hand, führte sie und den Arm in die Höhe und sorgte dafür, dass sie in einem bestimmten Winkel zur Ruhe kam.

»Siehst du das Graue dort oben, Hoheit?«

»Ja, das sind Wolken.«

»Nicht nur, Hoheit, nicht nur. Hinter ihnen lauert die mächtige schwarze Wand. Noch verbirgt sie den Schrecken, aber wenn der Sturm über uns hinweggebraust ist, wird sie ihr schreckliches Geheimnis preisgeben. Dann erscheinen die furchtbaren Gestalten, die schwarzen Skelette, und dann erscheint auch er, der Schwarze Tod. Vielleicht sitzt er auf seinem schwarzen Flugdrachen.

Vielleicht schwebt er auch so heran, aber eines ist sicher: Er wird seine Sense bei sich haben, denn er ist der mörderische Sensenmann, der mit einem Schlag zahlreiche Menschen in blutige Leichen verwandeln kann.«

»Ich weiß«, sagte Kara und tastete mit der linken Hand nach ihrem Schwert.

Krutis Worte waren nicht übertrieben. Sie kannte die Grausamkeit des Schwarzen Todes sehr genau.

Während der Wind an ihrer Kleidung schüttelte und sie knattern ließ, schaute Kara in die Höhe, um einen Blick hinter die normalen Wolken werfen zu können, wo sich der Schrecken manifestieren sollte.

Noch war nichts zu sehen, aber es würde nicht mehr lange dauern, dann fiel das Grauen nach unten, dann waren ihm die Menschen schutzlos ausgeliefert.

»Bestimmt weiß er, dass du hier bist, Hoheit.«

Kara nickte. »Ich werde ihn erwarten, Kruti. Ich will, dass er mich sieht.«

»Und dann?«, fragte Kruti erschrocken.

»Werden wir sehen.« Kara schaute sich um. »Aber nicht hier, ich will ihm an einem anderen Ort begegnen. Du kennst dich aus. Wohin sollen wir gehen?«

»Es gibt einen Platz, wo sich die Menschen oft versammeln. Er ist um diese Zeit leer, weil alle wissen, dass sich das Grauen nähert. Dort befindet sich auch das Denkmal.«

»Welches Denkmal?«

Kruti verneigte sich.

»Das der Königin!«

Kara gab keine Antwort. Plötzlich aber schämte sie sich, denn sie dachte daran, was die Menschen auf sich genommen und welches Vertrauen sie in ihre Königin gesetzt hatten. Sie war der Hoffnungsträger dieser Menschen, und sie wusste auch, wie sehr sie diese enttäuschen würde. Es würde keine Königin Kara geben, sie würde kein Volk gegen den Schwarzen Tod und seine Vasallen führen. Sie konnte nur eines tun: Sich den Horden stellen und so viele wie möglich aus den Reihen des Schwarzen Todes vernichten.

Kruti schaute sie fragend an.

Kara nickte.

»Lass uns gehen.«

Beide verließen den Hof …

Der Platz!

Groß und weit, von Häusern umgeben, die einen Kreis bildeten.

Er war der Mittelpunkt des Ortes. Auf ihm stand das Denkmal, und ihn hatte Kara, so erinnerte sie sich wieder, in ihren Träumen gesehen. Einige Male war sie darüber hinweggeflogen, doch nun stand sie selbst an diesem Ort, und es drängten sich die grausamen Einzelheiten aus ihrem Traum wieder hoch.

Sie hatte ihn gesehen und als einen Ort des Todes empfunden. Leichen, Blut, riesige Vögel, die verschwommen darüber kreisten, denn alles war von einer dichten Nebelwand umfangen gewesen. An diesem Ort hatte es nur die große Leere und das Sterben gegeben, und im Traum war Kara der Blutgeruch in die Nase gestiegen.

Nicht jetzt!

Sie stand allein, sie roch den Wind, der aus Öde heranwehte und voll Verbranntem steckte. Sie sah die Wolken, sie sah den Staub, der in langen Spiralen in die Höhe stieg, um nach den Wolken zu greifen. Hinter ihr ragte das Denkmal hoch. Es stand auf einem Sockel, und Kara hatte es sich auch angesehen. Sie war überrascht, wie genau der Künstler sie geschaffen hatte.

Sie erinnerte sich auch an den Weg, den sie und Kruti zurückgelegt hatten.

Es war eine schlimme Strecke gewesen. Schritte durch eine leere Stadt, mit Häusern und Bauten, die Kara an Festungen erinnert hatten.

In ihnen lebten die Menschen.

Nur wenige waren ihnen begegnet, und sie hatten sich jedes Mal erschreckt, als sie Kara sahen, denn ihnen war die Ähnlichkeit mit dem Denkmal aufgefallen.

Männer und Frauen hatten sich verneigt, aber nicht gewagt, sie anzusprechen.

Sie hatte es nicht gewollt, doch jetzt würde es sich herumsprechen, wer in dieses Land zurückgekehrt war. Das hatte Kara überhaupt nicht gefallen. Sie wusste ja, dass sie diese Macht und Kraft nicht besaß, die man ihr unterstellte.

Zwischen ihr und dem Denkmal in ihrem Rücken gab es noch einen Unterschied.

Im Gegensatz zu der Figur aus Stein hatte Kara ihre Waffe gezogen. Das Schwert mit der goldenen Klinge steckte nicht mehr in der Scheide. Wenn das Böse kam, war sie bereit, sich sofort dagegen zur Wehr zu setzen, aber noch hielt es sich zurück.

Der Platz war so schrecklich leer. Nur Staubfahnen wirbelten und kreisten umher. In den Fensteröffnungen der umliegenden Häuser zeigte sich kein Gesicht, doch Kara wusste, dass man sie beobachtete, dass man für sie betete, dass man ihr die Daumen drückte.

Auf sie allein kam es jetzt an!

Sie hörte Schritte. Auf dem buckligen, unregelmäßig gelegten Pflaster kamen sie ihr überlaut vor, und als sie den Kopf nach rechts drehte, sah sie, dass es Kruti war, der auf sie zueilte. Er sah aus, als hätte er eine Nachricht zu überbringen. Sein dunkles Gesicht glänzte durch die dicke Schweißschicht. Sein Mund stand offen, er keuchte, die Haare klebten auf seinem Kopf.

»Sie – sie …«

»Bitte, Kruti, beruhige dich«, sagte Kara, als er keuchend vor ihr stehen blieb.

»Sie sind da!« Er konnte sich nicht mehr halten, ging einen Schritt weiter und fiel nach vorn. Zum Glück stand Kara so nah, dass er seine Arme um sie klammern und sich festhalten konnte, sonst wäre er auf das Gestein geschlagen.

Obwohl die Zeit drängte, übereilte Kara nichts. Kruti musste erst wieder zu Atem kommen. Sie schaute sich derweil um und sah auch in die schmalen Gassen zwischen den Häusern, die sich dem Betrachter öffneten wie dunkle Tunnel.

Sie wartete …

Niemand kam aus einem dieser Durchlässe hervor. Als Verstecke waren sie ausgezeichnet.

Sie schaute auch zum Himmel hoch.

Die Nacht war noch nicht angebrochen, selbst die Dämmerung nicht, trotzdem zeigte der Himmel ein düsteres Zwielicht, in dem sich das Grauen einen Platz gesucht zu haben schien, von wo es dann plötzlich und brutal zuschlagen konnte.

Kara kannte die Tricks des Schwarzen Tods. Nicht zum ersten Mal wäre er mit seinem mächtigen Reittier aus den Wolken gekommen, um die Menschen niederzumachen.

Bisher waren hinter den Wolken noch keine Bewegungen zu erkennen. Nur die Gebilde selbst bewegten sich, aber jenseits davon lauerte eine schreckliche Totenwelt, wie sie nur das finsterste Mittelalter hätte hervorbringen können.

Aber die Finsternis nahm zu. Auch der Wind verstärkte

sein Heulen. Es umtönte die einsame Kara wie eine klagenreiche Totenmelodie aus fernen Welten.

Kruti bewegte sich wieder.

Er hatte sich etwas erholt. Als er aufstand, hörte Kara sein Keuchen. Er musste sich noch immer festhalten, und Kara wusste nicht, ob vor Angst oder vor Schwäche. Sie half ihm dabei, auf die Beine zu kommen, und er blieb zitternd vor ihr stehen, den Mund weit offen, die Augen verdreht. Auf seinem Gesicht lag eine Maske der furchtbaren Erinnerung.

Eigentlich hatte sie ihm zulächeln wollen, aber die Furcht auf seinem Gesicht ließ sie stocken. Er musste etwas Schreckliches gesehen haben und war erst jetzt in der Lage, darüber zu sprechen.

»Man hat mir berichtet, dass sie dort waren, wo sich das Bild befand. Sie haben deine Spur aufnehmen können. Sie haben gemerkt, dass du gekommen bist. Niemand hat etwas gesagt. Du selbst musst diese Aura hinterlassen haben, Kara …«

»Und weiter?«

»Sie zerstörten alles und töteten.«

Karas Gesicht wurde hart.

»Wen brachten sie um? Gallas?«

»Nein, ihn nicht. Nur den Weisen, der tief in einer Höhle lebt. Man kann sie von unserem Versteck aus betreten. Ihn haben sie umgebracht, aber sie bekamen das Bild nicht.«

»Wo war es?«

»Schon weg. Gallas wird es fortgeschafft haben. Er – er hat rechtzeitig genug gehandelt. Das Bild wird uns bleiben, glaube ich. Ja, das Bild muss bleiben.«

Kara nickte. »Dann sind sie schon hier. Ich werde ihnen entgegengehen. Ich will den Schwarzen Tod stellen.«

»Nein, nein, das darfst du nicht!« Kruti sprach voller

Hektik. »Du musst auf sie warten. Sie wissen doch, wo du dich befindest, Kara. Sie werden herkommen.«

»Und bis dorthin sind viele Menschen unter ihren grausamen Waffen gestorben, wie?«

»Sie wollen dich!«, keuchte Kruti. »Sie wollen die Königin. Der Schwarze Tod will sie. Er braucht dieses Land. Er will mehr, immer mehr, weißt du das denn nicht?«

Er löste sich von Kara und ging schwankend einige Schritte zurück.

Der Wind heulte plötzlich auf, als hätte ein gewaltiges Tier die Wolken verlassen. Das lenkte Kara ab. Sie schaute zum Himmel und sah den riesigen Riss, der die normale Wolkenformation zerteilt hatte.

Dahinter war es nicht mehr so düster. Dort zeichnete sich eine hellgraue Fläche ab, in der auch eine Bewegung entstand, um die Kara sich nicht kümmern konnte, denn ein schriller Wehlaut ließ sie nach vorn blicken.

Dort stand Kruti.

Er schaute sie immer noch an, auch wenn er schwankte. Seine Arme waren vom Körper abgespreizt, doch dort, wo das Herz saß, schaute etwas Langes, Spitzes hervor.

Das Ende eines Pfeils.

Und Kara wusste, dass er nur aus einer der Gasse abgefeuert worden sein konnte.

Kruti brach zusammen.

Im selben Augenblick hörte sie über sich ein gewaltiges Donnern, hob den Kopf und entdeckte auf der freien Himmelsfläche eine furchtbare Gestalt.

Es war der Schwarze Tod!

Und er war nicht allein, denn er hockte auf einem mächtigen, urzeitlichen Tier, wie es nur in der Hölle hatte geformt werden können. Ein Tier mit mächtigen Flügeln, einem relativ schmalen Kopf und einem langen, spitzen Schnabel, der weit aufgerissen war und bei jedem Atemzug feurige Wolken ausstieß.

Aber er bot nicht den schlimmsten Anblick. Am schrecklichsten war der Schwarze Tod selbst, denn er zeigte sich in all seiner furchterregenden Grausamkeit.

Und trotzdem sah er aus wie immer. Ein haushohes, schwarz schimmerndes Skelett.

Sie kannte den Schwarzen Tod mit und ohne weiten Umhang. Darauf hatte er diesmal verzichtet, denn im Kampf brauchte er Bewegungsfreiheit.

In seinen eigentlich leeren Augenhöhlen gloste ein düsteres, dunkelrotes Höllenfeuer, in dem sich all die Schrecken vereinigten, die er sich für die Menschen aufbewahrt hatte. Diese Augen versprachen Qualen, Folter und Tod.

Der Schwarze Tod hatte vor, sich zum Herrscher von Atlantis aufzuschwingen. Er war der Dämon aus dem Höllensumpf, unheimlich mächtig geworden, eine mörderische Gestalt, die durch die Waffe, auf die sich der Schwarze Tod verließ, noch mörderischer wurde.

Es war eine Sense.

Sein Zeichen, das Zeichen des Todes, des Schnitters, das die Menschheit schon vom frühen Mittelalter her kannte. So war er stets auf den alten Holzschnitten und Zeichnungen zu sehen. Der grausame Tod, der Dämon mit der Sense.

Und diese Sense hatte es in sich.

Natürlich war auch ihr Griff gewaltig, und die Schneide stand im entsprechenden Verhältnis dazu. Nur ein Monstrum wie der Schwarze Tod konnte sie führen, was er auch mit makabrer Perfektion tat. Auch wenn kein Licht gegen die Klinge schien, funkelte sie auf. Es war ein düsteres Funkeln, ein bläulicher Schimmer, kalt und abweisend, den Tod versprechend. Mit einem Schlag dieser Sense konnte das Monstrum zerstören, vernichtete Menschen, Tiere, Ortschaften, fühlte sich wohl, wenn es durch dampfendes Blut schreiten konnte, und Kara dachte wieder an ihren Traum, den sie erlebt hatte.

Da war er auch erschienen. Grausam und gnadenlos. Er hatte getötet, und sie hatte sich sogar auf diesem Platz hier gesehen, wo sie auf ihren Gegner wartete.

Kara stand allein.

Kruti lebte nicht mehr. Seine Leiche lag verkrümmt am Boden, durchbohrt von einem Pfeil, der aus einer der düsteren Gassen abgeschossen worden war.

Das brachte Kara wieder auf ein anderes Thema. Oft genug erschien der Schwarze Tod nicht allein. Er war umgeben von schwarzen Skeletten, die ebenfalls auf übergroßen Vögeln oder Flugdrachen hockten und sich damit durch die Lüfte bewegten.

Der Platz schien sich in eine Bühne verwandelt zu haben, auf dem eine Inszenierung des Schreckens stattfand. Die Kulisse stimmte. Sie war unheimlich, sie war düster, kalt, wurde von einem böigen Wind durchweht, und sie war menschenleer, denn Kara konnte sich auf keinen Helfer verlassen. Allein stand sie der Übermacht gegenüber, nicht einmal ihr Schwert mit der goldenen Klinge hatte sie gezogen, was sie jetzt allerdings nachholte, um sich sicherer zu fühlen.

Auch das Schwert war keine normale Waffe. Nur sie konnte es führen oder eine Person, der sie es überlassen hatte. Ein Fremder hätte damit nichts anfangen können, er hätte es nicht einmal anheben können, so schwer war es dann geworden.

Der Himmel über dem Platz wurde einzig und allein vom Schwarzen Tod beherrscht. Er und seine Vasallen waren erschienen, um Karas Reich an sich zu reißen, noch bevor sie ihre Herrschaft angetreten hatte.

Die unheimliche Gestalt am Himmel hob ihre beiden Knochenarme. Die Skelettfinger hielten den Griff der Sense umklammert. Der Schwarze Tod schwang sie hoch über seinen Schädel.

Als sich das mächtige Sensenblatt in Bewegung setzte, hatte Kara den Eindruck, es würde ein dunkler Spiegel durch die Wolken geführt, um sie zu zerschneiden.

Die Sense wischte nach unten.

Mächtig war der Schlag. Das blanke Metall zerschnitt die Luft. Kara glaubte sogar, das Pfeifen zu hören. Unwillkürlich zog sie den Kopf ein und umfasste ihr Schwert noch härter.

Hinter ihr befand sich das Denkmal. Sie stand als lebende Person davor. Sie überlegte, ob es für sie so etwas wie eine Deckung werden könnte, aber sie sah ein, dass sie sich vor dem Schwarzen Tod nicht verstecken konnte.

Hinzu kam noch etwas. Sie glaubte nicht daran, dass sie auf die gleiche Art und Weise sterben würde wie Kruti. Gegen die Schöne aus dem Totenreich schickte dieser mächtige Dämon keine Diener oder Vasallen, eine Person wie Kara nahm er sich selbst vor.

Er würde versuchen, sie in Stücke zu schlagen, damit sich sein Totenschädel zu einem wahnsinnigen Triumph verziehen konnte.

Und er kam.

Er hatte seinen Auftritt.

Kara sah, dass er es genoss und sich langsam aus der Höhe dem Boden zu senkte. Er fiel herab, er bewegte dabei seine mächtige Sense, und seine Helfer blieben zurück.

Im Gegensatz zu diesem mächtigen Dämon kam sich Kara klein und verloren vor, aber sie war nicht bereit, aufzugeben, sie vertraute dem Schwert mit der goldenen Klinge, dem Erbstück ihres Vaters Delios.

Sollte der Dämon kommen, sie würde ihn erwarten.

Er senkte sich tiefer.

Dann schwang er seine Sense. Er brauchte sie, um seinen Weg vorzuzeichnen. Der erste Schlag jagte schräg in die Tiefe. Das gewaltige Mordinstrument beschrieb einen Halbbogen, aber Kara brauchte nicht einmal den Kopf einzuziehen, denn die Klinge wischte hoch über ihren Kopf hinweg und pendelte schließlich aus.

Dennoch hatte sie das Geräusch gehört, ein unheimlich klingendes Fauchen, als hätte ein Raubtier sein Maul weit aufgerissen und eine Warnung ausgestoßen.

Die Sense schwang wieder zurück.

Er hielt sie an.

Er sank tiefer.

Der nächste Schlag.

Kara erwartete ihn. Ihre Haltung hatte sich verändert. Sie war zwei Schritte nach vorn gegangen. Die Einmündungen der Gassen glotzten sie an wie tödliche Augenhöhlen, und dann fiel die riesige Mordwaffe förmlich auf sie herab.

Dabei schwang sie, war gut gezielt, und Kara wusste nicht genau, ob der Schlag sie erwischen sollte oder nicht. Sie wehrte sich jedoch, lief der Sense entgegen und riss ihr Schwert in die Höhe, weil sie damit die andere Klinge treffen wollte.

Sie schaffte es nicht. In einer armlangen Entfernung huschten beide Klingen aneinander vorbei. Die Sense schwang zurück. Kara spürte den Luftzug, der gegen sie wehte und ihre Haare in Unordnung brachte.

Der Schwarze Tod schlug sich ein, während er auf dem Drachen hockend seinen Kreis drehte.

Sie schaute ihn an.

Er war ein furchtbares Monstrum, das da in Dachhöhe über den Platz schwebte. Er beherrschte den Platz, er wartete, und Kara, die ihn jetzt aus der Nähe sah, entdeckte sogar die Dampf- oder Rauchwolken, die das schwarze Skelett umwaberten.

Hoch über der Gestalt kreisten seine anderen Skelette und hielten Wache.

Zum ersten Mal kam Kara der Gedanke, ob sie es überhaupt schaffen konnte, sich gegen dieses Monstrum zu behaupten und es zu besiegen. Besiegen sowieso nicht, das war später John Sinclair überlassen worden. Sie wollte dennoch zurückschlagen und dabei möglichst überleben und dem Schwarzen Tod eine Niederlage beibringen.

Er bewegte sich über Kara im Kreis.

Auch sie drehte sich, um das Monstrum keinen Augenblick aus den Augen zu lassen.

Kara musste einzig und allein der Kraft ihres Schwertes vertrauen. Es hatte schon öfter Bewährungsproben bestehen müssen. Dass sie einmal aus der Zukunft zurück in die Vergangenheit reisen würde, hätte sie sich auch nicht vorstellen können.

So war es nun einmal.

Dieser Kampf fand für sie in ihrer Zeit statt, er hatte aber nicht stattgefunden, als sie noch in Atlantis lebte, sie hatte erst zurückkehren müssen.

Ein gefährliches Spiel mit der Zeit.

Der Schwarze Tod deutete durch keine Regung seinen dritten Angriffsversuch an.

Nahezu entspannt hockte er auf dem Rücken des schuppigen Flugdrachen.

Er bewegte auch seinen Schädel, als wollte er die Kreise ausgleichen.

Dann schlug er zu.

Diesmal gefährlich – tödlich!

Kara schrie auf wie ein Karatekämpfer. Ihre Anspannung musste sich lösen, und sie versuchte nicht, in Deckung zu gehen. Sie tat etwas, womit der Schwarze Tod wohl nicht gerechnet hatte.

Als die Sense schräg auf sie niedersauste, hielt sie mit dem Schwert dagegen.

Es war etwas Besonderes, und Kara vertraute darauf, dass ihr die Waffe auch die nötige Kraft gab.

Schwert und Sense krachten zusammen.

Es entstand ein Geräusch, als würde ein großer Spiegel zersplittern. Plötzlich sprühten lange Funkenspuren auf. Hellgrün und blau schimmerten sie und stiegen in die Höhe. Kara hatte voll auf das Risiko gesetzt und auch gewonnen.

Sie erlebte, wie der Schwarze Tod aus dem Konzept kam. Seine Sense beschrieb plötzlich einen Zickzack-Kurs, ihn selbst drückte es in die Höhe, ebenso wie seine knochigen Arme.

Kara hatte den ersten direkten Angriff abgeblockt, was sie kaum fassen konnte. Eine selten erlebte Freude durchströmte die Schöne aus dem Totenreich, und plötzlich sah sie nicht mehr den Schwarzen Tod vor sich und die düstere Umgebung – das Gesicht ihres Vaters Delios erschien ihr wie eine Vision.

Kara sah ihn lächeln, ihn nicken. Seine Lippen bewegten sich, er wollte ihr etwas mitteilen, und in seinen graublauen Augen erkannte sie die Kraft eines Menschen, der sein Leben lang nur gegen die Mächte der Finsternis gekämpft hatte.

In dieser Lage fühlte sich seine Tochter als das Erbe ihres Vaters. Die Vision hatte ihr Mut eingeflößt, den Kampf nicht aufzugeben und es immer wieder zu versuchen.

Das Bild verschwand.

Dafür sah sie wieder hinein in die graue Realität. Über ihr

schwebten die gewaltigen Wolkenberge in einer schlimmen Düsternis, und sie sah die Gestalt des Henkers mit der Sense schräg über sich.

Das schwarze Knochengesicht hatte sich verzogen. Sollte der Dämon Gefühle besitzen, so zeigte er sie jetzt, denn ihr strömte ein unwahrscheinlicher Hass entgegen, als wollte er sie einfach verschlucken und auffressen.

Sie ließ sich dadurch nicht beirren.

Das Denkmal, ihr Denkmal, befand sich noch immer in der Nähe. Der Wind wühlte sich in den Hof hinein und umtoste es. Wieder schleuderte er den Staub in die Höhe, der als tanzende Wirbel, Spiralen und Wolken über den Platz jagte.

Aus diesem Wirrwarr löste sich die Sense.

Mit einem gewaltigen Schlag hieb sie nach unten. Kara sprang zurück.

Sie hörte das wilde Pfeifen, als das Metall die Luft zerschnitt. Sie wusste, dass sie sich zu sehr hatte ablenken lassen. In der winzigen Zeitspanne, in der die Halbmond-Klinge unterwegs war, sah Kara ihr Schicksal schon beendet.

Die Sense traf.

Doch nicht die lebende Kara, sondern ihr Denkmal.

Sie hörte, wie das Metall gegen die steinerne Figur hieb. Wieder hörte sie ein Klirren, dann platzende Geräusche, als das Denkmal von der unheimlichen Wucht buchstäblich zerrissen wurde. Es verlor den Kopf, der Körper bestand nur noch aus Steinstücken, die zu Boden fielen, dumpf aufprallten und sich auf dem Hof verteilten.

Kara sah, dass ihr Steinkopf auf sie zurollte. Um nicht von ihm getroffen zu werden, sprang sie hoch, sodass der Steinschädel unter ihren Füßen hinwegrollen konnte.

Der Schwarze Tod war irritiert. Er hatte mit einem vorzeitigen Kampfende gerechnet und musste nun mit ansehen, wie die Schöne aus dem Totenreich ihn angriff.

Kara huschte an ihrem zerstörten Denkmal vorbei, wo nur noch der Sockel stand, und schwang ihr Schwert.

Sie hatte sich nicht den Schwarzen Tod selbst ausgesucht, aber einen Flügel seines Drachen, der wie ein langer Lappen nach unten geklappt war. Die Klinge beschrieb einen Bogen und hinterließ beim Schlag noch in der Luft einen goldenen Streifen.

Treffer!

Kara hörte das Klatschen, als die Klinge einen Teil des Flügels abtrennte und auf einer breiten Fläche die sämige, dunkle Flüssigkeit hervorquoll. Das dämonische Blut eines Urzeittieres bedeckte den Boden, und Kara dachte wieder an ihren Traum, wo sie auch das Blut hatte dampfen sehen.

Nicht von Menschen …

Der Flugdrache schleuderte seinen Kopf zurück. Schmerzen mussten durch seinen Körper rasen. Das Schwert war eine weißmagische Waffe, er aber gehörte zur Gegenseite.

Dämonen können mit weißer Magie bekämpft und vernichtet werden.

Auch der Flugdrache gehörte zu den Dämonen, und plötzlich zischte aus seinem Rachen eine stinkende Wolke, die Kara die Sicht vernebelte. Sie wusste nicht mehr, wo sich der Schwarze Tod genau befand, sie wollte auch nicht in die Dampfwolke hinein, denn aus der Höhe jagten plötzlich vier schwarze Skelette nach unten.

Sie waren mit langen Lanzen bewaffnet, die sie auf Kara schleudern wollten.

Da sie von vier verschiedenen Seiten kamen, konnte Kara es sich nicht erlauben, stehen zu bleiben. Sie musste weg und in einer der Gassen Zuflucht suchen, auch wenn dort ein weiteres Monstrum lauerte.

Sie rannte.

Zum Glück deckte sie der Rauch des sterbenden Flugdrachen. Trotzdem lief sie im Zickzack wie ein Hase, der vor einem ihm im Nacken sitzenden Wolf floh.

Wer um sie herum das Gebrüll ausstieß, wusste sie nicht. Aber die Skelette gaben nicht auf.

Sie warfen ihre Lanzen.

Von der rechten Seite her wischte die erste heran. Sie hätte Kara aufgespießt, wäre es ihr nicht gelungen, einen Haken zu schlagen. Dann sah sie den Werfer.

Im Laufen schlug sie zu.

Die Klinge erwischte die Knochenfigur. Kara hörte ein helles Geräusch, dann musste sie den Kopf einziehen, um nicht von den umherwirbelnden Gebeinen erwischt zu werden.

Einer weniger.

Der Zweite kam von vorn.

Er hockte auf seinem Tier mit der langen, spitzen Schnauze, hatte einen Knochenarm zurückgeschwungen und schleuderte die Lanze.

Kara konnte nicht mehr ausweichen.

Sie wehrte die Waffe trotzdem ab, bewegte blitzartig ihr Schwert. Beide klirrten zusammen. Die Lanze fiel irgendwo zu Boden, als sie gestoppt worden war, dann hatte Kara das Skelett erreicht und hämmerte blitzartig zu.

Wieder umwirbelten sie schwarze Knochen. Sie wurde an der Schulter erwischt, was ihr nichts ausmachte, denn längst setzte sie den Weg im Zickzack fort.

Die dritte Lanze prallte hinter ihren Hacken auf.

Dann sah sie wieder klarer.

Vor ihr erschien die Einmündung der Gasse. Hinter sich hörte sie ein Rauschen.

Einmal nur drehte sie den Kopf.

Auf dem kleinen Flugdrachen hockte die schwarze

Gestalt, den rechten Arm bereits zum Wurf erhoben. Die Lanze sollte Karas Rücken durchbohren.

Kara warf sich genau im richtigen Augenblick zu Boden, überrollte sich dabei und sah, wie die Lanze durch die Luft zischte und haargenau in die Gasse hineinjagte.

Dort hatte ebenfalls ein mit Pfeil und Bogen bewaffnetes schwarzes Skelett gelauert.

Es bekam die Lanze mitten in die Knochenbrust. Die Wucht zersplitterte die unheilige Gestalt, und für Kara, die längst wieder auf den Beinen stand, war der Weg frei.

Sekunden später tauchte sie in die Gasse ein und stellte fest, dass sie nicht so düster war, wie sie ausgesehen hatte.

Sie presste sich an die Wand, hörte ihr heftiges Keuchen, verschluckte sich, stöhnte auf, drehte sich wieder um und schaute auf den Platz, wo ein sterbender Riesenvogel lag, mit den Schwingen um sich schlug und nicht wahrhaben wollte, dass sein Ende unvermeidlich war.

Flammen und Rauch hüllten ihn ein, und Kara spürte den Triumph darüber, dass sie dem Schwarzen Tod eines seiner Reittiere genommen hatte.

Doch das war kein Sieg.

Nach wie vor kreisten die schwarzen Skelette über dem Platz, und Kara überlegte, wie sie sich verhalten sollte.

Zunächst einmal zog sie sich tiefer in die Gasse zurück.

Sie schabte dabei an der Hauswand entlang, entdeckte eine Türnische, kroch hinein, drückte sich gegen die hölzerne Tür – und schrie leise auf, als die nachgab und sie in einen Raum stolperte.

Zwei Frauen starrten sie ängstlich an. Sie waren beide

schon älter und sahen aus wie Geschwister. Ihre Kleidung bestand aus langen, hellen Gewändern, die sie um ihre Körper geschlungen hatten.

Kara hob eine Hand zum Zeichen, dass sie ihnen nichts tun wollte, dann schloss sie die Tür hinter sich und richtete ihren Blick auf die Frauen.

Im Raum brannte nur ein Öllicht. Es stand in einer Ecke auf einem Schemel. Dennoch erkannten die beiden Kara. Plötzlich verneigten sie sich und sprachen von ihrer Königin, was Kara überhaupt nicht recht war. Beinahe wütend schüttelte sie den Kopf.

»Wie komme ich hier raus?«

Zu einer Antwort kam es nicht mehr, denn sie hörte die Stimme des Schwarzen Tods, der wie das Grollen eines unheimlichen Donners durch die Wände an ihre Ohren schallte.

»Ich will dich, Tochter des Delios! Ich will dich sofort! Komm aus deinem Versteck! Wenn du nicht hier auf dem Platz erscheinst, werden zahlreiche Menschen sterben. Dann werde ich meine Diener losschicken, die sich der Menschen aus deinem Reich annehmen und sie auf schreckliche Weise töten.«

Kara biss sich auf die Lippen. Etwas Ähnliches hatte sie befürchtet.

Eine der Frauen kam auf sie zu. In ihrem Gesicht stand die Angst wie festgeschrieben. Die Frau fasste nach Karas Hand, drückte sie und flüsterte: »Kannst du uns retten, Königin?«

Wohl nicht, dachte Kara. Doch sie sagte es nicht. Stattdessen nickte sie: »Ich werde es versuchen.«

»Wirst du dich ihm stellen?«

Über Karas Lippen huschte eine etwas verloren wirkendes Lächeln. »Ja, das werde ich tun. Ich werde mich ihm stellen, denn ich muss ja mein Reich verteidigen.«

»Das musst du!«

Kara nickte und schluckte gleichzeitig. Ihr Schwert hielt sie noch immer fest. Seine Spitze berührte den Boden. Die Klinge selbst sah aus wie ein goldener Streifen.

Kara fuhr mit der Zunge über ihre Lippen.

»Was immer ich auch tue«, sagte sie, »ich kann nicht versprechen, ob es das Richtige ist. Ich werde alles versuchen und mich von meinen Intuitionen leiten lassen. Ich werde gehen, und ich wünsche euch sowie allen anderen viel Glück.«

»Ja, Hoheit, ja …«

Kara war peinlich berührt von dieser Antwort und auch von dem Vertrauen, dass die beiden und alle anderen in sie setzten. Sie glaubte nicht, dass sie ihm gerecht werden konnte. Es waren zu viele Gegner.

Wenn sie sich dem Schwarzen Tod stellte, bedeutete das ihren Tod.

Was geschah dann mit den Menschen?

Kara hoffte nicht, dass es diesem verfluchten Dämon gelang, sie zu töten. Ihr blieb nichts anderes übrig, als nach draußen zu gehen und auf die einzige Chance zu vertrauen, die sie hatte.

Wieder donnerte die Stimme des Schwarzen Tods.

»Wenn du nicht kommst, werfe ich dir die ersten Leichen vor die Füße!«

Auch die Frauen hatten die Worte gehört, und deren Angst steigerte sich noch mehr.

Kara lächelte ihnen noch einmal zu. Dann drehte sie sich um und verließ das Haus.

Auf die Geschwister wirkte sie wie jemand, der freiwillig in den Tod ging, um sich für andere zu opfern …

Allmählich hatte ich das Gefühl, zu Eis zu werden. Ich war irgendwann einmal aus der Bewusstlosigkeit erwacht und hatte mich zunächst nicht zurechtgefunden.

Eines war mir schnell klar geworden. Ich lag auf einer wippenden Unterlage, und der Vergleich mit einem Trampolin oder einer weichen Couch kam mir in den Sinn.

Nichts davon traf zu.

Ich lag auf einem Netz!

Und dieses Netz war zu einer Falle geworden, denn ich konnte weder die Arme noch die Beine bewegen, weil man mir die Hand- und Fußgelenke mit breiten Klebestreifen zusammengebunden hatte.

Ich lag auf dem Bauch. Meine Hände waren auf dem Rücken zusammengebunden worden, und ich kam mir vor, als wäre ich durch einen langen, stockdunklen Tunnel gegangen, an dessen Ende ein Licht zu sehen war, in das ich nun hineingeraten war, denn meine Bewusstlosigkeit war vorbei.

Das Netz schnitt in meine Gesichtshaut. Ich spürte den Druck an verschiedenen Stellen und konnte ihn nur etwas lindern, wenn ich den Kopf hob.

Natürlich kehrte auch meine Erinnerung zurück. Ich dachte an die Hetzjagd über das Dach, und ich dachte auch daran, mit welchen Tricks man mich auf die Baustelle gelockt hatte. Wie ein Anfänger war ich diesem Typen auf den Leim gegangen. Nur stellte sich mir jetzt die Frage, wo ich mich jetzt befand.

So richtig funktionierten meine Sinne noch nicht. Im Schädel spürte ich nach wie vor das unangenehme Tuckern, doch das ignorierte ich, denn etwas anderes war für mich interessanter.

Ein bestimmter Geruch stieg mir in die Nase.

Feucht, nach Kalk und Beton riechend. Dabei sehr kühl, so kalt nämlich, wie es in einem Neubau nun mal ist.

Neubau?

Da hatte ich die Verbindung. Jetzt wusste ich, dass ich mich noch immer an dem Ort befand, an dem ich überwältigt worden war. Allerdings nicht mehr auf dem Dach, wie ich sehr schnell erkannte, als ich einen Blick durch die Maschen in die Tiefe warf und dort das seltsame Licht entdeckte, das sich wie ein fahler, weißblauer Teppich ausbreitete.

Es war schwer, die Entfernung zwischen mir und dem Boden zu schätzen, weil das Licht trotz seiner geringen Leuchtkraft in meinen Augen leicht schmerzte. Ich konzentrierte mich, was meine Schmerzen im Kopf stärker werden ließ.

Darauf nahm ich keine Rücksicht, freute mich, als ich erste Einzelheiten erkannte.

Zwei Scheinwerfer standen sich gegenüber auf dem Boden. Ihr Licht war nicht sehr gebündelt, so konnten sie einen Teppich bilden, der sich auf der Bodenfläche verteilte.

Und dort bewegte sich etwas.

Zuerst hielt ich es nur für Schatten, die aus irgendwelchen Ecken und Winkeln hervorgekrochen waren, aber sehr schnell stellte ich meinen Irrtum fest.

Das waren keine Schatten.

Das Zeug da unten bewegte sich, es lebte …

Es schleifte über den Boden, es ringelte, es war träge, es hob hin und wieder seinen Körper, weil es sich bewegen musste, denn Kälte war für diese Tiere eigentlich Gift.

Es waren Schlangen!

Ich schluckte, als ich daran dachte. Und ich konnte mir vorstellen, dass sie bestimmt nicht harmlos waren. Diese Biester warteten nur darauf, ihr Gift in einen Körper zu spritzen, und da kam ich ihnen als Opfer gerade recht.

Inzwischen hatten sich die Puzzlesteine zu einem Bild

zusammengefügt, über das ich nachdenken konnte. Es gefiel mir überhaupt nicht. Ich lag über den trägen Schlangen in einem Netz. Wenn ich nach unten wollte, landete ich unweigerlich in der Schlangengrube, zu der dieser Neubau zweckentfremdet worden war.

Das Netz hatten meine Gegner im Treppenflur gespannt. Es war an vier in den Wänden steckenden Haken befestigt, und ich wusste nicht, wie stark es war und ob es allzu wilde Bewegungen aushielt.

Den Schock über den Anblick der Schlangen hatte ich einigermaßen verdaut. Ich wollte nach einem Ausweg suchen. In der Tiefe fand ich ihn bestimmt nicht.

Dann in der Höhe?

Ich wälzte mich auf den Rücken, und das geschah langsam und vorsichtig. Nur keine zu wilden Bewegungen, die das Netz hätten reißen lassen können. Schon bei den geringsten Bewegungen geriet es in Schwingungen, die mir überhaupt nicht gefielen.

Ich lag auf dem Rücken, wartete, bis sich die Unterlage wieder eingependelt hatte, und schaute dann in die Höhe.

Leere und Düsternis lagen über mir.

Es war der Flur des Hauses. So hoch, dass ich nicht einmal sein Ende erkennen konnte. Irgendwo musste eine Decke existieren, aber sie war nicht zu erkennen.

Irgendwo musste sich auch die geländerlose Treppe befinden, doch auch die konnte ich nicht sehen.

Es war die perfekte Falle.

Oder nicht?

Ich dachte daran, dass die Jungs vom Bau immer ziemlich früh anfingen, doch eine Befreiung durch sie konnte ich mir abschminken. Wenn Mitternacht vorbei war, dann hatten wir Samstag, Wochenende also, und da wurde bekanntlich nicht gearbeitet.

Ich hatte Mühe, die Flüche zu unterdrücken, und ich hätte mir, wenn es möglich gewesen wäre, am liebsten selbst irgendwohin gebissen.

Ich musste warten.

Worauf?

Vielleicht auf den Morgen, auf jemanden, der zufällig die Baustelle kontrollierte. Auf irgendwelche Stadtstreicher, die sich hier ein Versteck gesucht hatten.

Das hätte im Sommer geklappt, aber nicht zu dieser kalten Jahreszeit, wo der Wind durch die leeren Fensterhöhlen pfiff.

Sie hatten mich erwischt, sie würden mich weiterhin bei sich behalten, aber ich wusste nicht, was sie mit mir vorhatten. Aus welch einem Grunde hatten sie sich mit mir so große Mühe gegeben? Was steckte dahinter? Wenn sie nur mein Leben gewollt hätten, dann hätte ich schon längst tot sein können. Aber das war es nicht.

Wie also ging es weiter? Was hatte man mit mir vor?

Ich vergaß die Schlangen und dachte darüber nach.

Es gab eigentlich nur eine Möglichkeit. Die Fremden hatten mich also als Geisel genommen. Man wollte mich haben, um mich gegen einen anderen auszuspielen.

Welcher Plan steckte dahinter? Und wer waren die beiden außergewöhnlichen Männer? Mir fiel keine Erklärung ein.

Noch auf dem Rücken liegend, spürte ich den Druck meines Körpers auf den hinter meinem Rücken gefesselten Händen. Es passte mir überhaupt nicht, dass ich mich nicht bewegen konnte. Der Klebestreifen war reißfest, da konnte ich nichts machen. Also warten …

Wäre es ein normaler Wochentag gewesen, hätte ich mir keine großen Sorgen zu machen brauchen. Doch an einem Samstagmorgen fiel es kaum auf, wenn ich nicht in der Wohnung war. Da brauchte ich nicht zum Yard zu fahren, und Suko würde ebenfalls kaum einen Grund sehen, mir einen Besuch abzustatten. Verabredet waren wir beide nicht.

Ich hing also fest, und unter mir lauerten die Schlangen. Die freuten sich bestimmt schon auf ihre Beute …

Kara betrat den Platz.

An seinem Rand blieb sie stehen, da sie sich erst einen Überblick verschaffen wollte.

Er sah anders aus, es hatte sich einiges verändert. Das Reittier des Schwarzen Tods war nicht mehr als ein dampfender, stinkender, schwarzer Blutfleck auf dem Pflaster. Sein Blut hatte sich ausgebreitet wie ein kleiner See, und Kara dachte wieder an ihre Träume, in denen sie eine ähnliche Szene erlebt hatten.

Der Himmel erinnerte mit seinen unterschiedlichen Grautönen noch immer an eine Kulisse, die zu den Wesen passte, die sich auf dem Platz versammelt hatte.

Im Mittelpunkt befand sich der Schwarze Tod!

Er stand jetzt auf seinen hohen Knochenbeinen, die auf Kara den Eindruck leicht gekrümmter Säulen machten, die trotzdem nicht zusammenbrachen. Die Sense hielt der Dämon mit beiden Händen fest. Dabei schwebte die Halbmondklinge dicht über dem Boden und sah aus wie ein mörderisches Fallbeil. Um sich herum hatte er seine Diener versammelt. Die von Kara erledigten waren nur noch schwarze Knochenstücke, die sich auf dem Pflaster verteilten.

Im Vergleich zum Schwarzen Tod wirkten seine Helfer klein. Sie waren sogar kleiner als Menschen, aber sie waren nicht zu unterschätzen und verließen sich auf ihre Waffen.

Kara hatte nur Augen für den Schwarzen Tod. Sie ging

mit langsamen Schritten auf ihn zu, verkürzte die Distanz, blieb aber in sicherer Entfernung stehen, weil sie nicht von einem Schlag mit der Sense überrascht werden wollte.

In den Augen des Dämons gloste es. Da bewegte sich das rote Feuer, als würde es von irgendwoher neue Nahrung erhalten. Es strahlte aber nicht in das Knochengesicht ab, das blieb schwarz wie Kohle und starr auf Kara gerichtet. Sie ging davon aus, dass der Schwarze Tod etwas sagen würde, und hatte sich nicht getäuscht.

Zuerst lachte er. Wie ein dumpfes Fauchen drang Kara das Gelächter entgegen.

Dann verstummte es.

Er sprach. Jedes Wort bestand aus einer Drohung, als er Kara erklärte, dass ihr Weg hier zu Ende war.

»Ich werde dein Reich übernehmen«, fügte er hinzu. »Ich werde die Menschen zu meinen Dienern machen, und auch du kannst sie nicht befreien, denn ich werde ihnen ihre Königin als Leiche vor die Füße legen. Hier wirst du sterben. Dein Denkmal ist bereits zerstört, jetzt bist du an der Reihe, Tochter des verfluchten Delios …«

Kara hörte den Hass aus der Stimme des Dämons und nickte ihm relativ gelassen zu.

»An ihm bist zu verzweifelt, nicht wahr? Du hasst ihn, weil er stark war und du es nicht geschafft hast, ihn zu besiegen.« Sie kräuselte ihre Lippen zu einem Lächeln. »Ich an deiner Stelle würde nicht darauf wetten, dass du mich besiegen kannst. Ich bin Delios' Tochter, und mein Vater hat mir viel mit auf den Weg gegeben. Ich kenne die Regeln, ich weiß Bescheid.«

Es gefiel dem Schwarzen Tod nicht, derartige Worte zu hören. Beinahe wütend schüttelte er den schwarzen Skelettschädel. Die Arme zitterten, als er die Sense anhob.

»Du bist nicht Delios«, sagte er. »Nein, das bist du

nicht. Und deshalb werde ich dich hier vernichten. Ich zeige allen meine Stärke.«

Kara bewegte sich nicht. Das hatte seinen Grund. Sie hatte die Spitze des Schwerts auf den Boden gestellt und beide Hände auf den Griff gelegt.

Für den Schwarzen Tod schien sie aufgegeben zu haben, denn sie traf überhaupt keine Anstalten, sich zu wehren. Sie hatte ihn als mächtigen Feind anerkannt, senkte sogar den Kopf als Zeichen der Aufgabe und Demut.

Der Schwarze Tod lachte grollend.

Er ließ sich täuschen.

Natürlich hatte Kara nicht aufgegeben. Sie bereitete sich nur auf ihre Chance und ihren Plan vor, über den sich der Dämon wundern würde.

Kara konzentrierte sich. Der Schwarze Tod konnte nicht wissen, welch immense Kräfte in dem Schwert mit der goldenen Klinge steckten. Dass es nicht nur eine Waffe war, um damit zu kämpfen. Für Kara war sie mehr, viel mehr sogar.

Der Dämon hob seine Waffe.

Ein Reflex lief über die Klinge der Sense. Es sah aus, als wollte die furchtbare Waffe Kara den ersten Todesgruß zuschicken. Der Reflex flirrte über ihr Gesicht und stach in ihre Augen, sodass sie diese für einen Moment schmerzhaft zusammenzog.

Sie durfte sich auf keinen Fall stören lassen. Sie musste die Konzentration beibehalten. Wenn sie sich jetzt ablenken ließ, war es aus.

Unter dem Druck ihrer Hände spürte Kara auch den Gegendruck des Schwertgriffs. Seltsam, aber er flößte ihr großes Vertrauen ein.

Die Furcht vor dem Schwarzen Tod trat allmählich zurück, sie fühlte sich so leicht, als wäre sie schon jetzt vom Boden abgehoben. Sie schaute den Schwarzen Tod zwar noch an, nur kam er ihr jetzt verschwommen vor, als würde zwischen ihm und ihr eine Scheibe aus Milchglas stehen, die eine klare Sicht unmöglich machte.

Dann schob sich etwas anderes davor.

Eine Erinnerung, nur sehr bildhaft.

Es war auch ein Bild. Das Gemälde nämlich, das sie zeigte.

Kara sah es wie eine Vision, sie spürte das Kribbeln auf ihrer Haut und wusste plötzlich, dass alles anders verlaufen würde.

Gleichzeitig dehnte sich die Zeit. Kara kam sich vor wie auf einem Gummiband stehend, das immer weiter gestreckt wurde.

Himmel, etwas lief nicht glatt!

Schweiß rann an ihrem Gesicht entlang.

Andere Kräfte zerrten an ihr.

Kara hatte sie selbst herbeigerufen, um sich für die Reise durch Raum und Zeit vorzubereiten.

Der Schwarze Tod merkte es.

Er brüllte auf wie ein verwundetes Ungeheuer.

Etwas flirrte auf Kara zu. Die Sense jagte wie ein tödlicher Halbmond von der Seite her gegen ihren Körper, um ihn mit einem Schlag zu zerschlitzen.

Noch eine winzige Sekunde der Konzentration.

Es klappte.

Sie hörte noch einen irren Schrei und ein kratzendes Geräusch, als die Sense über den Boden schleifte.

Sie aber war verschwunden!

Zurück blieb ein leeres Reich …

Dunkelheit – stark, intensiv, bedrückend und auch beängstigend. Der Weg durch Raum und Zeit, wo die irdischen Gesetze der Physik nicht mehr galten.

Verloren …

Im Taumel und in der Gewalt anderer Kräfte, die aus einem Menschen einen Spielball machten. Ein fremder Weg, zuerst ziellos, wie es schien, dann näher rückend.

Die Dunkelheit wich.

Dimensionen formten sich zurück. Es gab Widerstände, es gab Luft, die sie atmen konnte.

Sie war am Ziel!

Endlich eingetroffen, und Kara spürte, wie sie plötzlich wieder lebte und ihr Kreislauf funktionierte, der das Blut durch ihre Adern pumpte, sodass es ihr gelang, wieder zu denken.

Denken …

Nachdenken …

Längst hatte sie die Augen geöffnet und schaute sich um, wobei sie die Finsternis nicht schreckte, weil sie längst nicht so dicht war wie auf der Zeitreise. Eigentlich hätte sie jetzt die Umrisse der Flammenden Steine sehen müssen, das jedoch war ihr nicht vergönnt.

Es war nicht die Umgebung dieses Refugiums, und Kara war klar geworden, dass sie sich woanders befinden musste.

Irgendwo …

Aber wieder in ihrer Zeit, wieder in der normalen Welt mit all seinen positiven und negativen Seiten, dem Licht, der Dunkelheit, dem Wechsel zwischen Tag und Nacht und ohne den Schwarzen Tod.

Sie fühlte sich gut, wenn sie auch ein leichtes Gefühl des Schwindels bei sich feststellen musste, aber das machte ihr nichts aus.

Zunächst einmal musste sie herausfinden, wo sie sich befand. Dass dieser Ort einen Grund und einen Sinn besaß, war ihr klar. Eine derartige Reise endete nicht im Nichts, es musste ein Fixpunkt existieren. Fragte sich nur, wo er sich befand.

Sie stand mit beiden Beinen auf dem Boden. Sie strich durch ihr Haar, sie glaubte noch immer den Gestank von verbrannten Körpern in der Nase zu haben, eine Erinnerung an eine längst untergegangene Welt, tief vergraben in der Vergangenheit.

Kara ging vor.

Es war nicht ganz dunkel. Ein seltsam graues Zwielicht umgab sie. Und sie befand sich auch nicht im Freien, dann wäre es wesentlich kälter gewesen.

Sie stand in einem Raum.

Kara gehörte zu den sensiblen Personen. Sie wusste, dass dieser Raum nicht eben klein war und sicherlich schon die Ausmaße einer kleinen Halle hatte.

Als sie ihren Kopf drehte und nach links schaute, sah sie einen schwachen rechteckigen Umriss, für dessen Existenz es nur eine Erklärung gab. Das musste ein Fenster sein.

Kara ging darauf zu.

Es war tatsächlich ein hohes Fenster, und sie konnte durch die Scheibe nach draußen schauen, ohne jedoch einen Hinweis auf ihren Aufenthaltsort zu bekommen.

Ihr Blick glitt in einen Hof, der vom grauen Licht der Nacht erfüllt war und sich ausbreitete wie dünne Schwaden.

Sie sah an der gegenüberliegenden Seite die Umrisse der Hauswände und auch dort schattenhaft mehrere Fenster. Nicht eine Laterne stand in der Nähe und verteilte ihr Licht. Auch hörte sie keine Schritte, kein Leben in diesem Saal, der, als sie sich wieder vom Fenster abwandte und umdrehte, ein anderes Gesicht bekommen hatte.

Es war ihr jetzt möglich, Einzelheiten zu erkennen. Bis auf eine gläserne Vitrine war dieser Raum leer, doch an den Wänden zeichneten sich in regelmäßigen Abständen gewisse Flecken ab, mit denen sie zunächst nichts anfangen konnte.

Diese »Flecken« befanden sich auch an ihrer Seite, und sie drehte sich nach links, um sie genauer zu betrachten.

Es waren Bilder!

Kara blieb überrascht stehen und starrte auf eines der Bilder. In der Dunkelheit konnte sie das Motiv zwar kaum erkennen, aber es sah aus wie eine alte Landschaft. Sie sah Berge und Täler. Helligkeit und geheimnisvolles Dunkel wechselten einander ab.

Karas Gesicht blieb unentwegt. Sie gab nicht zu erkennen, welche Gedanken sie bewegten, und sie ging weiter. Dabei blieb sie in der Nähe der Wand, sah auch die anderen Bilder und entdeckte plötzlich einen längeren, schmalen Schatten.

Dort ertastete sie einen Lichtschalter.

Sie lächelte, wollte den Schalter nach unten drücken, als ihr einfiel, dass dies doch keine so gute Idee war, weil durch das Licht jemand aufmerksam werden konnte.

Es waren drei Schalter.

Sie entschied sich für den mittleren, kickte ihn nach unten, hörte ein leises Klicken und kam sich im nächsten Augenblick vor wie ein kleines Mädchen, das große Augen bekommt, wenn es plötzlich vor dem erleuchteten Weihnachtsbaum steht.

An verschiedenen Stellen glühten Lampen auf, die ein weiches Licht nicht nur in den Raum warfen, sondern auch die zahlreichen Bilder streiften.

Erst jetzt war ihr klar geworden, wo sie sich befand. In einer Ausstellung, und die wiederum fand wahrscheinlich in einem Museum oder einer entsprechenden Umgebung statt.

Bilder also.

Auch sie war gemalt worden.

Gedanken wirbelten durch ihren Kopf, trafen zusammen, fanden sich zu Schlussfolgerungen, aber sie wollte nicht vorgreifen und sich erst einmal jedes einzelne Bild aus der Nähe anschauen.

Kara ging an der Seite weiter, an der sie sich aufhielt. Sie bedachte jedes Bild mit einem flüchtigen Blick. Die Motive zeigten zumeist Landschaften, die ihr zwar nicht unbekannt waren, von denen sie allerdings nicht hätte sagen können, wo diese Landschaften in der Natur zu finden waren.

Jedenfalls passten sie in eine Gegend, die man nicht als mitteleuropäisch ansehen konnte, sondern mehr dem Süden zuzuordnen war. Kreta, Malta, Sizilien, Inseln im Mittelmeer.

Kara dachte nach.

Auch Atlantis war eine Insel gewesen.

Gab es Parallelen? Hatten diese Bilder etwas mit ihrer Heimat zu tun? War in diesem Museum etwa eine Ausstellung veranstaltet worden, die in einem unmittelbaren Zusammenhang zu Atlantis stand?

Es war nicht von der Hand zu weisen, denn Kara wusste, dass zahlreiche Atlanter den großen Untergang überlebt hatten. Sie hatten später woanders ihr Leben weitergeführt, in Ägypten, Kreta oder Griechenland. Sie hatten auch die Kulturen beeinflusst, und ihr Blut hatte sich mit dem anderer Völker gemischt, war aber nie ganz verschwunden, denn das Blut der alten Rasse hielt sich weiter.

Wer seinen Ursprung aus Atlantis ableiten konnte, würde es irgendwann einmal merken. In der letzten Zeit waren diese Phänomene öfter aufgetreten, normale Menschen hatten von einem tief in ihnen verborgenen Wissen erfahren.

Sie hatten sich dann offenbaren wollen, und so war es eben zu diesen Bildern und Zeichnungen gekommen, mit denen sie ihre Erinnerungen hatten aufarbeiten wollen.

Bilder aus Atlantis …

Kara sah sie jetzt mit anderen Augen. Sie ließ sich Zeit dafür, blieb vor jedem Gemälde länger stehen und suchte nach Einzelheiten, die ihr bekannt waren.

Auf ihrer Haut hatte sich ein Schauer gebildet. In den Augen lag eine dunkle Glut.

Ja, sie kannte da einige Dinge.

Die Halbinsel, zum Beispiel, die wie eine krumme Zunge ins Meer hinausragte. Der Maler hatte sie gut getroffen und die anlaufenden Wellen sehr realistisch dargestellt. Er hatte auch einen Himmel gemalt, der über dem Küstenstreifen wie eine düstere Welt schwebte, die vorhatte, eine andere zu erdrücken.

Und am Himmel – der Betrachter musste schon genau hinschauen – schimmerte eine schwarze Skelettfratze.

Da lauerte der Schwarze Tod im Hintergrund.

Auch an ihn hatten sich die Künstler erinnert. Zum Puzzle war also wieder ein kleiner Stein hinzugefügt worden.

Kara wandte sich nach rechts, der schmaleren Wand zu, wo sich die breite Tür mit den zwei Flügeln befand. Kara drückte die Klinke und stellte fest, dass die Tür nicht verschlossen war.

Sie verließ den kleinen Saal aber nicht, denn weitere Bilder warteten darauf, von ihr betrachtet zu werden. Sie dachte sogar an ein bestimmtes.

Sie ging jetzt schneller und schaute sich die einzelnen Bilder nicht mehr so genau an. Ihr innerliches Fieber steigerte sich noch, und sie spürte, wie das Blut hinter ihren Schläfen hämmerte. In diesem Raum existierte etwas, das ausschließlich für sie gedacht war.

Ein Gemälde hob sich von den anderen allein durch seine Größe ab.

Kara ging zu ihm hinüber.

Sie schloss die Augen, sah wieder hin, aber es verschwand nicht.

Das Bild zeigte Kara, und sie hatte es zum ersten Mal vor mehr als zehntausend Jahren in Atlantis gesehen …

Jetzt aber hing es hier.

Kara schluckte. Sie hörte sich zischelnd atmen. Zahlreiche Gedanken wirbelten durch ihren Kopf.

Sie schüttelte den Kopf. Ein verschollenes Bild, ein Gemälde, von dem sie nicht einmal etwas gewusst hatte, tauchte jetzt zum zweiten Mal auf. Das mochte begreifen, wer wollte, für sie war es zu hoch.

Wie kam das Bild hierher?

Das Blut rauschte in ihrem Kopf wie ein starker Fluss, der ihre Gedanken überschwemmte. Es gelang ihr nicht mehr, sich zu konzentrieren, und sie hätte jetzt gern Hilfe gehabt.

Da niemand kam, musste sie auch weiterhin allein mit dieser Entdeckung fertig werden.

Eines stand für sie fest. Das Bild hatte überlebt. Es war zwar eine lange Zeit verschollen gewesen, doch zu einer bestimmten Zeit war es an einen bestimmten Ort geschafft worden.

Nämlich hierher.

Und hier war sie auch hergekommen und nicht, wie sie es eigentlich gewollt hatte, bei den Flammenden Steinen.

Dafür musste es einen Grund geben. Aber welchen?

Kara kannte ihn nicht. Um das Rätsel zu lösen, musste sie sich an diese ungewöhnliche Ausstellung halten, die wohl allesamt Bilder aus dem alten Kontinent zeigte.

Sie rief sich die verschiedenen Motive wieder in die Erinnerung zurück und musste davon ausgehen, dass die Bilder von verschiedenen Personen gemalt worden waren.

Das war nicht das Werk eines einzigen Künstlers.

Kara wusste nur, dass sie sich in einem Ausstellungsraum befand. Der lag wahrscheinlich in einem Museum. Aber Museen gab es viele auf der Welt. Sie hätte sich in London, Berlin, New York, Paris oder Tokio befinden können. Wie sollte sie das herausfinden?

Kara betrachtete das Gemälde.

Dabei schüttelte sie den Kopf, weil sie noch immer nicht fassen konnte, dass es all die Jahre so unbeschädigt hatte überstehen können. Viele Bilder waren schon nach wenigen Jahren vergilbt, halb zerstört, aber dieses hier sah noch sehr frisch aus, als wären die Farben erst vor einigen Stunden getrocknet. Und es hatte auch nichts von seiner unheimlichen Düsternis verloren. Das Licht auf dem Bild schien von einem Gletscher zu stammen, so kalt wirkte es.

Nun gut, sie würde zurückkehren und sich darum kümmern. Zunächst einmal musste sie wissen, wo sie sich befand. Und das schaffte sie nicht, wenn sie in diesem Saal blieb.

Sie wandte sich nach links, um auf die Tür zuzugehen, als sie von dort ein Geräusch hörte. Ein leises Schleifen, als würde sich ein Gegenstand in einer Schiene bewegen.

Kara starrte zur Tür.

Die beiden Hälften blieben nicht mehr zusammen. Man schob sie gleichzeitig nach innen. Sie gaben Kara damit den Blick in einen anderen Raum frei.

Viel erkennen konnte sie nicht. Aber sie hörte Schritte.

Es waren zwei Personen, die über die Schwelle traten. Wegen ihrer bleichen Gesichter wirkten sie in dem dunklen Raum wie unheimliche Gespenster.

Kara spürte sofort, dass ihr diese beiden Männer nicht positiv gegenüberstanden.

Sie strich über den Griff des Schwerts.

Die Männer blieben stehen.

Einer von ihnen sprach.

Seine Stimme klang rau und auch ein wenig triumphierend.

»Da bist du ja, Kara. Dann wird dein Freund Sinclair noch eine winzige Chance haben …«

Jetzt verstand Kara gar nichts mehr!

»Weißt du, was beschissen ist?«, fragte Ned Taggert seinen Kollegen Tom Turner.

»Nein. Aber du wirst es mir sagen.«

»Dass man einen Job als Bulle hat.«

»Aha.«

»Und weißt du, was noch beschissener ist?«

»Nein.«

»Dass es bei diesem Job noch Nachtschichten gibt, die einfach nicht vorbeigehen wollen und dir zudem noch das Wochenende versauen. Habe ich recht?«

»Kein Widerspruch!«

»Und weshalb machen wir den Job?«

Turner hob die Schultern. »Kann ich dir sagen. Weil wir Bullen kleine Masochisten sind.«

»Gewonnen, Chef!« Taggert sagte zu seinem Kollegen und Partner immer Chef, weil dieser drei Jahre länger bei der Metropolitan Police war als er.

Die beiden bildeten ein Team. Jeder konnte sich auf

den anderen verlassen, und sie taten ihren Job ganz gern, aber manchmal verfluchten sie ihn doch.

So wie in dieser Nacht. Sie gehörte zu denen, die sie nicht mochten, die sich hinzogen, die träge wie Teer waren, in denen nichts passierte. Nicht, dass sie sich nach einer Schießerei gesehnt hätten, aber bei diesem feuchtkalten Wetter hatten selbst die Ganoven in ihrem Bezirk keine Lust, ihre Höhlen zu verlassen. Die lagen lieber im warmen Bett, während Ned und Tom im Streifenwagen hockten und eine kleine Pause eingelegt hatten, die sie damit verbrachten, ihre Mägen zu füllen.

Sie aßen.

Kein Drei-Sterne-Menü, sondern ihre üblichen Sandwichs, die im Laufe der Stunden schon trocken geworden waren. Sie hatten einen Belag aus Thunfisch, und dazwischen lag noch ein Salatblatt, das mit seinen Rändern hervorschaute. Trocken bekam man das Zeug nicht runter, deshalb tranken sie Kaffee aus den Thermoskannen.

Taggert wischte über seine Lippen. Krümel blieben auf seinem Handrücken zurück.

»Man muss sich was vormachen, Tom ...«

Tom war nicht sehr redselig, im Gegensatz zu Ned. Dennoch amüsierte er sich immer über die Bemerkungen seines Kollegen. Er arbeitete gern mit ihm zusammen.

»Ja, Tom, ich mache mir immer was vor. Wenn ich dieses irre Sandwich esse, denke ich immer an ein Croissant mit Lachs und kleinen schwarzen Eiern darauf.«

»Schwarze Eier?«

»Klar.«

»Hast du auch schwarze Hühner?«, fragte Tom.

»Hör auf, verarsch mich nicht. Du weißt genau, dass ich die Fischeier meine.«

»Kaviar.«

»Schon mal gesehen?«

»Nein.«

»Ich aber.«

Jetzt war Ned erstaunt. »Wo denn?«

»Ich bin mal eingeladen worden. Gab auch Champagner. Aber satt geworden bin ich nicht.«

Ned Taggert wollte sich ausschütten vor Lachen und schlug seinem Kollegen auf die Schulter.

Tom war dabei, sich Mund und Hände an einer Serviette abzuwischen. Er war auch der Fahrer und stellte den Motor an, als die Serviette in der Papiertüte verschwunden war.

Ihr Dienst würde noch etwas mehr als eine Stunde dauern, dann konnten sie nach Hause fahren und sich langlegen. Beide waren ziemlich müde. An eine Nachtschicht gewöhnte man sich nie. Das war mit Geld gar nicht zu bezahlen.

Sie rollten langsam dahin. Rechts von ihnen befand sich der kleine Park. An der linken Seite ragten die halbfertigen Neubauten in den Himmel. Oft genug hatten die Polizisten im Rohbau nachgeschaut und zahlreiche Stadtstreicher aufgeschreckt. Einige Ganoven hatten sie dort auch schon gefangen, aber im Winter war es den meisten Schläfern da doch zu kalt. Da halfen nicht einmal Zeitungen oder Decken.

Die beiden Polizisten bogen um die Ecke. Sie wollten noch eine Runde um den Park drehen.

Die Scheinwerfer warfen ihr Licht in die graue Nacht, durch die Dunstschleier krochen. Die Luft war feucht und die Temperatur lag knapp über dem Gefrierpunkt.

Da sahen sie den Wagen.

Er stand an der rechten Seite, erschien als dunkle und leicht glänzende Masse im kalten Licht der Scheinwerfer und fiel den beiden Beamten deshalb auf, weil er verkehrswidrig auf dem schmalen Gehsteig parkte.

Ned wischte ebenfalls seine Hände ab. Er hatte bisher an seinem Sandwich gekaut. »Schätze, dass es für uns beide etwas zu tun gibt.«

»Dann schau mal nach.«

Als Turner den Streifenwagen stoppte, stieg Ned aus. Er kannte die Regeln, näherte sich dem fremden Wagen vorsichtig und leuchtete ihn zunächst mit der Taschenlampe an. Der Strahl fiel auch durch die Rückscheibe und erhellte die blaue Dunkelheit im Innern. Taggert rechnete damit, dass die erschreckten Gesichter eines Liebespaares hinter der Scheibe erscheinen würden. So etwas hatten sie oft genug erlebt, doch in diesem Fall geschah nichts.

Taggert näherte sich dem Rover von der Linken, der Beifahrerseite. Immer hielt er den Lampenstrahl auf das Fahrzeug gerichtet, und auch als er direkt neben ihm seine Schritte stoppte, leuchtete er durch die Scheibe hindurch.

Der Wagen war leer.

Ned wurde jetzt pingelig. Er wollte wissen, was mit dem Fahrzeug los war.

Bevor er sich die Nummer anschaute, bekam er große Augen, denn er hatte das Telefon gesehen, und das wiederum kannte er.

Der Wagen gehörte einem Kollegen.

Im ersten Moment dachte er an nichts. Erst als er Toms Stimme hörte, drehte er sich um.

»Was ist mit dem Rover?«, fragte Tom ziemlich laut.

Ned ging wieder zurück. »Gehört einem Kollegen.«

Toms dicke Augenbrauen schnellten hoch. »Hast du auch richtig hingeschaut?«

»Klar.«

»Seltsam.«

Taggert gab keine Antwort. Er suchte die Umgebung ab und schaute zum Park hinüber.

»Ob der gute Mann sich dort herumtreibt?«

»Zu hören ist nichts.«

Ned hob die Schultern. »Könnte ja sein, dass er in Schwierigkeiten steckt.«

Turner grinste. Es sah nur nicht echt aus. Sie wussten beide, was sie zu tun hatten. In diesem Fall gab es Vorschriften. Sie wussten aber auch, dass die Zeit eventuell knapp werden würde, aber dennoch wichen sie nicht von den Vorschriften ab.

»Okay«, sagte Tom und hob den Hörer ab. »Ich werde mich mit der Zentrale in Verbindung setzen.« Taggert nickte nur. »Hol die Jungs mal aus dem Schlaf.« Er hatte einen Fuß auf den Gehsteig gestellt und lehnte am Kotflügel, den Blick auf den Park gerichtet. Die Taschenlampe hielt er in der Hand, hatte sie aber nicht eingeschaltet. Er spürte einen seltsamen inneren Druck.

Er hörte seinen Kollegen sprechen, verstand aber nicht, was Turner sagte. Er drehte den Kopf. Die feuchte Frontscheibe ließ keinen Blick auf seinen Kollegen zu. In ihr spiegelte sich die dunkle Kühlerhaube des Wagens.

Ein Wagen rollte vorbei. Er fuhr langsam wie ein geisterhaftes Wesen. Taggert verfolgte ihn automatisch mit seinen Blicken, bis die Heckleuchten verglüht waren.

Tom Turner kletterte aus dem Wagen und schloss die Tür ab. Ned kannte dieses Zeichen.

Für beide Polizisten stand fest, dass sie sich auf den Weg machen würden.

»Was ist denn los?«

Turner zog die Nase hoch. »Da kann etwas passiert sein, Ned, muss aber nicht.«

»Wovon sprichst du?«

»Der Wagen gehört einem gewissen Oberinspektor Sinclair. Alles klar bei dir?«

Ned pfiff durch die Zähne. »Aber sicher doch.« Er verengte die Augen. »Wenn mich nicht alles täuscht, ist das der Knabe, den sie Geisterjäger nennen.«

»Bingo. Und weiter?«

»Das musst du mir sagen.«

»Jedenfalls wird Sinclair nicht vermisst.« Er überlegte und sagte dann: »Es gibt zwei Möglichkeiten, Ned. Entweder hat man Sinclair den Waten geklaut und hier stehen lassen, oder unser Oberinspektor schnüffelt hier herum. Wenn wir ihn sehen, sagen wir ihm guten Morgen und verschwinden wieder.«

Ned hatte nicht richtig hingehört. »Der jagt doch Geister, wenn mich nicht alles täuscht.«

»So ähnlich.«

Taggerts Gesicht verzog sich. »Möchtest du mit Geistern etwas zu tun haben?«

Turner lachte. »Siehst du hier welche? Außerdem glaube ich nicht an Geister.«

»Ich eigentlich auch nicht.« Ned wollte noch etwas sagen, doch da war Turner schon auf den Park zugegangen.

»He, wo willst du hin?«

»Kann sein, dass er was im Park gesucht hat.«

Tom Turner ging los, ohne weiter auf seinen Kollegen zu achten.

Ned Taggert wusste nicht, was er tun sollte. Er wollte ihren Wagen nicht hier stehen lassen. Außerdem musste einer von ihnen immer zu erreichen sein, es sei denn, sie meldeten sich beide ab.

So wartete er.

Es dauerte fast eine Viertelstunde, bis Tom wieder zurückkam.

Ned sah seinem Kollegen sofort an, dass er was entdeckt hatte.

»Was ist?«

Tom Turner blieb neben ihm stehen und atmete erst ein paar Mal tief durch.

»Im Park muss was passiert sein«, sagte er dann. »Parkbänke sind aus ihren Verankerungen gerissen und in die Gegend geschleudert worden. Und überall ist Müll vertreut. Die Spur führt an die andere Seite, wo sich die Rohbauten befinden.«

»Okay«, sagte Ned, »dann lass uns hinfahren und dort nachsehen.«

Sie stiegen in den Streifenwagen und umrundeten den Park. Vor dem Baustellengelände hielten sie an.

Ned wollte sich an seinen Kollegen wenden, doch der war bereits ausgestiegen und auf das Grundstück zugegangen. Es war von der Straße durch einen Zaun abgetrennt, der so locker und teilweise heruntergetreten war, dass Tom hinübersteigen konnte, ohne sich groß anstrengen zu müssen.

Ned folgte ihm, und wenig später sahen sie vor sich die Baumaschinen und die zu Hügeln aufgetürmten Steine.

Der Wind war kalt. Er fiel wie ein hungriges Tier auf das Grundstück und trieb alles, was nicht locker war, vor sich her. Deshalb war es auch nicht still auf dem Gelände. Die beiden Männer hörten stets ein Rascheln und Schaben, das aus verschiedenen Richtungen an ihre Ohren drang und eine tatsächlich geisterhafte Kulisse bildete.

Beide hatten ihre Lampen eingeschaltet.

Tom übernahm wieder die Führung. Er wusste genau, welche Richtung er einzuschlagen hatte. Er ging nach rechts, vorbei an einem gewaltigen Kran, den sein Begleiter anleuchtete. Neds Lampenlicht kroch über die Metallstreben hinweg.

Turner stand bereits am Hauseingang.

»He, Ned …«

»Bin gleich da.« Taggert drehte sich um. Seine Schritte

knirschten über den unebenen, mit Steinen bedeckten Boden. Wohl fühlte er sich nicht. Möglicherweise lag es an dem Rohbau, der doch einen unheimlichen und bedrohlichen Eindruck auf ihn machte, wahrscheinlich auch wegen seiner Höhe.

Und Taggert dachte daran, dass in diesem Bau möglicherweise ein Kollege verschwunden war.

»Bist du okay?«, fragte Turner.

»Halb, Chef, nur halb.«

»Ich auch. Zusammen sind wir ganz okay.«

Keiner von ihnen mochte das Haus, auch der Tom nicht.

»Was gefällt dir nicht?«, flüsterte Ned.

»Alles.«

»Aber du willst nicht verschwinden?« Die Hoffnung, dass er es doch tat, schwang in Taggerts Stimme mit.

»Da müssen wir durch.« Tom flüsterte die Worte in den kahlen Flur und die Stille hinein, wo sie ein seltsames Echo hinterließen, das sich anhörte, als würden zahlreiche Schlangen zischende Geräusche ausstoßen.

Sie leuchteten hinein.

Der Flur wirkte relativ breit.

Ein Fahrstuhlschacht war ebenfalls gebaut worden, und es gab auch ein Treppenhaus, freischwebend und noch ohne Geländer.

Tom Turner setzte sich als Erster in Bewegung. Seine Schritte knirschten auf dem Dreck, als er sich der Treppe immer mehr näherte.

Sie füllte nur den Teil eines breiten Schachts aus. Er führte sowohl in die Höhe als auch in die Tiefe, aber dorthin nicht sehr weit, denn er ging nur bis zum Keller.

Da war noch keine Wand gemauert worden. Der Weg war ziemlich gefährlich. Damit nicht jeder sofort stürzte, hatten die Bauarbeiter ein primitives Geländer aus Brettern errichtet, aber das war es nicht, was Tom Turners Herz schneller schlagen ließ.

Er hatte in die Tiefe geleuchtet und folgte dem Lichtkegel mit seinen Blicken.

Er huschte über den Boden, berührte nicht nur ihn, sondern auch die langen, sich windenden Schatten darauf.

Nein, das waren keine Schatten.

Es waren Schlangen!

Tom Turner vereiste. Über seinen Rücken kroch ein kalter Schauer. Erst jetzt fiel ihm auf, dass dort unten im Keller zwei schwache Lichtquellen waren, die auch Wärme abgaben, damit sich die Schlangen wohl fühlten.

Wieso Schlangen?

»Hast du was entdeckt?«, fragte Taggert.

»Ja, komm her.«

Taggert hatte am Klang der Stimme gehört, dass etwas nicht stimmte. Er rechnete damit, Schreckliches zu sehen. Vermoderte Leichen oder so.

Was er tatsächlich sah, war nicht so schlimm, ließ ihn aber erstarren. Er schluckte, holte Luft, schluckte wieder, räusperte sich und hauchte dann: »Verdammt, sind das Schlangen oder riesige Würmer?«

»Ich würde eher auf Schlangen tippen.«

Ned Taggert schwieg. Sekunden vergingen. Die Stille schien sie zu erdrücken. Und dann, mit krächzender Stimme, aber durchaus verständlich, fragte er: »Wo steckt denn Sinclair?«

»Hier oben!«, lautete die Antwort …

Die Zeit zog sich wie Kaugummi. Jede Minute, die verging, wurde für mich zu einer Qual, und ich verfluchte mehr als einmal mein Schicksal.

Auch die Fesseln wünschte ich in die tiefste Hölle. Sie

schienen sich im Laufe der Zeit immer tiefer in meine Haut zu fressen, als hätte sich der Klebstoff in Säure verwandelt.

Natürlich hatte ich gezerrt und gezogen. Ohne einen messbaren Erfolg, es war nur das Knistern des Klebebandes zu hören gewesen, und durch die Bewegungen war auch das Netz in heftige Schwingungen geraten.

Eine schlimme Lage, in der ich steckte. Wie zum Hohn hatte man mir sogar meine Waffen gelassen, aber der wahre oder gefährliche Hohn waren die dunkel schillernden Schlangen, die sich unter mir auf dem Boden ringelten.

Das warme Licht ließ sie glänzen, als wären sie mit Fett eingerieben.

Wenigstens lassen sie dich nicht erfrieren, dachte ich grimmig, als ich voller Wut in die Höhe starrte und auch über meinen Kreislauf nachdachte, der überhaupt nicht mehr in Form war. Die Klebestreifen hatten dafür gesorgt, dass die Blutzirkulation nicht mehr so funktionierte, wie es hätte sein müssen. Meine Arm- und Handgelenke waren angeschwollen, teilweise fühlte ich mich wie ein Ballon.

Hin und wieder legte ich mich auf den Rücken, zog die Beine an, streckte sie aus, zog sie wieder an und so weiter.

Ich wollte nicht völlig steif werden und hoffte nur, dass das Netz hielt.

Die Schlangen warteten.

Sie sahen aus, als hätten sie sich zur Ruhe gelegt, aber das täuschte. Ich wusste sehr gut, wie wachsam sie waren. Wenn sie Beute bekamen, würden sie blitzschnell erwachen und ihre Giftdrüsen leeren.

Wer waren die beiden Männer?

Ich wusste noch immer nicht über sie Bescheid.

Da meine Hände auf dem Rücken gefesselt waren, schaffte ich es auch nicht, auf die Uhr zu schauen. Jedenfalls war es noch dunkel, noch Nacht. Die Stunden rannen für mein Gefühl viel zu langsam dahin.

Ich hatte Zeit gehabt, mir alles Mögliche durch den Kopf gehen zu lassen. Ich hatte die zahlreichen Fälle von hinten bis vorn und wieder zurück durchdacht, nur war ich zu keinem Ergebnis gekommen. Es war einfach unmöglich zu sagen, wer hinter diesen maskenhaft bleichen Gesichtern mit den dunklen Augen steckte.

Teufelsdiener?

Konnte sein, musste aber nicht, denn Suko und ich hatten genügend andere Feinde.

Und mein Freund ahnte von nichts. Der lag im Bett und schlief einem Wochenende entgegen.

Wagen rauschten an der Baustelle vorbei. Dennoch konnte ich keine Hilfe erwarten.

Auch im Innern des Rohbaus war es nicht ruhig. Immer wieder vernahm ich ein geheimnisvolles Kratzen, Flüstern oder Raunen. Laute, die nicht identifizierbar waren und entstanden, weil der Wind seinen Weg durch die zahlreichen offenen Fenster fand, durch die leeren Treppenhäuser jaulte, gegen Ecken und Kanten stieß, Durchzug schuf und so manchmal die leisen, winselnden und heulenden Geräusche erzeugte.

Ratten hatte ich nicht gesehen. Sie hielten sich von den lauernden Schlangen fern und wollten nicht zu deren Beute werden.

Immer weniger Autos passierten die Rohbauten. Für mich ein Beweis, dass sich die Zeit den Morgenstunden näherte, in denen die Welt bekanntlich am ruhigsten war.

Ich wartete.

Ich musste warten, denn mir blieb nichts anderes übrig. Und ich war froh, dass ich noch lebte. Sie hätten auch andere Dinge mit mir anstellen können. Sie waren dämonische Jäger, und ich glaubte kaum, dass sie auf Menschen Rücksicht nahmen.

Warum wurde ich hier festgehalten? Was wollte man von mir? Ich begriff es einfach nicht. Wenn ich eine Geisel war, hätte ich das durchaus akzeptiert, nur stellte ich mir die Frage, für wen ich eine Geisel sein sollte. Gegen wen sollte ich ausgetauscht werden?

Ich wusste gar nichts.

Also wartete ich weiter auf das große Wunder, obwohl ich im Prinzip nicht an Wunder glaubte.

Diese Nacht jedoch schien zu denen zu gehören, in der Prinzipien gebrochen wurden.

Ich hörte etwas!

Zuerst dachte ich, dass mir meine Nerven einen Streich spielten, aber das stimmte nicht.

Auch als weitere Sekunden verstrichen waren, konnte ich noch etwas hören.

Stimmen?

Oder Schritte?

Vielleicht beides!

Wenn das zutraf, musste ich mich fragen, wer den Weg zu mir in den Rohbau gefunden hatte.

Das konnten nur die Typen sein, die mich auch gejagt hatten und denen ich diese Lage hier verdankte. Denn wer sollte sich schon um diese frühe Morgenstunde in einem Rohbau verlaufen? Falls es jemand tat, gehörte er nicht gerade zu den Menschen, denen eine Frau gern im Dunkeln einer U-Bahn-Station begegnet.

Wie dem auch sei, ich musste damit rechnen, auch weiterhin ein Gefangener zu bleiben.

Die Geräusche blieben nicht nur, sie kamen auch näher, und ich konzentrierte mich auf deren Echo, das sich nach einer kurzen Wartezeit verändert hatte.

Ich vernahm es deutlicher, und dafür gab es nur eine Erklärung. Wer immer der oder diejenigen waren, sie mussten den Eingang des halb fertigen Hauses erreicht haben und waren dort stehen geblieben.

Natürlich hatte ich mich auf den Bauch gerollt, um in die Tiefe schauen zu können. Ich peilte durch die Lücken im Netz, dessen Fäden sich an manchen Stellen ziemlich hart gegen mein Gesicht pressten. An der Stirn war der Druck besonders intensiv.

Unter mir bewegte sich nichts.

Auch die Schlangen blieben in einer Starre liegen, als wären sie eingefroren.

Ich dachte schon daran, durch lautes Rufen auf mich aufmerksam zu machen, als etwas anderes geschah. Unter mir wurde es hell.

Jemand hatte eine Taschenlampe eingeschaltet und leuchtete in den Flur. Damit wuchs meine Hoffnung. Wer so etwas tat, der hatte nicht nur vor, einfach mal zu schauen, der würde sicherlich auch den Rohbau durchsuchen wollen.

Das Licht bewegte sich kaum.

Es erreichte nicht den Keller, wo die Schlangen lauerten, sondern strahlte über die Öffnung hinweg wie ein blasser Teppich. Wenig später hörte ich das leise Sprechen der Männer.

Sie berieten sich …

Ich hätte wer weiß was dafür gegeben, erkennen zu können, wer die beiden waren, und ich hoffte, dass sie in den Bau hineingehen würden. Wenn sie sich wieder zurückzogen, würde ich nach ihnen rufen.

Das Flüstern verstummte. Es wurde durch das Geräusch von Schritten abgelöst. Sie verschwanden nicht, sondern nahmen an Lautstärke zu. Man hatte sich entschlossen, das Haus zu betreten.

Zwei Männer waren es.

Auch meine Jäger waren zu zweit gewesen. Nur glaubte ich nicht daran, dass sie es nötig hatten, sich so zu verhalten wie die beiden, die jetzt kamen.

Das mussten andere sein. Wenn sie so weitergingen wie jetzt, dann mussten sie auf das primitive Geländer treffen, das als Sicherheit zum Treppenflur hin gebaut worden war.

Wie weit gingen sie vor?

Ich fieberte, ich hörte sie, das Licht war stärker geworden.

Sie mussten das Geländer bald erreicht haben.

Sie sprachen auch miteinander. Leise, aber nicht flüsternd. Ich konnte einige Fetzen verstehen, da der Schall in diesem leeren Haus doch weit trug.

Sie hatten auch die Schlangen entdeckt, schwiegen. Dann stellte einer von ihnen eine Frage, mit der ich nun gar nicht gerechnet hatte.

»Wo steckt denn Sinclair?«

Ich dachte nicht darüber nach, weshalb und wieso der Frager auf mich gekommen war, und gab nur eine schlichte Antwort.

»Hier oben!«

»Verdammt!« Ned Taggert zuckte zusammen, als hätte man ihm einen Schlag versetzt. Er schüttelte den Kopf und schaute fragend auf Tom Turner, der sich auf die Antwort auch keinen Reim machen konnte und ebenso wie Taggert unbeweglich auf dem Fleck stand.

Beide Polizisten bekamen eine Gänsehaut. Turner nickte und deutete in die Höhe.

Taggert schluckte nur. Dann zog er seine Waffe.

Sie waren vorsichtig. Sie fühlten sich in diesem Rohbau

von Feinden umzingelt, und sie bewegten zugleich ihre Arme.

Im Netz sahen sie die Gestalt.

»Sinclair?«, flüsterte Turner dem Mann zu, der die Augen blinzelnd bewegte, weil er geblendet wurde vom Licht der Taschenlampen.

»Ja, Kollegen, das bin ich!«

Ich hatte gesprochen wie jemand, der unendlich erleichtert ist. Mir war tatsächlich ein gewaltiger Stein vom Herzen gefallen, und ich dankte dem Schicksal, das diese beiden Männer in den Rohbau geführt hatte. Jetzt sah die Lage schon besser aus. Aber noch war ich gefesselt und hing im Treppenhausschacht wie eine Fliege im Netz der Spinne.

Taggert stellte eine Frage. »Ist das Ihr Wagen, der jenseits des Perks verbotswidrig steht?«

»Sicher.«

»Ich wollte mich nur vergewissern. Verdammt, was hat man mit Ihnen gemacht?«

»Außer Gefecht gesetzt.«

»Und die Schlangen?«, fragte Turner.

»Gehören leider auch dazu.« Ich schaukelte etwas auf dem Netz. »Fragen Sie mich bitte nicht, wie man es geschafft hat, das Netz anzubringen. Nehmen Sie es einfach als Tatsache hin, und dass wir nun gemeinsam versuchen müssen, dies zu ändern.«

Taggert schaute seinen Kollegen an. »Hast du eine Ahnung, wie sich das ändern lässt?«

»Nein.«

»Aber da muss doch was zu machen sein!«

Bevor die beiden sich weiter streiten konnten, mischte ich mich ein. »Schauen Sie mal, wie das Netz angebracht ist. Einer muss die Treppe hochkommen. Vielleicht ist es möglich, mich herauszuziehen.«

Damit schienen sie einverstanden zu sein, aber Turner hatte noch eine Frage.

»Was ist denn mit den Schlangen?«

»Das weiß ich leider auch nicht. Sie sind Aufpasser, Wächter, was weiß ich.«

»Sonst noch was?«

»Nein!«

»Wer hat das getan?«

»Ich kenne die Männer nicht.«

»Könnte es denn sein, dass sie sich noch hier in der Nähe aufhalten?«

»Glaube ich nicht.«

»Tja, dann wollen wir mal«, sagte Taggert. Er suchte nach dem günstigsten Weg, nahe an mich heranzukommen, und das war nun einmal die geländerlose Treppe.

Graue Stufen, hoch, kantig, bedeckt mit allerlei Schmutz, Staub und Mörtel, sodass die Tritte vorsichtig gesetzt werden mussten, weil die Stufen auch zu Rutschbahnen werden konnten.

Ich hörte das Knirschen der Tritte, sah das Wippen der Lichtstrahlen, die wie die Arme von Geistern über die nackten und feuchten Wände huschten.

Das Netz nahm nicht die gesamte Breite des Treppenschachts ein. Es war mir nicht möglich gewesen, zur Treppe hinzukriechen, denn zwischen den Stufen und dem Netz befand sich noch immer ein Zwischenraum, den ich nicht hätte überbrücken können.

Vier Bänder hielten es. Sie zweigten von den verschiedenen Seiten ab und waren an Haken befestigt, die in den Wänden steckten. Die Treppe führte als schmale Leiter an der linken Seite durch den Schacht, der doch ziemlich breit war und in den einzelnen Etagen später Lichthöfe bilden würde.

Das alles nutzte mir nichts. Ich wollte nur so schnell wie möglich aus dieser Lage befreit werden.

Ich lag nicht mehr auf dem Bauch, sondern hatte mich auf die Seite gerollt, mein Gesicht den Treppenstufen zugedreht. So konnte ich die beiden Helfer sehen, wie sie hintereinander die Stufen hochstiegen und auf meiner Höhe stoppten.

Sie sagten mir ihre Namen und ließen die Lichtarme der Lampen über mich und das Netz hinweg gleiten.

»Wird schwierig«, meinte Turner.

»Ich helfe Ihnen.«

»Wie denn?«

»Indem ich versuchen werde, mich so dicht wie möglich an den Netzrand heranzurollen.«

»Okay, versuchen Sie es.«

Die Polizisten warteten in gebückter Haltung. Den Schlangen unter mir warf ich keinen Blick mehr zu, sie sollten meinetwegen verrecken. Ich wollte hier endlich weg.

Zuvor erkundigte ich mich noch nach der Uhrzeit.

»Gleich vier«, hörte ich.

Verdammt, dann hatte ich tatsächlich einige Stunden hier in der Kälte und auf dem Netz liegend verbracht.

Ich kam gut bis an den Rand heran. Die Männer standen in leicht geduckter Haltung auf der Treppe. So sehr sie sich bemühten, auch wenn sie ihre Arme ausstreckten, sie würden mich nicht erreichen können. Der Zwischenraum war einfach zu groß. Und meine Hände konnte ich nicht ausstrecken, weil sie auf dem Rücken gefesselt waren.

Sie leuchteten mir den Weg. Das Licht glitt über die Maschen hinweg.

Jetzt lag ich wieder auf dem Bauch und bewegte mich wie ein Rekrut voran. Die Beine anziehen, mich mit den

Knien abstemmen, dann vorrutschen, anschließend wieder das Strecken, danach begann der gleiche Vorgang von Neuem. Und das Netz schaukelte wie verrückt, obwohl ich darauf achtete, es nicht in zu starke Schwingungen zu versetzen, aber dagegen konnte ich einfach nichts tun.

»Passen Sie auf!«, flüsterte Turner.

»Darauf können Sie sich verlassen.«

Ich arbeitete mich weiter vor. Manchmal kam ich mir vor wie auf einem Boot, das auf einer langen Dünung tanzt, mal nach unten und dann wieder nach oben gedrückt wird.

Zum Glück waren die Maschen stark genug, um mein Gewicht zu halten. Noch war keine gerissen.

Aber etwas anderes geschah.

Zuerst wollte ich es nicht glauben, ich hatte es auch nur durch einen Zufall gesehen, weil ich bei meinen Bewegungen immer wieder den Kopf anheben musste und dabei mein Blick auch auf einen der Haken in der Wand gefallen war.

Genau dieser Haken bewegte sich!

Zuerst wollte ich es nicht zur Kenntnis nehmen, es verdrängen, schaute noch einmal hin, und dann durchfuhr es mich wie ein elektrischer Schlag.

Der Haken bewegte sich tatsächlich!

Er ruckte leicht, und wenn mich nicht alles täuschte, hörte ich sogar das Knirschen.

Auch das noch!

Ich hielt den Atem an.

»Verdammt, der Haken!« Taggert hatte den Satz geschrien, jetzt war es auch ihm aufgefallen.

»Festhalten!«, keuchte Turner.

Sie versuchten es, während ich bewegungslos auf dem Netz lag, an die Schlangen dachte und mich fühlte, als wollte jeder Herzschlag meine Brust zerreißen.

Ich hatte den Bogen überspannt, hätte mich nicht zum Netzende hin bewegen sollen und dachte gleichzeitig an die Raffinesse meiner Peiniger, die es tatsächlich verstanden hatten, dieses Netz so anzubringen, dass es sich bei dieser Gewichtsverlagerung lösen würde. Wären meine Hände vor dem Bauch gefesselt gewesen, hätte ich noch eine winzige Chance gehabt, wenn das Netz fiel. So aber würde ich in die Tiefe rutschen.

Und unten lauerten die Schlangen …

Turner hatte sich auf den Bauch gelegt und hatte die Arme weit nach vorn gestreckt. Taggert hockte auf den Beinen des Mannes, um ihm den nötigen Halt zu geben.

»Ich – ich – kann ihn nicht erreichen!«, keuchte er. »Verdammt, es ist unmöglich. Ich brauche Werkzeug, einen Hammer oder so. Verdammt noch mal, das ist …«

»Lassen Sie es!«, keuchte ich.

»Der Haken bewegte sich aber weiter.«

Das brauchte er mir nicht zu sagen, ich sah es auch so. Er war bereits abgesackt und hatte ein ziemlich großes Loch hinterlassen. Es war nur noch eine Frage der Zeit, wann er sich endgültig aus der Wand löste.

Turner schob sich noch ein kleines Stück vor. Dabei musste er achtgeben, dass er nicht auch abrutschte und vor mir in die Tiefe fiel.

Sein Gesicht sah ich wie in einer Großaufnahme vor mir. Es war verzerrt, der Mund stand weit offen, und nur die Haut um die Augen herum hatte sich verzogen.

»Ich – ich – packe es nicht …«

»Gut, dann ziehen sie sich zurück. Versuchen Sie bitte, Hilfe zu holen, solange das Ding hier noch hält.«

Es hielt nicht mehr.

Es waren schreckliche Minuten. Langsam, sehr langsam – vielleicht bildete ich mir das auch ein – löste sich der Haken aus der Wand. Das leise Knirschen dabei kam mir überlaut vor, und es bedurfte nur mehr eines kurzen Rucks, dann kippte der Haken.

Das Netz kippte weg.

Ich hörte mich selbst schreien, als ich rutschte …

Kara sah in die bleichen Gesichter der Männer und versuchte, in deren dunklen Augen zu lesen. Sie hatte genau gehört, was man ihr da gesagt hatte, aber sie begriff den Satz einfach nicht.

Wieso ihr Freund Sinclair? Was hatte er mit dieser Sache zu tun? Mit ihrer Reise, mit ihrem Reich in der fernen Vergangenheit und mit ihrem wieder aufgetauchten Bild.

Die beiden mussten Kara angesehen haben, wie unsicher sie sich fühlte, denn sie lachten.

»Wer seid ihr?«, fragte sie.

»Männer, die es gut mit dir meinen. Die nicht möchten, dass du das Bild bekommst.«

»Warum nicht?«

Kara erhielt keine direkte Antwort. »Wir wollen es eben nicht. Du hast das Bild gefunden, das war nicht vorgesehen. Deshalb mussten wir uns blitzschnell etwas einfallen lassen.«

»Das Bild ist doch nur …«

»Eine Erinnerung«, wurde sie unterbrochen.

»Ja, an wen?«

»An dein Reich!«

»Das nie für mich existiert hat. Ich bin keine Königin gewesen, höchstens in den Träumen der Menschen, wenn ihr versteht.«

»Nein, nein, nicht nur in den Träumen. Wir wollen, dass alles ausgelöscht wird, was auf dein Reich hindeutet. Dieses Bild ist das letzte Stück, der letzte Beweis …«

»Ihr wollt es also haben?«

»Ja.«

»Schön, weiter.« Sie blieb sehr ruhig. »Und weil ihr es haben wollt und ihr damit gerechnet habt, dass ich es euch nicht freiwillig gebe, versucht ihr es mit einem Druckmittel, indem ihr meinen Freund John Sinclair als Geisel genommen habt.«

»Das ist richtig.«

»Wo ist er?«

Beide Gesichter verzogen sich zu einem Lächeln.

»Wir werden nicht so dumm sein und es dir sagen. Er befindet sich in unserer Gewalt, auch wenn wir nicht bei ihm sind. Wenn du uns das Bild überlassen hast, werden wir dir sagen, wo du John Sinclair finden kannst. Ist das ein Vorschlag?«

»Darüber werde ich jetzt nicht entscheiden. Zunächst will ich wissen, wieso das Bild überhaupt hierhergekommen ist. Es war jahrtausendelang verschollen, und plötzlich taucht es in einem Museum auf?«

»Gut gefolgert.«

»Mehr weiß ich aber nicht.«

Der Sprecher hob die Schultern. »Es gibt immer wieder gewisse Dinge, die man akzeptieren muss.«

»Was ich nicht will. Ich möchte eine Erklärung dafür haben, wie das geschehen konnte. Das Bild ist hier. Und es ist das Original, das weiß ich auch.«

»Es ist schön, nicht?«

»Das ist mir egal!«, flüsterte Kara scharf. »Ich will wissen, weshalb das Bild hier hängt. Es muss einen Grund geben. Davon könnt ihr mich auch nicht abbringen.«

»Das Bild ist Teil einer Ausstellung, die du dir sicherlich angeschaut hast.«

»Und das einzige Porträt. Alle anderen zeigen Landschaften, die mir nicht ganz unbekannt sind.«

»Womit wir dem eigentlichen Problem näher kommen«, gab der Sprecher zu.

»Darauf warte ich.«

»Kein Bild ist alt«, wurde Kara erklärt, »bis auf das Porträt, das dich zeigt. Aber trotzdem haben die Künstler all das getroffen, was für Atlantis so typissch ist. Die Landschaft, der Himmel, die Berge und Täler. Sie haben es gemalt, denn sie haben sich erinnert.«

Kara begriff. »Dann sind die Künstler Menschen, die Atlantis kennen.«

»Nicht direkt, nur aus ihren Träumen und Erinnerungen, denn in ihnen fließt das Blut der alten Rasse. Es gibt sie noch, und einer von ihnen hat es geschafft, dein Bild zu finden. Und plötzlich erinnerte er sich sehr genau an eine uralte Zeit. Er träumte, er träumte die Wahrheit in der Erinnerung. Sein Urahn, praktisch der Begründer des Geschlechts, hat das Bild an sich genommen und es fortgeschafft. Er brachte es von der Insel weg. Er rettete es, und er rettete sich vor dem Untergang. In einem anderen Land fand er Ruhe. Er gründete eine Familie. Sie war die Wurzel des Stammbaums, dessen Äste bis in die heutige Zeit reichen. Du weißt selbst, dass das Blut der alten Rasse nicht vergehen wird. Der Mann hat es auch gemerkt. Er hieß früher einmal Gallas, es wurde ihm in seinem Traum klar, und dieser Traum ließ ihn zu der Stelle reisen, wo er das Bild in einer Höhle fand. Sie liegt in Ägypten, und als der Mann das Bild sah, da wusste er Bescheid. Da kehrte die Erinnerung zurück. Da war ihm klar, dass es die Königin war und dass er dieses Bild als den Anfang einer neuen Reichsgründung ansehen musste. Nicht nur er hatte die große Katastrophe überlebt, andere ebenfalls, das wusste er plötzlich. So begab er sich auf die Suche nach diesen Menschen, fand sie, und sie schlossen sich zusammen. Sie spürten alle, dass sie etwas Besonderes waren, dass tief in ihnen ein Wissen verborgen war, das leider verschüttet worden war. Sie aber wollten es hervorholen, dank ihrer Träume, und so schafften sie es schließlich, ihre Träume Gestalt werden zu lassen. Sie malten Bilder über das, was sie gesehen hatten. Deshalb auch diese Ausstellung.«

Kara nickte nicht nur einmal, sondern mehrere Male hintereinander.

»Ja, ich verstehe«, sagte sie und hatte Mühe, ihre Überraschung nicht zu zeigen. »Es gibt also zahlreiche Menschen, die sich wieder erinnerten?«

»Leider.«

»Waren es nur Menschen aus meinem Reich, das ja eigentlich keines gewesen ist?«

Der Sprecher nickte. »Ja, nur Leute aus deinem Reich. Wenn sie das Bild sehen, dann wird die Erinnerung zurückkehren, dann werden sie versuchen, dich zu finden und dich wieder als Königin einzusetzen. Noch haben sie es nicht gesehen, weil die Ausstellung erst später eröffnet wird, aber wir werden es nicht dazu kommen lassen. Wir wollen das nicht, verstehst du?«

»Inzwischen schon. Um mich gefügig zu machen, habt ihr euch einen Freund als Geisel genommen.«

»Ein guter Plan.«

Kara legte den Kopf schief und schüttelte ihn leicht

»Ich weiß nicht, ob es ein guter Plan ist«, erwiderte sie. »Nein, ich glaube es wirklich nicht, und das sage ich nicht nur so dahin, um mich aus der Affäre zu ziehen.«

»Was ist der Grund?«

»Weil ihr euch ausgerechnet eine Geisel namens John Sinclair ausgesucht habt. Er ist mein Freund, das stimmt. Aber er ist nicht irgendwer. Man nennt ihn auch den Geisterjäger. Und er gehört zu den wenigen Menschen, die ihre Herkunft nicht aus Atlantis ableiten können, aber dennoch über den Kontinent Bescheid wissen. Auch ihm sind schon Reisen in die Vergangenheit gelungen. Er hat den Albtraum des Untergangs miterlebt. Es kann ihn nicht mehr erschüttern.«

»Wir wissen das.«

»Und ihr habt ihn trotzdem als Geisel genommen?«

»Ja.«

»Das war sehr mutig.« Kara gab sich gelassen. Tatsächlich aber fieberte sie um ihren Freund. Sie wusste, dass diese beiden Männer gefährlich waren. Sie hatten sich ihren Plan genau überlegt, und sie würden sich für den Geisterjäger auch etwas Besonderes ausgedacht haben. Davon ging sie aus.

Was sollte sie tun?

Das Motiv war ihr jetzt bekannt, doch sie wusste leider nicht, wen sie vor sich hatte. Kara ging davon aus, dass es ebenfalls Überlebende waren, die das Blut der alten Rasse in sich spürten. Doch da gab es Unterschiede. Wenn die beiden verhindern wollten, dass die anderen Atlanter – so nannte sie die Menschen mal – Kara erkannten, dann hätten sie eigentlich auf der Seite des Schwarzen Tods stehen müssen.

Er war damals der unheimlichste und mächtigste Dämon, den Kara sich vorstellen konnte. John Sinclair hatte ihn durch den silbernen Bumerang vernichten können, und Kara dachte einen Schritt weiter. Der Schwarze Tod hatte zahlreiche Diener gehabt, zu denen nicht nur die schwarzen Skelette auf ihren drachen- und vogelähnlichen Reittieren gehörten. Es gab auch normale Menschen, die ihm in Atlantis gedient hatten, weil sie sich etwas von ihm erhofften, wenn er es dann einmal geschafft hatte, die Macht über den Kontinent zu gewinnen.

Wer waren die beiden?

Kara schaute sie noch einmal genau an. Sie blickte in die bleichen Gesichter, die aussahen, als wären sie mit Kalk beschmiert worden. Die Augenhöhlen wirkten dabei dunkel und leer. Die Haut auf ihren Gesichtern spannte sich.

Sie trugen normale Lederkleidung, sie sahen auch aus wie Menschen, sie waren es auch, daran gab es für Kara keinen Zweifel, dennoch ging etwas von ihnen aus, das sie störte. Sie strahlten etwas ab, eine Aura, die ihr nicht gefiel.

Wenn sie darüber nachdachte, kamen ihr Begriffe wie böse und auch machtvoll in den Sinn.

Und sie gaben sich sehr gelassen, zugleich siegessicher, was an ihren spöttisch verzogenen Lippen zu erkennen war. Trotz der Blässe in ihren Gesichtern wirkten die Münder bleich.

»Wir sind gekommen, um uns das Bild zu holen«, sagte der Sprecher. »Es darf nicht gesehen werden. Die Menschen sollen keine Rückerinnerung mehr erleben.«

»Was ist, wenn ich es nicht erlaube?«

»Dann wird Sinclair sterben.«

Kara überlegte und sagte dann: »Ich habe euch schon gesagt, dass er ein Mensch ist, den man nicht so einfach in die Falle locken kann. Er wird sich schon zu wehren wissen.«

»Unsere Falle ist perfekt.«

»Wie perfekt?«

Die Gestalt öffnete den Mund, sie lachte. Kara hatte dabei den Eindruck, in einen Schlund zu schauen.

»Wir haben unsere Freunde, die Giftschlangen, mitgebracht. Über ihnen wird sich Sinclair kaum wohl fühlen.«

»Über ihnen?«

»Du hast richtig gehört, Königin ohne Reich«, sagte der

Sprecher spöttisch. »Er liegt gefesselt in einem Netz über einer Schlangengrube. Es ist eine wunderbare Falle, der kein Mensch entkommen kann.«

»Und wo habt ihr sie aufgebaut? In einer anderen Welt oder in dieser Zeit?«

»Hier, in London. In einem Rohbau.«

Kara nickte und gab sich den Anschein, als hätte sie sich aufgegeben.

»Eine Frage habe ich noch, bevor ich mich entscheiden werde.«

»Du kannst reden.«

»Danke, sehr großzügig. Wer seid ihr?«

Schweigen …

Kara redete wieder. »Ihr seht aus wie Menschen, ihr seid auch Menschen, aber es geht trotzdem etwas von euch aus, das mich irritiert. Ich habe den Eindruck, als hättet auch ihr euren Ursprung in Atlantis.«

»Das kann schon stimmen.«

»Dann gehört ihr zu ihm?«

Sie lächelten wie auf Kommando und wirkten dabei, als wollten sie als Clowns im nächsten Moment in die Manege springen.

»Ich warte!«

Sie nickten gemeinsam, aber nur einer gab die Antwort.

»Ja, du hast recht, auch wir kommen von dort. Man hat uns hinübergeschickt.«

»Moment mal, wie war das?«

»Wir leben noch zu der Zeit, als du die Königin sein solltest. Wir kommen aus der Vergangenheit. Wir sind geschickt worden …«

»Der Schwarze Tod?«

»Er ist unser Herr.«

»Aber ihr seid keine Dämonen?«

»Nein, aber besondere Menschen. Du musst es am besten wissen, dass es genügend Magier gab, die sich mit dem Schwarzen Tod beschäftigt haben. Nur wenige hat er auserwählt und in seinen inneren Kreis geholt. Wir gehören dazu. Wir haben von ihm den Auftrag erhalten, das Bild wieder in die Vergangenheit zurückzubringen, wo der Schwarze Tod es zerstören will, nachdem du hast fliehen können. Er will wieder alles so richten, wie es gewesen ist. Deshalb werden wir es an uns nehmen. Es ist nur nicht so einfach gewesen, weil du uns in die Quere kamst, denn du wurdest durch deine Träume gewarnt. Wir wussten schon, dass es zu einem Zusammentreffen zwischen uns kommen würde, deshalb unser Plan mit Sinclair. Aber wir stehen auf der Seite des Schwarzen Tods.«

»Auf der des Verlierers«, erklärte Kara.

»Nein, er ist der Gewinner. Ob Menschen oder Magier, wer ihm im Weg stand, den hat er ausgeschaltet. Er hat sogar Myxin in die Tiefen des Meeres verbannt.«

»Es ist mir bekannt. Ich weiß alles darüber, aber ich weiß auch, dass der Schwarze Tod verlieren wird. Er hat den Untergang überstanden, aber er geriet an John Sinclair, und der vernichtete ihn. So mächtig, wie ihr meint, ist der Schwarze Tod nicht gewesen.«

»Aber wir wollen das Bild.«

»Ich will John Sinclair!«

»Erst das Bild!«

»Wo ist er?«

Sie schüttelten die Köpfe.

Kara schaut sie an. Plötzlich hatte sich zwischen ihnen eine hohe Spannung aufgebaut. Es roch nach Gewalt, und Kara merkte sehr deutlich, dass die beiden Boten mit ungewöhnlichen Kräften ausgerüstet waren. Kräfte, über die die heutigen Menschen nicht mehr verfügten.

Psycho-Kräfte …

Sie erlebte den geistigen Druck, die Beeinflussung, und sie sah das unheimliche Leuchten tief in den Augenschächten. Hinter ihr an der Wand bewegte sich etwas, begleitet von einem leisen Schaben. Im nächsten Augenblick gab es einen Knall, denn eines der Bilder war vom Haken gerutscht und auf den Boden gefallen. Anscheinend grundlos …

Doch Kara wusste, dass die telekinetischen Kräfte der beiden menschenähnlichen Dämonen dahintersteckten. Auf einmal sah sie in ihnen nur noch Wesen der Finsternis, die sich jetzt auf sie konzentrierten und gemeinsam versuchten, sie dank ihrer telekinetischen Fähigkeiten von der Stelle zu bewegen.

Kara ging etwas zurück.

Sie hörte das Lachen.

Sie hörte auch die Stimme.

»Du wirst das Bild mit deinen eigenen Händen abnehmen und es uns übergeben. Du kannst dich nicht wehren, du kommst gegen die Macht des Schwarzen Tods nicht an. Du musst aufgeben, du musst dich unter unsere Kontrolle stellen, es wird dir nichts anderes übrig bleiben.«

Kara erwiderte nichts. Sie wehrte sich überhaupt nicht. Sie ließ mit sich geschehen, was die beiden Boten aus der Vergangenheit wollten. Und sie hatten ihren Spaß, denn sie sprachen davon, dass sie das gleiche Spiel schon mit Sinclair durchgeführt hatten, dass auch er es nicht schaffen konnte, ihrer Macht zu trotzen.

Kara stolperte tiefer in den Ausstellungsraum hinein. Sie war schwach, sie konnte sich kaum auf den Beinen halten, sie fiel auf die Knie, kippte aber nicht zu Boden, weil der nächste Kraftschub sie wieder aufrichtete. Sie hatten aus der Schönen aus dem Totenreich einen Roboter gemacht, der nur nach ihren Befehlen handelte.

Sie driftete nach links.

Das war genau die Seite der Wand, wo auch ihr Bild hing, dem sie immer näher kam.

Hingehen, hinfassen, dann …

Sie drehte sich um.

Jetzt schaute sie auf das Bild. Noch war sie zu weit entfernt, um es von der Wand nehmen zu können. Sie sah in ihr Gesicht und verglich es mit dem echten.

Es gab beinahe keinen Unterschied.

Aber nur fast!

Denn die echte Kara hatte den Mund zu einem Lächeln verzogen.

Sie war nicht John Sinclair, sie war eine mächtige Person aus dem alten Kontinent. Sie verfügte über Kräfte, hatte eine Vergangenheit, sie hatte lange genug als Nichts im Totenreich gelebt und den Trank des Vergessens gehütet, der sich jetzt im Besitz des Spuks befand.

Sie wusste, wie man sich auf Gegner einstellen konnte. Sie spielte mit ihnen.

Die beiden merkten nichts. Sie fingen an, Kara zu verspotten.

»Und so etwas hätte Königin werden sollen. Eine Königin ohne Volk, denn die Menschen wären geflüchtet …«

Kara sagte nichts. Sie starrte auf das Bild und hörte hinter sich den zischend ausgestoßenen Befehl und die gleichzeitige Drohung.

»Nimm das Bild ab, sonst werden wir dich zerschmettern. Wir werden dich so lange auf den Boden schlagen, bis keiner deiner Knochen mehr heil ist, denn hier kann dir niemand mehr helfen.«

Da hast du recht, dachte Kara.

Kein Fremder, kein Freund kann mir helfen. Sie lächelte breiter.

Aber ich selbst!

»Geh vor!«, drängte die Stimme. »Mach endlich! Denk an deine Knochen – denk an Sinclair, deinen Freund …«

Sie sagte nichts. Sie brauchte nur noch einen Schritt nach vorn zu gehen, um das Ziel zu erreichen.

Kara streckte ihre Arme vor. Sie schaute dabei in ihr Gesicht auf dem Gemälde.

Ja, das war sie, das war die Schöne aus dem Totenreich.

Sie wusste nicht einmal, wer dieses Porträt gemalt hatte. Vielleicht würde sie den Künstler auf einer ihrer Reisen in die Vergangenheit noch einmal treffen.

Vielleicht …

Kara wollte sich von den Boten des Schwarzen Tods nicht noch einmal auffordern lassen, sie ging auch den letzten Schritt nach vorn und umfasste den Rahmen mit beiden Händen.

Jetzt war es so weit!

Sie hob es an.

Es klappte.

Kara hielt es fest. Aus nächster Nähe schaute sie ihr Porträt an und hatte den Eindruck, als wollten ihr die gemalten Augen ebenso Mut zusprechen wie die lächelnden Lippen.

In ihrem Rücken hörte sie eine Bewegung. Einer der Bleichen schabte mit den Füßen.

Sie waren ungeduldig, denn jetzt, so dicht vor dem Ziel, wollten sie nichts mehr versäumen.

Kara drehte sich um. Sie stand unter einer wahnsinnigen Anspannung, denn sie durfte jetzt keinen Fehler begehen. In ihrem Hirn stand der Plan wie fest gemeißelt. Er war riskant, nur sah sie keine andere Chance mehr. Sie hielt das Bild so, dass es sich in Höhe ihrer Brust befand, und schaute über den oberen Rahmen hinweg.

Die Unheimlichen standen unter einem wahnsinnigen Stress. Jetzt funkelten sogar ihre dunklen Augen. Schon zuckten ihre Hände vor. Beide wollten hinfassen.

Darauf hatte Kara gewartet.

Sie zuckte dafür zurück.

Mit ihr das Bild!

»Gib es her!« Die Stimme überschlug sich fast, die Augen verwandelten sich in glänzende Teerteiche.

Kara tat es nicht. Zugleich ließ sie das Bild los. Bevor der Bote zuschnappen konnte, prallte es auf den Boden, kippte um, und Kara hörte den irren Schrei.

Da handelte sie bereits, und ihr Plan trat in die alles entscheidende Phase.

Sie zog mit einer gedankenschnellen Bewegung ihr Schwert.

Einer der Boten taumelte zurück. Er brüllte dabei eine Warnung, doch der Sprecher hörte sie nicht. Er hatte sich gebückt und war dabei, das Gemälde aufzuheben.

Er stand günstig.

Er war kein Mensch, er hatte nur die Gestalt eines Menschen.

Kara schlug zu.

Die goldene Klinge wischte von oben nach unten. Sie fauchte leise durch die Luft, und sie trennte mit einem Hieb den Kopf vom Körper der Gestalt.

Als schwarz blutende Masse brach er zusammen, kippte neben das Bild, und Kara sprang mit einem Satz über beide hinweg.

Sie hielt das Schwert noch in der Hand, und einen Augenblick später spürte es der zweite Bote an seiner Kehle.

»Und jetzt bring mich zu Sinclair!«, flüsterte Kara …

In diesem Augenblick wuchs Turner über sich selbst hinaus. Eigentlich beide Kollegen. Auch Taggert reagierte wahnsinnig gut, denn er verstärkte den Druck auf Turners Beine und schaffte es so, ihn in der Waagerechten zu halten.

Ich aber rutschte nach unten.

Obwohl alles sehr schnell ging, hatte ich das Gefühl, es wie im Zeitlupentempo zu erleben. Ich konnte meine Hände natürlich nicht einsetzen und spürte, wie die Fäden des Netzes an meinem Gesicht entlangglitten und manchmal so tief in die Haut eindrangen, als wären sie Messer.

Ich dachte an die Schlangen.

Ich dachte an ihre Bisse – und spürte den Ruck. Er durchfuhr meinen gesamten Körper und war besonders stark in der linken Achselhöhle, denn dort hatten mich zwei Hände zu fassen bekommen und hielten eisern fest.

Das Netz war zu einem Drittel nach unten gekippt und schaukelte zitternd in meiner Nähe. Wäre es möglich gewesen, ich hätte nur den Arm auszustrecken brauchen, um nach ihm zu greifen.

Nach wie vor hielt mich der Kollege fest, doch irgendwann würde ihn mein Gewicht in die Tiefe ziehen.

Ich hatte die Augen verdreht und sah in die seinen, die weit aufgerissen waren. Die Anstrengung machte Turner fertig. Er röchelte, er verlor Speichel, seine Adern traten unter der Haut wie Stränge hervor, und dann klang die Stimme seines Partners auf, die sich wie Krächzen eines alten Vogels anhörte.

»Verdammt, Tom, ich – ich kann dich nicht mehr halten. Er ist zu schwer. Der – der reißt uns …«

»Drück drauf, Ned!«

»Kann nicht …«

Es war nicht übertrieben, denn nicht nur Turner spürte den leichten Ruck, auch ich bekam ihn mit.

Nur ein winziges Stück, aber hier reichte jeder Millimeter aus, um die Gefahr zu vergrößern.

Noch konnte Tom Turner mich halten, aber ich merkte bereits, wie seine Hände in den Achselhöhlen langsam abrutschten und ich dann in die Tiefe fallen würde, wo die Schlangen schon auf ihre Opfer warteten.

Noch hielt er mich weiterhin fest und versuchte jetzt, mich in die Höhe zu ziehen.

»Ned, drücken! Drücken, Ned! Bitte …«

Und Ned tat sein Bestes. Er war rot angelaufen, seine Augen quollen ihm beinahe aus den Höhlen. Zu Beginn hatte er nur seine Hände auf Toms Beine gestemmt, das aber war zu wenig. Er schob sich nun zur Seite, um die Beine mit seinem gesamten Gesicht zu belasten.

Sein Kollegen setzte seine letzten Kräfte ein. Was er nun tat, war schon als übermenschlich anzusehen.

Er zerrte.

Er kämpfte gegen die Erdanziehung an.

Er zog mich hoch!

Tatsächlich, der gute Tom schaffte es. Was ich nicht mehr für möglich gehalten hatte, trat ein. Ich glitt Millimeter für Millimeter in die Höhe und merkte auch dabei, wie sehr Turner trotz seiner starren Arme zitterte.

»Du packst es, Tom! Verdammt, du packst es!« Taggert versuchte seinem Partner Mut zu machen, ihm Kraft zu geben, denn beides konnte er gebrauchen.

Ich kam noch höher.

Dann wieder ein Stück

Meine Schulter spürte ich schon gar nicht mehr. Die Finger des Polizisten hatten sich darin verkrampft wie eiserne Griffe.

Ich schwebte, denn auf einmal riss irgendein Faden in

meinem Bewusstsein, sodass ich die folgenden Sekunden überhaupt nicht mitbekam. Sie waren mir nicht mehr bewusst.

Ich würde es schaffen.

Nein, ich würde nicht sterben.

Ein irrer Schrei trompetete an meine Ohren. Ned hatte ihn ausgestoßen. Vor meinen Augen tanzten plötzlich Schleier, aber diese Schleier rissen auf, und ich konnte über mir das Gesicht des Polizisten Tom Turner erkennen. Ich sah es aus einer anderen Position, und da wurde mir mit einem Mal klar, was geschehen war.

Ich hing nicht mehr über dem Abgrund, sondern lag jetzt rücklings auf der Treppe.

Unter meinem Rücken spürte ich den Druck der harten Stufenkanten. In diesem Augenblick kamen sie mir vor wie das weichste Daunenbett. Es war einfach wunderbar, noch zu leben.

Nur reden konnte keiner von uns.

Wir waren ausgelaugt, erschöpft. Wir lagen neben- und übereinander, und die Luft um uns herum war angefüllt von unserem Keuchen. Noch vor zwei Minuten hätte ich nicht gedacht, diese Falle lebend zu überstehen.

Ich hatte es geschafft.

Aber ich war noch gefesselt, doch darauf konnte ich keine Rücksicht nehmen. Ich würde es auch noch für eine Weile bleiben, denn keiner meiner Retter war in der Lage, sich darum zu kümmern. Wir waren alle zu erschöpft.

Zeit verging. Ich bekam es kaum mit. Vor meinen Augen wallten Nebel dick wie rotschwarze Tücher. Ich holte Luft, ich spürte meinen linken Arm kaum, ich war steif, konnte einfach nichts tun und merkte schließlich, dass sich Ned Taggert bewegte und mir erklärte, dass er sich um meine Fesseln kümmern wollte. Ihm ging es von uns dreien noch am besten.

Er holte ein Taschenmesser hervor.

»Wenn ich dir ins Fleisch schneide, Kollege, musst du mir schon verzeihen …«

»Ich verzeihe dir alles. Lass nur meine Pulsadern in Ruhe.«

»Werde mich bemühen.«

Er zerrte an dem Klebeband, drückte meine Haut zurück und versuchte, die Klinge flach zwischen das Klebeband und meine Haut zu schieben.

Zuerst legte er meine Hände frei, danach, als ich dabei war, die Finger und die Gelenke zu massieren, auch die Füße. Das Blut konnte endlich wieder ungehindert fließen.

Auch Tom Turner hatte sich wieder etwas erholt. Stöhnend setzte er sich auf.

Er grinste mir zu. Ich aber fühlte mich zu schlaff, um dieses Grinsen zu erwidern.

Dann drehte sich Turner zur Seite, weil er in die Tiefe schauen wollte. Über die Kante der Treppe fiel sein Blick nach unten, und als er sprach, redete er mehr mit sich selbst.

»Verdammt, da habe ich mich doch nicht geirrt.«

»Was ist denn?«, fragte Ned.

»Schau selbst!«

Auch ich sah nach, obwohl es mir schwerfiel. Mühsam wälzte ich mich herum und schaute über den Stufenrand hinweg in die Tiefe, dort, wo das Licht im Keller seinen hellen Teppich über die Schlangen verstreute.

Da waren zwei Personen.

Den einen kannte ich. Es war derjenige, der mich durch diesen Rohbau gehetzt hatte.

Die zweite Person war eine Frau. Auch sie kannte ich.

Es war Kara, die Schöne aus dem Totenreich.

Jetzt begriff ich gar nichts mehr!

Der Bote des Schwarzen Tods war in Angst erstarrt, als er die Spitze der Klinge an seinem Hals spürte, die noch feucht vom schwarzen Blut seines Artgenossen war.

»Zu Sinclair!«, wiederholte Kara.

»Ja.«

»Wo ist er?«

Er sagte es ihr.

»Wie kommen wir dorthin?«

»Es ist ein magisches Feld im Keller. Du kannst es finden – du musst dich konzentrieren.«

Kara schaute über die Klinge hinweg in sein Gesicht. Es dauerte etwas, dann nickte sie, denn sie glaubte, dass der andere nicht gelogen hatte.

»Gut, versuchen wir es!«

Sie konzentrierte sich auf den Boten des Schwarzen Tods, auf seine Gedanken. In seinem Gedächtnis formte er den Platz, wo John Sinclair gefangen gehalten wurde, den Rohbau, den Keller, auch die Schlangen.

Kara sah es mit ihrem geistigen Auge. Das Schwert, das den dämonischen Helfer berührte, wirkte wie ein Leiter. Nur leitete es keinen elektrischen Strom, sondern Gedanken und Vorstellungen weiter.

Sie musste nur noch hineintauchen. Es musste ihr gelingen, die Fiktion in die Realität zu verwandeln. Das konnte sie.

Und sie verschwand.

Den Boten des Schwarzen Tods nahm sie mit …

Der Keller, die Feuchtigkeit, der Geruch nach Kalk, Beton und das leise Zischen um sie herum.

Kara nahm es mit einem Blick wahr, sie ordnete es ein, und sie sah, dass sie von einigen schwarzen Schlangen umgeben waren, die sich durch diesen Besuch gestört gefühlt hatten und sich langsam aufrichteten.

Giftschlangen!

Sie schaute nach vorn.

An der Wand, nicht weit von der Licht und Wärme verströmenden Lampe entfernt, stand die armselige bleiche Kreatur. Der Bote hatte verloren, und das wusste er auch.

Er schaute zu Boden.

Die Schlangen pendelten hin und her. Dann blickte er für einen Moment in die Höhe, und Kara, die seinem Blick folgte, sah über ihrem Kopf das lose, nach unten baumelnde Netz.

Jedoch ohne John Sinclair.

»Wo ist er?«, fragte sie flüsternd.

»Ich weiß es nicht!«

»Wo?«

Er gab keine Antwort, denn die Schlangen bemerkten, dass sich Opfer in der Nähe befanden, in die sie ihre Giftzähne hineinschlagen konnten. Drei schwarze Schlangen bewegten sich auf Kara zu.

Sie schlug mit dem Schwert zu.

Es sah so locker und leicht aus, als sie die Klinge pendeln ließ und dabei drei Körper auf einmal erwischte. Sie teilte sie in der Mitte.

Die Stücke wirbelten zur Seite, rutschten über den rauen Boden und wurden zu Asche.

Eine vierte Schlange huschte davon. Sie bewegte sich sehr schnell und zu schnell für den Boten des Schwarzen Tods, der plötzlich Angst um sein erbärmliches Leben bekam, denn er glotzte die Schlange aus weit aufgerissenen Augen an.

Eine zweite ringelte ebenfalls auf ihn zu. Sie fand ihren Weg von der linken Seite her. Das blauweiße Licht erwischte sie und ließ sie künstlich aussehen.

»Töte sie!«, brüllte der Bleiche. »Sie weiß, dass wir versagt haben. Sie wird uns – ahhhhggggrrr …«

Als Kara die erste Schlange mit einem Hieb vernichtete, hatte die zweite blitzschnell zugebissen.

Keine Chance mehr für den Bleichen. Er zuckte zusammen und riss sein rechtes Bein hoch. Die Schlange hatte nicht einmal losgelassen, wie es normal gewesen wäre, sondern sich im Fleisch seiner Wade festgebissen.

Er brüllte.

Er fiel hin.

Es war keine Schlange mehr übrig, die ihn hätte angreifen können, doch Kara sah mit Schrecken, was diese eine Schlange mit dem Boten des Schwarzen Tods anstellte.

Sie fraß ihn auf.

So etwas hatte selbst Kara noch nicht erlebt. Die Schlange veränderte sich, ihr wuchs ein in keinem Verhältnis zum Körper stehendes Maul, ein gewaltiger Rachen, der immer wieder zuschnappte und nicht davor haltmachte, auch den Fuß und das Bein in sich hineinzuwürgen.

Der Mann schrie nicht, er wimmerte nur leise. Er kannte die Rache dieser widerlichen atlantischen Schlangen, die nichts anderes waren als verwandelte Ungeheuer.

Sie wollten töten.

Und die Schlange schnappte weiter zu. Ihr Maul hatte bereits den Schenkel der Kreatur erreicht, sie zerrte daran, sie wollte ihr Opfer herumdrehen, um mit den nächsten Bissen noch mehr von ihm verschlingen zu können.

So weit ließ es Kara nicht kommen.

Sie zerschlug die Schlange.

Mit mehreren Hieben zerfetzte sie dieses dämonische Tier, und mit einem letzten Hieb tötete sie auch den Bleichen und tat ihm damit sogar einen Gefallen.

Jetzt gehörte das Bild ihr!

Sie ließ ihr Schwert sinken, atmete aus und schaute sich um.

Dann zuckte sie zusammen, als sie den schwachen Ruf vernahm, der sie aus der Höhe erreichte.

Dort sah sie das Gesicht ihres Freundes John Sinclair.

Und sie sah, dass er lebte.

Kara fiel ein Stein vom Herzen …

Irgendwann standen wir zusammen im Flur des Rohbaus, und Kara musste mich noch stützen, weil meine Gelenke schmerzten. Die beiden Polizisten hatten sich nicht einmal gewundert über das Erscheinen der Frau. Bei mir, so hatten sie gesagt, würden sie alles akzeptieren, zudem waren sie Zeugen bei der Vernichtung der Schlangen geworden und hatten erlebt, was mit dem Bleichen geschehen war.

Natürlich hatte ich mich bei den beiden Kollegen bedankt und versprochen, dass wir uns noch einmal privat zu einer großen Dankessause treffen würden. Danach interessierte mich zunächst einmal Karas Geschichte und was sie alles erlebt hatte.

Sie klärte mich auf.

Ich hörte zum ersten Mal von dem Gemälde, das ihr Porträt zeigte, und erfuhr auch, dass sie es mitnehmen wollte. Vielleicht würde sie es noch einmal brauchen, man konnte ja nie wissen. Zudem hatte sie auch vor, sich um die anderen Maler zu kümmern, falls es nötig sein sollte. Die Erinnerungen an Atlantis waren in der letzten Zeit wieder deutlicher geworden, darauf deutete einiges hin.

Ich grinste schief, als ich einen Kommentar gab.

»Irgendwann, Kara, wirst du es vielleicht doch noch schaffen und Königin sein.«

»Das glaube ich nicht.«

»Doch, verlass dich darauf.«

Sie hauchte mir Küsse auf die Wangen.

»Ich werde wieder gehen und das Bild holen. Irgendwann, John, wirst auch du es zu Gesicht bekommen, da bin ich mir sicher.«

»Mal schauen.«

Dann ging sie weg. Aber nicht nach draußen, sondern in das Innere des Rohbaus, wo sie sich auflöste, als hätte es sie nie zuvor gegeben.

Ich wandte mich in die andere Richtung.

In diesem Haus hielt mich nichts mehr.

Die kalte Luft des frühen Morgens empfing mich. Ich dachte daran, dass dies das erste Märzwochenende war und der März ja auch als Frühlingsmonat bezeichnet wurde.

Frühling bedeutete eine neue Geburt, Leben, das Wiederauftauchen aus der Versenkung. Und mit dem Frühling konnte ich mich auch vergleichen. Ich war wieder aufgetaucht.

Die beiden Kollegen waren noch nicht gefahren. Sie sahen mich herankommen und lachten, weil ich wegen meiner geschwollenen Gelenke wie auf rohen Eiern ging.

»Sollen wir Sie zu Ihrem Wagen bringen, oder wollen Sie zu Fuß durch den Park gehen, John?«, fragte Ned Taggert.

»Raten Sie mal«, erwiderte ich und war froh, dass ich wenig später von ihnen gestützt wurde, denn meine Beine gaben nach.

Ich bat die Kollegen, mich gleich nach Hause zu fahren und bei der Fahrbereitschaft anzurufen, dass jemand meinen Rover abholte.

In meinem Zustand kam mir selbst der Streifenwagen wie eine Luxus-Karosse vor. Gespannt allerdings war ich auf Sukos Gesicht, wenn ich ihm erzählte, was mir widerfahren war.

Bei der Abfahrt warf ich noch einen Blick auf den Rohbau: Wie ein Gespenst glitt seine kantige Fassade vorbei und war für mich nur noch Erinnerung …

ENDE